ロンドン謎解き結婚相談所

アリスン・モントクレア

1946年の戦後ロンドンで、ある女性たちが結婚相談所を設立した。ケンブリッジ大卒で戦時中にスパイ活動のスキルを得たアイリスと、人の内面を見抜く優れた目を持ち、戦争で夫を亡くした上流階級出身のグウェン。対照的なふたりが営む相談所に、若い美女ティリーが入会する。奥手だが誠実な会計士を紹介したところ、ティリーが殺され、会計士の青年が逮捕されてしまう。彼が犯人とは思えないふたりは、能力や人脈を駆使して真犯人さがしに乗りだす。魅力たっぷりの女性コンビの謎解きと、人生を切り拓こうとする勇姿を描いた爽快なミステリ！

登場人物

アイリス・スパークス……〈ライト・ソート結婚相談所〉共同経営者
グウェンドリン（グウェン）・ベインブリッジ……〈ライト・ソート結婚相談所〉共同経営者
サルヴァトーレ（サリー）・ダニエリ……アイリスの友人。劇作家志望
マティルダ（ティリー）・ラ・サル……〈ライト・ソート〉の会員。高級服飾店店員
リチャード（ディッキー）・トロワー……〈ライト・ソート〉の会員。会計士
エルシー・スペンサー……ティリーの親友
ファニー……ティリーの親友
デズ……ティリーのいとこ。大工
ロジャー（ログ）・ピルチャー……ティリーの元カレ
アーチー・スペリング……闇屋のボス
マーティン・トルバート……高級服飾店経営者
ダウド……トロワーの下宿の大家
アンガス・マクファースン……〈ライト・ソート〉のある建物の管理人
フィリップ・パラム……ロンドン警視庁犯罪捜査課《CID》警視

マイケル（マイク）・キンジー……CID巡査部長。アイリスの元婚約者
ジェシー・ケンプ……ロンドン警視庁記録課職員
ロニー・ベインブリッジ（リトル・ロニー）……グウェンの息子
ロニー・ベインブリッジ……グウェンの夫。故人
レディ・カロライン……グウェンの義母。ロニーの祖母
パーシヴァル（パーシー）……ベインブリッジ家の執事
プルーデンス……ベインブリッジ家の料理人
ミリセント……ベインブリッジ家の小間使い《レディズメイド》
アルバート……ベインブリッジ家の運転手
ミルフォード……グウェンの精神科医
准将……アイリスの元上司
アンドルー・サットン……准将の部下の少佐
ガレス・ポンテフラクト……デイリー・ミラー紙の記者
ジェイムズ（ジミー）・B・スモーリー……高級印刷＆リトグラフ店経営者

ロンドン謎解き結婚相談所

アリスン・モントクレア
山 田 久 美 子 訳

創元推理文庫

THE RIGHT SORT OF MAN

by

Allison Montclair

This edition is published by TOKYO SOGENSHA Co., Ltd.
Published by arrangement with St. Martin's Publishing Group
through Japan UNI Agency, Inc., Tokyo

ロンドン謎解き結婚相談所

姪のスザンナに――
わが足跡をたどらんことを、
それともいっそ、前を見て走り続けよ！

女はありそうにないものを欲しがる――
ロマンスに冒険にときめき――
でもそれが何になるというのか

――E・M・デラフィールド *To See Ourselves*（一九三〇）

1

ボンド・ストリート駅の階段をのぼってデイヴィーズ・ストリートに出ると、ティリーは午後の光に目をしばたたいた。道順はメモしてきたが、それはオクスフォード・ストリートからの行き方で、その通りが右にあるのか左にあるのかがわからない。最初で最後にメイフェアを訪れたあの日の、圧倒された子どもに返ったみたいだ。競馬でめずらしく大当たりした父が、とくべつに買い物に連れだしてくれたその日、ティリーは父を引っぱってつぎからつぎへと店をのぞき、服や玩具《おもちゃ》やお菓子をひとつ残らず見てまわり、歓声や悲鳴をあげつづけた。そのあいだ父は、手にした幸運でにやけっぱなしだった。それはひとえにケンプトン・パーク競馬場で第五レースの本命馬が前肢を骨折し、巻きこまれた後続馬と騎手の山をからくもよけた大穴が、残る競走相手たちを鼻差で差しきったおかげだった。そのレース後に馬二頭が安楽死処分となり、騎手三人が入院したのだが、四十ポンド儲《もう》けた父には悲劇など知ったことではなかった。

その日なにを買ってもらったかは、もうよく思いだせない。たしか、きれいな柄《がら》のワンピースだった。たぶんディキンズ&ジョーンズ百貨店のだ。一、二サイズ大きめを買うなんて父に思いつくはずもなく、何か月と経たずに着られなくなった。それでもあれはティリーの人生最良の日だった。これまでのところは。

ディキンズ&ジョーンズはロンドン大空襲《ザ・ブリッツ》中に爆撃された。彼女は翌朝の新聞でそのことを知り、父とそこへ行ったとき——一九二八年？　二九年？——のことを思った。記事を読んで、少女のころのようにわんわん泣いた。友だちや家族を亡くしたときも涙ひとつこぼさなかったのに。最高の思い出をドイツ軍に攻撃された気がしたのだ。

あった、左に。オクスフォード・ストリート！　ティリーはハンドバッグに手を入れて、道順を書いた紙を引っぱりだした。

一九四六年、六月。戦争は終わり、ティリー・ラ・サルはふたたびメイフェアへ買い物に来た。

ただし今回は夫を選びに。

右に曲がり、二ブロック歩いて、もう一回右折すると目的地が見えた。目にするなりぽかんと口が開いた。驚いたのは建物の外観のせいではない。それは濁《にご》った赤土色の煉瓦の五階建てで、窓の縁飾《ふちかざ》りや胸壁はどうにも安っぽく、ごくありふれた十九世紀末の建築にすぎなかった。だがその一画に残っている建物はそれだけだった。かつて似たような建物があったであろう両側から、瓦礫《がれき》の山と崩れた壁の残骸《ざんがい》が生き延びた隣人を支えている。右のほうでは、一台のブルドーザーが煉瓦やコンクリートや木の破片をすくっては、待機中の大型トラックに放りこんでいた。

ティリーはそのまえを通り過ぎながら、このあたりはいつごろドイツの空爆にやられて、彼女の目的地が入った建物はどんな運命の気まぐれで難を逃れたのだろうかと思った。

運転台にもたれていた大型トラックの運転手が、ティリーに気がつき、ツイルキャップを脱いで手を振った。

「よお《アロー》、べっぴんさん！」と大声で呼びかけた。「働く男に笑顔を見せとくれよ！」

「いまは働いてるように見えないけど」ティリーはいった。

「じっと待つ者もまた神に仕えてるのさ。お茶でもどう？」

「またにするわ」

「フランクってんだ」芝居がかったお辞儀をした。「今週はずっとここにいるぜ」

「奥さんにも愛をとっときなさいよ」ティリーは助言した。

男は笑い、結婚指輪がくっきり目立つ手でキャップをかぶり直した。

ティリーはため息をついて先へ進み、建物に着いた。正面玄関の脇に入居者の表札がわずかばかり並んでいた。会計業務やタイピング・サービスのくすんだ味気ない表札のなかに、気持ちを晴れやかにするライトグリーンの一枚があり、手書きの大きな黄色の文字でこう書いてあった。〈ライト・ソート結婚相談所　事業主ミス・アイリス・スパークス＆ミセス・グウェンドリン・ベインブリッジ〉

ティリーはためらい、つぎにさっき路上でいかに軽々しく妻帯者から声をかけられたかを考えた。

「弱気は禁物よ、ティリー」と自分を戒《いまし》めた。「このために来たんでしょ」

深々と息を吸い、ドアを通って建物内に足を踏み入れた。

受付はなく、狭苦しい玄関ホールがあるのみだった。右手に気をくじく階段があり、前方には狭い廊下がまっすぐ延びていて、その先は不安になるほど早く闇に消えていた。薄汚れたつなぎを着て、無精ひげを生やした年輩の男が、モップで床をこすっていた。ティリーはそちらには目をくれず、案内版を見た。

「ダンナをさがしてるんなら、最上階だよ」管理人とおぼしきその男が声をかけてきて、黄ばんだすきっ歯がちらりと見えた。友好的な笑みのつもりなのだろう。

「これね」先ほどのグリーンの表札を縮小したものが目にとまった。「ありがとう。ここ、もっと明るくしたほうがいいと思いません？」

「意味ないね。空き部屋ばかりなんだから」

ティリーは階段をのぼった。陰気くさい一階と、どことなく威嚇《いかく》的な管理人から逃れるために、最初は緊張した急ぎ足で。最上階に達するころには、ペースはがた落ちだった。でもその階の廊下は明るく照らされていて、半ばにまたあのグリーンの表札が見え、彼女の旅の終着点だと告げていた。ティリーは立ち止まって息をととのえ、ドアに歩み寄って、ノックした。

ドアをあけた女性はティリーと同じ背丈で髪は褐色《ブルネット》、二十二歳のティリーよりもおそらく六、七歳上だった。彼女は興味津々《しんしん》のまなざしですばやくティリーを見てから、にっこり微笑《ほほえ》んだ。

「ミス・ラ・サル、ね？　さ、どうぞ、入って」

ティリーは迎え入れられ、不吉にぎしぎしと鳴る木の椅子にすわらされた。正面にひとつしかない窓をはさむようにして、机がふたつ。どちらも従軍してドイツの家具相手にそこそこ戦い、いまは満身創痍《まんしんそうい》ながらへこたれずに立っているといった風情だ。向かって左側の机は壁に押しつけられて支えとし、ほかの三本よりだいぶ短い脚の下に本が一冊差しこまれている。

部屋そのものは表札と同じ心安らぐライトグリーンで塗装されていた。右手の壁に幸せそうなカップルの結婚式の写真が数枚掛かっていて、各々のフレームにガーディアン紙やイヴニング・スタンダード紙に載った結婚報告記事がテープで貼ってある。隅っこの古めかしいファイルキャビネットは、先のいくつもの戦争の話を机たちに語りきかせていそうだ。

「はじめまして、どうぞよろしく」ブルネットの女性がすらすらと話しだした。「わたしはアイリス・スパークス。スパークスと呼んでね。みんなそう呼ぶの。ほんとうによく来てくれたわね、ぴったり時間どおりに。見事に階段をのぼって！　あの階段は幸福へ至る道の最初のハードルなの。おかげでわたしも脚が引き締まったわ。ここを開業してから八ポンド（約四キログラム）も痩せたのよ。こちらはミセス・ベインブリッジ、わがパートナー」

左の机に向かっていた、やけに背の高い女性が優雅に立ちあがり、握手しに近づいてきた。

「ごきげんよう、ミス・ラ・サル」

ティリーは呆然と見つめないように気をつけた。ミセス・ベインブリッジは金髪《ブロンド》のエレガントな女性だった。一分の隙もない仕立てのシルクのスーツがここまで非の打ちどころなくよみがえったのは、戦争中ずっと杉材の衣装戸棚にしまわれていたからにちがいない。その孤立したせせこましいオフィスにはいかにも場違いな上流階級の雰囲気なのに、すっかりくつろいでいるように見える。タトラー誌のページから抜けだしてきたとしても、ジェシー・マシューズ主演のミュージカルでスラム街見物にくりだす貴族の親友だとしてもおかしくない。背景にアール・デコ調のセットさえあれば。

　ティリーがまじまじと見ないように努力しているのを察して、スパークスが笑みを浮かべた。

「すごいでしょ、この人。ご心配なく、わたしたちと同じ人間よ」

「ごめんなさい」ティリーは口ごもった。「不作法をするつもりじゃなかったの」

「気になさらないで」ミセス・ベインブリッジが席にもどりながら励ますようにいった。「さて、結婚相手をおさがしなのね」

「そうです」

「だったらあなたは正しい場所に来たわ」スパークスが自分の机の縁に腰かけて、タイプされた二枚の書類を手に取った。「まず事務的な話から。こちらから質問するまえに、ここがどんなところか知っていただきたいの。もっと重要なのは、わたしたちがどんなサービスを提供するかについて。うちは結婚相談所。ロンドンに二社あるうちの一社で、ふさわしい独身者同士の出会いを仲介する認可を得ています。五ポンドの入会金で、あなたにぴったり《ライト・ソート》の夫を見つけるために努力を惜しみません。いま現在、ファイルには独身男性八十三名、女性九十四名が載っていて、ミセス・ベインブリッジとわたしはその全員に質問をし――」

「的確な質問をね」ミセス・ベインブリッジが口をはさんだ。

「いずれわかるでしょうけど」スパークスが続けた。「いうまでもなく、入会すれば結婚できるという保証はできないの」

「結婚すれば幸せになれるともかぎらないし」とミセス・ベインブリッジ。「それはあなた方しだい」

「でもうちは開業から三か月で七組のカップルを結婚させてるのよ」

「七組！」ティリーは声をあげた。「たった三か月で？　婚約期間がそんなに短いなんて！」

「戦争が終わって、人は一刻も早くまた正常な暮らしをはじめたがっているの」ミセス・ベインブリッジがいった。「大勢が亡くなって、街は荒廃していて――」

「たしかに。この建物がまだ立ってるのはすごいことだわ」

「左には焼夷《しょうい》弾、右にはぶんぶん《バズ》爆弾が落ちたのよ」スパークスがいった。「なのにここはこのとおり、こうしてわたしたちがいる」

「それでこの場所を選んだというわけ」ミセス・ベインブリッジがいう。「ここのなにかが〝希望〟といっている気がしない？」

「ほんとね」ティリーはうなずいた。「あたしにも希望がいくらか残ってるといいな」

「五ポンドで希望は見つかるわ」スパークスがいった。「でね、契約についてもう一点、ここが大事なんだけど。もしこちらの骨折りを通じて出会った男性と結婚することになったら、おふたりからそれぞれ料金を頂戴します――成約金として」

「おいくら?」

「二十ポンド」

「二十ポンド?」声が大きくなった。

「ずつ」とスパークス。

「おそろしく高いのね」

「でも、わかるでしょ、わたしたちはそれを報奨金として精一杯あなたに尽くすの」ミセス・ベインブリッジがいった。「あなたにぴったりな男性を見つけることを最優先に考えるわ」

「ここが正念場よ、ミス・ラ・サル」スパークスが書類を掲げてみせた。「五ポンドと署名、それでわたしたちはあなたの結婚相手さがしを開始する。乗ってみる?」

「そうね」ティリーは思案した。「これまでの暮らしより悪くなることはありえないし」

「ずっとずっとよくなるわよ」ミセス・ベインブリッジが自信ありげにいう。

「いいわ」ティリーはハンドバッグを開いた。

声に出して五ポンド数え、スパークスに手渡した。

「ブラヴォー」スパークスがいった。「契約書に署名してね。一枚はあなたの控え、もう一枚はうちのファイル用」

ティリーにペンを渡して、サインできるよう机に場所を空けた。

ティリーは契約書をとくと眺めた。

「ひとつ訊きたいんだけど。おふたりがいちばんいい男を自分のものにしないって、どうしたらわかるの？」

「お客さまとはデートしないという確たるポリシーがあって」とスパークス。「ちゃんと契約書にも明記してるわ。第七項」

「ほんとだ」ティリーは感心した。「なにもかも考えてあるみたいね」

彼女は二枚に署名して、一枚とペンをスパークスに返した。

「お疲れさま」スパークスがいって、自分の机に向かって腰をおろすと、走り書き用のメモパッドを取りだした。「では、あなたのことをもっと聞かせて。お名前はわかってる、それに電話で予約したときに住所も教えてもらった。ラトクリフ・クロス・ストリート。シャドウェル、ね？」

「シャドウェル生まれのシャドウェル育ち、働いているのもそこ」ティリーがいった。

「気に入ってるんでしょ？」

「できるだけ早く、とっととおさらばしたい」口調に熱がこもった。「シャドウェルから遠いところに住んでれば、一流の男じゃなくても手を打つわ。北部の農家の男を見つけてくれたら、よろこんでアヒルの世話もおぼえる」

「いまのところアヒルを飼ってる農家の男性は登録してないけど」とスパークス。

「なら、余ってる公爵か大富豪でもいいわよ」

「残念ながらちょうど売り切れてるの」ミセス・ベインブリッジが微笑む。

「基本情報からはじめましょうか」スパークスが続けた。「宗教は？」

「英国国教会」ティリーは答えた。

「相手も同じがいい?」

「そうねえ。あたし信心深くはないの。カトリックでもかまわない、ヨーロッパ大陸の人で、紳士なら」

「じゃ、フランス人とか、イタリア人は……?」

「あたしにもいくらかフランスの血が流れてるのよ」

「お名前からそのくらいの見当はついていたわ」とミセス・ベインブリッジ。

「まあ、バレバレよね」ティリーはいった。「自由フランス・レジスタンスの男ふたりに口説かれたけど、フランス語はひとこともしゃべれないの。だからって向こうはあきらめなかったけどね」

「では、カトリックでもかまわない、と」スパークスが声に出しながら書きとめた。

「でもアイルランド人はだめ」ティリーはあわててつけ加えた。

「アイルランド人はだめ」スパークスがくりかえした。

「えっと、誤解しないでほしいんだけど――」

「これは人物評価じゃないのよ」ミセス・ベインブリッジがいう。「ここではあなたの好みが尊重されるの」

「そういうこと」とスパークス。「学歴は」

「十四歳まで学校に通った。勉強はできなかったし、家族はあたしに働いてもらう必要があったから、やめて仕事に就いたの」

「そしていまはシャドウェルで働いているのね」

「ええ。ドレスショップで」

「お裁縫ができるの？」とミセス・ベインブリッジ。「仕立て直し、寸法直しとか？」

「うちには仕立て屋がいて」ティリーはいった。「彼がオーナーで、そういうことは一切合財彼がやるの。あたしは忙しいときに手伝うけど、たいがいは接客してる。女性のお客さんたちに流行を教えたり、似合う服を薦めたり。帳簿をつけたり」

「うちみたいな仕事ね、相手がドレスというだけで」スパークスが意見を口にした。

「ここでは寸法直しはしないけど」ミセス・ベインブリッジがいった。「ひょっとしたらするべきかしら」

ティリーがそれを聞いてくすくす笑い、ミセス・ベインブリッジとジョークのやりとりをはじめた。アイリスはその機をとらえて、新しいクライアントの情報をすばやく書きとめた。

美人にはちがいない、とアイリスは思った。目がきらきらしていて、微笑むと本来の活発さがのぞくし、きれいな歯も見える。でも左上の歯が一本ない。どんな理由でそんなことになったのだろうか。ミス・ラ・サルは効果的な化粧がわかっていて、けばけばしくも平凡にもならない、粉と紅のほどよい分量を心得ている。ラズベリーレッドのすてきな口紅だ。それに服装——ジャケットはライトブルーのボレロに白いトリムがたっぷり。襟には明るい水玉模様。ふんだんにプリーツが入ったスカートは膝《ひざ》下丈で、上質なトープ色のナイロンストッキングが美脚をぴたりと包んでいる。それに店員にふさわしい実用的な靴。

「ところで、あなたの求めている男性のタイプを教えてね」スパークスはいった。「シャドウェルを出ていきたいということだけど。どのくらい遠くまで行けそう?」

「どこまで行かせてくれる?」

「オーストラリアとか」

「オーストラリア?」ティリーは大声をあげた。

「インド。ビルマ。アフリカ……」

「うちのお客さまのなかには戦争中こちらにいて、お国に帰るときは桜色の頬をした若い花嫁を伴いたいという方たちがいるの」ミセス・ベインブリッジが補足した。

「ああ」とティリー。「考えてもみなかった……。ママとパパはまだこっちにいるから。もし親になにかあったら……」

「そのときはすぐご両親に会えるようにしたいのね」ミセス・ベインブリッジが引き取った。「当然のことよ。家族は大切ですもの」

「人によるけど」スパークスがいった。「年齢は?」

「老いぼれは困るけど。健康で、働ける人。こっちは看護婦じゃないもんね?」

「それはそうね」ミセス・ベインブリッジがうなずく。「上限はある?」

「四十とか? 四十くらい?」

「くらい」スパークスがつぶやいて、書きとめた。

「つぎはすこしデリケートな質問になるけど」ミセス・ベインブリッジがいった。「うちにいらっしゃる独身男性のほとんどはお国のために奉仕したの。だれもが無傷というわけではないのよ。手足をなくした方たちとか……」

「え……っと……」とティリー。

「ひどい火傷痕《やけど》があるすてきな紳士がいてね」とスパークス。「初対面ではぎょっとするけど、何分か話すうちにそんなことはすっかり忘れちゃうの」

「つまり、わたしたちの質問は、そういう負傷したり手足をなくしたりした英雄とのおつき合いを考えてくださるかしらってこと」ミセス・ベインブリッジがいった。

「はいと答えるべきなのは、もちろんわかってる」とティリー。「その人たちのためになんでもするというべきなのよね。でもそういう人と一生暮らしていくのはあたし、でしょ？」

「そうよ」とスパークス。

「できれば、ほら、妻のお務めを果たすあいだ、ちょっとは目をよろこばせてもらいたいかなって。男がこっちに望むのはそれなんだから、こっちだって同じものを求めてもいいんじゃない？」

「見た目は重要ということね」ミセス・ベインブリッジがいった。

「ほんとうはそうじゃないんでしょうね。でもあたしはまだ子ども同然のころから男たちに追いかけられてきたの、それはあたしの中身とはなんの関係もなかった」

「あなたは中身を好きになってもらいたいんでしょう？」

「ええ、そう。だからここに来たのよね。目をよろこばせてくれる相手なんていったせいね、混乱させてごめんなさい。べつに心臓が止まるようなハンサムじゃなくてもかまわない。でも戦争で手足をなくした英雄と出会いたくて来たわけじゃないの、悪いけど」

「なるべくあなたの希望に合う人をさがすわ」ミセス・ベインブリッジがいった。「ほかに外見上の好みはあるかしら」

「頭の毛がまだ生え揃ってること」ティリーはすかさず答えた。

「了解」スパークスがいった。「身長は?」

「あたしより低い男を見つけるのはむずかしいでしょ」

「あら、そんなことないわ。何人かいるわよ」

「なら、背の低い男が好きな女の子たちにとっといてあげて」とティリー。

「わかった」とスパークス。「太めの男性は……」

「だれでもいつかはそうなるでしょ。運が向いてきて、配給制じゃなくなれば。腰まわりにちょっとばかり厚みがあるのは気にならない」

「関心事とか、趣味は?」

「あたしは趣味をもつ時間もお金もなかった」

「紳士にしてほしくないことは?」

「賭け事。酒飲みもいや」

「煙草は?」

「分けてくれるんならいいわ」ティリーはにやりと笑った。「煙草はあたしのひそかな、いけない愉しみなの」

「なるほど。あなたのお相手を見つけるための情報はこんなところでじゅうぶんよ」とスパークスがいった。

「どのくらいかかる?」ティリーはたずねた。

「今日の午後の郵便でふさわしい候補者に連絡をとるので」ミセス・ベインブリッジがいった。

「二、三日でご連絡するわ」

「そんなにすぐ?」ティリーは叫んだ。「髪をセットする時間もないじゃない」

「あなたの髪はすてきよ」ミセス・ベインブリッジが保証した。

「どうしよう、待ってるあいだなにも手につかなくなっちゃう」とティリー。「けっこうわくわくするものね」

「これも経験のうちよ」ミセス・ベインブリッジが立ちあがって、再度握手を求めた。「お会いできてよかったわ、ミス・ラ・サル」

「こちらこそ。じゃ、また」

「さよなら」スパークスがいった。

アイリスはティリーが出ていくのを見守り、それから机を指でこつこつ叩いた。

「なあに?」グウェンが問いかけた。

「直感」アイリスは立ちあがった。「すぐもどる」

オフィスを出て、階段を見おろした。ティリーは一階下にいた。

「ミス・ラ・サル」アイリスは呼びかけた。

ティリーが驚いて見あげた。

「最後にひとつ質問があるの、もしすこしだけ待ってもらえるなら」

ティリーが待っているところまで階段を駆けおり、あたりを見まわして、だれにも聞かれていないことを確かめた。

「なにかしら」とティリー。

「ストッキング」アイリスはささやいた。

「なに？」

「助けてほしいの」共謀するような口ぶりでいった。「最後の一足をだめにしちゃって、もう配給切符を切らしてるの。手に入るところ、ある？」

「それは違法よ」ティリーが非難する口調になった。

「そういわないで。インチキぐらいみんなやってるんだから。どうしてもストッキングが要るの」

「いい相手を見つけてくれる？」

「もうすでに申し分ないお相手を思いついた。気に入るわよ、絶対」

「そうねえ」ティリーは下唇を嚙んで考えこんだ。それから頰をゆるめた。「いいわよ、それなら。ウォッピング・ハイ・ストリートに〈マールズ〉ってパブがあるの。アーチーという闇屋がいて、たいがい奥のテーブルに仲間たちといる。ティリーにいわれて来たといえば、手配してくれるわ」

「ありがとう」アイリスはいった。「あなたは命の恩人」

「ほかには？」

「なにも。お仕事にもどって」

「じゃあね。忘れないで、背の低い男はだめ！」

「背の低い男はだめ」

「騎手が好みなら、ダービーに行くわ」ティリーはそういって、階段の下へ消えた。

アイリスは階段をのぼってオフィスにもどり、机に向かった。バーレットのタイプライターを机の中央に移し、フールスキャップ紙を一枚挿入した。

「直感は当たってた？」グウェンがたずねた。

「うん」アイリスは面接のメモをタイプしはじめた。

「なんだったの？」

「ストッキング」

「シームがまっすぐでなかったとか？」

「シームはまっすぐだった。曲がってたのはあの娘」

「わたしもそう思った。どことなくうしろ暗い感じがしたわ」

「シャドウェルから来た怪しい女《シェイディ・レディ》」アイリスが節をつけて歌うようにいった。「彼女が踊るシミー&シェイクをごらん」

「あなたが引退して、ミュージックホールは大損失ね」グウェンが気のない声でいった。「ストッキングのどこが引っかかったの？」

「彼女がストッキングを持ってるところ。それにあのスカート――まっとうなイギリスの女性を十二人集めても、あんなにプリーツが多いのはだれも持ってない。規則違反もはなはだしいわね」

「考えもしなかったわ」

「ここは本音でいきましょうよ、あなたは服を山ほど持ってるけど――」

「そんなことない」

「なにがいいたいかというと、わたしはこのツイードのスーツのために配給切符をあらかた使い果たして、それはこの冒険的事業のために必要だったんだけど、ほかの女性が正規でないなにかを身に着けてると目についてしかたがないの。あなたはべつよ、戦争まえからすばらしい衣装を持ってたんだから」

「よかったら貸してあげられるけど――」

「けっこうよ。あなたのすてきなドレスを着るにはミス・ラ・サルの肩の上に立たなくちゃ」

「ストッキングというつもりだったの」

「同じことよ」アイリスがため息をつく。「ああ、わたしにその脚があれば半分の時間で目的地まで行けるのに。で、そっちはなぜ彼女がうしろ暗いと――あら！」

ごみ収集作業員のつなぎを着た男が、キャップを手に持って戸口に立っていた。

「すいません、邪魔する気はなかったんだけど」男はいった。「いいですかね、それとも予約が要るのかな」

「予約はいまうけたまわりました」ミセス・ベインブリッジが席を立って、彼を招じ入れた。

「わたしはミセス・ベインブリッジ。この人は共同経営者《パートナー》のミス・スパークスです」

「はじめまして」とスパークス。

「どうも」と男は返した。「名前はアルフレッド・マナーズ、おふくろはおまえにはマナーなんかないというけどね、ハ、ハ、ハ！」

「ハ、ハ」スパークスがオウム返しにいった。

「どんなご用件でしょう、マナーズさん」ミセス・ベインブリッジが椅子のほうへうながした。

「このまえを通ってるんだ、ほぼ毎日」腰かけながらマナーズがいった。「いつもあのきれいな緑色の看板が目に入るんで、こう考えた。アルフ、おまえに合う女がいるかもしれないぞ、ってね」

「いるかもしれませんよ」ミセス・ベインブリッジがいう。

「そこでとうとう腹を決めたってわけなんだ、ここがなんなのかこの目で見てやろうじゃないかと」

そういって、期待のまなざしでふたりを見た。

「ここがなんなのかというと、認可を受けた結婚相談所です。男女ともにお客さまが増えていて、わたしたちは波長が合いそうなカップルを見つける――」

「波長？　そりゃなんだい？」

「うまが合うということですよ」ミセス・ベインブリッジはいうと、相手が無表情に自分を見ているあいだひと呼吸おいた。「おたがいにふさわしいと」

「釣り合う相手か！」彼の顔がぱっと明るくなった。

「そのとおりです。それで、入会金ですが――」

「いくら？」

「五ポンド、それに――」

「五ポンドだと！」彼は叫んだ。「女ひとりに会うだけで？　モット・ハウスだってそんなにぼったくらないぞ」

「ただの女性ではなくて」ミセス・ベインブリッジはきっぱりとした口調で続けた。「わたしたちがあなたの性格と好みにぴったりだと考えるお相手です」

「おれに偏見があるといってんのか」マナーズは気分を害したようだった。

「あなたが女性になにを望むか、どんな女性が好きかということです」ミセス・ベインブリッジがいうと、スパークスは笑いをかみ殺した。

「ほう」マナーズがいった。「さっき出ていった小鳥ちゃんとおれをくっつけてくれるのかい？　あれはなかなかの上玉だったな、まちがいない」

「どの小鳥ちゃん？」スパークスがたずねた。

「さっきまでここにいた女さ」

「マナーズさん、わたしたちはお客さまのプライバシーを尊重しています」ミセス・ベインブリッジがいった。「ご入会されるならあなたのプライバシーも同じように守りますよ」

「五ポンドの持ち合わせはないね」

「ではうちのパンフレットをさしあげますので」ミセス・ベインブリッジが机の上の山から一部取って、手渡した。「もしこちらを利用したいお気持ちがあれば、あらためて予約をお取りください」

「わかった」マナーズはパンフレットを受け取った。女性ふたりに感心したような目を向けた。

「おたくらもリストに載ってんのかい？」

「いいえ」スパークスが間髪を容れずに答えた。

「残念だな」流し目を送った。「でも可能性はつねにある、だろ？」

「ではこれで、マナーズさん」ミセス・ベインブリッジがいった。「早いうちにご連絡があることを期待しておりますわ」

彼はキャップをかぶり直し、挨拶がわりに指二本でつばにふれて、悠然とした足取りで出ていった。

ふたりは足音が階段の下へ消えていくまで待った。

「却下」とグウェンがいった。

「絶対、断じて、却下」アイリスがいい、ふたりとも吹きだした。

「ああ、もう、いやな男だった」とグウェン。「二度と来ないほうに二ペンス賭けるわ」

「賭けるまでもないわよ。あいつにとってはどんな女も五ポンドの価値はないんだから」

「ねえ、いまのはごみ収集の人とかわした初めての会話だったと思う」グウェンが考えこんだ。

「こうして経験を重ねていくのはすばらしいことね。もっとひどい臭いがするのかと思っていたけど、いい匂いだったわ」

「ここはメイフェアよ」アイリスはメモのタイプを終えた。「ごみ収集作業員も上流なの」

「モット・ハウスって」グウェンがためらいがちにいった。「わたしが思っている場所のことかしら」

「どんな場所？」アイリスが涼しい顔でたずねた。

「あ、えーと、家……」

「家は家よ、たしかに」

「——評判のよろしくない」顔を真っ赤にしながらグウェンがいった。

「いかがわしい？」アイリスは息を呑んでみせた。「要するに——娼館？」

「だから——」

「売春宿？」

「やめて」

「淫売屋！」アイリスがわざとらしい悲鳴をあげ、手首の甲を額《ひたい》に押し当てて、椅子に倒れこんだ。

「からかってるんでしょ。最初からわかってたくせに」

「そうよ。こっちはケンブリッジで教育を受けた分、有利なの」

「どんな授業でおぼえたことやら。その書類、できた？」

アイリスは書面をタイプライターから抜き取り、ミス・ラ・サルの署名入り契約書とまとめてグウェンに手渡した。グウェンは目を通してからペーパークリップで綴《と》じて、背後のファイルキャビネットに収めた。

アイリスは索引カードを二枚取って、あいだにカーボン紙をはさんだ。それを注意深くタイプライターにセットし、ミス・ラ・サルの好みと付帯事項を要約してタイプした。終わると、二枚をべつべつにした。

「写しはそっちの番ね」といいながら、下の一枚をグウェンに渡した。「ところで、聞かせてよ──なぜ彼女がうしろ暗いと思ったのか」

「受け答えのなにか。嘘をついているというほどではないけど、いくつかのことを省いているような」

「もっと突っこんで身上調査するべきだと思う？」

「危ない橋を渡っている女性だとは思わない。でもだれかに犯罪者をあてがうわけじゃないと、はっきりさせておきたいわ。うちには守るべき評判があるんですもの」

「何本か電話をかけてみる」とアイリス。「マッチングは控えておいたほうがいい？」

「いいえ、進めましょう」とグウェン。「早く結果を出すと彼女に約束したでしょ。警察にいるあなたのお友だちがもしもなにか見つけたら、男性候補者にはいつでも連絡してキャンセルできるし。彼女、生い立ちにしてはきちんとした口をきいていたわね。もっと下町言葉でしゃべるのかと思ったわ」

「上流への野望があるのよ。さて、はじめましょうか。ミス・ラ・サルは女性候補者一〇二番ね」

ふたりは索引カードにその番号を書き、それぞれが持つ女《F》というラベルを貼った緑色の金属の箱に入れた。つぎにめいめいが男《M》の箱を目のまえに置いた。

「いい？」とグウェン。

「いいわよ」とアイリス。

「じゃあ、スタート。背の低い、禿《は》げたアイルランド人は除外ね。たとえ魅力的かもしれなくても」

アイリスは似合いの独身男性を求めてカードに目を通しはじめた。よさそうなひとりを見つけると、箱からカードを抜き取り、情報をじっくり読んでから横に置いた。それからグウェンのほうを見やった。

「のぞいちゃだめ」グウェンが顔をあげずにいった。

ふたりは各々のまえにカードが三枚並ぶまで続けた。アイリスは自分のグループのカードをもう一度熟読し、それから二番目と三番目を入れ替えた。グウェンは順位を変えずに待った。

「わたしからいく？」とたずねた。

「お願い」

グウェンがカードを一枚掲げた。

「シドニー・コリンズ」

「おもしろい」アイリスがいった。「うん、いわれてみればわかる。目に飛びこんではこなかったけど。わたしが選んだ第三位はモリス・カノン」

「うーん」

「気に入らない？」

「もっといい人がいると思う」

「そっちの第二位を教えて」

「アレックス・レンボーン」グウェンがいった。

「わたしのもそう」アイリスがにやりと笑って、カードを見せた。「わたしたち、最高の瞬間を迎えようとしてる？」

「ゆっくり味わいましょうよ」

グウェンは最後の一枚を取って胸に押しあて、目を閉じて、深く息を吸いこんだ。それからカードをアイリスのほうへ向けた。

「やっぱり！」アイリスが叫んで、自分のカードを高くあげた。「ディッキー・トロワー！」

「こうなるときがたまらないのよね」グウェンがため息をもらした。「で、どうして彼を選んだのか聞かせて」

「彼は会計士だけど、労働者階級の出。ちっともえらぶってない。女性慣れしてなくて――わたしたちとこの部屋にいるあいだずっと顔を赤くしてたでしょ？　だけど立身出世の上昇気流に乗ってもいる。野心的なティリーは尻尾を振って希望の星を追いかけるわよ、表現はともかくとして」

「あなたったら欲得ずくのことばかり」グウェンが口をとがらせた。

「わたしなら現実的というわね」アイリスがいい切った。「彼にとってもステップアップよ。ティリーは店で帳簿をつけてるんだから、美貌だけじゃなく経済観念でも彼を惹きつけるでしょうね。で、そっちはどんな浮き世離れした飛行機にふたりを乗せたわけ？」

「ミス・ラ・サルはダイヤモンドの原石だと思うの。見かけは内気な男性でも、ミスター・トロワーには人の真価が見える。彼女のほんとうの価値を見抜くはずよ」

「でもうしろ暗いところがあるって思ったんでしょ？」

「厳しい人生を送ってきたんじゃないかしら。もっといい暮らしをさせてくれたら、一生彼に感謝すると思う」

「それじゃ決まりね」

「ええ」グウェンは便箋《びんせん》に手をのばした。「カーボン紙を取ってくれる？」

「しっかり押しつけて」アイリスが抑揚をつけて歌うようにいった。「写しを取るんでしょ」

グウェンはミスター・トロワーに宛てて、ミス・ラ・サルとの連絡方法を詳しく説明する手紙をしたため、封筒に入れて封をし、宛名を書き、切手を貼った。コピーのほうはキャビネットのトロワー氏のファイルに収めた。

「今日の分の仕事はしたわね」

「それで思いだした」アイリスがミス・ラ・サルの支払った紙幣をまとめながらいった。「ジョージがいい？　エドワードがいい？」

「どっちのエドワード？」

「八世」

「ならばジョージ」

「了解。一ポンドはあなた、一ポンドはわたし、三ポンドは貯金ね」

アイリスはグウェンに一ポンド手渡すと、机の下にかがんで、金庫を隠している板をすべらせて開いた。鍵をあけて、金庫に三ポンドをしまい、ふたたび鍵をかけて板を閉じた。

体を起こして、腕時計を見た。

「店じまいする？　もう予約はないし」

「それがよさそう」

ふたりはめいめいコートを取って、オフィスを出た。アイリスが外から施錠した。

「公園まで送って」建物を出るとグウェンが頼んだ。

「よろこんで」アイリスがいった。

ふたりはオクスフォード・ストリートまで行って、角の郵便ポストでミスター・トロワーへの手紙を投函し、そこから西へ向かった。自分より背の高い相手に遅れまいとアイリスは足を速めなければならなかったが、グウェンが気がついて歩をゆるめた。

「ありがとう」アイリスがいった。

深呼吸して、雲ひとつない空を見あげ、ため息をついた。

「こうしてメイフェアに若い女がふたり。もうじき夜の帳《とばり》がおりる。最高にいい季節だというのに、どちらもまっすぐ帰ろうとしてる」アイリスはいった。「なんて悲しいの」

「わたしたち、もう若くはないわ」グウェンがいう。

「オールドミスでもないわよ」

「ほっといて」

「お黙り。わかった、それならこれが七、八年まえだとして、いまあなたはなにをしてる？」

「カクテルドレスからイブニングドレスに着替えているところね」グウェンは夢見るまなざしで彼方を見つめながらいった。

「どのドレス？」

「モリヌー、かしら。素材はクレープデシン、海の泡の色で、わたしの目の色をすばらしく引き立ててくれるのよ」

「それを着て、どこへ行く？」

「どこかの舞踏会ね。レディ・ロンドンデリーか、レディ・キュナードのお屋敷。コリガン夫人がダドリー・ハウスで催していた盛大なパーティかも。行ったことある？」

「一度。そこでアメリカ大使の息子と出会ったの。ちょうどイギリスを訪問中で、それはそれは、すてきな青年だった。フェアバンクスが彼のためにパーティを開いたんだけど、グローブナー・ハウスだったかな、わたしはそれには出られなかった。コリガン夫人のパーティでは連れを前半で酔っぱらわせたの、彼をうっちゃってそのアメリカ人とこっそり抜けだすために」

「うまくいった？」

「そのパーティの後半に関しては、なにも話せない」

「悪い子ね」とグウェン。「そのお連れはどの婚約者？」

「当時は婚約破棄のあとで、つぎの婚約よりまえだった。だれと行ったかもおぼえてない。そのパーティにわたしを連れていけるくらいにはお金持ちだけど、一緒に帰るには退屈すぎたのね。ちょっと、やだ！　どうしたの？」

グウェンの頬を涙が伝っていた。

「あのドレスを着ていたとき、ロニーと出会ったの」と小さな声でいった。

「あらあら」アイリスは友の両手をつかんだ。「そんなつもりじゃ――」

「ううん、いいの。すてきな思い出よ。彼が恋しくてたまらない」

「わかるわ、ダーリン」

ふたりはハイド・パークの北東の角に着いた。本来つまらないロータリーにすぎないそこには、不釣り合いに誇らしげなマーブル・アーチがそびえている。公園内にはまだ一個中隊分の高射砲が残っていて、東の空に砲身を向けていた。

「明るいうちに公園を抜けて帰るわ」グウェンはいった。

「気をつけてね」

「ええ。また明日」

「グウェン、あなたのお相手を見つけさせて」

にしました。」アイリスは衝動にかられて口にした。

「そんなこと、とても――」

「もう二年経つのよ」アイリスは食い下がった。「このままじゃいられないでしょ。新しい章に取りかかっても、だれもあなたの評価を下げたりしないって」

「無理よ。ほかの人たちが自分の本を書くお手伝いを続けましょう。いい?」

「いいけど。わたしたちのモットーを忘れないで。世界を人でいっぱいに!」

「世界を人でいっぱいに」グウェンがくりかえして、にっこり微笑んだ。

ふたりはべつべつに、グウェンは公園を通って、アイリスは北へ向かって歩きだした。

陽が傾いてやっと空気がひんやりしてきたメリルボーンをそぞろ歩くのは気持ちがいい、とアイリスは思った。彼女のフラットはベンティンク・ストリートのすぐ先、ウェルベック・ストリートに沿って煉瓦の家並みが続く区画にある。住んでいるのは四階なので、バルコニーはないが、ゆっくり部屋にいられる日には遅い朝の陽光が射しこむ。

階段をのぼり、鍵を挿してまわした。一歩入って、止まり、鼻をひくつかせた。

ふだんとはちがう匂いがした。オーデコロン。でもアイリスが知っている香りではない。

廊下のテーブルの小皿にわざと大きな音で鍵を落とし、その音にまぎれて頑丈なクリケットのバットを傘立てから抜き取った。ハンドルを両手で握り、居間に踏みこんだ。

だれもいない。残るは、と悟って不快な気分になった。寝室だ。

深く息を吸い、ドアを蹴って開き、侵入者の頭を境界線《バウンダリー》の外までかっ飛ばす構えで室内に飛びこんだ。

ベッドの上で男がアイリスを見て、バットに目を移した。

「きみがやるのはゴルフだと思ってたよ、スパークス」こともなげにいうと、読んでいた本をおろした。

「五番アイアンをお祖父ちゃまの家に忘れてきちゃったの」アイリスはかすかに息を切らしながらいいかえした。「わたしが読んでたページを閉じないで」

「『反逆者の財布』」大げさな抑揚をつけて彼がいった。「記憶喪失のキャンピオン氏。冒頭からぶっ飛んでるね。一日どこにいたんだい」

「職場」

「かわいそうに！　仕事ははかどった？」

「新規のお客さんがひとり、見込みのないのがひとり。そちらは順調？」

「まだ確信はもてないな。バットをおろしてくれないか」

「その頭をたたき割るという考えを捨て去ったわけじゃないのよ」

「けっこう。書き物机《ビューロー》の上にきみへのプレゼントがあるよ」

アイリスがそちらへ目をやると、型押しした紙の小箱があった。右手でバットを振りあげたまま、箱をあけて、なかをのぞいた。

「〈夜間飛行《ヴォル・ド・ニュイ》〉！」

「ゲランの製造が復活したんだ」

「すてき。ご要望にしたがうわ、アンドルー、信頼の証としてバットをそっと床に置く。さっきからわたしが嗅いでいるのはあなたのコロン？」

「そう。また作りはじめたからには、ぼくもこれにもどそうかと思ってね。どう思う？」

アイリスは近づいて、ベッドに腰かけ、彼の首の匂いを嗅ぎ、それから裸の胸に頰をあずけて、顔を見あげた。

「なかなかいい。でもわたしはあなたの自然な匂いのほうが好き。いつ帰ったの？」

「今朝」

「教えてくれたらよかった。飛行場で会えたのに」

「ひとつには、飛行機でクロイドンに着いたのではない。それに、ぼくが来たことと去ることは一般人の知るところではない」

「あなたのしちめんどくさい段取りは女の神経にひどく障る。買い物をしまくったところを見ると、ケルンとパリにいたわね。ほかには？」

「いえないんだ」

「帰国したのをポピーは知ってるの？」

「電話したよ。フライトでくたくたに疲れてるから街に泊まるといっておいた」

「妻より愛人が先。光栄だこと」

「きみは愛人じゃない。恋人だよ」

「同じでしょ」

「全然ちがうね。愛人は金のため。恋人は愛のためだ」

「このフラットの家賃はあなたが払ってるじゃない」

「愛を育《はぐく》めるように」

「ポピーも〈夜間飛行〉をもらうの?」

「彼女には合わない。〈ミツコ〉を買ったよ」

「なんて公平な人」

「向こうにはもっと小さい瓶のを買った」

「またあなたが好きになっちゃった」アイリスはカバーの下にすべりこみ、彼に身を寄せた。

「ところで、そうなの?」

「なにが?」

「くたくたに疲れてる?」

「いや」アイリスを抱き寄せた。「でもそうなりたいな」

2

目をあけると、横向きに寝そべってこちらを見おろしている彼がいた。彼女が起きたのを見て、いまだに彼女の心拍数を上昇させるあの微笑を浮かべた。彼女は声を出しかけたが、唇に指を押しあてられて黙った。すると彼の口が開き、血液がどっとあふれ出て、ベッドに流れだし、両端から流れ落ちて、部屋を満たし、彼女を溺《おぼ》れさせ……。

そこでほんとうに目が覚めて、べつの理由で心拍数が上がっていた。ベッドサイドテーブルの上で目覚まし時計のツインベルがけたたましく鳴った。彼女はぴしゃぴしゃと何度も叩いてベルを黙らせた。

時計の横には銀のフレームに入ったロニーの写真がある。ロイヤル・フユージリアーズ連隊の礼装で、夢のなかと同じ微笑を浮かべていた。

その軍服は壁際の彼のワードローブにかかっている。モンテ・カッシーノの戦いで迫撃砲が命中したときに着ていた物ではない。

二年と、三か月と、四日まえに。

その夢は久しく見ていなかった。もう乗り越えたのだと思っていた。ミルフォード先生が出してくれた粉薬を飲んだほうがいいのかしら。

でもそれは仕事の妨《さまた》げになる。いまの彼女は働く女性なのだから。

さ、起きて、グウェニー。真夜中に赤ちゃんが泣きだすと、ロニーがそうささやいたっけ。そのベイビー、もう赤ちゃんではないその子が、足音から察するに廊下を駆けてくるところだ。彼女の部屋を目指して。

グウェンはティッシュをつかみ取り、手早く涙を拭《ぬぐ》った。そのときドアが勢いよく開いて、リトル・ロニーがベッドに飛び乗り、母の腕のなかに飛びこんできた。

「おはよう、ダーリン」グウェンは息子が笑いだして止まらなくなるまで、その顔にキスを浴びせた。

「おはよう、ママ」小鳥がさえずるような声でロニーがいった。「アグネスが今日は博物館に行きましょうって。ママも行ける？」

「それはすてきね。でもママはお仕事に行かなくちゃ」

「そっか」

「アグネスときっと楽しめるわ」グウェンは請けあった。「そして今夜は、恐竜と熊とイッカクについておぼえたことを全部話してきかせてね」

「イッカクって？」

「海を泳ぐ生き物で、鼻が剣になってるの」

「剣の鼻！　それで決闘するの？」

「名誉がかかっているときにだけ。さあ、ちゃんと朝ごはんを食べていらっしゃい。とっても広い博物館なの、体力がいるわよ」

「はい、ママ！」

息子はベッドから飛びおりた。

「待って！」

彼が足を止め、振り向いて、グウェンを見た。

ロニーの顔。息子を見ると、わっと泣きださないのが精一杯になるときがある。

「ママにキスして。そうしたら行っていいわ」

リトル・ロニーは躊躇《ちゆうちよ》なくまたベッドに飛び乗り、チュッと大きな音をたてて彼女の頬に唇をあてた。グウェンは息子を抱き締めて、力をこめ、彼が身をよじりだすまで放さなかった。

顔を洗って着替え、使用人用の裏階段から朝食室へおりた。料理人のプルーデンスがキッチンから顔をのぞかせた。

「おはようございます、ミセス・ベインブリッジ。なにを召し上がりますか」

「紅茶とトーストだけ」グウェンは窓際の席に着いた。「レディ・カロラインは起きていらっしゃる？」

「マダムは昨夜《ゆうべ》ディナーパーティでしたので」とプルーデンス。「十一時よりだいぶまえにベッドを出られることはないかと思います」

「ありがとう、プルーデンス」

グウェンは義理の母と礼儀正しい会話をしなくてすむという安堵を抑えつけた。

ガーディアン紙を取り、主な見出しに目を走らせる。ギリシャの内戦。ソビエト軍の占領が続くことに抗議するイラン人。パレスチナ問題。それに配給、配給、いつだって配給。アトリー首相の厳しい決まり文句には終わりが見えない。合衆国の労働問題は生命に不可欠な小麦の出荷を遅らせそうだ。

プルーデンスが彼女なりの小麦の収穫を二枚のトーストというかたちで運んできた。グウェンは一枚取った。

「プルーデンス、これはどのくらいの重さがあると思う？」

「一斤《きん》が一ポンドです」プルーデンスは即座に答えた。「ふつうは一斤を十二枚に切り分けますが、一ポンドは十六オンスですから、一枚がだいたい一オンスといくらか？　三分の一、でしょうか」

「ならば配給の一日分が九オンスに減らされても、どうやらそうなりそうだけど、わたしはまだトーストと紅茶をいただけるのかしら」

「そうです、奥さま」

「一枚をもっと薄く切ったほうがいいかもしれないわね」

「そうするまえにレディ・カロラインに伺わなくてはなりません。奥さまが直接おたずねになりたくなければ」

「レディ・カロラインはわたしからよりあなたから提案されたほうが真剣に受け止めると思うわ。これはあなたの領域ですものね。わたしとこの話をしたことは内緒にしておいて」

「かしこまりました。ほかになにかございますか」

「いいえ。ありがとう、プルーデンス」

グウェンは朝食をすませ、最後の最後に髪をすこし直してから、淡いブルーのベレーをのせた。ハンドバッグを取りあげると、家を出てケンジントンへと歩きだした。

夢が気にかかっていた。なにかよくないことを意味しているのだ。正夢とはいわないが――そんなものを信じるほど愚かではない――心理の表面下に沁みこんでいる不快ななにかがいまにも噴出しそうになっている。

ご主人の死によるショックです。療養所《サナトリウム》の車輪付き担架に紐でくくりつけられたとき、そういわれた。ショックがいくつも痕を残すのです。落ち着かせてあげますよ、と彼らはいった。じきに、と。しかしもっと深刻な症状があらわれるかもしれません。

その療養所には四か月間いて、出られたときにはベインブリッジ卿と夫人がグウェンの息子の監護権を認められており、くつがえすには裁判所命令が必要になっていた。グウェンが相談した弁護士は、療養所の入院記録を見ると、両手を組みあわせていった。〝いやはや、これは、これは〟

だからこうしてベインブリッジ家に住んでいる。たいそう広く、たいそう設備の調った邸宅で、家庭教師たちに育てられているわが子を見守り、母親らしくふれあうことをゆるされている一方、母親としての権限はまったくない。もし過去に精神を病んでなどいなかったとしても、このヴェルヴェットの牢獄のせいでそうなってもおかしくないと彼女は思う。

そんなわけで、衝動的なアイリス・スパークスとの偶然の出会いから結婚相談所を開業するという途方もないアイデアが生まれたとき、一も二もなく飛びついたのだった。

ふたりが出会ったのは、いうまでもなく、ある結婚式だった。新郎はロニーの部隊の同僚で、彼と花婿付添人《ベストマン》は大半の招待客同様、ロイヤル・フュージリアーズ連隊の礼装だった。教会に続く原っぱに大型テントが張られ、ウェイターたちがトレイにシャンパンのグラスをのせて立っていた。どこか秘密の貯蔵場所から持ちこまれた本物のシャンパンだ。一気に飲んでしまわないようにするのはむずかしかった。そんなときにはきまって希薄になる自制心をかき集め、ほかの招待客たちがぶらぶらはいってくるのを見ながら、手袋をはめた手で品よくグラスを支えていた。ベストマンのトム・パーキンスンが進み出て、口を切った。

「紳士淑女のみなさま。ぼくはこのジョージと、ダンケルク、チュニジア、イタリアでともに戦いました。機関銃攻撃をものともせず、イタリア人どもから丘を奪回しに突き進む彼を見てきましたが、今朝その通路を歩きだすまえほどびくついた姿を見るのは初めてです」

人々のあいだから理解ある忍び笑いが起こった。トムは花嫁のほうを向いた。

「そして、これほど価値あるなにかを手に入れた彼を見るのも。エミリー、おふたりを結びつけたのがどのような奇跡であれ、おかげで信じることができます、ぼくらがくぐり抜けてきた恐怖から希望が取りもどされたことを。おふたりにふさわしい幸福すべてを得られますように。みなさん——ジョージ・バスコム大尉と奥方をご紹介します。新郎新婦に乾杯！」

「新郎新婦に！」招待客が唱和した。

「新郎新婦に！」グウェンはそっとささやいた。

小柄で意志の強そうな、ブルネットの女性がこちらを見ているのに気がついた。ロイヤルブルーの肩パッド入りドレス、裾丈は膝《ひざ》のすこし上。グウェンが見つめかえしたのに気づくと、近寄ってきた。

「ごめんなさい」とその女がいった。「あなたのドレスに見とれていたの。文句なしにすばらしいわ」

「ありがとう」グウェンはいった。「何年も着ていなかったけど。すんなり袖を通ったわ」

「うらやましい。早く乾杯して飲ませてくれないかとじりじりしちゃった。シャンパンを何杯までなら本音を漏らさずにいられるか、思いだそうとしてるとこ」

「あら。それじゃわたしはこの二杯目でやめておかないと。たいがい三杯でふらふらになるし、あなたより残り少ないから」

「残念ね。こっちも二杯目よ」

「まだ口をすべらせずにすむ安全圏？」

「だと思う。ところで、わたしはアイリス。アイリス・スパークス」

「グウェンドリン・ベインブリッジ。グウェンと呼んで」

「よろしく。新郎側？　新婦側？」

「じつは、ちょっとずつ両方。わたしがその奇跡なの」

「なんですって？」

「トムがいったでしょ――奇跡がふたりを結びつけたって。あれはわたしのことよ」

「じゃあ、お手柄ね」アイリスはグウェンのグラスに自分のグラスを軽く当てて敬意を表した。

「聞かせてよ、どうしてあのふたりがおたがいに合うと思った？　誤解しないでね、エムのことは大好き、でも彼女ってずっと馬に夢中で、田舎で馬に乗って猟犬と狩りをするようなタイプだった。ジョージはたしかに勇敢だけど、そういう世界の人ではなかったでしょ。彼の一族は製造業で、お金はたんまりうなってるけど、やっぱり馬になんか興味がない。それに身長差――エムに騎手が必要だと思ったわけ？」

「ほんとうにそれは二杯目？」

「うん、いまのは意地悪だった。まともなシャンパンを飲むのはしばらくぶりだから。不作法になるにはまだ早いわね。わかった、それじゃ、なぜ彼女には彼で、彼には彼女だったの？」

「ジョージとは戦前からの知り合いなの。彼は芸術家になりたかったのよ。知ってた？」

「ふたりが婚約するまで彼のことは知らなかった」

「ジョージには内面の美しさを見る目がある。エミリーは自分を美しいと思ったことがない。いつどこにいても自分がだれより背が高くて、居心地の悪さを感じていた。わたしはジョージにならほんとうの彼女が見えるだろうと思ったの。そして、そういう目で見られたことのなかったエミリーは、彼に見つめられて大きく花開くんじゃないかと。いまの彼女を見て。昨日までの彼女を美人だといったことがあった？」

ふたりは振り向いて、ケーキを食べさせあっている新婚のカップルを見た。笑っているエミリーは陽光を取りこんでもっと金色のなにかに変えているように思われた。

「おっしゃるとおり」アイリスがいった。「あんな彼女は見たことがない。たぶんほかのだれも。あなた以外は」

「いまはジョージが見ているわ」グウェンは鼻をぐすぐすさせはじめた。ハンドバッグをつかんで、ハンカチを引っぱりだした。

「いやだ」涙が頬を伝い落ちた。「結婚式って。いつもこう」

「ほら、貸して」アイリスがハンカチでグウェンの涙を押さえ、手早く化粧を直した。

「ありがとう」グウェンはいった。「きっとひどい顔ね」

「あなたのひどい顔は、化粧のりがいい日のわたしよりマシよ。知ってる？　わたし、あなたの結婚式に出たの」

「そうだったの？　お名前におぼえがなくて」

「一九三九年の六月、じゃなかった？　正式な招待客の連れとして行ったの。わたしの最初の婚約者があなたの旦那さまのはとこかなにかで。ロニー・ベインブリッジがあなたの――ちょっと、やだ！」

グウェンはまたしても涙にくれていた。

「まったくもう、そんなつもりじゃ――わたし、よけいなことをいっちゃったのね、そうなんでしょ？　いつ？」

「三月、四四年の」グウェンは涙を拭いながら、切れ切れに答えた。「モンテ・カッシーノで。

トムとジョージはフュージリアーズ連隊で彼と一緒だったの」

「ほんとうにごめんなさい。知らなかった。いろいろあったから」

「いいのよ。彼の親戚から聞かなかったの？」

「婚約破棄したあとは連絡がつかなくなって」

「そうね、〝最初の婚約者〟といったわね」ようやく涙が止まってきたグウェンがいった。最後にもういっぺん目を押さえ、取りだしやすいようにハンカチを袖口に押しこんだ。

「そう。別れた婚約者」アイリスがいった。

「もうひとりかふたり。でもこうして同伴者なしにここに来てる」

「もうひとり婚約者がいたの？」

「いまあなたの人生にはだれもいないの？」

「ええ」

グウェンはアイリスをまじまじと見つめた。「ちがう」ややあって、いった。「それはほんとうじゃないと思う。あなた、もともと嘘をつく人？　それとも愉しんでいる？」

「まだ二杯目だって」アイリスがさらりといった。「もう一杯おかわりして、みじめな物語を洗いざらい聞かせましょうか」

グウェンは頭を振った。「ごめんなさい、わたしには関係ないことよね。知り合いにぴったりの相手がいないかと思って、つい品定めしちゃったの。ときどき無性に人と人を結びつけたくなるのよ」

「ジョージとエムだけじゃなく？」

「ええ。こつがあってね。いやだわ、わたしったら、ぺらぺらと自分の話ばかり。あなたはどこでエミリーと知りあったの？」

「寄宿学校とケンブリッジで。ここ数年のお祭り騒ぎのあいだは連絡が途絶えていたけど、婚約して向こうから連絡をくれたの」

「ほんとうに？　なぜそのときになって？」

「じつはね、ジョージのバックグラウンドを、わたしにこっそり調べてほしかったから。家族のよからぬ秘密が出てこないことを確認するために」

「それがあなたのふだんのお仕事？」

「ちがうけど、根っから詮索好きだし、使える人脈もあるし」

「上層部のお友だち？」

「下層部にも。そっちのほうが役に立つときもあるのよ」

「隠しておきたい秘密はなかったようね」

「なんにも。小指の先っぽほどの秘密もない。ジョージはよき家庭の出だった」

「わたしもそう感じていたわ」

「それならわたしたち両方から承認を得たわけね、あなたのこの世とはべつの次元と、わたしの偏見でゆがんだ下層社会の」

「いいチームになれそう」グウェンがグラスを掲げた。

「わたしたちに乾杯」アイリスはふたりのグラスをこつんとぶつけてから、残りを飲み干して、しかたなさそうにバーを見やった。「自制心のあるふりをしとこうかな。ケーキをもらう?」

「もちろん。またいつか会える?」

「ぜひそうしたい」アイリスはハンドバッグから小さなノートと鉛筆を取りだすと、グウェンに差しだした。

ふたりは電話番号を交換し、それからケーキを取りにいった。

その二日後に昼食をともにして、食事が終わるころには〈ライト・ソート結婚相談所〉のプランができていた。どちらの発案だったかはふたりとも思いだせない。だからこそ完璧なのだとわかった。

グウェンにお金は必要なかったが、収入を得るのは悪くない。必要なのは空《むな》しい時間を埋めてくれるなにかだった。愛情深い夫と一緒に、すばらしい息子を育てることに費やしたかった時間を。

子どもたち、よ。グウェンは思った。もしすべてが計画どおりにいっていたなら。でも戦争にはほかの計画があったのよね?

それから三か月後、ふさぐ心で階段を四つのぼってオフィスに着くと、アイリスが先に来て、ノートパッドに走り書きしていた。

「よう、相棒」コートツリーにベレーを掛けているグウェンに、アイリスがいった。「のんびりお出ましでけっこうだな」

「出社時刻より二分早いわ。今朝はなぜカウボーイなの?」

「昨夜《ゆうべ》西部劇を観たから、そんな気分なのよ」

「なにをしてるの?」

「クライアントを身長で分類してるところ。ミス・ラ・サルはそこにすごくこだわってたでしょ。だから全員を身体的特徴でもリストにしたほうがいいと思ったわけ」

「そうかもね」グウェンは自分の席に着いた。

「どうでもよさそうに聞こえる」

「疲れているだけよ。ひどい夜だった」

「なにがあったの?」

「ロニーの夢を見たの。悪夢。虫の知らせのような気がして」

「どんな?」

「それがわかれば、止めるためになんとかするわ。意味のない、ばかげたことよね、わかってる」

「わたしのエリザベス伯母さんは夢を見るたびに予言だと思ったものよ。山羊《やぎ》が牧場の柵の踏み越し段につまずくとか、そんなような夢を見ては、『災難が起きるよ! よくおぼえとき!』と叫ぶの。その翌週ぐらいにだれかが車のドアで膝をすりむくと、大声でいうのよ、『ほうらね!』って」

「そのふたつの関係が見えないんだけど」グウェンはいった。

「まったく無関係。だからこの話をしてるわけで……」

「だれか来る」グウェンがさえぎった。

「予言？」

「じゃなくて。階段で足音がする」

「ほんとだ」アイリスはまっすぐ立ちあがった。「ひとりじゃないわね。なんだろう」

茶色のウールのスーツを着た男が戸口にあらわれた。髪も茶色でこめかみに白いものが交じり、同じくらい白くなった口ひげと調和している。

そのうしろに似たような服装の若い男がいた。男前ね、とグウェンは思った。もし笑えば。だがいまは笑顔とはほど遠かった。そのふたりのあとに、制服の警官が続いた。

グウェンがパートナーに目をやると、アイリスはショックと困惑の面持ちで二番目の男を見つめていた。

知り合いなんだわ、とグウェンは気づいた。それならわたしから話したほうがよさそう。

彼女は立ちあがって、背の高さを見せつけた。

「おはようございます、みなさん」このうえなく礼儀正しい口調でいった。「わたしはミセス・グウェンドリン・ベインブリッジ。なにかお力になれますかしら」

「それじゃそちらがスパークスさんかな」と年嵩《としかさ》のほうがいった。

「そうです。あなたは？」

「ロンドン警視庁犯罪捜査課《CID》、フィリップ・パラム警視です」身分証明書をさっと見せた。

「これはキンジー巡査部長とラーキン巡査」

「お目にかかれて光栄ですわ」ミセス・ベインブリッジはいった。「さしあたりどなたも結婚相手をおさがしではなさそうですね」

「ええ、まあ。ここへ来たのはマティルダ・ラ・サルの件です。ティリー・ラ・サルといったほうがわかりやすいですかな。おふたりはその若いご婦人をご存じかと」

「わたしどものお客さまです。苦情でも申し立てたのでしょうか」

「彼女がそうする理由はありますが」とパラム。「届け出られる状態ではないのです。昨夜殺されましたので」

「は?」ミセス・ベインブリッジは思わず叫んだ。

「そんな、お気の毒に」スパークスがいった。「なにがあったんです? 犯人はわかっているんですか?」

「いえ、まだ」警視はいった。「わかることを願ってこちらに伺ったわけです」

「ここに? なぜここなんでしょうか」ミセス・ベインブリッジがたずねた。

「なぜなら、彼女を殺人者に引きあわせたのはおふたりだと思われるからです。おたくのファイルを拝見する必要がありまして」

「うちのファイル? あら、だめです、それは不可能ですわ。なりません」ミセス・ベインブリッジはファイルキャビネットのまえに立ちふさがった。つかの間、両腕を横にひろげてファイルを護るほうがいいのか考えたが、そこまではせず、胸のまえで腕組みして、厳しく咎《とが》めているような顔をしてみせることで手を打った。

「なりません?」パラムがくりかえした。「この人はいまほんとうに『なりません』といったのか、キンジー?」

「ええ、いいました」キンジーが答えた。

「なぜだめなんです?」パラムはたずねた。

「うちのお客さまはきわめて個人的なご用向きでここへいらっしゃいます。わたしどもはそれを極秘と見なしております。ですから、好むと好まざるとにかかわらず、あなた方がファイルを荒らすことはできません」

パラムはミセス・ベインブリッジと正面から向きあうべく机と机のあいだに進み出たが、それには彼女を狭い空間に追い詰めるという効果もあった。ほかのふたりの警察官はなりゆきをじっと見守った。

「ラーキン巡査」パラムがいった。

「は」ラーキンが返事した。

「ミセス・ベインブリッジは守秘義務をもちだして、われわれの捜査を妨害するおつもりだ」

「は、そのようです」

「警察の捜査における守秘義務について、きみの知識を試すよい機会に思われるが。やってみるかね?」

「は、よろこんで」

「では守秘義務の例を挙げてみたまえ」

「は、ええと、告解室があります」

「いいぞ、巡査。それは宗教全般に拡げられそうだな」

「は、それは妥当かと思われます」

「して、きみにはここに告解室が見えるかね」

「いえ、見えません」

「いま目のまえに立っているご婦人方は司祭の衣《ころも》を着けておられるかな。目に見える聖職者の装具をなにかひとつでも」

「いえ、しかし近ごろの新興宗教の一種なのかもしれません」

「巡査、きみはこのトピックに関してわが視野の狭さを正当に戒《いまし》めてくれた。ミセス・ベインブリッジ、おふたりは実際ここで修道会を営んでおいでですかな」

「あいにく営んでおりませんが、そうすべきかもしれません」彼女が答えた。

「しからばこの点は除外だ。巡査、ほかには?」

「は、医師の秘匿特権です」

「ここで医療などが施されている気配はないな、巡査。しかし心の病を治療している可能性もなくはない」

「楽しんでいらっしゃるでしょ?」ミセス・ベインブリッジが意見を口にした。

「いかにも、ミセス・ベインブリッジ。巡査、つぎはなんだ」

「ええと、弁護士と依頼人の関係は特殊ではないかと」

「そのとおり、そのとおりだ、巡査」パラムが顔を輝かせた。「きみはきわめて優秀だぞ。しかし、それも法的許可証を掲げていないことで除外されるだろう。さて、最後のひとつは？」

「喉まで出かかっているのですが、思いだせません」

「しっかりしろ、巡査。いちばんよく知られているやつだ」

「あっ、はい。夫婦の契《ちぎ》りです」

「正解だ。だがそれは、このご婦人方が看板を掲げている職業からして、もっとも遠いものだな。もしも彼女たちが顧客と結婚しているなら、チャンスを期待してここへやって来る哀れな男たちには不運ということになる」

「それに重婚であります」

「それもあるな、巡査」

　パラムはミセス・ベインブリッジに向き直った。

「というわけで、そこをどいてくださるよう要求しなくてはなりません、ミセス・ベインブリッジ」冗談めかした態度は消えた。「これ以上邪魔をすることは――」

「わたしの義理の父はハロルド・ベインブリッジ卿です。義父《ちち》はこの件をきわめて不愉快に感じることと――」

「ハロルド・ベインブリッジ卿はロンドン警視庁を傘下に置いていらっしゃるのですか」

「いいえ、それは。でもとてつもない影響力をもつ人物です」

「わたしにとってはちがいますね」

「すみません」スパークスが口をはさんだ。「みなさん、ちょっと静かにしてもらっていいかしら。うちの弁護士と電話中なので」

全員がそちらを見ると、彼女は机に向かい、すました顔で受話器を耳にあてていた。

「もしもし。サー・ジェフリー？　スパークスです。そう、アイリス・スパークス。お変わりないですか。助かりました、すぐ連絡が取れて。いま地元警察と少々困ったことになっているんです。いいえ、いいえ、わたしはなにもしていません。今回は。殺人事件の捜査中とかで、令状なしにうちのファイルをかきまわしたがってるんです。ええ、おもしろそうに聞こえるでしょうけど、こちらはいまその真っ只中で。助言をいただければと」

スパークスはしばらく耳を傾けた。

「それはたいへんいい質問ですね。訊いてみます」

片手で受話器をおおって、たずねた。「警視、ミセス・ベインブリッジとわたしは容疑者なんでしょうか」

「とんでもない」とパラムが答えた。

「ミセス・ベインブリッジ、彼はほんとうのことをいってる？」スパークスが訊いた。

「ええ」ミセス・ベインブリッジが穴のあくほど顔を見つめたので、相手は一瞬ぶるっと身を震わせた。

「サー・ジェフリー？　そうではないと警視はおっしゃってます。その点は確信があるみたい。

わたしも言葉どおりに受け止めたいですね。ええ。とっても助かりました、サー・ジェフリー。お手数をおかけしちゃって。サマンサによろしく」

スパークスは電話を切ると、ミセス・ベインブリッジにうなずきかけた。

「弁護士がいうには、通常なら正式な令状を持参するものですって。でも緊急事態だということを鑑《かんが》みて、質問に答えてあげたほうがいいでしょうって」

「わかった」ミセス・ベインブリッジがいった。「警視、どうすればお役に立てますかしら」

パラムは連れのふたりに顔を向けて、さも腹立たしそうに眉《まゆ》をつりあげた。キンジー巡査部長は肩をすくめ、ラーキン巡査は石のごとき無表情を通した。パラムはミセス・ベインブリッジに向き直った。

「おふたりがミス・ラ・サルに紹介した男性全員の名前と住所を知る必要があります。それに手紙の類《たぐい》があれば拝見しなくては」

彼女はくるりと背を向けて上のキャビネットを開き、ディッキー・トロワーのファイルを取りだした。

「ミス・ラ・サルは一週間まえの月曜日に入会しました」パラムにファイルを渡した。「彼女に紹介したのはこの方が最初です。でも容疑者だとは思えません。悪意や暴力のかけらも感じさせない男性です。わたしみずから保証人になってもいいくらい」

「わたしも」とスパークス。

「残念ながら、それを判断するのはわれわれでして」とパラム。「こちらの調べが完了するまで、どうか彼とは連絡を取らないよう願います。ご協力どうも」

パラムがファイルをラーキン巡査に預けると、巡査は受取証を書いてミセス・ベインブリッジに手渡した。

「もうひとつ」パラムがいった。「看板にはあなた方を事業主《プロプリーターズ》と記しておいでですが」

「そのとおりです」ミセス・ベインブリッジがいった。

「それは男性にかぎった呼び方でしょうな」

「女事業主《プロプリートレスイズ》じゃ舌がまわらなくて」スパークスがいった。

「それに女主人《プロプリートリクス》だと、なんだか——違法っぽく聞こえませんかしら」とミセス・ベインブリッジ。

パラムのうしろに立っているキンジーが、一瞬口許をゆるめた。

「たしかに、それは好ましくありませんな」

「あなたの非難の重みに耐えながら、このままがんばって続けていくしかありませんわ」ミセス・ベインブリッジはつつましやかに目を伏せた。「ごきげんよう、みなさん。ご幸運を祈ります」

「警視」スパークスがいった。「巡査部長とひとこと話をしたいんですが」

パラムが目をやると、キンジーは曖昧《あいまい》に肩をすくめた。

「さっさとすませろ」といって、警視と巡査は出ていった。

アイリスは長々とキンジーを凝視《ぎょうし》した。相手は無表情のまま立っていた。

人当たりのよさそうな男、とグウェンは思った。もの柔らかな態度の下で、息をつまらせそうに怒っている。

「こんにちは、マイク」アイリスがいった。

「やあ、スパークス」彼が返した。

グウェンは静かに腰かけて、見守った。

「職業上の立場のあなたと出くわすことになろうとは、思いもよらなかったわ」アイリスがいった。

「きみに出くわすとは考えもしなかったよ。まったくの偶然か、運命の試練なのか。たまたまうちの班が当番だったんだ。ここを開いてどのくらい?」

「三か月」

「順調、なんだね?」

「まあまあってところよ」

「ふん」あたりを見まわした。「きみが結婚の仲介をするというアイロニーが頭を離れないよ」

「そんなような台詞を聞かされると思ったわ。そういえば、近々おめでたいことがあるそうね」

「知ってるのか」警戒する声音になった。

「ベリル・スタンスフィールドでしょ」

「この会話にもこの先も、彼女の名はいっさい出さないでもらいたい」キンジーが語気を強めた。「きみからなにかいわれる筋合いは――」

「よかったわねといおうとしたの」アイリスが優しくいった。「もしわたしがあなたのお相手をさがす役目を与えられても、ベリル以上の女性は見つからない」

「ああ」懐柔されたというよりも、混乱しているようだった。「そうか。ありがとう。まえにつきあっていた女性よりいいことはたしかだ」

「まちがいないわね」アイリスが同意した。

「それだけ？」

「それだけ。あなたがうまくやっているとわかってうれしい。本気よ」

「もうおいとましたほうがいいな」彼はドアのほうへ歩きかけた。

「マイク？」

「なんだ、スパークス」

「ミス・ラ・サルはどんなふうに殺されたの？」

「刺された。心臓をひと突きだ。鮮やかな手口だった」

「心臓をひと突き」

「そう。だから警視がきみを容疑者からはずすのには同意しかねる」

アイリスが氷の微笑を浮かべたので、彼はかすかに身を縮めた。

「犯人を捕まえて、マイク。それに今度ここへ来るときにはもっとお行儀を学んできてね、さもないとあなたが無垢《むく》な女性たちを困らせているとお母さんに話すわよ」

「ミセス・ベインブリッジに対しては疑わしきは罰せずとしてもいい。でもきみは無垢なんかじゃないさ」

彼はくるりと背を向けて、出ていった。

グウェンは戸口の空間を見つめたままのアイリスに目を向けた。

「いまのが――」といいかけた。

「婚約者ナンバー2《ツー》」とアイリスがいった。

「〝逃がした魚〟ね」

「そんなところ」アイリスはまた腰をおろした。

「あなたを好きじゃなさそう」

「理由がないわけではないの」

「話したい？」

「話せない」とアイリス。「戦争中のことだから」

「それについてはこれから先も絶対に話せないのね」

「いつかは話せるかも。わたしたちがおばあちゃんになったら。それでもまだだめかもしれないけど」

「パラムをどう思った？」

「わたしの好みじゃないな。部下のまえでは見栄っぱりで女をいじめたがる。さほど想像力が働く男には思えなかった」

「まず仮説を立ててから、それにあてはまる事実をさがすタイプみたい」

「マイクのほうは想像力がある」とアイリス。「たくましすぎるくらいだったわ、いま思えば」

「アイリス。わたしたちのせいじゃないといって。あの女性の気の毒な最期に、断じて、これっぽっちも責任はないと誓って」

「なんでわたしたちなの？」

「もしディッキー・トロワーがやったのなら、ふたりを引きあわせたのはわたしたち――」

「彼のはずはない。虫一匹殺せない男だって、ふたりとも知ってるでしょ。たんに最初の手がかりであって、しかもいちばん手っとり早かったのよ。明日の朝までには容疑者からはずされるにきまってる」

「でも、もしわたしたちがまちがってたら――」

「それはない」

「どうしてそんなに確信をもてるの？　たった一回の面接で、その人のことがどこまでほんとうにわかる？」

「これ以上ないくらいに。初対面のあと、非公式に身元調査もしたけど、彼はやすやすと合格した。もっと重要なのは、ちゃんとした人だとあなたが思ったことよ。わたしはあなたの目を全面的に信用する」

「いままでなかったことが起きないとはかぎらないでしょ」グウェンはいった。「どうしましょう。もしこれがわたしの夢があらわしていたことだったら」

「くだらない。どっちにしろ、わたしたちにできることはなにもないの。警察の捜査を見守りましょうよ」

それはほんの数時間後のことだった。階段をのぼってくる乾いた足音に、ふたりは顔をあげた。するとキンジー、ラーキン、そして第三の男が踏みこんできた。

「タイプライターから手をどけて」キンジーがスパークスに命じ、彼女はキーの上に指をかまえたまま硬直した。

「〝退屈な業務取締り警察〟よ、グウェン」口の端からいった。「もうだめ、一巻の終わり！」

「間に合ってよかったわ、みなさん」ミセス・ベインブリッジはいった。「わたしたち、いまにも今日の業務を終えてしまいそうだったの」

「机から離れるんだ、スパークス」キンジーがいった。

「いったいなんのために？」スパークスが声をあげた。

「タイプライターの指紋を採らなくてはならない。ゴドフリー、ミス・スパークスのサンプルを採ってくれ」

「そんなことはさせないわよ！」彼女が抗議するまえで、第三の男が革張りの箱をあけて記録用紙とインクパッドを出した。「説明してくれないかしら」

「マティルダ・ラ・サル殺害容疑でリチャード・トロワーを逮捕した」

「信じられないわ」ミセス・ベインブリッジはいった。「彼が自白したんでしょうか」

「わたしの口からはいえません」キンジーがいった。

「つまり、ちがうってことね」とスパークス。「どんな証拠に基づいて拘束したの?」

「彼のマットレスの下から血のついたナイフが発見された」

「そしてそれを――正しい用語がわからないけど……」ミセス・ベインブリッジがいった。

「彼女の血液型と照合したかどうか」とスパークス。

「初期検査では一致した」とキンジー。

「そのこととわたしのかわいそうなバーレットになんの関連があるのか、まだ聞いてないわよ」スパークスがいった。「わたしが保証人になる。このタイプライターはケンブリッジに行ったし、戦時中は雄々しく国家に仕え、独立自営農民《ヨーマン》の務めを果たし――」

「ヨーウーマンの務めよ」ミセス・ベインブリッジが正した。

「ヨーウーマンの務めをここで果たしてるのよ。しかも、この子は歩けないんだから。悲しい話でしょ」

「質問には答えるといったじゃないか」キンジーが指摘した。

「わたしたちは容疑者ではないといったじゃありませんか」ミセス・ベインブリッジがいった。

「もうひとつ証拠がある」とキンジー。「ゴドフリー?」

「は」第三の男がいった。

彼はキットから白い粉のはいった小さな瓶を取りだした。

「今日はタイプライターを使いましたか」ゴドフリーはスパークスにたずねた。

「見てのとおりよ」

「ではキーは採るまでもないですね」

男はタイプライターの両脇と背面に気前よくたっぷりと粉を振りかけ、それから小さなゴムのブロワーで余分な粉を吹き飛ばした。数十もの指紋が、かすれたり重なりあったりしながら表面をおおっていた。

「たまにはこの子をきれいにしてあげなくちゃ」スパークスがため息をついた。「考えたこともなかった。ごめんなさいね」

ゴドフリーはカメラを取りだして、各面の写真を撮った。

「では」インクパッドをスパークスのほうへすべらせた。「まず右手を出してください」

彼はスパークスの指を一本ずつつかんでは、インクの上で転がし、各指に割り当てられた長方形のマスに押し当てた。

「女性の手の扱いがとても優しいのね」スパークスがいった。「彼にいろいろ教わるといいわよ、マイク」

「あなたが協力的でいるかぎりは優しいですよ」ゴドフリーは左手にも同じ手順をくりかえした。「あまり協力的でない人たちの指を一本か二本折ったことはありますが」

スパークスは黒くなった指先を掲げてミセス・ペインブリッジに見せた。

「どう思う?」

「その色はあなたの服装には合わないわ」

「さあ、マイク、これはいったいどういうこと？」スパークスがいった。「これはなんの証拠なの？」

「トロワーは故人のミス・ラ・サルと一度も会わなかったと主張している」キンジーがいった。

「会う予定だったが、その後デートはキャンセルされたという手紙を受け取ったそうだ」

「手紙って？ だれからの？」ミセス・ベインブリッジがたずねた。

キンジーがラーキンに合図すると、巡査は持っていたアタッシュケースからマニラフォルダーを取りだして、机の上で開いた。便箋《びんせん》一枚と開封した封筒が入っていた。

「うちのレターヘッドよ」のぞきこんだスパークスがいった。

「ミセス・ベインブリッジ、これはあなたのサインですか」とキンジーがたずねた。

彼女は顔を近づけてじっくり見た。

「そっくりね。でもわたしのではありません」

「どうしてそういえます？」

「わたしがその手紙にサインをしていないから。タイプした手紙に署名したことはないんです。そのお粗末な機械を使ったこともないわ」

「ちょっと、ちょっと」とスパークス。「わたしのバーレットに意地悪をいわないで。でもこの人のいうとおりよ、マイク。わたしはなんでもかんでもタイプするの。そのほうがビジネスっぽいし、あなたもよくおぼえてるように、わたしの手書き文字はそれはひどいから」

「たしかに」キンジーがいった。「字だけでなく、つづられていた心情も」

「だけどミセス・ベインブリッジの字はすばらしくきれいなの。優れた血筋と育ちのあらわれね」

「ありがとう」ミセス・ベインブリッジがいった。「そんなわけで、わたしの机から発送する手紙はすべて手書きなんです。その手紙の送り主はわたしたちのどちらでもないわ」

「でも便箋はここのですね」とキンジー。

「盗まれたのよ、おそらく」とスパークス。

「比較するために手紙を一通タイプしてもらえないかな」

スパークスはバーレットで途中までタイプした手紙を見て、ため息をついてから、紙を引き抜いた。

「最初からやり直さなくちゃ」とぼやいた。「一度抜いちゃうと、二度とぴったり行を揃えられないのよね」

「きみは殺人事件の捜査でロンドン警視庁に協力しているんだよ」キンジーが思いださせた。

「はい、はい、わかってます」新しい紙を巻きこみながらいった。「〝すばしこい茶色のキツネ〟(タイプの練習に用いる、アルファベットをすべて使ったパングラムという短文のひとつ)を打ってほしい?」

「アルファベットすべて、大文字も小文字も頼む」

スパークスがすばやくタイプして、しゅっと紙を引き抜き、キンジーに手渡した。彼はそれをフォルダーの手紙と並べて置いた。

「ゴドフリー、もしよかったら」キンジーがいった。

ゴドフリーはアタッシュケースに手を入れて、拡大鏡を取りだした。

「おやまあ、ホームズさん」ミセス・ベインブリッジがつぶやいた。

専門家は新たにタイプされた紙を仔細に見てから、手紙に目を移した。

「同じタイプライターで打ったものといってよさそうです」

「いいかしら？」スパークスが片手を差しだした。

ゴドフリーがキンジーに目をやると、彼はうなずいた。ゴドフリーは拡大鏡をスパークスに渡し、彼女はフォルダーの手紙を見た。

「大文字のRの切れ目、小文字のeの不鮮明なところ、それは一致してる。それに――そう！――wの不安定さ。お見事、刑事さん。わたしのバーレットが犯人だった。でもわたしはこれをタイプしてない、ミセス・ベインブリッジも」

「トロワーはどうやってサインを偽造したんだ？　ミセス・ベインブリッジからほかの手紙を受け取っていたんですか」

「そうです」ミセス・ベインブリッジがいった。「ファイルに写しがあったでしょ」

「ではトロワーには参考にする見本があったんだな」キンジーが意見を口にした。

「うちのオフィスに入っただれにでも。ファイルキャビネットをあけて、見本として一部持っていくだけでいいんですもの」

「ごもっとも」とキンジー。「ゴドフリー、ファイルキャビネットの指紋を採ってくれ。それにミセス・ベインブリッジの指紋も採らせてもらったほうがいい」

「あら、たいへん」ミセス・ベインブリッジが落胆の声をあげた。「今朝爪のお手入れをしたばかりなのに」

ゴドフリーがパートナーの指先にインクをつけるのを見て、スパークスは薄ら笑いを浮かべた。

「洗えば落ちるんでしょう?」指を書式のマスに転がされながら、ミセス・ベインブリッジがたずねた。

「いずれは落ちますよ」ゴドフリーが答えた。「少々こすらないといけませんが。少量のアルコールは役に立ちます」

「いろんなことにね」とスパークス。

ゴドフリーはファイルキャビネットに粉をまぶして、写真を撮ると、満足して退《しりぞ》いた。

「トロワーさんがなぜわざわざそんな手間をかけたのかわからないわ」ミセス・ベインブリッジは黒くなった指先を悲しそうに見つめながらいった。「ただ彼女からキャンセルの電話があったといえばすんだでしょうに」

「彼女と一度も会わなかったというために、証拠となりうるものが必要だったんでしょう」キンジーがいった。

「彼があなたにそういったの?」スパークスがたずねた。

「彼はわれわれになにもいっていない」

「上出来」

「殺人者の肩をもつのか。きみの場合、とくに意外ってわけでもないが」

「わたしはディッキー・トロワーの味方よ。彼がやったとはやっぱり思えない」

「きみたちが彼をミス・ラ・サルに紹介したことを、ほかにだれが知っている?」

「彼女がしゃべった相手は全員」ミセス・ベインブリッジがいった。「打ち明ける友だちや家族がいるはずよ。その人たちとは話したんですか」

「いえ」キンジーがいった。「警察は現場で彼女のハンドバッグからこちらの連絡先を見つけたんです。デートの時間と場所を記した彼女の手書きのメモも。トロワーは電話で連絡をとったんでしょう」

「もしだれかさんが脆弱《ぜいじゃく》なアリバイをでっちあげるために自分宛の手紙を出したんなら、ナイフを処分するくらいの頭はあったんじゃないかしら」スパークスがいった。

「そうかもしれない。しかし、ぼくの経験からいえば、殺人犯とは得てして明晰な思考をしない傾向がある」

「手紙にはだれの指紋がついていたんでしょう」ミセス・ベインブリッジがゴドフリーにたずねた。

「それを調べるのはわたしの担当ではないんです」ゴドフリーが答えた。「そちらの専門家がいるので」

「鑑識課の指紋鑑定士《ダクティロスコピスト》」スパークスは舌から転がり出たその用語を味わった。

「お見事」ゴドフリーがいった。「知っている人はそういいませんよ」

「ミス・スパークスがひけらかしたがりなのはすぐわかるよ」とキンジー。「たいがいの人間より上等な脳味噌をもっていると思っておいでだ」

「もうすんだのなら、片づけてもいいかしら」ミセス・ベインブリッジがいった。「オフィスが犯罪現場みたいだと、お客さまが落ち着きませんから」

「もうすみました」キンジーがいった。

「マイク、ちょっと話したいんだけど」スパークスがいった。「ふたりだけで」

「どこで?」

「ついてきて」と命じた。

キンジーはスパークスに続いて廊下へ出ると、一階下の踊り場までおりていった。

「なんだよ」

「わたしたちが容疑者から除外されたら、指紋を破棄すると約束してほしい」

「どこかべつの犯罪現場にきみの指紋が残っているとか?」

「これは冗談じゃないのよ、マイク」餌には食いつかずに答えた。「わたしの指紋をファイルに残すわけにはいかないの」

「なぜ?」

「それはいえない」

「ああ、またか」彼はため息をついた。「きみの人生にはそういう説明がどれだけ多いか。ほんとうにきみの指紋がついた死体がどこかにあるように思えてきたよ。それも一体じゃないかもな」

「この件ではわたしを信用してと頼んでるの、マイク。お願い」

「ひとたび打ち砕かれたぼくの信用を取りもどすのはむずかしいよ、アイリス」

「わたしの名前、おぼえてたのね。疑いはじめてたところよ」

「きみに関するすべてを忘れようとしてきたんだ」げんなりした口調でいった。

「わたしを忘れる人はいない。わたしたちの指紋を破棄すると約束してくれる？」

「その誓いは立てられないね」

「マイク、こうして頼んでるのよ」

「そいつはいいな」彼は苦笑した。「きみが頼みごとをできたのは遠い昔のことだ」

「そう。だったらこの話はここまで」

ふたりはオフィスにもどった。ミセス・ベインブリッジがかすかに片方の眉をあげて問いかけた。スパークスは頭を振った。

「それじゃ、これでお別れね」ミセス・ベインブリッジがいった。「握手したいところですが、そこらじゅうインクだらけにしたくありませんので」

「社交辞令は省きましょ」とスパークス。「ごきげんよう。無関係の獲物を追いかけるときはまたどうぞ」

「ご協力ありがとう」キンジーがいった。

「失礼します」とゴドフリー。

彼らは去った。

警察官のたてるガチャガチャという音が階段の下へ遠ざかり、建物を出ていくまで待ってから、アイリスがいった。「鍵を投げてくれる？　指の汚れを落とさなくちゃ」

グウェンは共同洗面所の鍵を取って、アイリスに放った。アイリスが爪を点検しながら帰ってくるまで、そのままむっつりと宙をにらんでいた。

「まだインクのにおいがする！」アイリスが叫んだ。「アラビアの香水をありったけ使ってもこの小さな手を芳《かぐわ》しい香りにはできない！　ところで、ここにアラビアの香水はある？」

「ないわ」グウェンは鍵を受け取った。「わたしの番」

「これを持っていって」アイリスが除光液の小さな瓶をグウェンに放った。

グウェンは廊下を歩いて洗面所に行き、鍵をあけて入ると、できるかぎり強く指をこすってインクを洗い落とした。終わると指先が赤く、生々しく見えた。見ているうちに、血が出るまで腕に爪を突き立てたいという衝動に襲われた。震える息であえぎ、洗面台の両脇をつかむ。そのまま発作が治まるまでこらえ、それから顔や首に冷水を浴びせかけた。

鏡のなかから、死んだ女のような顔が見つめかえした。深々と息を吸い、頰をつねって赤みを加えると、廊下をもどりはじめた。

半分来たところで、洗面所のドアに鍵をかけなかったと気がついた。そうした用心をするのもばかばかしいけれど、管理人のマクファースンからさんざん叩きこまれているので、引きかえして鍵をかけた。鍵をまわすという行為で頭が働きだし、彼女は考えこみながらゆっくり歩いてオフィスへもどった。

ドアのまえで、パートナーが穏やかに話しているのが聞こえた。アイリスは電話をかけていた。戸口にいるグウェンが目に入ると、静かにと合図した。

「ええ。ええ、それでけっこうです。ほんとうに、この件は表沙汰にしたくないので。ありがとうございました。ええ、近いうちにぜひ。お声が聞けてよかった。ではまた」

アイリスは電話を切って、にっこりした。

「なんの話?」グウェンはたずねた。

「わたしたちの疑いが晴れたら指紋が破棄されることを確認しておきたかったの。マイクの頭を飛び越さなきゃならなかったのよ。正確には、いくつかの頭を」

「彼は気にくわないでしょうね」

「ええ、そうね。でも彼の幸福はもうわたしの責任じゃないから」

「実直そうに見えたわ。むずかしい職務に就いている善人に」

「たしかにそう」アイリスは同意した。「実直を通り越して硬直してるわね。この世界で出世したいなら、もっと柔軟でいなくちゃ」

「それで、あなたはディッキー・トロワーが無実だと思うのね」

「ええ。神よ、彼をお救いください、なぜなら警察にはまるでその気がないのです」

「だったらわたしたちが救ってあげないと。真犯人を見つけましょうよ」

3

「そういうことはしないほうがいい」アイリスはいった。「警察の捜査の邪魔よ。わたしたちにそんなスキルはない――」

「あなたにはあるじゃない」グウェンがいった。

「あるわけないでしょ。なんでそう思うの？」

「あなたは頭がいい。たいがいの人よりずっと賢いわ。それにいろいろなことを山ほど知っている、わたしたちがこの事件の真相をつきとめるのに役立ちそうなことを」

「おばかさん――」アイリスはいいかけ、グウェンの顔が赤く染まるのを見て口を閉じた。

「やだ、ごめん。悪口をいわれるのは嫌いなのよね、わかってるのに」

「いいのよ」グウェンはゆっくり呼吸して気を静めた。「わたしは――感じやすいの。わたしの短所のひとつ」

「むしろ長所のひとつじゃない。感じやすいなんて、だれからもいっぺんもいわれたことないな。わたしはいわゆる〝陶器店の牡牛《ブル》〟、がさつでぶきっちょなの」

「牝牛《カウ》でしょ」

「そういわれるのは初めてじゃないけど。なんで牡牛《おうし》だけがその表現に使われるのかしらね」

「牡はまごまごうろうろして、物を壊すから。牝牛《めうし》なら陶器店ですてきな柄《がら》のカップを見て、これでお茶を飲もうかしらと考える。ミルク入りで。ねえ、わたしが引っかかっているのはこなの。あの便箋《びんせん》はうちのよね。手紙を偽造しただれかさんはどうやってここに入ったの？」

「錠前をこじあけたのよ」アイリスは即答した。「このオフィスのドアの鍵はプロにはそうむずかしくないもの」

「あなたはできる？」

「えーと、たぶん」

「できるのね。決して話してくれないその戦時中の訓練とやらの一部？　または、それもケンブリッジでおぼえたの？」

「だからそれは――」

「答えられないんでしょ、わかってます。つまり、わたしたちが追う殺人犯は偽造と錠前破り、両方のスキルがあるってことね。あなたの経験からいうと、それはめずらしい組み合わせ？」

「そうでもない」アイリスはグウェンに不服そうな目を向けた。「わたしの経験からいえばね。あなたの尋問のスキルはたいしたもんだわ。わたしからもうだれよりも多くを聞きだしてる」

「だれよりも多く顔を合わせているもの。あなたのことはよく知っている、たとえ秘密があろうとね。それにしてもだれが彼女にこんなことをしたのかしら。かわいそうに、いったいだれに殺されたの？」

「それを推測できるほどにはミス・ラ・サルのことを知らない。わたしの勘では、嫉妬した恋人かな」

「右に同じ。それじゃ、わたしたちはもっとミス・ラ・サルについて調べないとね」

「いいえ、ちがいます。それはわたしたちのするべきことじゃない」

「その信念を貫いて、もしもディッキー・トロワーが絞首刑になってしまったら、心安らかでいられる？　わたしたちが調べなくちゃ」

「驚いた」アイリスは目を丸くして相棒を見つめた。「いつから怪傑ドラモンドに変身したわけ？」

「それがするべき正しいことよ。でもわたしひとりではできない」

「だめ。この件に関してはこれがわたしの最終的な結論。わたしにはタイプを打ち直さなきゃならない手紙と、きれいにしてご機嫌をとらなきゃならないタイプライターと、営むべきビジネスがあるの」

「そういえば――ミス・ラ・サルの払ったお金はご家族に返したほうがいいわね」

「なんてこった！」アイリスが悔しそうに叫んだ。

「そうしなきゃいけないの、わかってるでしょ」

「はい、はい。至極当然。ああ、彼女がこの一週間半に来てくれた唯一のご新規さんでなかったら。それで自分へのごほうびとして祝杯をあげになんか行かなければ」

「うちの蓄えはそんなに乏《とぼ》しいの？」グウェンが心配そうにたずねた。

「まあ、まだコーンウォール夫妻から成婚料をもらっていないし。じつをいえば、さっきあの失敬な邪魔が入ったときにわたしがタイプしていたのはまさにその催促の手紙だったの」

「あの人たち、まだ払ってくれないの？　あなたから〝丁重なお問い合わせ〟を送ったのじゃなかった？」

「一週間まえにね」タイプライターに新しい用紙を差しこみながらアイリスが答えた。「いまは〝厳しい譴責《けんせき》〟をタイプしてるんだけど、いやな予感がする。あのふたり、どっちも信用できない感じだったから」

「だからお似合いだと思ったのよね」グウェンが記憶をたどった。「〝厳しい譴責〟にも反応がなかったら、つぎはどうするの？　〝訴訟の脅し〟？」

「もうサリーに頼んじゃおうかと考えていたところ」アイリスは猛然とキーを叩きだした。

「そんな。サリーはやめて」

「反対？」

「わたしがサリーをどう思ってるか知ってるくせに。サリーをまえにすると膝《ひざ》ががくがくしちゃうの」

「だれでもそう。そこがサリーの強みでしょ」

「約束して、〝厳しい譴責〟の結果が出るまではサリーに頼らないって」

「約束する」

アイリスは督促状《とくそくじょう》をタイプし終え、怒りが筆跡にあらわれることを願ってサインし、封筒に収めた。切手を貼った封筒を手に持ったまま、しばし考えこんだ。

「消印に気がついた?」

「なんの消印?」グウェンが訊いた。

「ディッキー宛の偽の手紙。この近辺から出されたんじゃなく、クロイドン郵便局の消印だった」

グウェンは箱のファイルをぱらぱらめくり、ディッキー・トロワーのカードを抜きだした。

「クロイドンに住んでいるわ。これをどう判断する?」

「デートの約束を破棄するもっともらしい口実として自分宛の手紙をでっちあげたければ、自分の近所で投函するでしょうね。そのほうが早く届いて確実だから」

「警察はもうその結論に達しているかしら」

「それは大いにありそう」

グウェンはファイルキャビネットをおおっている指紋と粉を悲しそうに見た。

「ここに清掃用品はなにもないわね。マクファースンさんから借りてくるわ」

グウェンは考えこみながら階段をおりていき、地下の管理人室をさがした。ブーンとうなる黄色い裸電球がまばらに点り、廊下と、ボイラーや電気設備を隠しているいくつかのドアを照らしていた。グウェンが地下に来るのはそれがまだ二度目だ。最初は管理人のマクファースンが建物全体を案内し、メンテナンス用の備品をどうしても見せたがったときだった。グウェンとアイリスが入居してからというもの、そうした備品が実際に使われるのを目にしたことはほとんどないけれど。

そこでネズミの共同体が栄えていることも知っているので、地下訪問は早々に切りあげたかった。

ようやくマクファースンのドアにたどり着いた。ペンキが剝がれてぼろぼろだが、だれが視察にやってくるわけでもない。ちゃんと真鍮《しんちゅう》の表札はついていて、〈アンガス・マクファースン　上級管理人〉という文字が刻まれていた。

グウェンがその建物で働きだしてから、下級管理人の存在に気づいたことはない。ネズミに食べられてしまったか、ボイラーの陰でレンフィールド（『吸血鬼ドラキュラ』の登場人物）的な生活を送っているのだろう。

こつこつとドアを叩いてみた。返事がない。もうすこし強めに再度ノックすると、不意に首を絞められたような叫び声と、衝撃音がした。

グウェンが急いでドアをあけて、部屋に一歩踏みこむと、部屋の奥のキャンプ用寝台の横で老人が床から起きあがるところだった。

「眠っている男を起こさないほうがいいことぐらいわからんのか?」彼が怒鳴った。

「すみませんでした」グウェンは詫びた。「お昼寝の時間だとは知らなくて」

「今後のためにいっとくが、昼まえに仮眠をとることにしてるんだ。緊急の用件以外は邪魔しないでもらいたい」

「しかとうけたまわりました。白状しますと、これはそういう用件ではないんです」

「そんなら、社交目的の訪問かね」

その質問にはいくばくかの期待が感じとれた。

「というのでもなくて。清掃用品をお借りできないかと思ったんです。あまり有毒でも化学薬品でもない物をお願いします」

「清掃用品?」老人はくりかえした。「わたしの建物をどのように汚してくれたんだ」

「あなたの建物?」

「わたしが管理する建物だ。事故でもあったのか」

「いえ。警察の訪問を受けたんです」

「警察だと?」彼が叫び、怪しむように目をすがめた。「おたくはまともな事業をやっているものと思っていたんだがね」

「そうです。でもうちのお客さまのひとりが——まあ、それはいまどうでもいいことです。なにか金属面の汚れを落とすのに適した物はありませんか」

マクファースンはスプレーボトルが並んだ棚に近づいて、一本を選んだ。つぎに壁のフックからぼろ布をつまみあげ、まとめてグウェンに手渡した。彼女はおそるおそる布を受け取り、汚れを落とすというよりむしろ移すのではないかと不安になった。

棚の下のフックにはずらりと鍵が並んでいた。

「うちのオフィスの合鍵もあるんですか」

「合鍵は全部揃ってる。なぜかね」

「自分のをどこかへ置き忘れたときのために。知っておいてよかったです。ありがとう、マクファースンさん」

グウェンは階段をのぼった。

「いまは昼下がりもいいところでしょ？」オフィスに入って、アイリスにいった。

「そうよ。なんで？」

「ミスター・マクファースンはわたしたちとはちがう時間帯で生きてるの。またはとんでもない大酒飲みか」

「どっちも大いに納得できるけど」とアイリス。「酒飲みのほうがわかる。それ、わたしにやってほしい？　いままでに指紋を拭《ふ》き取ったことはないんじゃない？」

「ときには学ばないと」

グウェンはファイルキャビネットにスプレーを噴射して、拭き取り、つぎにボトルとぼろ布をアイリスに手渡した。アイリスはそれでバーレットを優しく清掃した。

「トロワーさんはいまどうしているのかしら」アイリスの作業を見つめながら、グウェンがいった。

「勾留されてる。いずれ巡回裁判所か四季裁判所へ送られるんだと思う。殺人事件はどっちで扱われるのか知らないけど」

「保釈はあるのかしら」

「それはどうかな」

「どこに勾留されているの？」

「ブリクストン監獄、でしょうね」

「そう」グウェンはいった。「そこへはどうやって行けばいいの？」

アイリスはパートナーを値踏みするように見やった。グウェンはしゃんと背筋をのばして腰かけたまま、窓の外を凝視し、翳《かげ》りつつあるロンドンの空ではないなにかを見ていた。

「わたしがその質問に答えられるとあなたが思っているのは、じつに興味深い」

「下層社会にもお友だちがいるんでしょ」グウェンが思いださせた。「それとケンブリッジに。その中間にいるあなたなら、ときにはブリクストン監獄を訪れることもあったかと思って」

「わたしはむしろウォームウッド・スクラブズのほうね」アイリスは抽斗《ひきだし》を開いた。「キケンな犯罪者はみんなそっちへ行くの」

折りたたまれた地図を取りだして、グウェンのほうへ差しだした。

「そろそろバスの路線をおぼえなさいな」

「ありがとう」グウェンは地図をひろげて、しばらく見入った。「明日は遅く出勤するわね」

「うわ、たいへん」アイリスはため息をつき、ふたりとドアのあいだのなにもない広々とした空間を見つめた。「押し寄せるお客さまをひとりでさばけるといいけど。ディッキーによろしく伝えて」

「そうする」グウェンは約束した。

アンドルーの隣に寝て、心のこもった奉仕を受けているのに、アイリスの心はよそにあった。

「今日きみの名前が出たよ」彼がいった。

「そうなの？　他愛ない思い出話？　戦前のパーティ・ガールが懐かしいって？」

「きみが電話してきたと准将がいってる。きみがその事業でどんなことをやってるのか詳しく知りたがっていた」

「それをあなたにたずねたわけ？」

「ああ」

「わたしたちの関係を知ってるのね。まったくもう」

「自分の下で働く人間を知るのが彼の仕事だ。かつて働いていた人間についても。その人物が殺人事件にかかわっている場合はなおさら」

「彼に代わってわたしを尋問するつもり？」アイリスは彼の手を払いのけて、半身を起こした。

「あなたのテクニックはまだまだね」

「ぼくのテクニックに文句をいったことなどないくせに」彼がにやりと笑った。「いや、尋問するつもりはないよ。ただ、なぜきみがその殺人事件にふれなかったのか興味があってね。真っ先にもちだしそうな話題だと思うが」

「それがふさわしいムード作りになるとは思えなかったから。わたしはセックスがしたかったの。死んだ女性の話じゃなく」

「それでも――」

「思いがけなく、ほんの何日かだけあなたと夜を過ごせるんだもの。できるかぎり楽しみたい。

それに准将がわたしたちの関係を知っているのは気に入らない」

「彼は反対していないよ、慰めになるかどうかわからないけど。ぼくの不貞の相手がわれわれの一員でよかったと思ってるのさ、たとえば魅力的なロシアの小娘なんかでなくて」

「いまだにわたしをわれわれの一員だと思ってるの？ というか、あなた方の一員、だと？」

「彼の言葉を借りるなら、きみは家族だ」

「ああ、それは猛烈にいや」アイリスは両膝を胸に引き寄せた。「この関係が近親相姦にしか思えなくなる」

「ぼくはそんなふうに考えないけどね。で、その殺人事件ってのは？　きみがやったのかい？」

「よして。笑いごとじゃないんだから。クライアントの若い女性が、うちと契約したわずか数日後に刺し殺されたの。逮捕されたのはわたしたちが彼女に紹介した最初の男性なのよ」

「責任を感じてるのか」

「それはない。人はときに殺しあうし、そのことはわたしになんの関係もない。事件が起きて、だれかが逮捕されて、あとは絞首刑になるだけ」

「不運にも。きみのパートナーはどう対処してる？」

「それがね、彼女はその男性の潔白を確信しちゃってるの。すべてを放りだして、わたしたちで調査したがってるのよ」

　アンドルーが笑いだした。

「なによ」アイリスは彼をにらみつけた。

「きみたちふたりを思い描いただけさ、警察が踏まないようにしている場所を荒らしまわる姿を。彼女はその方面のスキルがあるのかい？」

「人を読む恐ろしいほど正確な能力のほかは、なにも。でも彼女には、わたしにはなくて、これからも決して手に入らないあるものが具《そな》わっている」

「それは？」

「善良さ」ひとことで答えた。「彼女はいい人なの。真の善人。わたしは善人とビジネスをやってるのよ。このわたしが。善人じゃないわたしが。いい人でもなければ、人間でいることが得意でもないのに。人を結婚させるビジネスにかかわるなんてお笑いぐさよね。マイクのいったとおりだわ」

「マイクって？　どのマイク？」

「あら、耳がピンと立ったわね。最悪の部分は省いたのよ」

「若い娘が刺されて死んだことよりも悪いことかい？」

「そうね、それほどひどくはない。捜査官のなかにマイケル・キンジー巡査部長がいたの」

「ほんとうに？　驚いたな！　再会はどうだった？」

「ぴりぴりした。拷問だったわ。元婚約者と遭遇するときに考えられること全部が起きた」

「てことは、ゆるしはなかったんだな、きみの――無分別に対する」

「一生、というか来世もなさそう。彼は見たまんまを見て、論理的結論を導きだし、それで関係は終わったの」

「でもきみは彼に真実を説明しなかったんだね?」

「公務秘密法のどの項目に説明が禁じられてるかもう一度いいましょうか」

「その一件に関しては、准将はきっときみのために規則を曲げるよ」

「そしてきっとわたしが死ぬまでそのことを振りかざす。彼にそういう借りをつくりたくないの。それに、マイクがほんとうにわたしにぴったりな男なら、あの状況を甘んじて受け容れていたはずよ。くじけずに、戦時のささいな過ちをゆるし、わたしを取りもどしていたでしょうね。そういうことをまったくしなかったんだから、こっちだってそれ以上がんばる意味はなかった。あんな男、くそくらえよ」

「それでこそぼくの女だ」アンドルーが称賛した。「情に流されず、やるべきことをやる」

「いっておくけど、それはあなたのほろ苦い無関心とはちがうのよ」

「そこでつぎの話題に入るけど」

「なに?」

「准将はきみにもどってほしがっている」

「もどる? それってつまり——」

「現場復帰だ」

「どの現場?」

「ドイツだ、手始めに」

「なにをするの?」

「ぼくの下で働く。見え見えのジョークはいうなよ。きみは理想的なんだ。相手方はきみを見たことがない。きみは必要な言語をどれも流暢《りゅうちょう》に話せる、すでにほとんどの訓練は受けているし、なによりもぼくらの逢えるチャンスがいまよりずっと増える」

「わたしが不倫中だとロシアに知られなければね」アイリスは指摘した。

「慎重にやればだいじょうぶさ」

「こういうことにはつねに不注意になる瞬間があるの。わたしともっと逢えるようになればあなたはもっとミスを犯す。ロシア人がまだこのささやかな愛の巣に踏みこんできていないのが驚きよ」

「でも来ていないだろ」

「アンドルー、わたしがなぜできないのか知ってるでしょ。ほんとうの理由を」

「ああ、くだらないね、スパークス。向こうへ行くのに飛行機に乗る必要はない。フェリーと汽車を使えばいいんだ。むしろそのほうが隠れて入国しやすい」

「飛ぶことじゃないのよ、アンドルー」アイリスは目をそらした。「全部ひっくるめて。わたし抜きで彼女たち全員が死んだ場所に向きあうことも」

「あれはきみの落ち度じゃないよ、スパークス。どれひとつとして」

「でもわたしはみんなといるはずだった。わたしなら裏切り者を見つけていたかもしれない。彼女たちを救えたかもしれない」

「あるいは一緒にきみも死んでいたかだ。いまそのことで自分を責めてなんになる?」

「ごめんなさい、アンドルー。ただまもなく裁判がはじまるから。いくら押さえこもうとしても思いが湧いてくるの、好きでこんなことしてるんじゃないのよ。准将には、ありがたいけどお断りしますと伝えて。いい?」

「それを最終決定にするな」アンドルーは励ました。「きみはこの仕事に向いてるんだ」

「自分がなにに向いてるかなんてわからない。ねえ、お願いがあるの」

「なんなりと。いってごらん」

「黙って、すべて忘れさせて」

「よろこんで」

そしてつかの間、アイリスは忘れた。でもあとになって、彼が隣で眠りについたころ、暗くなった天井を見あげると、死んだ女たちの顔が見えた。

4

グウェンは朝食のテーブルに大ロンドンのバス・マップをひろげて、赤、青、緑の複雑に入り組んだ線をつくづく眺めた。そこで育ち、結婚し、子どもを育てている街をよく知らないなどとアイリスには認めたくなかったけれど、じつのところ路線図を隅から隅まで調べたことは一度もない。それどころか、戦争後期になるまで地下鉄やバスで移動したこともなかった。出かけるときはきまってお抱え運転手かタクシーが目的地まで運んでくれるので、途中の道筋に注意をはらうことはほとんどない。イースト・エンドがどのあたりかは漠然とわかる。少なくとも、大きくなるとよその世界へ運んでくれたキュナード・ラインの船がどこらへんから出ていたか。ウィンブルドンならもちろん知っている。けれどもこの街のたがいに結びついた区域の大半は、グウェンにとって、たとえるならビアリッツの豪邸やグシュタードのゲレンデ以上になじみがなかった。

ブリクストンがどこにあるのか見当もつかない。地図のどのあたりを見ればいいかさえ。とりあえず順序立てて区分ごとに指でたどり、その地名をさがすことにした。

プルーデンスがティーポットを運んできた。

「お出かけですか、奥さま?」

「プルーデンス、ブリクストンてどこだか知ってる?」グウェンはあきらめてたずねた。

「ブリクストン、ですか?」プルーデンスは近づいて、グウェンの肩越しに地図をのぞきこんだ。「南です。ほら、ここ。バターシー・パークが見えますか? そこから右へ行って、下です」

「ほんとうだわ、ありがとう。そして、ここからだとどうやって行けばいいの? これではまるで、お鍋でからまりあっているスパゲッティのなかからさがすようなものでしょ」

「それはわたしにはわかりません。ブリクストンには行きませんので。アルバートを呼んできましょうか」

「いえ、迷惑はかけたくない——」グウェンがいいかけたところで、プルーデンスはもうお抱え運転手をさがしに部屋を出ていった。

グウェンはため息をつき、さらに地図をにらんだ。クロイドンは見つかった。アイリスと運命の出会いをした結婚式のおこなわれた場所だ。ディッキー・トロワーが住んでいる場所でもある。ブリクストンから遠くない。彼の家族や友だちは面会に行っているかしら、と彼女は思った。

そもそも彼の窮状《きゅうじょう》を知っているだろうか。自分が彼の立場だったらだれかに話すかどうかわからない。たとえ無実でも、逮捕されて投獄される困惑と恥ずかしさを思うと。車輪付き担架に縛りつけられることの——

その記憶を振りはらい、気を静めて紅茶を飲んでいるところへ、プルーデンスがアルバートを連れてもどってきた。アルバートは六十代に入ったばかりの小柄な男で、ベインブリッジ家三代に仕え、四十年以上つぎからつぎへと高級車を運転してきた。部屋に入りながらまだ制服の黒い上着のボタンをとめていた。

「おはようございます、奥さま」短く会釈した。「ブリクストンへいらっしゃるんですね。長くご滞在でしょうか。のちほどレディ・カロラインを工場へお送りすることになっておりまして。お車をまわすことは可能ですが——」

「ああ、こんなふうに呼びつけてしまって申し訳なかったわ。ただそこへ行くのにどのバスを使えばいいのか訊きたかったの」

「バス？」その発想に彼は面くらったようだった。「バスをお使いになるのですか」

「どの路線かわかればね」

「そうですねえ」プルーデンスとともに近づいて地図に目を落とした。「わたしもバスはあまり使いませんので。ブリクストンのどちらへいらっしゃりたいのかによりますが」

「ジェップ・アヴェニューのある場所へ」

「ジェップ・アヴェニューですか？」アルバートはグウェンをきりっと見た。「さしでがましいようですが、奥さま、そちらへはいらっしゃらないほうがよろしいかと。そこは監獄のあるところじゃありませんか？」

「そうなの？」グウェンは無知で無邪気に聞こえるように願いながらたずねた。「だったら、そこはかならず避けるようにするわ。ジェップ・アヴェニューの近く、といいたかったのよ」

「ブリクストン・マーケットに地下鉄の駅があります」その位置に指をおいて示した。「それがいちばん速いかもしれません」

「地下鉄はだめ」グウェンはぞっとして身震いした。

「では、バスで」アルバートは地図をのぞいた。「おもしろい、こちらのお屋敷に来てからバスにはあまり乗っていませんでしたよ。でもどこへ行くにも、まず目的地を見つけて、そこからいまいる地点まで逆にたどらなくちゃならないんです。一三三番がありますが、それはロンドン・ブリッジを渡るので、遠すぎます。グリーン・ラインのバスはたくさんありますね——

ウェストミンスター、ベイカー・ストリートからどれかに乗れます――おお！」

「なあに？」

「一五九番。これがいちばんよさそうですよ。トラファルガー広場かウェストミンスターから乗れば――」

「あなたたち、いったいなにをやってるの？」背後から声がした。

三人はそろってぎくりとし、やましそうに振り向いた。戸口にレディ・カロラインが立っていた。黒いシルクの着物に、袖口からのぞく裏地と同じ緋色のサッシュを締めている。そびえる山を背景に、雪をのせた常緑樹の枝がえらそうに上へと突きだしている絵柄は、だれもが口にするあの有名な作品かもしれないが、グウェンにはどうしても作者の名がおぼえられない。

その日本の風景のてっぺんにレディ・カロラインの頭がのっていて、その表情は胸のすぐ下に浮かんでいる山の頂《いただき》よりも冷えびえとしていた。目は、グウェンが朝のその時刻に見慣れているほどしょぼついていなかった。レディ・カロラインが朝に顔を見せること自体めったにないのだが。昨夜は出席するディナーパーティがなくて、自宅で飲んでいたにちがいない。ほかのだれかが費用をもたないと、彼女の酒量は控えめになる。

年齢は五十を過ぎているが、いくつ過ぎているかは否認の靄《もや》に包まれた国家機密だ。二日酔いが最悪のときでも、完璧に化粧するまでは着替え部屋から出てこない。でもどれほど強力な白粉《おしろい》とクリームをもってしても、彼女の顔から万年刻まれている眉間の縦じわを追いだすには力及ばず、目下その険しい表情は三人の冒険家志望者に向けられていた。

「おはようございます、レディ・カロライン」プルーデンスがすばやく会釈した。

「おはようございます、マダム」アルバートがいった。

「それで?」レディ・カロラインは声を荒らげた。「質問をくりかえさなくてはいけない?」

「申し訳ございません、マダム」プルーデンスがいった。「わたくしたちで、ブリクストンへのいちばんいい行き方を考えておりました」

「ブリクストン? だれがブリクストンなんかへ行きたがるっていうの」

「そこで用事があるんです、レディ・カロライン」グウェンはいった。

「あなたが?」レディ・カロラインは穿鑿《せんさく》する口ぶりになった。「どんな用?」

「クライアントを訪問するんです」

「クライアントですって? あなた方のそのばかげた事業のためにブリクストンくんだりまで行かなければならないと、本気でいってるの?」

「婚約のお祝いに」グウェンはよく考えずに口走った。「花嫁がわたしたちを招待してくれたので。成功したときは顔を出しておきたいんです、ビジネスに有効ですから。すべて計画どおりに運べば、花嫁の付添い人の半分は将来のお客さま候補になってくれます」

「朝っぱらから婚約披露パーティ?」レディ・カロラインがあざ笑った。「聞いたことがないわ」

「それはわたしも同じですけど、花嫁が夕方から仕事なので、早い時刻になったんです」グウェンはいった。「ともかく、プルーデンスとアルバートが行き方を教えてくれました。どちらのバスなら楽に行けるかご存じでしょうか」

「生まれてこのかた、バスなんて乗ったことがないの。バスには感心しません。バスを使うような人たちにも。そのパーティに行きたいのなら、アルバートに車で送らせなさい」

「いいえ」

「いいえ？　それはまたどうして？　なんのためにうちには車があるの？　それをいうなら、なんのためにアルバートをおいてるの？」

「ごもっともです」アルバートが破顔した。

「そこへ行くために申し分なく便利な手段があるのですから、ガソリンを無駄にはしません」

「わたしならこの国の公共交通手段を便利だとも申し分ないともいわないわ。いうまでもなく不潔さや疫病に身をさらすことに――」

「なんてことを！」グウェンは声をあげた。「熱帯に行くわけじゃありません、ブリクストンに行くだけです！」

「熱帯のほうがまだましよ」レディ・カロラインがせせら笑った。

「方角は南ですな」アルバートが意見を口にした。

「助けになってないわよ」プルーデンスがささやいた。

「レディ・カロライン、議論するつもりはないんです」グウェンはいった。「わたしの心は決まっていますから。ちっとも危険じゃありません。みなさんに敬意を表して、お茶とケーキをいただいて、何枚かチラシを置いて、正午までにはオフィスにもどるんです。わたしの心配はなさらなくてもだいじょうぶです」

「わたしだってあなたの心配なんぞしたくはありませんよ」レディ・カロラインがいいかえした。「でもそっちはどうしても心配の種になる気なのね。けっこうよ、ブリクストンへお行きなさい。あなたのささやかな事業とやらの真似ごとを続ければいいわ。わたしにはかかわりのないことです。アルバート、十一時に車をまわしてちょうだい」

「はい、マダム」彼がいった。

「それとグウェンドリン？」

「はい、レディ・カロライン」

「あとでべつの話があります。今夜すこし時間をつくってちょうだい、ほかに急ぐおつき合いの予定がなければ」

「楽しみにしています」グウェンは今夜なにが起きるのかと思いながらいった。

レディ・カロラインは足音高く部屋から出ていった。背を向けると縦に書かれた日本の文字があらわになった。この家のだれひとりその意味を理解できないけれど、なにか人を咎《とが》める内容であることはまちがいない。

「とにかく、わたしなら一五九番に乗ります」中断などなかったかのようにアルバートがいった。

「ありがとう、わたしもそうするわ」グウェンは席から立ちあがった。「では今夜また」

化粧台に向かい、口紅を塗っているところへ、ドアをそっと一度叩く音がした。振りかえると、じっと見つめている小間使い《レディズメイド》のミリセントと目が合った。

「すみません、奥さま」ミリセントがおずおずといった。

「なあに？」

「みなさんの話していたことが聞こえたんです、そしてまちがっていたらおゆるしを、でも奥さまがもしも監獄に行かれるのでしたら、もっといい行き方があります」

「そうだということにしておきましょうか」グウェンはにっこり微笑《ほほえ》んでみせた。「どうやって行けばいいの？」

「トラムに乗ってください。二〇番です。ヴィクトリア駅を出たところから乗れます。それでブリクストン・ヒルを下るとジェッブに出て、そこに停留所があります」

「ありがとう、ミリセント。それなら歩く距離がすこし短くてすむわ、運動がいやだというわけじゃないけれど」

「よく叔父の面会に行っていたんです。叔父は——その、いいたくないんですけど、それは——」

「それ以上説明しなくていいのよ」

「とにかく、トラムのほうがいいです。電気なので、バスみたいに煙をかぶることもないです。それに静かです——二階の席にすわれると、街が映画みたいにうしろへ流れていくんですよ」

「ゆっくり考えごとができそうね」グウェンは物憂げにいった。

「まあ、短いあいだなら、でもたびたびベルが鳴るのでずっと考えこまなくていいんです。ともかくあそこへ行くならトラムがいちばんです、あたしにいわせれば」

「ありがとう、ミリセント。試してみるわ」

ミリセントは立ち去りかけて、また振り向いた。

「男性のお友だちですか」期待をこめて小声でたずねた。

「ちがうのよ、ミリセント。噂を広めないでね」

「わかりました、奥さま」

そういうわけでグウェンの朝の散歩はヴィクトリア駅までとなった。若いころ、臨港列車でドーヴァーやカレーへ行った思い出がよみがえった。もっとあとには、幸福に包まれて恍惚《こうこつ》としながら、列車の個室にこもりきり、ローマに着くまで車窓からの景色が目に入らなかったハネムーン。

車のクラクションが鳴り響き、グウェンを目的に引きもどした。近ごろはふと角を曲がって、初めて見る通りや、見おぼえはあっても正確な位置を知らなかった通りを探険しがちだが、ヴィクトリア駅へは寄り道せずに直行した。そうして気のおもむくままに道筋からちょっぴりはずれることは、彼女にとってささやかな冒険であり、これまでの人生で歩んできたまっすぐなコースへのひそかな反抗でもある。

けれどもこの冒険はささやかではなかった。今朝いともやすやすと義母に嘘をついたことに、グウェンは驚き、いささか唖然《あぜん》としていた。それでいて、うれしかった。彼女の過負荷となっている高圧的な義母をだますと考えただけで、二、三か月まえならば気が動転していただろう。

でも今朝はああして、一瞬のためらいもなく即興で創りあげた話をまくしたてた。自分があんなにすらすら嘘をつけるとは知らなかった。

アイリスがいい影響をもたらしてくれたのだ、とグウェンは思った。これもまた日々彼女と働くことの恩恵といえる。とっさの思いつきに関しては、グウェンはアイリスの足元にもおよばない。満足していないクライアントや、かんかんに怒っている業者が電話をかけてきたときなどは、とくに。でも進歩はしている。パラム警視と相対したときの興奮がいまだ冷めやらない。あの対決では、最終的に彼の要求にしたがわざるを得なくなったとはいえ、自分たちはそれなりに点数を稼いだと感じている。そしてもし彼女たちが成功すれば――

成功するって、なにに？　ディッキー・トロワーの潔白を証明すること？　自分はほんとうにそうするつもりなのだろうか。

この面会は必要なのかしら。

怪傑ドラモンド、とアイリスに呼ばれた。そうよ、ドラモンド大尉がわたしの靴を履けば（立場になれば）、ためらったりしないわ。

グウェンはつかの間、その勇猛果敢なヒーローを演じる俳優ロナルド・コールマンが彼女のハイヒールを履いた姿を想像し、ひとりで吹きだした。

ヴィクトリア駅に着くと、反対側のトラム停留所へまわった。二〇番、とミリセントはいっていた。グウェンは二〇番の停留所を見つけて、ブリクストンへ向かう人々の列に並んだ。目に鮮やかな紅白二色の、両サイドに〈サクサ〉の食卓塩の広告がプリントされた二階建てのトラムが近づいてきた。ドアが開いて乗客が流れだし、せかせかと早朝の街へ散っていった。グウェンは列の最後のひとりが乗りこむまで待って、ドアの外に立っている女車掌から切符を買った。

「ジェップ・アヴェニューに行くんです」声をひそめていった。「降りるときに教えていただけます?」

「だれにも背負うべき十字架がありますよね」車掌は同胞のようにウィンクしてみせた。「二階にたくさん席が空いていますよ」

グウェンは手すりにしっかりしがみつきながら、狭い階段をのぼって上のデッキに行った。窓側の座席に腰をおろす。ドアが閉じられ、ベルがカンカンと鳴り、モーターが動きだして、低いうなりがしだいに手回しサイレンのようにピッチをあげた。トラムはいくつものポイントをガタゴトと通過し、その後直進して、ヴォクソール・ブリッジ・ロードを猛スピードで南下しはじめた。テムズ川に架かる橋へ近づいていくにつれ、ロンドンの景色がするすると後方へ剝がれていった。

そんな見晴らしのきく高さから、欄干越しに、両側へ大きく彎曲《わんきょく》している広々とした川を眺めるのは初めてだった。女子生徒のようにガラスに鼻を押しつけたかった。なぜ両親は、おもしろ半分にでさえ、いっぺんもトラムに乗せてくれなかったのだろう。

新しい発見に頭がくらくらした。チェルシー美術学校が見える。あそこで友だちのマリリンと思い切って人体デッサンのクラスを取ったのだった。必然的になにを描くことになるか、親にははっきりいわずに。それにテート美術館――トラムからでも戦争の爪痕が見てとれる。爆撃されるまえに作品がよそへ移されていたならいいけれど。グウェンは頭のなかで、都落ちする風景画と肖像画のむっつりした一団が、田舎行きの汽車に行列しているさまを思い描いた。

トラムが橋を渡りきって南岸《サウスバンク》に入り、街中に引きもどされると、グウェンの心は沈んだ。ここはどのあたりなのかしら。急いで地図を見た。たぶん、ランベスね。そうよ、角の標識にサウス・ランベス・ロードと書いてある。これまでにランベスに来る機会があったかどうか考えたが、ひとつも思いあたらなかった。

サウス・ロンドンに入ってからはトラムのベルの鳴る頻度が増し、ひと続きの考えに浸るのがむずかしくなった。トレイン《トレイン》じゃなくてトラムよ、と頭のなかで訂正した。二階の座席からは、間に合わせの木材の壁で隠されている、焼け落ちた店舗や廃屋をのぞき見ることができた。果敢にもファサードを通行人の目にさらしている建物もいくつかあった。奥には残骸しかないのに。

彼女もそんな気持ちになる日がある。

気をまぎらすために、比較的人目が少ない二階席で隣にすわっていたロナルド・コールマンから不適切なアプローチをされるという空想をはじめた。

カンカンとベルが鳴り、トラムががくんと停止して、彼は霧のごとく消えた。

爆撃跡はさらに増え、二階席から見ると攻撃が無作為におこなわれたのは一目瞭然だった。どこも損なわれていない劇場があるかと思えば、その隣は劇場の瓦礫《がれき》で、いまも残った舞台がもう来ることのない観客を待っている。いくつもの崩れかけた壁に、希望にすがるかのように広告がしがみついていた――ビスト、お肉の風味の粉末グレイビー！　オバルチンで健康と体力を手に入れよう！　マクニッシュ・ウイスキー！

新しいウイスキーはまだ手に入らない。新聞には日々、蒸留所から消費者に呼びかける広告が載る。〝いましばらくのご辛抱を。生産開始をお待ちください。穀物がじゅうぶんに供給されて、生命に不可欠ではない嗜好品にまわるまで〟ウイスキーの必要性については、レディ・カロラインが異議を唱えるだろうけれど。

道は何度か弧を描いたあと、ブリクストン・ロードになった。曲がり角の一ブロックを丸ごと占めているのは、かつてのクイン&アクテンズ百貨店だ。いまはひと続きの壁とロマネスク様式風の柱しか残っていない。一枚だけ生き延びた看板が〝最先端のデザイン、どこよりもお買い得〟を謳《うた》っていた。

そうなるかもしれない、いつの日かまた。

その柱のせいで否応もなく、ロニーと歩いたフォロ・ロマーノを思いだしてしまった。初めてホテルの外へ出て、まともにハネムーンを開始したのがそこだった。ロニーは彼女を柱にもたれさせて、くちづけし、いったのだ。〝ここにあるすべてよりもぼくらの愛は永続きするきっとだ〟

もう二度とイタリアには行かない、とグウェンは思った。たとえ平和が千年続こうと。

階段口から車掌が頭をのぞかせた。

「降りる停留所はつぎですよ」

グウェンは気を取りなおして前方へ歩きながら、一瞬振り向いてロナルド――そろそろ名前で呼びあう親しさになっているはず――がまだ席にいるか、もしかしたら片手をあげて悲しげに振っていないか確認した。けれど座席は無人だった。

トラムが急停止し、グウェンは階段をおりた。

「ありがとう」と車掌にいった。

「ほら、涙を拭《ふ》いて」彼女がいった。「どんな事情があっても、向こうはこっちに朗らかな顔をしててほしいんじゃない？」

グウェンは指先で頬にふれて、濡れているのに気がついた。

「ほんとうにありがとう」もう一度礼をいって、通りに降り立った。

トラムは陽気にベルを響かせながら、走り去った。グウェンの心の琴線は沈黙していた。彼女はハンカチを取りだして、頬の涙を拭《ぬぐ》った。

監獄まではジェッブ・アヴェニューを歩いてすぐだった。煉瓦塀の高さは歩道から二十フィートほどもあり、そのてっぺんに鉄条網が張り巡らされている。内部から号令が聞こえてきた。男たちが目的地のない行進をしているのだ。囚人が中庭で運動しているんだわ、とグウェンは推測した。厩舎《きゅうしゃ》の馬みたいに。

入口は上部がアーチ状の大きな木のドアで、何層も重なる煉瓦に嵌《は》めこまれていた。そのドアについている小さなドアを門番があけて、グウェンは守衛詰め所のあるエリアへ通された。

中央の中庭とは大きな金属ゲートで隔てられていた。先ほどよりもはっきりと囚人たちの行進が聞き取れた。看守たちが叫んでいる。〝左へ！〟〝四班、異状なし！〟

グウェンは〈面会者〉の表示を見つけて、サインをしにいった。守衛はわざと関心がなさそうに彼女を見た。

「どなたに面会ですか」

「ディッキー、それとも、リチャード・トロワーかしら」グウェンはややつっかえながら答えた。「昨日入所したと思うのですが」

相手はリストに目を落とし、声を出さずに唇を動かしながら、指を下へとすべらせていった。

「たしかに」いちばん下の名前を指で示した。「行動が速いね。では案内が来るまでお待ちを。トロワーはA棟だよ。まず女性看守を呼んで、身体検査をさせてもらわなくては」

「身体検査？　わたしが危険に見えます？」

「いや、マダム。だからこそ、ありとあらゆる禁制品を持っていてもおかしくないんだ。そちらへどうぞ」

グウェンは角に椅子がひとつしかない小さな部屋に入って、待った。永遠とも思われる時間が経ったころ、退屈そうな顔をした制服姿の女性があらわれた。

「それじゃ」威圧的な口調でいった。「上着を脱いで、ハンドバッグを開いて。壁のほうを向く」

グウェンはしたがい、女に両脇をなでおろされ、つぎに両脚をなであげられるあいだ、顔を真っ赤にしていた。

「ここは初めてのようね」女がいった。

「ええ。なぜわかるんでしょう」

「男の面会に来る女はたいがいもっと――ほら、なんていうか、見せつけるような服装をしたがるからね」

「そうなんですか？」

「ええ、そうよ。なかにはとんでもないのもいる。奥さんはきっと慈善家なんでしょ」

「わたしにできることをしています」

「いいことね」女はさしたる意味もなさそうにいった。「上着を着ていいわ。ついてきて」

通路を幾度も曲がり、鍵のかかったいくつものドアを過ぎ、さらに何度か曲がって施錠されたゲートを数回通った。やっとのことで案内された狭い待合室には、先客の女性三人がいて、木のベンチに腰かけていた。三人は首を上にのばし、グウェンの金髪が自分たちの頭よりどれだけ天国に近いか見とどけた。

「あんたなら彼氏を見るのに困らなそうだね」ひとりがいい、ほかのふたりがげらげら笑った。

「なんておっしゃったの？」グウェンはたずねた。

「ああ、いまにわかるよ」その女がいった。「初めてかい？」

「はい」

「彼氏はなにをやらかしたの？」

「なにも」グウェンはきっぱりといった。「これはすべてとんでもない手違いなんです」

「まあ、あんた」べつの女が同情の声を発した。「これが最近の手違いってだけよ」

「ミセス・コーコラン？」遠いドアのほうから看守が呼んだ。

「持ち時間は十五分」最初の女が立ちあがって、服の乱れを直し、しゃんと胸を張った。先を歩く看守が背を向けたすきに、すばやくブラウスのボタンを上から二個はずし、あとをついていきながら振り向いて残った三人に片目をつぶってみせた。

「あんたのはここにどのくらい？」三人目がたずねた。

「昨日入ったばかりです」グウェンは答えた。

「結婚してんだ？」グウェンの指輪に目をやった。

「ええ。いえ、してません。彼とは」

「ああら、そういうこと？」二番目がいった。

「いいえ、全然そういうんじゃありません。彼は――」

グウェンは〝お客さま〟と口にしかけてやめた。短い出会いにしてはすでに誤解が多すぎる。

「いとこなんです。メアリおばさんが取り乱していて息子に会えないというので、わたしが家族を代表して」

「へえ、そりゃ親切なこって」三番目がいった。「あたしならいとこがつぎの日に首をくくられるとなっても面会になんか来ないよ」

「でもお葬式には行くんでしょ？」と二番目。

「ちゃんとくたばったか確かめるためにね」と三番目がいい、ふたりは忍び笑いをもらした。いくらも経たないうちに、最初の女がこそこそブラウスのボタンをとめながら出てきた。

「また来週」とほかのふたりに声をかけた。

「またね」ふたりがいった。

ミセス・コーコランが去ったあと、看守があとのふたりを順番に入れた。ようやく、グウェンの番が来た。

「新顔だね」別室に招き入れながら看守がいった。そこには、スライドする格子窓のついた金属ドアがあった。

「そうです。どうすればいいんでしょう」

「そこのテーブルにバッグを置いて」彼が指示した。「入室する。金網に近づかないこと。金網から物を差し入れようとしないこと。すれば、あんたもあっちの女囚棟に送られることになる。ドアが閉じたら、持ち時間は十五分、一秒も延ばせない。わかったね?」

「わかりました」グウェンはいった。

看守が壁のボタンを押した。どこか遠くでブザーが鳴った。続いて緑のライトが点り、彼がドアを開いた。

「こっちで監視しているので」彼が念を押した。

「わかっています」グウェンが入った部屋はじめじめして狭く、分厚い石壁に囲まれていて、黄ばんだ裸電球が唯一の光源だった。

正面は高さ五フィートほどの壁で、その向こうにも彼女がいまいるのと対称的な部屋が窓越しに見えた。窓には両側から金網をかぶせて、太い釘《くぎ》で固定してある。窓のまえに小さな木の踏み台が置いてあったが、グウェンが反対側をのぞくのには不要だった。ミセス・コーコランがいっていたのはこのことだったにちがいない。

反対側の部屋でドアが開き、ディッキー・トロワーがあらわれて、窓からこちらを見た。明るさの変化に慣れるにつれて瞳が大きくなり、面会人が見えるとあごがかくんと落ちた。

「ミセス・ベインブリッジ？」彼が驚きの声をあげた。「ほんとうにあなたですか？」

ディッキー・トロワーはきゃしゃですらりとしている。薄茶色の髪をふだんはうしろへなでつけ、モーガンズのポマードで固めて、Vの字の生え際を強調しているが、いまはポマードをつけずにぼさぼさ状態だった。汚れてはいないもののみすぼらしい茶色の囚人服姿で、前日からのひげがぽつぽつと伸びている。それと同じだけの時間、一睡もしていないように見えた。金網越しに石炭酸石鹸《せっけん》のフェノール臭がふわりと漂ってきて、グウェンは鼻にしわを寄せないようこらえた。

「こんにちは、トロワーさん」優しく声をかけた。「もちこたえていらっしゃる？」

「もちこたえて――なぜぼくがここに入れられたかご存じなんですね」

「あなたが女性を殺したと聞いています。ミス・ラ・サルを」

「殺していません！」彼は苦しげに顔をゆがめて、叫んだ。「彼女に会ってさえいないんです。デートは流れたとあなたのオフィスから手紙を受け取ったので」

「わたしたちは送っていないの」

「それじゃどうして――？」そういって、彼は腹に据えかねるように往ったり来たりしはじめた。「だれがこんなことを？」

「わかりません。どうしたらお役に立てるでしょう。もう弁護士はいるんですか」

「両親がさがしてくれています。でも高額ですし。保釈もないんです。名もない会計士から社会の敵ナンバーワンになってしまいましたよ。このぼくが！」

「お気の毒に」

「なぜいらしたんですか、ミセス・ベインブリッジ？」唐突にたずねた。「ここへ会いにきてくれたのはあなたが最初です。友人たちは――ぼくが思っていたほどの親友ではなかった」

「わたしたちはただ――」グウェンはいいかけ、それから訂正した。「あなたがこんな状況に追いこまれてしまったことに、わたしも責任を感じるの。わたしたちが出会いをお膳立てして、それをだれかが利用してあのかわいそうな女性を殺し、あなたに罪をなすりつけたにきまってますもの」

「ほんとうにぼくが無実だと思ってくださるんですか」意外そうにいった。

「無実だと知っています」

「どうして？　なぜあなたが確信できるんです？」信じられなくて笑いだしそうになりながらたずねた。「ぼくをほんとうにはご存じないのに。ぼくにどんなことができるか」

「わたしは人に対する勘がいいんです」初めて微笑を浮かべて、グウェンはいった。「まちがうことはほとんどないの」

「あなたに陪審員を務めていただきたいですよ。あなたが十二人必要だ」

「誠実な女性たちがね。わたしにできることはないかしら。なんとかお力になりたいんです」

「でしたら、ひとつ――いや、それは厚かましすぎるな」

「いってみて」

「ハーバート。彼のことが心配で」

「ハーバート？」

　彼は恥ずかしそうな顔をした。

「ハーバートはぼくの金魚なんです。ちょうど餌をやり終えたところへ、警察が部屋に踏みこんできました。もう丸一日経ってます。様子を見にいっていただけないでしょうか。ミセス・ダウドに話してもらわなければなりませんが。下宿の大家さんです」

「どうしてハーバートと名づけたの？」

「彼を店で買ったとき、ハーバートらしく見えたので、ハーバートにしました」

「すぐハーバートに会いにいくわ」グウェンは約束した。「わたしがあなたの許可をいただいたと、ミセス・ダウドにどうやって知らせればいいかしら」

「メモを書いてお渡ししますよ」

　彼のうしろでドアをバンと叩く音がした。

「時間だぞ！」彼の側の看守が叫んだ。

「まだ十五分経っていないわ！」グウェンが抗議した。

トロワーは激しく首を振った。

「いいんです。感謝の言葉もありません、ミセス・ベインブリッジ」

「ごきげんよう、トロワーさん。また会いにきますね」

彼は背を向けて去りかけ、また振り向いた。

「訊いてもいいでしょうか」遠慮がちにいって、口を閉じた。

「なんでしょう？」

「その女性。ミス・ラ・サル。きれいな方でした？」

「とても美人よ、トロワーさん」グウェンはそっと答えた。「あなたは気に入ったと思うわ」

「そのことを考えずにいられなくて」悲しげに頭を振った。「もし彼女がぼくにぴったりな人だったんなら。彼女が幸せへのまたとないチャンスだったんだとしたら。なのにいま彼女は永遠に去って、ぼくはこんなところにいるんです」

「ここからはじきに出られるわ」

「それはあなたにもわからないでしょう。さようなら、ミセス・ベインブリッジ」

彼はまた背を向けて、ドアから出ていった。

グウェンの背後でドアが開き、看守が手招きした。グウェンは部屋を出て、ハンドバッグを手に取った。そこへべつの看守が、折りたたんだ紙片を手にして入ってきた。

「あなたにこれを渡してほしいとのことです。規則に反しますがね、やったことを考えても、まともな男に思えるんで」

グウェンは紙を受け取り、その場で読んだ。それは大家へのメッセージで、住所が添えてあった。グウェンは紙をたたみ直してハンドバッグにしまい、バス・マップを引っぱりだした。

「すみませんが」地図をひろげながら、看守たちにたずねた。「ここからクロイドンへはどのトラムに乗ればいいでしょうか」

5

グウェンがいないオフィスでは、バーレットのタイプ音がひときわ大きく響いた。手紙をタイプし終えたあとの沈黙は、耳をつんざくばかりだった。

アイリスは朝届いた郵便物をふたつの小さな山に振り分けた——一方はクライアントからの返信、もう一方は請求書その他。レターオープナーを手に取ってから、ふと気まぐれにそれをおろして、ハンドバッグから折りたたみナイフを取りだした。慣れた手さばきでさっと開き、封筒を切り開きはじめた。

終わると、刃先を下に向けて指先でバランスを取りつつ、ドア横の電灯スイッチのすぐ上あたりをにらんだ。この位置から命中させられるだろうか。ナイフの柄《え》を握り、腕を引いて振りかぶった。

そこでオフィスの敷金が頭をよぎり、ブレードをそっと柄に収めて、ナイフをハンドバッグにもどした。

ダーツボード。彼女は思った。ドアの陰に取りつければ、来客からは見えない――

下で足音がし、階段をのぼってきて、止まった。

のぼって、のぼって！　アイリスは祈った。なにかすることをちょうだい！

足音は再開し、ふたたび止まり、今度は男が息を切らしてあえぐ声が聞こえた。

鍛《きた》えてる人じゃなさそうね、とアイリスは思った。あのごみ収集の男がもどってきたのでないことはまちがいない。あいつの名前はなんだっけ。ない――マナーがない男だ！　そう、アルフレッド・マナーズ。入会させられなくて残念だった。いろいろ問題はあっても、見た目はいかしてたのに。わたしなら彼にぴったりな相手を見つけられる――

足音はすぐ下の踊り場までのぼってきて、また止まった。

もうひと息よ、とアイリスは心のなかで励ました。幸福まで階段あとひとつ！

足音がふたたびのぼって、彼女のいる階にたどり着いた。アイリスはふたつの机のあいだに立ち、上品にお腹のまえで両手を重ね、運命が送りこもうとしている人物を待ち受けた。

それは四十代初めのでっぷり太った男という姿で、よたよたとオフィスに入ってきた。長いこと洗濯されずに使われてきたハンカチで顔面の汗を押さえつつ。

「こんちは」まだハアハアあえぎながら、しゃがれ声でいった。「ちょっと待って」

「どうぞ、おかけになって」アイリスは椅子を指した。「お水はいかが？」

「ああ、どうも」男がどさりとすわり、椅子はその猛攻に雄々しく耐えた。

アイリスは窓台のピッチャーからグラスに水を注いで、持っていった。男は受け取って、ありがたそうに半量をひと息に流しこんだ。

「はじめまして」アイリスは握手を求めた。「アイリス・スパークスです。〈ライト・ソート結婚相談所〉へようこそ」

「カーターだ」男はグラスを左手に持ち替えて、右手でアイリスの手を握った。「フィリップ・カーター」

手はまだ汗でぐっしょり濡れていた。アイリスは彼が握手をつづけるあいだ極力無表情を保ってから、机のうしろに避難して腰かけた。

「予約は取ってないんだ、すまないけど」

「時間はなんとかつくれますから」アイリスはハンカチを取りだして、机の下でこっそり手を拭《ふ》いた。「まずは落ち着いて、それから事前の説明に入りましょう」

「もうだいじょうぶみたいだ。いやはや、ぼくは山登りには向かないな」

「でしたら登山愛好家はすぐ候補からはずします」

「そんな女性がいるの？」カーターが興味を示した。

「いま思いつくだけでも二名」

「なんと、なんと。その人たちを考えてみるべきかもしれないな。反対同士は惹かれあうともいうし。ぼくが彼女たちの山になれるかも」

「こちらの紹介プロセスはもうすこし具体的で細かいんですよ」

「どんなふうに?」

「わたしどもが広範囲におよぶ質問を――」

「わたしども? わたしどもとは?」彼が口をはさんだ。「あなたしかいないじゃない」

男はアイリスをじろじろ見た。アイリスの脳内で小さく警報音が鳴りだした。

「パートナーはすこしのあいだ席をはずしておりまして」にっこり笑って、いった。「もうまもなくもどってきます」

片足でバッグをすべらせて椅子の下へ引き寄せながら、どのくらいすばやくナイフを取りだして、開き、投げられるか計算した。この男がふたりのあいだの空間を横切ってくるよりも速くやれる?

落ち着いて、スパークス。自分を諫《いさ》めた。証拠もないのに決めつけるもんじゃないわ。だけどもしもティリー・ラ・サルを殺した男がつぎにわたしを狙ってきたのだとしたら?

脳の警報音を鳴らしつづけている部分がいった。

「では」有望なお客もしくは殺人者に用心深い目を向けながら、いつもの手順を開始した。「こちらは結婚相談所です、出会いを手配する認可を受けた二社のうちの一社――」

「そんな認可があるんだ?」

「商業活動をおこなう会社は認可を受けなければなりません。続けてもよろしいでしょうか――」

「どんな種類の訓練が要るんだろう。たとえば、そのための研修過程があるんですかね。専門家としての認定証とかそういったものは?」

「それができたらわたしたちが教官として指導にあたり、認定するようになることを期待しています」アイリスはノートパッドと鉛筆を手に取った。「そろそろわたしに質問させてくださいね。これからおわかりになるように、こちらではお客さまに徹底した篩《ふる》い分けをおこなっております。先に進みましょうか?」

「そうだな——」

「けっこう」アイリスは元気よくいった。「まず、お名前を」

「もういったよ」

「おゆるしください。わたしは習慣の生き物なんです。手順どおりにやらないと気になってしまって。お名前をどうぞ」

「フィリップ・カーター」

「フィリップのつづりは〝l〟がひとつ? ふたつ?」

「ふたつだ」一瞬ためらい、またごくりと水を飲んだ。

アイリスはグラスをつかんでいる男の手を見た。

そういうことね。

「フィリップ・〝l〟がふたつ・カーターさん」くりかえしながら、書きとめた。「ご職業は?」

「事務職だよ」

「会社はどちら？」

「ボーン&ダドリー、モンタギュー・ストリートの」

アイリスはため息をついて、パッドと鉛筆を机におろした。

「カーターさん」両手を組みあわせて、厳しい目で相手を見た。「わたしからの最初の質問三つで、あなたは三回嘘をいいました。そんなことでは、あなたにふさわしい女性をご紹介するどころか、どうしてこの面接を終えられるでしょうか」

「どういう意味だ、嘘とは」彼が気色ばんだ。

「名前、職業、雇われている場所」左手の指を折って数えながらいった。「どれひとつほんとうじゃありませんね。いうまでもなく、身分を偽ってここに来たことが最大の嘘ですが」

「それはいったい――？」

「あなたは既婚者でしょ」

「だれがそういった」

「左の薬指の関節についている跡。結婚指輪をはずすときにこすりましたね」

「離婚したんだ。はずすのは容易じゃなかった」

「あなたがここにいると知ったら、奥さまはあっさりはずすことでしょうね。その跡はまだ生生しい。しかもわたしはあなたの顔を知っているみたいなの、もっと痩せていたころの顔だけど」

「ああ、そうかもな。こっちもたぶんあんたの若くてかわいかったころの顔を知ってるよ」

「あり得ない」アイリスは断言した。「わたしは日に日にかわいくなってるもの」

「でも若くはならないだろ」

「その点は努力してる。あなた、何者？　待って――」

記憶がよみがえった。押し合いへし合いする安物の中折れ帽をかぶった人々、高射砲火のようなフラッシュにぎらりと照らされる顔、同時に数人が叫ぶ無礼な質問、突きだされるノートパッド――

「新聞記者か」心が沈んだ。

彼は歯をむきだして、上着のポケットから自分の手帳と鉛筆を取りだした。

「よくわかったな、お嬢ちゃん。名前はガレス・ポンテフラクトだ。ほんとうの名前だよ」

「《デイリー・ミラー》ね。あなたのことはおぼえてる。好意的にじゃなく」

「ああ、こっちもおぼえてるよ。まさかあんたが結婚相談所をやってるとはな。まとめるよりもぶっ壊すほうが多いだろう」

「なにしにきたの？」

「ティリーとディッキー、ロンドンの悲劇の恋人たちについて話すためにさ。彼女のこの世で最後のデートをどうやってお膳立てしたんだ？　男にとっても同じだが、彼は独房を出たら庭でダンスを踊れるかもな」

「あなたに話すことはなにもない」

「どうして彼を選びだした？　絞殺魔と刺殺魔は分けてるのか？　女のほうは抵抗できるかできないかで分類するのか？　犯人は痩せっぽちだそうじゃないか。抵抗できない女がよかったはずだ」

「出ていって」

「そっちが質問に答えてからな」

「いまあなたはこちらの許可なくうちのオフィスにいるの。不法侵入に思えるんだけど」

記者は立ちあがり、ふたつの机のあいだに巨体を入れて、彼女の出口を塞《ふさ》いだ。

「だからどうするっていうんだい、お嬢ちゃん」冷笑を浮かべた。「おれに親切にすれば、記事であんたをよく見せてやるよ。それとは知らず邪悪な殺人者に利用されたショックと恐怖、とかなんとか与太話を書いて。こっちはあんたを生かすこともへし折ることもできるんだ」

アイリスは相手の目を見据えながら、選択肢を考慮した。靴は履いたままか、それとも脱ぐか。脱ごうと決めて、音をたてずにそっと裸足《はだし》になった。

席を立つと、机の角に腰かけて、脚を組んだ。彼はその脚を見た。

「ねえ、ポンテフラクトさん」アイリスはしおらしくいった。「ひとりきりで手も足も出ない女性を脅《おど》すようなまねをしたくないわよね？　お母さまはあなたをそんなふうに育てなかったと思うの」

「記事を物にするまでは帰らん。あんたにそれを変えさせることはできないよ」

「できることはいくつかあるわ。ひとつ試してみましょうか」

机の端に両手をついて正面に脚を振りあげ、勢いをつけて跳び、彼の背後に着地した。相手が振り向きざま、彼女はその右手首を右手でつかみ、左の手のひらを肘《ひじ》の上に押しつけて、腕をうしろへねじりあげた。

彼が苦悶《くもん》の悲鳴をあげ、鉛筆が床で音をたてた。アイリスは圧力をかけつづけ、彼は苦痛を和らげようと床に両膝《りょうひざ》をついた。

「字を書くのはこっちの腕ね。折れたら仕事をするのはむずかしくなるでしょうね」

彼の肘を放して、すばやく指をつかみ、甲側へ反らせた。

「記事は自分でタイプするの？　それともかわいい女の子にやらせてるの？　ときどきあなたがキモチ悪い愛情の対象にしても、その仕事がどうしても必要だから苦情をいわないような事務員に？」

「あんた、頭がおかしいよ！」記者が叫び、アイリスがさらに指を反らせると悲鳴をあげた。

「わたしって批判を素直に受け止められないの」アイリスはため息をついた。「欠点よね、そうなの、だから真剣に改めようとはしてる。でもそれまでは、ミスター・ポンテフラクト、出ていってとお願いしなきゃならない。鉛筆と手帳をくれぐれもお忘れなく。ドアに気をつけて！　さあ階段よ。おりるのはのぼってくるよりずっと楽だとわかるわよ。階段口から落っことしてあげることもできるけど。自分で決めて——どちらがいい？」

「おれの記事が気に入るだろうよ」彼がうなった。

「あなたの文章スタイルには品位が欠けていたとうっすら思いだしたわ。でもあれから上達したかもね。明日わたしの感想を送りましょうか」

アイリスは彼を放した。彼は上着の乱れを直しながら、階段を駆けおりていった。

アイリスは玄関のドアが開いて閉じるまで耳をすまし、それから階段の最上段に腰をおろして、向かいの窓の外を眺めた。

「ったく」と口に出した。「まったく、もう」


トラムはわたしの新しいお気に入りになったわ。四二番の二階席でグウェンは思った。車両はゴロゴロ音をたてながら、彼女をさらに南のクロイドンへと運んでいた。朝にくらべて乗客も停止も少ないので白日夢は妨《さまた》げられず、ロナルド・コールマンはかなり大胆に迫ってきていた。彼が唇を彼女のうなじに押しあてると、鉛筆の細さの完璧な口ひげが肌をかすめた。ちょっぴりくすぐったい。グウェンはロニーに口ひげを生やさせようとしたことがある。でも彼がどうしてもワックスで固めたがり、見た目も感触もおかしかったので、結局は剃《そ》り落とさせたのだった。

きみはいじめっ子だな。バスルームの戸口に立って、ロニーが鼻の下に剃刀《かみそり》をあてるのを見守っていたら、そうからかわれた。

ふたたび涙。

ばかね。涙を拭《ぬぐ》いながら、思った。いつになったらこれは止まるの？

トラムは終点のクーム・ロード停留所に到着し、金魚がグウェンの救済活動を待ちわびている通りを親切な警官が教えてくれた。

ロンドン大空襲で、クロイドンはほとんどの近隣地域よりも激しく爆撃された。そこには飛行場や工場があり、商業地区も住宅街もかなり誤爆の被害にあった。一ブロック全部が梁《はり》の破片や瓦礫《がれき》と化しているところもある。壁続きの長屋がところどころ焼け落ちていて、さながら歯の欠けたボクサーのようだ。

けれどもディッキー・トロワーの住む通りは無傷だった。英国のベッドタウンの一例として保存しようと神様が決めたかのように。一棟二軒住宅《セミデタッチトハウス》のまえが戦時農園になっていて、蔓《つる》にトマトが実り、むくんだ緑色の鮫《さめ》のようなマローかぼちゃが葉陰に潜んで待ち伏せしていた。豚の餌にする残飯をためておくための白いごみ容器が、五軒ごとに置いてある。まだ学校へあがる年齢ではない双子の少女たちが金網の囲いのなかでウサギを追いまわしていて、小さな小屋に渡された板の上からべつのウサギが不安げにそれを見ていた。グウェンは足を止めて、しばしその様子に見入り、女の子を育てるのはどんな感じだろうと思いめぐらした。この子たちから判断するかぎり、男の子と同じくらいにぎやかそうだ。

トロワーの住所は小道のいちばん奥だった。その向こうに見える公園は、市民に貸与される家庭菜園でほぼ埋め尽くされている。本来の公園にもどったらすてきだろうとグウェンは思った。食べ物がじゅうぶん足りて、みんながまた以前の暮らしを楽しめるようになったら。

トロワーの住む家は近所とはちがって一戸建てだった。公園に面した側には塔が立っている。戦争と戦争の狭間に建てられたのだろうとグウェンは推測した。その界隈《かいわい》の住宅の多くは、傾斜屋根の下にテューダー様式を模して梁を露出させ、旧《ふる》く見せようとしているが、先の戦争後に鉄道が改良されたのを機に最近ばたばたと建てられたらしかった。どこか裏手に鶏小屋があるのか、コッコッと満足そうな鳴き声が通りにいるグウェンにも聞こえた。彼女は門をあけて、玄関までの短い距離を歩きながら、ドアの両脇に咲いているティー・ローズを愛でた。深々と息を吸いこみ、呼び鈴を鳴らした。

ドアが開いて、部屋着にエプロンを着けた女性が驚きと疑いのまなざしでグウェンを見あげた。

「どなた?」と詰問調でたずねた。

「ダウドさんでいらっしゃいますか」グウェンはいった。

「そうかもしれないし、そうでないかも。そちらは?」

「グウェンドリン・ベインブリッジです。ミセス・グウェンドリン・ベインブリッジ。ミスター・トロワーの代理で参りました」

「ディッキー? 不在です。会えませんよ」

「つい先ほど彼と面会してきたんです、ダウドさん。もしあなたがダウドさんならば」グウェンはハンドバッグから手紙を出して、差しだした。「ハーバートの様子を見てほしいと頼まれました」

ダウド夫人は手紙を読むと、片手でぴしゃりと口をおおった。

「ああ、あのへんてこな魚!」と大声でいった。「すっかり忘れてた!」

「入ってもよろしいでしょうか」

「ええ、それがいいわ。たいへん、元気だといいけど。あの騒動と、警察に片っ端から引っかきまわされたせいで、あれのことはきれいさっぱり頭から消えていましたよ。気の毒なディッキーはあたしを絶対ゆるしちゃくれないでしょうね。こちらです、奥さん。マダムとお呼びしましょうか？」

「ミセス・ベインブリッジでけっこうです、お気遣いなく」グウェンは敷居をまたいだ。

玄関ホールは狭いながらも小ぎれいで明るかった。壁に寄り添っているサイドテーブルには手紙が何通か積み重なっていた。いちばん上はトロワー宛だとグウェンは気づいた。

「彼の部屋は屋根裏なんですよ」ダウド夫人は先に立って階段をのぼりはじめた。「頭に気をつけて――突き出てるから。天井のことですよ、あなたの頭じゃなく。あたしとディッキーには問題ないんですけどね――トロワーさんと呼ぶべきかしら」

すり切れた濃い赤のペイズリー模様のカーペットでおおわれた階段を、ダウド夫人は足早にのぼった。彼女が踊り場で曲がるたびに、グウェンはその機会をとらえて観察した。見たところ五十歳前後ね、と見当をつけた。あるいは苦労した四十五歳。白髪の筋が入った茶色い髪はきっちりとお団子にまとめられ、一本のほつれも飛びだしていない。化粧っ気のない顔は緊張で張りつめている。

「三階に申し分のない部屋がひとつあるんです」踊り場をまわって屋根裏部屋へ通じる階段をのぼりながら、ダウド夫人がいった。「でもトロワーさんは最上階がいいんですって。静かなところが気に入ったようで。正面の窓から街も見えますし。もちろんこちらの負担は増えますけどね」

ドアのまえに立つと、止まってエプロンのポケットをまさぐり、鍵を取りだした。

「警察の調べがすんだあと、あたしがきれいに掃除したんです」鍵をあけながらいった。「なにもかも散らかし放題にしていって。シーツも洗いました、いちばん下のは警察が持っていきましたけど」

「なぜ、だと思われます?」グウェンはたずねた。

「血痕がないか調べるんでしょ」

「でもその女性はどこかよそで殺されたのでは? トロワーさんがあなたに気づかれずにその女性をここへ連れてこられたとは思えませんけど」

「それはそうね」ダウド夫人がふんと鼻を鳴らした。「この家の板やベッドのスプリングがキィとでも鳴れば聞こえますから、あたしをごまかそうとしても無理な話です。もちろん、彼はそんなことはしませんけどね。ここはきちんとした家庭で、ディッキーは品行方正で、ルールをわきまえているんです。水槽はその窓辺の机の上よ。かわいそうに——このちっちゃな魚はきっともう長くないでしょうね」

グウェンは水槽をのぞきこんだ。一匹の金魚が水底の小さな風景のなかでゆっくりと泳ぎまわっていた。ミニチュアの農家のまわりに、柵で囲まれた放牧地、ごく小さな金属製の馬、牛、羊たち。その牧歌的風景を小さく見せている金魚は、さながら空飛ぶ巨大海獣だ。金魚がグウエンを見あげ、グウェンにはその表情が孤独でさびしげに、そして咎《とが》めているように見えた。

「たしかにハーバートという顔だわ」彼女はいった。

「でしょう?」ダウド夫人が同意した。「なぜとはいえないけど、そうなんですよ——魚のハーバート。餌はその缶のなかです」

グウェンは水槽の横に〈キング・ブリティッシュ・フィッシュ・フード〉の小さな丸い缶を見つけた。その隣にちっちゃなピューターのスプーンがあった。

「ハーバートがどのくらい食べるのか知りませんが」ダウド夫人がいった。「たぶんふだんよりお腹を空かせてるでしょうね」

「スプーン二杯で足りるんじゃないかしら」グウェンは蓋《ふた》をひねった。スプーンをドライフレークのなかに沈め、餌を水槽のなかにまき散らすと、もう一度くりかえした。

ハーバートのとりすました顔つきが捕食動物のそれに一変した。水中をゆっくり舞い降りてくるフレークを追いかけて、夢中で尾を振りながら敏捷に往ったり来たりした。

「あらまあ、この子ったらお腹がぺこぺこだったのね」グウェンは笑った。

「たしかに」ダウド夫人が同意した。「とにかく、よいキリスト教徒のおこないをされましたね、ほんとうに。お茶でもいれましょうか」

「それはとてもありがたいですわ。でもハーバートを残していくまえに、水槽の水を最後に替えたのはいつだったかご存じでしょうか」

「このまえの日曜ですね。ディッキーはかならず日曜日ごとに交換するの。その金魚にそれはよくしてあげてます。『彼はぼくの親友なんです、ダウドさん』なんて、夕食のときにいうのよ。『悩み事をなんでも聴いてくれますし、ぼくを一瞬たりとも疑わないんです』ってね」

「みんなそれぞれの人生にハーバートが必要ですね」

「そのとおりだわ、ミセス・ベインブリッジ、いいことをおっしゃる」ダウド夫人が褒めた。「さ、階下《した》へ来て、彼がどうしているか聞かせてくださいな」

出ていくまえに、グウェンは室内をざっと見渡した。こぢんまりとした、整頓された部屋で、いかにもトロワーらしかった。今日会ってきた彼じゃなく、ふだんのトロワーさんね、とグウェンは思った。奥の壁に寄せたベッドにハンドメイドのキルトがかけられている。ナイトテーブルの上には青と白の陶製の水差しと、グラスが二個。写真立てには、両親とおぼしきふたりにはさまれて立つ彼の白黒写真。ベッドの上の小さな棚に、廉価版のディケンズとサッカレーが数冊。

ダウド夫人がドアを押さえてグウェンを先に階段へ行かせ、部屋を出て、外から鍵をかけた。

「もちろん、家賃は今月末までいただいてますけど」グウェンに続いて階段をおりながら、ダウド夫人がいった。「そのあとはどうすればいいのやら。あの人が勾留されているあいだに部屋を貸しだしたくはないんですが、いつまで続くかわかりませんしね」

「あまり長くならないといいですね」

「そりゃ、彼に食事をつくったり洗濯してあげたりしない分、節約にはなりますけど。かけてくださいね。すぐもどります」

客間《パーラー》は狭く、家具が混みあっていて、グウェンが身を落ち着けられる隙間はほとんど残っていなかった。自分が大きくなったアリスで、長い腕と脚がしっくり収まる場所をさがしているような気がした。最初は低い寝椅子に腰かけたが、太腿《ふともも》より膝が高く突き出てしまった。背もたれが高くてまっすぐな布張りの椅子が二脚あったので、そちらにすわり直した。縁《ふち》に沿って点々と並ぶ真鍮《しんちゅう》の丸ボタンが、〈クラリッジズ〉のドアマンの制服を思い起こさせた。

部屋のあらゆるところに写真があった――ティーテーブルの上、マントルピースの上。壁という壁を埋め尽くしていて、青と黄色の太いストライプの壁紙がほとんど見えないほどだ。大半は若かりしころのダウド夫人で、夫らしき男性と一緒だった。彼女はどの写真でも微笑《ほほえ》んでいる。その小柄な若い女性からあふれだしている幸福と希望は、現在の彼女にはあまり感じられない。

どの写真にもいるミスター・ダウドは、いまもまだいるのかしら、とグウェンは思った。幸福と希望のない暮らしはいつかわたしをダウド夫人にしてしまうのかしら。

サイドテーブルには雑誌の山がふたつあって、一方は《グッド・ハウスキーピング》、もう一方は《ウーマンズ・オウン》だった。グウェンは後者の最新号を手に取ると、児童書の新刊をとりあげた記事にのめりこんだ。リトル・ロニーはBBCの〈子どもの時間〉で聴いたしゃべる案山子《かかし》ウォーゼル・ガミッジのお話をくりかえし読まずにいられなくなっていて、グウェンは目先を変えるためというだけでも、なにか新しい本はないかとさがしていたのだった。記事を半ばまで読んだところへダウド夫人がお茶のトレイを運んできた。

「アール・グレイでよろしい？」

「はい、ありがとうございます」グウェンはいった。

「飲み方は？」

「ミルクだけお願いします」

「《ウーマンズ・オウン》は読んでいらっしゃる？」お茶を注ぎながら、夫人がたずねた。

「いいえ。とてもためになる雑誌みたいですね」

「あたしはこれなしでは生きられないわ！」熱をこめていった。「家事は前世紀で進歩が止まったと思うでしょ、ところがなにをするにもよりよい方法が見つかりつづけてるんですよ。それにメアリ・セドリーの人生相談――メアリ・セドリーを読んだことは？」

「ありません」

「すばらしいの。月並みな人生相談コラムには耐えられないけど、そんなのよりずっと実用的でね。あたしは毎朝、朝食がすむと寝椅子でくつろいで、ラジオをつけて〈ライト・プログラム〉を聴きながら、記事をひとつふたつ読むことにしているんです」

「夢のようですね」

「それがなければきっと大声でわめきまくっているわ。このあたりは静かすぎて。昔にもどったんだともいえるけど」

「しばらくはかなり騒々しかったんじゃありません？」

「想像もつかないでしょうよ！」ダウド夫人が声をあげて笑った。「あたしが飼っていた猫は空襲警報が鳴りだすと手がつけられなくなるから、防空壕へは連れていけなかったんです——じっとしていられないので。しかたなくここへ残していくと、そこらじゅう引っかいてひどいことになったもんですよ」

「困った子ね。その猫はどうなったんですか」

「逃げました。少なくともあたしはそうだと思ってます。帰ってきたら、いなくなっていて。それ以後いっぺんも見かけません」

「残念でしたね」

「あら、いい厄介払いができましたよ。なにが傑作って、その猫を連れとして飼ったのは夫が同じことをしたあとだったんです。逃げた、ってことですけどね。つくづくあたしは男運がないんだわ」

「まあ。どの写真にも写っているその方がご主人ですか？」

「そう。いかした男、でしょ？」

「ですね」

「あたしたちは絵になるカップルだったの」カフェにいるふたりを撮った一枚を取りあげた。「これが最初のデート。その日の記念にと彼がカメラを持参したんですよ、考えられます？」

「とてもロマンティックですね」

「ええ、たしかにね。足元からふわりとすくいあげられて、また地面に足が着いたのはずいぶん経ってからだった。いいときはよかったんです、でもその後は変わりました。今度はディッキーがいなくなってしまって。あたしはまだ彼が殺人犯だなんて信じられませんけど」

「わたしもです」グウェンはきっぱりといった。

「おたずねしてもいいかしら」ダウド夫人がためらいがちに切りだした。「彼とはどんなお知り合い？　彼が——連れていかれたのをどうやって知ったんですか。まだ新聞には載っていないのに」

「彼はわたしのお客さまでした——いえ、お客さまなんです。わたしたちの、といったほうがいいかしら」

「お客さま？」ダウド夫人の眉《まゆ》がつりあがった。

「パートナーとわたしはささやかな事業を営んでいて。トロワーさんはうちへお相手をさがしに——」

「それ以上なにもいわなくてけっこうよ」夫人が息巻いた。「あたしの家でこの、この毒蛇をもてなしていたのかと思うと。まっとうに暮らしているこのあたしが、自宅の居間で、こんな、こんな、ああ、言葉にするのも汚らわしい！」

相手の女性がなにをほのめかしているかがわかってくると、グウェンはショックを受けた。

「ダウドさん！」憤然として叫んだ。「なにを考えていらっしゃるか知りませんが、わたしのいったことを明らかに誤解なさっています。わたしをどんな類《たぐい》の女だと思ってるんですか？」

「そりゃ、どう考えたってまともじゃ——それはなに？」

グウェンは仕事の名刺を差しだした。ダウド夫人は受け取って、何度も読みかえし、それから胸の上に片手をおいた。

「おやまあ、なんとしたことか。ほんとうに、ほんとうにごめんなさい。ゆるしてちょうだい。まったく、あなたにどんな人間だと思われたか」

「こちらが最初からはっきりさせておくべきだったかもしれませんわ」グウェンは寛大にもいった。

「ともかく、これで納得しました。あなたが、背の高いほうね」

「たいがいそうですけど」

「そうじゃなくて、おたくの最初の面接から帰ったとき、ディッキーはあなた方ふたりの話が止まらなかったんです。とくにあなたのことを褒めちぎっていましたよ」

「まあ、うれしい。彼は愛すべき人です。わたしたちは彼にいい方を見つけてさしあげたいと願っていました。そして見つかったのだと思っていました。そうしたらこんなことが起きて。なんというか。まだショックで動揺が収まらないんです」

「裁判の手順は知りませんけど。保釈金を払って出られるのかしら」

「それはないと思います。重罪ですから」

「まあ、殺人はだいたい重罪よね」

「ええ、いうまでもなく。彼の助けになるようなことをなにかご存じじゃありませんか」

「あたしが？」ダウド夫人が驚きの声をあげた。「あたしがなにを知ってるっていうの？」

「ですから、彼ではないと警察に思わせることができそうななにかを」

「警察には知っていることをひとつ残らず話しました」ダウド夫人は考えこみながら紅茶をすすった。

「そのことが起きた晩……彼はこの家にいたんでしょうか」

「そうね、はじめはいましたよ。でもあたしは早くベッドに入ったので。彼も同じだと思ってました」

「もし彼がそのあと出かけたら、聞こえたんじゃありません？」

「ええ、まあ、そう思われるでしょうね。でもあの晩はひどくくたびれていて。あたしも彼も――その話をしてたんです。彼はキャンセルになったデートのことを話していましたよ。そのことでとても落ちこんでいて」

「そうなんですか？」

「ええ、そう。『ぼくでは不足だと彼女が思ったんでしょうね』なんていって。あたしもがっかりしましてね」

「そうでしょうね。彼はひどく怒っているようでしたか」

「それはいわせないで」ダウド夫人がそっけなく答えた。

「なんてこと」グウェンの心は深く沈んだ。「彼ではなかったことを願っています」

「あの人はずっと孤独だったので。いろいろと期待をふくらませていました。まるでそのデートの夜に新しく人生がはじまろうとしているみたいに相手の女性のことを話しつづけていたんです、そうしたらあの手紙が届いて。あのときの彼の顔ときたら――こちらも胸が張り裂けそうだったわ」

「ほんとうに残念です」

「まあ、それでも彼にはまだ帰る部屋がありますし」ダウド夫人は明るい声でいった。「少なくとも今月末までは。洗濯もすませたから、あたしも肩の荷がおりましたよ。それにこうしてハーバートを思いださせてもらったので、彼が帰るまで金魚の面倒もみておきます。これでなにも問題はなさそうじゃありません？」

「そうだといいんですが」

「あの金魚を思いださせてもらってよかった。おかげでやることができたわ。世話を焼いてあげる相手がね。つまるところ、あたしたちに必要なのはそれだけじゃないかしら」

「ええ」グウェンはいった。「ほんとうにそうですね」

帰りに読むようにとダウド夫人が一冊くれた《ウーマンズ・オウン》にグウェンはすっかり惹きこまれ、記事をむさぼり読んだ。関心のある美容、ファッション、育児の専門的情報だけでなく、これまでほとんど無知だった料理やインテリアや家事についても。

こういうことも学ばなくては、と彼女は思った。おぼえないと、もしもこの先――

この先どうするつもり？　ロニーをケンジントン・コートの邸宅から連れだして、ふたりだけで暮らす？　わたしにできるかしら。すでにひとつ飛び越さなければならない大きなハードルがあるけれど、そういう法的な意味だけではなく、独りでささやかな家庭を築いていけるのだろうか。

金融資産がないことはない。夫が少なからず遺してくれていた。グウェンは明細を知らないが、家族の弁護士が管理している。けれども多くは信託やら不動産やらとつながっていて動かせないし、義理の両親が彼女の息子の監護権を握っていること、グウェンが療養所を出たあと裁判所が任命した思いやりに欠ける後見人のこともあり、彼女はいくら使えるのか、または使おうとしたらどんな法的闘争が引き起こされるのかわからなかった。

もしもうまくいってあの家を出られたら、どのくらい必要になるだろう。最低限でも、グウェンが毎日〈ライト・ソート〉で働くあいだロニーの面倒を見てくれる家庭教師が要る。メイドと料理人も。あるいは料理のできるメイド。それとも料理人兼メイド兼家庭教師。そんな人がいるとすれば。

ちょっと待って。そんな人はいるじゃないの。妻と呼ばれる人たちが。

アイリスに頼めば、だれか見つけてもらえるかもしれない。アイリスはグウェンに夫を見つけさせてといっているのだから、その申し出の小さな単語をひとつ変えればすむことだ。グウェンは自分のアイデアに顔をほころばせた。

そうよ、家庭の仕事の一切合財をこなしてくれる妻をもてばいいんだわ。そしてロナルド・コールマンに一筆したためて、ときどき街歩きのお供をしてもらえるか頼めば——ああ、そうだ。彼は実生活で女優のベニータ・ヒュームと結婚しているんだっけ?

ときどき実生活がたまらなくいやになる。

ヴィクトリア駅に到着し、グウェンはトラムを降りた。時計を見ると、もう一時をまわっていた。急いでオクスフォード行きのバスをつかまえ、そのあとは早歩きでオフィスに向かった。自分のいないあいだアイリスがどうにかうまくやってくれているようにと願った。思いだせるかぎり、どちらかがこれほど長くひとりで留守番するのは初めてだ。つねにふたりともオフィスにいると、たとえすることがほとんどないときでも、安心できる。アイリスが自立心のある人で、来客すべてをさばくのになんら苦労しないことは、グウェンにはわかっていた。もし似たような状況になったら自分も同じようにできるかどうかは疑わしい。女がひとりきりでいると――

「ミセス・ベインブリッジ！」男性に大声で呼ばれた。「ミセス・ベインブリッジ！　こっちです！」

ぎょっとして顔をあげると、通りの反対側でフラッシュが瞬《また》いた。

「にっこり笑って！」カメラを手にした男が手早くバルブを交換しながら叫んだ。

「ほらいたわよ、ジャッカルたちが」と母がいった。「さあ、あなた、いい顔をしてやりましょうね。ゴシップ新聞の朝刊で怖がっている自分を見たくないでしょ」

グウェンは背筋をのばし、歯並びの完璧な輝くばかりの微笑を男に向けてやった。

「美しい！」カメラマンがカメラをかまえて叫んだ。

グウェンはフラッシュが瞬くのと同時に雑誌を掲げて顔を隠した。カメラマンが呪いの言葉を吐いた。

「グウェン！」すこしだけ開いた玄関ドアの陰からアイリスが呼んだ。「相手にしちゃだめ！入って！　早く！」

「ミセス・ベインブリッジ！」カメラマンの隣でずんぐりした男が叫んだ。「ティリー・ラ・サル殺人事件をどう思います？　彼女を死に追いやるまえになぜディッキー・トロワーをきちんと調べなかったんです？」

「なんですって？」グウェンは叫び、ドアに着くのと同時に一瞬よろけた。

アイリスが踏みだして彼女の腕をつかみ、まっすぐ起こしてから、そんな力があるとグウェンが考えもしなかった勢いで内側に引っぱりこむと、叩きつけるようにドアを閉めた。

「新聞記者って」グウェンはショックで息が止まりそうだった。

「わたしは気づいてた」とアイリスがいった。「あれはガレス・ポンテフラクト。やつのことは知ってる？」

「《デイリー・ミラー》のしつこいヒキガエル？」

「そいつよ。あなたの留守中オフィスに来たの」

「まあ、なんてこと！」

「もう階段をのぼれるくらい立ち直った？　わたしたち戦略会議を開かなくちゃ」

「もうだいじょうぶ。先導してください、大尉」

「その階級までは上がれなかった」アイリスは階段をのぼりはじめた。

「どの階級までいった――」

「それはいえない」

「そう答えるってわかってたのに」

グウェンは腰かけて、アイリスが注いでくれた水のグラスを持ち、無言で乾杯してから口をつけた。

「なにがあったか聞かせて」

アイリスは自分の暴行未遂の詳細は省いて、起きたことを説明した。

説明がすむと、グウェンはアイリスをまじまじと見た。

「どうやって彼を追いはらったの？」

「出ていってと頼んだら、出ていった」アイリスはすらすらと答えた。

「だいぶ痛い目にあわせたの？」グウェンはかすかに微笑みながらたずねた。

「たぶん、ちょっとだけ」アイリスは白状した。「なによりプライドを傷つけたかな。そのうち癒える程度よ」

「残念。それで、大尉――」

「だからいったでしょ――」

「あなたは特別昇進に値するわよ。で、大尉、われわれはどのくらい困った立場なのでしょうか」

「ひとたび記事が載ったら、返金を求めるクライアントたちからの電話が鳴りやまないと思われる」

「お金は返さなくてはいけませんか。待って！　だれか来る」

「まったくもう、またポンテフラクトのやつだったら、今度こそ結果に責任はもてないからね」

足音のペースが速まった。

「あいつじゃない」アイリスがいった。

「どうしてわかるの？」

「彼ならあの速さで踊り場までのぼってくるまえに心臓発作を起こすから。そう考えると、彼ならいいのに」

ドアが乱暴に開かれて、マイケル・キンジー巡査部長がオフィスに踏みこんできた。

「スパークス」吐き捨てるようにいった。「話がある。ふたりだけで。いますぐ」

アイリスは椅子の背にもたれて、胸のまえで腕組みした。

「これは正式な警察の業務？」とたずねた。

「ちがう」

「だったら、あなたがそういう態度のうちは話はしない」

「そしてわたしもあなたがそうした不作法を続けるあいだは彼女をひとりにしません」ミセス・ベインブリッジがつけ加えた。

「残念だが、ここは譲れない」キンジーがいった。

「ここはわたしたちのオフィスです」ミセス・ベインブリッジが指摘した。「あなたに権限はないでしょ」

「令状もないしね、わたしに対しても」とスパークス。「さ、悪いお行儀ごと出ていって」

キンジーは押し殺した憤怒の形相だった。それから、信じられないほどの努力でもって、深く息を吸い、背筋をのばした。

「ミス・スパークス、すまなかった。人のいないところで話せないだろうか、個人的な火急の用件だ」

「だいぶましになったわ、巡査部長。ミセス・ベインブリッジ、ひとつ下の階に行ってくるわね。わたしがもどるまでオフィスをお願いしていいかしら」

ミセス・ベインブリッジはふたりを見くらべてから、ゆっくりうなずいた。

「いいですとも、ミス・スパークス。よろこんで」

スパークスは立ちあがり、ドアまで歩いていって、止まった。

「どうするの?」期待するようにうながした。

キンジーはあわてて向きを変え、開いたドアを押さえた。

「ありがとう、巡査部長さん」彼女は優雅な身のこなしでオフィスを出ていった。

キンジーは床に目を落とし、ひと呼吸おいてからあとに続いた。

「第一ラウンドはスパークスの勝ち」グウェンがつぶやいた。

四階の廊下を照らしているのは、電球ひとつと、踊り場の向かいの窓から入る陽光のみだった。スパークスは先に立ってそこまで歩いてから、彼に向き直り、壁を背にして立った。そして無言で待った。

キンジーは彼女を見た。押しこめていた激しい怒りが顔にあらわれはじめていた。

「だれなんだ」詰問口調でいった。

「その質問はもっと具体的にしなくちゃね、マイク。答え方はたくさんあるもの」

「警察に手を引かせるために、だれに連絡した」

「なにをいってるのかさっぱりわからない」

「くそったれ！」キンジーがいい、彼女はその言葉にショックを受けたふりをして、口に片手をあてた。「だれかがパラム警視に電話をよこした。警視はだれなのか明かそうとしない、彼の右腕であるこのぼくにさえ！」

「だれが電話したのか、わたしは知らないのよ、マイク」

厳密にいえば真実だ、と彼女は思った。仲介者がずらりとつながっていたのだろうから。

「いったいどこでその種のコネを手に入れた。どうしたわけでそれほどの影響力をもつ人間を知っているんだ。ぼくらに仔ヤギ革の手袋をはめさせて、きみを慎重に扱わせるだけの？」

「あなたが仔ヤギ革の手袋を持ってるとは思わなかった。そのスーツには合いそうにないけど、流行とは気まぐれなもの」

「気まぐれなのはきみだろ、スパークス。いつだってそうだった。気づくべきだったよ、ぼくが――」

「わたしを棄てるまえに？」

「きみに妻になってくれと頼むまえに」

「ありのままのわたしを受け容れるべきだったのよ」

「きみが何者か知らなかったんだ」

「なのにプロポーズしたのは迂闊《うかつ》だったわね。そしてわたしは承諾した。ばかみたいに型どおりに」

「その後ぼくは休暇でもどって、きみがあのスペイン野郎といる現場に出くわした。どう考えればよかったんだ？　きみの言葉を聞いてしまったのに」

「わたしはなんていったの、マイク？」

「部屋から飛びだしたとき、やつがあれはだれだと訊くのが聞こえた。きみはこう答えた、『わたしに口出しする権利があると思ってる過去の男よ』」

「スペイン語がわかるとは知らなかった」廊下の暗がりのほうへ顔をそむけた。「聞こえたのならごめんなさい」

「あれはなんだったんだ、スパークス。ぼくはあの状況をまったく誤解してたのか？　あれはほんとうに罪のないことだったのか？」

「それをあなたに話すつもりはないの、マイク」

「新たな光をあてて見はじめてるんだ。きみは戦争省の事務員かなにかだとぼくにいった。ところがいまやスコットランドヤードがきみのバックグラウンドを調べるのを阻止できるほどの権力者とつながっていることがわかった」

「わたしのバックグラウンドはマティルダ・ラ・サルの死となんの関係もない。あなたたちの努力はそっちに向けるべきよ」

「あの事件は解決した」

「いいえ、してない。あなたも感じているんでしょ。おそらく刑事としては優秀だから。この事件では自分の直観を信じて」

「きみを棄てたときは信じたよ。ぼくはミスを犯したのか？」

「いいえ」スパークスはそっといった。「わたしは信用できないし、信頼に値しないし、わたしがやったとあなたの思うことすべてについて有罪よ。わたしがいないほうがあなたは幸せ」

考えより先に、彼は進み出ると、彼女を抱き締め、唇を重ねた。

彼女のとっさの衝動は、彼を階段から投げ落とすことだった。

それには抗《あらが》い、キスが全身に迸《ほとばし》るのにまかせた。永遠が過ぎ去ったあと、彼の胸に両手をあてて、そっと押しやった。

「今日はすでにひとり、なれなれしくしてきた男を手荒く扱わなきゃならなかったの。マイク、あなたに荒っぽいまねはさせないで」

「きみから与えられるものはなんだって受け取るよ」

「今日はそういう気分じゃないのよ」

彼女は袖口からハンカチを引き抜いて、彼の唇についた口紅を拭った。

「もうじき結婚するんでしょ。それとも忘れてた？」

彼はなにもいわなかった。

「ともかく、それがあなたの質問への答えになることを願ってるわ、巡査部長さん」ハンカチを袖にもどしながらいった。「ほかになにか？」

「ほかにはなにもない」

「じゃ、わたしからひとつ質問」

「なに？」

「〈ライト・ソート〉について新聞に情報を漏らしたのはあなた？　もしかして、上司が解決済みとした事件を調べるという名目でわたしの生活をさぐろうとしたのに禁じられて、その腹いせとか？」

「断じてそんなことはしないよ、スパークス。たとえきみに対してでも」

グウェンがいまここにいて彼の表情を読んでくれたらどんなによかったか、とアイリスは思った。

「わかったわ、マイク。ティリー殺しの犯人を捕まえにいって」

「あの事件は終了した。つぎの捜査に進むよ」

「だったら進んで。いい結婚式になることを願ってる。彼女があなたを幸せにしてくれることを」

「ありがとう」キンジーは階段のほうへ向かった。それから振り向いて彼女を見た。

「ぼくがきみといるのを目撃したあの男。彼はまだきみの人生の一部？」

「いいえ」

「よかった」

彼が階段をおり、踊り場で曲がって視界から消えるまで彼女は目で追った。足音がしだいに遠ざかり、玄関のドアが開いて、ひとりでに閉じた。そのあとは静まりかえった。

「いいえ」静寂のなかで彼女はいった。「あの男はもうわたしの人生の一部じゃないわ、マイク。それにだれの人生にもいない。彼自身のも含めて」

6

帰ってきたアイリスが一番下の抽斗《ひきだし》をあけてウイスキーのボトルを取りだすのを、グウェンは無言で見守った。アイリスはボトルを明かりのほうへ向けて中身を検《あらた》めてから、グウェンに振ってみせた。グウェンは自分のグラスを差しだして、指を一本立てた。

アイリスは彼女に一杯注ぎ、自分のグラスにも注いだ。そのグラスを窓のほうへかざし、すこし考えて、量を倍にした。

「わたしたち、なにかに乾杯するの？」グウェンがたずねた。

「ええと、ええと」アイリスがぶつぶついった。それからグラスを高々と掲げた。「勝手にしやがれ！」と叫んで、グラスの中身の半分を一気に呷《あお》った。

「話したい?」ウイスキーに口をつけた。「勝手にしやがれ!」グウェンもくりかえして、ウイスキーに口をつけた。

「そうでもない」

「彼がキスしようとしたのね?」

アイリスの手が反射的に唇にふれた。

「そんなに見え見え?」ハンドバッグに手をのばし、開いて、小さな鏡で口を点検した。「そう。キスしようとした。それに、成功した」

「彼はそうするかもって、思ってたの」

「警告してくれたらよかったのに」

「わたしになにがいえた? 〝気をつけて! 彼には唇がある! しかもそれを使うつもりよ!〟とか?」

「そんないい方しなくても——」

「または、そうね、ガール・ガイドで教わった手旗信号をまだおぼえてると思うの」グウェンは立ちあがると、角度をつけて両腕を勢いよくのばし、一連のポーズをとった。

「手旗信号は知らないんだけど」アイリスは目を丸くして彼女を見た。

「D、A、N、G、E、R(危険)!」グウェンが節をつけて唱えた。「L、I、P、S(唇)!」

「それをやったら彼は気づいたかも。そうはいっても刑事だからね」

「いいキスだった?」グウェンは席にもどりながらたずねた。

「つま先まで貫かれた。つきあっていたあいだの全場面が目のまえにぱっぱっと浮かんだわ。ほとんどは寝室《ブドワール》のシーンだけど」

「あなたが彼にキスをゆるしたのは意外」

「不意を突かれたの」

「ちがうわね」グウェンは首を振った。「あなたが不意を突かれることなんかない」

「ああああ！」アイリスが激昂の叫び声をあげて、机の上で頭を抱えた。「ばか！　救いようのない大ばか！」

「彼が結婚間近だから？　ほかのだれかと一緒になる彼を罰したかったの？」

「なぜわたしを苦しめるのよ」アイリスは顔を伏せたまま、くぐもった声でいった。

「なぜ自分自身を苦しめてるの」グウェンがいいかえした。

「わたしは好きなだけ自分を苦しめていいの」アイリスは手をついて上半身を起こした。「それでも話すつもりはないからね」

「でしょうね」グウェンは納得していない声でいった。

「トロワー氏との面会のことが聞きたい」

「話題を変えても気分は変わらないわよ」

「話題はこれ。これからはこのことしか話題にしない。彼と話したんでしょ」

「ええ」グウェンは午前中にあったことを詳しく話してきかせた。

「ハーバートか」グウェンの報告がすむと、アイリスはいった。「ハーバートがいることを予想すべきだったわ。トロワー氏は金魚を飼っていそうなタイプだった」

「タイプだ、でしょ」グウェンが誤りを指摘した。「彼は生きてるのよ」

「あなたにひとつ訊きたい」

「どうぞ」

「彼の目を見たんでしょ。彼がミス・ラ・サルを殺していないといったとき、信じた？」

「信じたわ。いまも信じてる。彼が無実だということを素直に信じるわ。そのようにスコットランドヤードを説得できそう？」

「あなたの人物評価だけでは説得できない。無理よ。この事件の捜査は終了したんだから」

「ならば、誤りを正せるかどうかはわたしたちしだいね。その気はある？」

アイリスは黙ったまま、オフィスの境界よりもはるか先の一点を見つめた。グウェンは椅子から動かず、辛抱強く待った。

「わたしは人間を信じていないの、これっぽっちも」アイリスが唐突にいった。「もともとそうだったのかもしれない、あのくそな戦争が起きて、それまで人間について抱いていた疑いが確信に変わるよりもずっとまえから。これまでロマンスはことごとくぶち壊してきたし、人生の不公平に対して毒づいてばかりだった」

「人生の不公平のことでわたしが反論すると思っているならいっておくけど、それに関してはわたしのほうがずっと経験豊富よ」

「わかってる、わかってる。いつもの唯我独尊的大言壮語よ、ゆるして。あなたはこの問題を調べたがってる、なぜならそれが正しいことだから。なんて美しい思いつき。じつに美しいわ」

「ばかにしないで」

「してない。つまりいいたいのは、わたしはあなたみたいじゃないってこと。わたしは破壊的人間なの。世間に対しても、自分自身に対しても。わたしはミダス女王、ただし手をふれた物すべてが金じゃなくて酸に変わる。物ばかりか——戦争中わたしがやろうとしてたことさえも——」

「それについては話せないんでしょ」

「それについては話せないけど、結局みじめにしくじったせいで——」

アイリスは言葉を呑みこみ、両手をこぶしに固めて机を叩き、怒りの咆哮《ほうこう》をあげた。ペーパークリップがそこらじゅうで飛び跳ねた。

「あの憎たらしい戦争を生き延びて、その後あなたと出会って、ふと気づけばこうして前向きなことをしてる。プライドをもてて、慰《なぐさ》めも得られる仕事に就いて。自分で生活費を稼いでることはいうにおよばず、なんとこのアイリスがこれまでになく他人の世話を焼いてる。しかもそれをべつの女性と一緒にやってるの、女性らしさのこの上ない見本のような人と——」

「そこまでにして」グウェンが命じた。

「わたしがいいたいのはね、この正気じゃない事業を開始したいちばんの理由は、男たちの言いなりになる人生にほとほとうんざりしてたから。自分の生き方は自分で決めたかったから。

なのにいまそれが脅《おびや》かされている、どこぞのいかれた男が無垢《むく》な女性にナイフを突き立てたせいで」

「あるいはそれほど無垢ではなかったかも」

「あるいはそれほど無垢ではなかったかも」アイリスは認めた。「でも彼女も殺し屋だったならいざ知らず、希望をつかむはずだった夜に刺し殺されるなんて理不尽よ。そのためにわたしたちが引きずりおろされるいわれはない。もしディッキー・トロワーが絞首刑になれば、わたしたちの勇気あるささやかな事業はスキャンダルで財政的に終わってしまう。わたしたちはすでに窮地に立たされてるの。そして窮地に立たされるとわたしは闘う、手に入るどんな武器を使ってでもとことん闘い抜く」

「すてき」グウェンがいった。

「まずはサリーに電話する。記事が出たあとわたしたちのビジネスがしぼんでいくなら、乗り切るためにはコーンウォール夫妻の四十ポンドが必要だから」

「ああ。たいへん。もうそこまで来ちゃった？」

「そうよ。それにわたしがあなたとこの事件を調べるのなら、一から十まで足並みを揃えることを確認しておきたい。サリーもね」

「あのボトルに中身は残ってる？」

アイリスはボトルを取りだした。今回グウェンは指を二本立てた。

「そっちが乾杯する番」ウイスキーを注いで、アイリスがいった。

グウェンはグラスを高くあげた。

「ディッキー・トロワーの救出に。そのついでにわたしたちも救われますように」

ふたりはグラスをふれあわせ、それぞれウイスキーを飲んだ。

「サリーに電話したあとはなにをするの？」グウェンがたずねた。

「ミス・ラ・サルについてもっと調べなくてはね。もういくつか問い合わせはしてる。四時から故人と対面できるの。シャドウェルの葬儀社で。わたしは行く――」

「わたしたちよ」グウェンがきっぱりいった。

「だめよ。それはあなたのすることじゃない。わたしならとけこめるし、情報を選《え》り分けられる。訓練を受けてるから。あなたは場違いで目立っちゃう。頭ひとつ分飛びだしちゃうわよ。もしくはふたつ分」

「すてきな比喩《ひゆ》ね、ありがとう。でももういっぺんいうわ、わたしたちで行く。この件にはふたりともかかわってるんだから一緒に調べましょう。そっちだってわたしが必要よ。こっちのほうが人を見る目があるもの。べつにわたしたちの過去のロマンスをくらべていっているわけじゃなくて。事実なのはわかってるでしょ」

「格闘技の腕前は？」

「実際そこまでになりそう？」

「若い女性の心臓を突き刺した人物を追うのよ。現実に危険がおよぶかもしれない」

「けんかではあなたの手の速さにかなわない。だけど逃げるにはわたしの長い脚のほうが速い」グウェンが引用した。

「あきれて、言葉が見つからない」アイリスがすかさず続きで応じた。「ケンブリッジでハーミア役をやったから、『真夏の夜の夢』ならどの台詞をいわれても気がつくの。真面目な話、その長い手脚を振りまわしたら力は出るの？」

「最後にけんかしたのは子どものころだけど、少なくとも警戒していれば不意討ちをくらうことはないでしょ。わたしたちには転ばぬ先の杖がある」

「それにふたり合わせて腕も四本ある。そんなところね。わかった。一緒に葬儀社へ来て。でもわたしの指示どおりにしてね。話はこっちにまかせて」

「わたしにあなたを止められた例《ためし》はない。了解よ。話すのはあなた。わたしは観察する」

「よろしい」

受話器を取って、番号をダイヤルした。

「サリー？　スパークスよ。頼みたい仕事があるの」

シーリア・コーンウォール、旧姓メイトランドが、スカラップポテトにスプーンで温めたミルクをかけながら幸せに浸っていたとき、玄関のベルが鳴った。彼女はためらい、そのまま続けてミルクが冷めないうちに皿をオーブンに放りこもうかと迷った。ドアの向こう側の用件は、手短にすませられるかもしれないが、彼女の作業が終わるまで礼儀正しく待ってくれる可能性もある。

ベルがふたたび鳴った。今度はさっきよりも長い。有無をいわせぬ感じだ。

シーリアはため息をついて、スプーンを置き、玄関へ出ていった。

まず目に飛びこんだのは、大きな上着を盛りあげている男の胸だった。スーツはチャコールグレイの地に、チョークと定規で丁寧に引いたような白いストライプが入っている。完璧に折りたたまれた赤いシルクのポケットチーフはネクタイと揃いで、シャツは注文仕立てらしい――シャツが包んでいる男のサイズからして、さもありなんというところだ。

彼女が顔を見る間もなく頭上から声が降ってきて、見あげると男が笑いかけていた。気持ちのいい笑いではなかった。

「ミセス・シーリア・コーンウォールですね」男がたずねた。「ミセス・コーンウォールとお呼びしてよろしいでしょうか。元はイースト・ハムのミス・シーリア・メイトランド？」

「は――はい」彼女はどもった。「ミセス・コーンウォールですけど。そちらは？」

「失礼をおゆるしください、ミセス・コーンウォール」男がトリルビー帽を脱ぎながらいった。

「サルヴァトーレ・ダニエリという者です。友人たちからはサリーと呼ばれています」

「どんなご用件でしょう」

「単刀直入ですね、たいへんけっこう」満面の笑み。「なによりもまず、最近のご結婚というお幸せな出来事にお祝いを申し上げます。おふたりによろこびとご長寿がもたらされんことを」

「ありがとう」彼女は反射的にいった。「では、失礼してよろしければ、いま食事の支度中ですので――」

「長くはかかりません、ご安心を。さて、わたしがここにいるのはいくぶんデリケートな用件のためでして、それはあなたとミスター・コーンウォールの債務のことなのですが。アロイシアスさん、でしたね？　そう、アロイシアス。おふたりにはその幸福な結婚生活の起点、すなわち〈ライト・ソート結婚相談所〉に対して四十ポンドの借りがありますね」

シーリアは男の目のまえでぴしゃりとドアを閉めようとしたが、相手はその意図を未然に読み取ったらしかった。巨大な手が開いたドアに軽くのせられただけで、びくとも動かせなくなったことに彼女は気づいた。

「あちらに借りなんかありません。アロイシアス？　アロイシアス！　おりてきて、あなた。男が来てるのよ」

「なんだ？　なんなんだ？」不機嫌な声が上から聞こえ、アロイシアス・コーンウォールが階段をおりてきた。ガリガリの貧相な男で、靴はまだ履いておらず、ひげも剃《そ》っていなかった。妻の隣に立つと、目を丸くして訪問者を仰ぎ見た。

「いったい何事ですか？」とたずねた。

「ミスター・コーンウォール、ちょうどよかった」サリーはいった。「いま奥さまにお知らせしていたように、ご夫妻が〈ライト・ソート結婚相談所〉に支払うべき成婚料、おひとりにつき二十ポンドを頂戴《ちょうだい》するために参りました。彼女たちの捧げた努力が結実した報酬として。お支払いで契約を完了していただかなくてはなりません。おふたりが半分ずつ、合わせて全額となります」

「なんだって?」コーンウォールはまくしたてた。「ふたりで四十ポンドも払えというのか? この結婚にあの女性たちはなんの関係もない。わたしらは彼女たちとはべつのところで知りあったんだ。まったく偶然のロマンティックな出会いなんだ」

「ああ、しかしそれとは矛盾する手紙があるのですよ。それでなくても、あなたの主張では裁判所で有利とはならないでしょう」

「なぜだ? なぜそういえる?」

「おふたりと〈ライト・ソート〉の署名入り契約書の控えを読み直していただけば、第八項に明記されています、成婚料は〈ライト・ソート〉のどの会員との婚姻においても支払われなくてはならない、〈ライト・ソート〉がおこなった斡旋の回数や仕事量にかかわらず。シンプルにして明快です。あなた方はどちらも今年契約書に署名されました。おふたりは現在も会員ですし、神と国家の前で誓いを交わしたときもそうでした。第八項の文言は包括的で拘束力があるとお気づきになるでしょう。支払いを拒もうとすれば法的手続きに不必要な出費を招くことにしかなりませんよ」

「はったりだ!」コーンウォールが口走った。

彼は両手でドアをつかみ、無理やり閉じようとした。サリーは憐《あわ》れみのまなざしで見おろした。コーンウォール氏は肩で押した。ドアはやはり微動だにしなかった。

「ミスター・コーンウォール、これははったりではありません。わたしのような大男は悲しいことに手加減というものが得意ではないのです。ここにいるのは訴訟に代わる手続きを円滑に進めるためです。わたしの依頼人たちは法に訴えるのを極力避けたいと思っておられます。わたし自身、いまは詳しく述べませんが、過去のとある経験から裁判所には大いに畏《おそ》れを抱くようになりました。それと同じことを避けるのがおふたりにとっても得策かと存じます」

「そんな大金の持ち合わせはないんだ」コーンウォールはドアを閉める努力を断念して、ぜいぜいあえいでいた。

「まさか、いまお持ちだとは思っていませんでしたよ、わたしはこうして不意討ちのようにお宅の玄関先にあらわれたのですから。〈ライト・ソート〉との取り決めでは、わたしは三回訪問することになっています。一回目は——こうして話しているいまですが——、なんといいますか、主として情報の伝達のためです。二回目は、明日のこの時刻になりますが、ご理解いただけたかどうかの確認です。わたしがやって来て、あなた方はしぶしぶ四十ポンドを支払う。過去は水に流され、ふたたび日常がもどるでしょう。わたしの説明はじゅうぶんでしたでしょうか。なにかご質問はありますか」

「三回といったじゃない」コーンウォール夫人がいった。

「三回目の訪問は、二回目が不満足な結果に終わった場合にだけ必要となるでしょう」サリーはいった。

彼はトリルビー帽を絶妙な角度に傾けて頭にもどし、軽く叩いて落ち着かせた。

「三回目の訪問は望まれないでしょうね」もはや顔に笑みはなかった。「ではおふたりとも、よい一日を」

サリーはドアを放し、背を向けて、悠然と立ち去った。コーンウォール夫妻はそのうしろ姿をぼんやり見送った。

「あれが情報の伝達だとは思えないが」コーンウォールがいった。

「黙って」夫人が小声でたしなめた。「黙っててくれる？」


グウェンは執事のパーシヴァルに、帰りはいつもより遅くなると伝言を残した。それからオフィスの戸締まりをして、アイリスに連れられるまま地下鉄に乗った。

「シャドウェルを知ってるの？」電車が駅を離れると、グウェンはたずねた。「わたしは一度も足を踏み入れたことがないと思う」

「あなたはメイフェアがイースト・エンドだと思ってるんじゃない？」アイリスがからかった。

「一方わたしはロンドンを裏も表も知り尽くしてる。イースト・エンドへは母がパンフレットを配るときによくついていったわ」

「どんなパンフレット？」

「避妊。ウォッピングでクリニックを開業している医者の友だちがいたので、母はイースト・エンドじゅう練り歩いたものよ、わたしを連れて」

「ずいぶんためになったでしょうね」

「ええ、それはもう。避妊を奨励しながら娘を連れている矛盾を人に指摘されると、母はこういいかえすの、子どもをもたないほうがいいという唯一の最たる例がこの子です」

「いたた」

「ジョークのつもりだったんだけど」

「いいジョークじゃないわ」

「かもね、でも母はそんな人だった。わたしを授かったのは女性が投票権を得た日だといったこともある」

「ほんとうに！」

アイリスは身振りでグウェンに頭を低くさせて、耳に口を近づけた。

「そのとき母が上だったんだって」アイリスがささやき、グウェンは電車内で平静を保つのに苦労した。

ふたりはステップニー・グリーン駅で下車した。アイリスはいっぺん周囲を見渡して自分のいる位置を確認すると、自信をもってマイル・エンド・ロードを歩きだした。

「弔問室はグリンブル&サンズ葬儀社にあるの。ここから徒歩十分よ。わたしには十分、てことだけど。あなたなら五分かもね。ホワイトチャペル駅で降りてもよかったんだけど、こっちから行くほうがおもしろいの」

「あの切り裂きジャックとやらに出会う危険はないのね？」

「ふうむ、彼がまだほっつき歩いてるとしたら、もうだいぶいい歳ね。走れば振り切れると思う」

「どうしてシャドウェルには駅がないの？」

「以前はあったのよ」

「いつなくなったの？」

「一九四一年に。それでなくなった理由もわかるでしょ」

「そういうことね。ミス・ラ・サルのご家族は？」

「母親、父親、女きょうだいがふたり」

「それで、わたしたちは？」

「友だち。知り合い、のほうがいいかな。さしあたり。どこかで彼女と知りあったふたりが弔問に訪れた、彼女のことはすごく愉快で、素敵な服を着てる人だと思っていた」

「ということは、〈ライト・ソート〉にはいっさいふれないのね」

「それを口に出すと、いちばん近くの船の帆桁《ほげた》に吊るされそうな気がする」アイリスはいった。「幸い、ここじゃだれにも顔を知られてない。あたしたちは家族にお悔やみをいって、あとは彼女の友だちとくっちゃべって、実情をさぐりゃいいのよ」

「話し方が変わったわよ」グウェンが気づいて指摘した。

「地元の住人ぽく聞こえるようにしなきゃ」アイリスがいった。「そっちは上品なしゃべり方を変えられないの？」

「尽力いたします」

「それじゃよけい堅苦しいって。肩を丸めて、すこし姿勢を崩してみて」

「いったいなんのために？」

「そのほうが、ふだん正しい姿勢で乗馬してる人には見えなくて、裏に屋外便所がある窮屈《きゅうくつ》な家で育った人に近づくから」

「こんなふうに？」グウェンが歩きながら腰を折り曲げて、上体をねじってみせた。

「やりすぎはだめよ、カジモド」アイリスが注意した。「ただあなたらしさを抑えればいいの」

「そうできたらと、ときどき思うわ」

「もうひとつ。その指輪」

「指輪？」

「指にはめてるその先祖伝来の家宝。わたしは鑑定士じゃないけど、まちがいなく平均的なイースト・エンドの住人が一年に稼ぐ以上の価値があるわね。いまはバッグにしまっといて」

グウェンは結婚指輪に目を落とした。つかの間、ロニーがそれを彼女の指にすべらせるところが目に浮かんだ。手をぎゅっと握り、また力を抜いた。指からそっとはずして、ハンドバッグのなかの安全な場所に収めた。

裸にされたような気がした。

グリンブル＆サンズ葬儀社は煉瓦造りの二階建てで、裏手に作業場と馬小屋がくっついていた。私道入口のゲートから、旧式な葬儀用馬車の上部をのぞくことができたが、正面に駐まっているのはダイムラーの霊柩車二台だった。右側の一台は大きな窓の上に〝グリンブル＆サンズ　葬儀全般　埋葬・火葬　エンバーミングできます〟という看板がついていた。

入口は二か所あった。右手の入口は商売用で、架台に載った見本の棺《ひつぎ》——ニレ、ウォルナット、オーク、シェラックニスをかけたマホガニー——が将来入るお客を待っていた。もうひとつの入口はまぐさ石に載った石の十字架の下にあり、その奥が〈安らぎの礼拝堂〉だった。正面の窓の内側に紙が三枚貼ってあって、それぞれに墓地へ移されるまえのひとときここに安置されている故人名が書かれていた。

「ミス・マティルダ・ラ・サル、第二礼拝堂」アイリスが読みあげた。「深呼吸して、グウェン。悲しい顔をするの」

「それならむずかしくないわ」

ふたりは入口をくぐった。第二礼拝堂は右側だった。せいぜい十六歳にしか見えない青年が戸口に立っていた。前世紀に遡《さかのぼ》る古風な葬儀屋のいでたちで、先代のやや恰幅のいいグリンブルからのお下がりとおぼしき黒のスーツに、うしろにヴェールを寄せたトップハットをかぶっている。身体に合っていないスーツと同様に、その若さに似つかわしくない厳《おごそ》かな表情を貼りつけていた。

「いらっしゃいませ」ドアを開きながら若者がいった。「お悔やみを申し上げます」

「ありがとう」アイリスがいった。

まずアイリスが入り、グウェンはハンドバッグを胸に抱えて、肩が下がるように両肘を肋骨《ろっこつ》に引きつけた姿勢で続いた。

これ見よがしな装飾のない礼拝堂だった。内側の部屋なので、聖人や聖なる場面を描写したステンドグラスもない。壁に簡素な十字架が掛かっていて、その手前に棺が置かれていた。家族はニレを選んでいて、アイリスとグウェンが近づいていくと亜麻仁《あまに》油と切りたての木材の香りが漂ってきた。

ほかの弔問客がベンチ席に散らばっていて、祈っている者もあれば、そこがどこでなぜそこにいるのかを忘れたようにしゃべりまくっている者もいた。アイリスは後者を質問のターゲットとして心にとめた。前方には、ミス・ラ・サルと同じ年ごろの若い女性がふたりいた。

彼女たちはこの先も歳を取っていけるんだ、とアイリスは思い、鬱々《うつうつ》とした気分になった。

アイリスは棺への短い列に並んで待ち、胸のまえで十字を切り、しばらく祈るふりをした。まえの女性ふたりは棺のそばに立って故人を見おろした。

「きれいにしてくれたね」とひとりが小声でいった。「粉をはたきすぎてないし。彼女、厚化粧に見えるのはいやがるもんね」

「ほんとだ」もうひとりが同意した。「けど、もし自分で選べたらその服にしたかな。あのグリーンのにするべきだったよ。それなら——」

片手でさっと口を押さえ、かろうじてその先をいわずにすんだ。

グウェンはアイリスの肩越しに、永遠《とわ》の眠りについたミス・ラ・サルをのぞきこんだ。グリンブル&サンズはいい仕事をしていた。髪は棺の隣のイーゼルに立てかけた白黒写真そっくりに、おしゃれにセットされている。ボレロの上着とスカートは、〈ライト・ソート〉のオフィスを訪ねてきたとき着ていたものだった。

生前に、だわ。グウェンは思った。

「ううう、この口紅、いつも似合ってたね」最初の女性がいった。

「何色？　ラズベリー？」アイリスが訊いた。

「だと思う」二人目が顔を近づけてよく見た。

「その色借りたかったんだけど」アイリスはいった。「とんでもないといわれちゃった、あたしのお気に入りなんだからって。なかなか手に入らないんだとか、追加税やらなにやらで」

「ああ、彼女そういう断り方をするのよ」最初の女性がいった。「あなたを知らない気がする。あたしはエルシー」

「ファニー」二人目がいった。

「メアリよ」アイリスがいった。「うしろにいるのはソフィ」

グウェンはおずおずと手を振った。

女たちは最前列に呆然として声もなく腰かけている遺族のほうを向いた。お悔やみの決まり文句をぼそぼそとつぶやいて、あまり長くはとどまらずに彼らのまえを通り過ぎた。女性ふたりの陰に隠れることができたので、グウェンはほっと胸をなでおろした。アイリスはふたりをうまく後列に誘導した。グウェンは通路をはさんで反対側にすわり、出入りする人々を観察した。

「どういう知り合い？」エルシーがたずねた。

「何度かたまたま出くわしたの」アイリスがいった。「街とかで。最初に会ったのは、自由フランスの男ふたり組がいい寄ってきたとき。あたしたちが一緒だと勝手に思いこんでたから、そう思わせといた」

「ああ、その話、聞いた気がする」とファニー。「向こうは名前のせいで彼女をフランス人だと思ったんでしょ」

「あたしたち、ひとこともわかんなくて。ただずっとうなずいてたら、向こうは何杯もおごってくれた。そのあと、あたしたちはべつべつに千鳥足で帰ったの。彼女とのその夜は戦争中でいちばん楽しかった思い出。それ以来ダンスやなんかでばったり会うと、おたがいに気にかけるようになったわけ。だからお別れにくることにしたの。そっちは？」

「あたしたちはシャドウェル・ガールズだもん」エルシーがいった。「彼女のことはロバの耳ぐらい長く知ってる」

「知ってた、だよ」ファニーが正した。

「そうだね、知ってた」エルシーが同意し、重苦しい沈黙が落ちた。

それは一秒ほど続いた。

「ロジャーはあらわれるかな」とエルシーがいった。

「顔を出せるとしたら相当な神経だよ」ファニーが険《けん》のある声でいった。「空いてる棺はほかにもあるよね」

「ロジャーってだれ？」あまり熱心に聞こえないよう気をつけながら、アイリスはたずねた。

「家族？」

「になるはずだった」とエルシー。「もし彼がするべきことをしてればね。しなかったんだけどさ」

「そっか」アイリスは訳知り顔でうなずいた。「その男のことは知らなかった。わりと最近のことね。長くつきあってたの?」

「じゅうぶん長く」ファニーがいった。「結婚するんだとティリーが思うくらいには。でもあいつは彼女を棄てた。彼女に起きたことはあいつのせいだよ」

「同感」エルシーがふんと鼻を鳴らした。「あいつがまちがってたとなにがなんでも気づかせてやろうなんて思わなきゃ、お相手さがしにふらふら出かけてって切り裂かれることもなかったのに」

「そういうこと?」とアイリス。「そいつはなぜとんずらしたの?」

「あいつに利用されてるって、彼女は思ってたよ」ファニーが答えた。「彼はただのさもしい闇屋で、人より上に立ちたがってるだけだって」

「なのに彼の助けになろうとしてた? 彼女、なにをしてたの?」

「いいたくない」エルシーがいった。「悪くいいたくないよ、まだこの部屋にいるんだから」

グウェンはスラングが出るたびに理解しようと努めながら、耳をすましていた。しゃべっている三人をじろじろ見つめたくなかったので、うしろを振りかえり、弔問にやって来た年輩の女性たちを見た。

わたしはロニーを埋葬させてもらえなかった、と彼女は思った。彼はイタリアのカッシーノ戦没者墓地に眠っている。彼の両親は息子を墓から掘り起こして連れ帰り、家族の墓所に入れたいと訴えたが、フュージリアーズ連隊の指揮官に説得されて断念したのだった。ようやく療養所から解放されたとき、グウェンは使用人たちが話しているのを聞いてしまった。爆弾で吹っ飛ばされたあと埋葬するほどのものは残っていなかった、というようなことを。

それを聞いて、もうすこしで療養所へもどされるところだった。

だれかにそっと肩を叩かれた。隣にすわっている男性がハンカチを差しだしていた。とまどって見かえしてから、思わず頬にふれてみた。

また涙。やっぱりね。

グウェンは涙を拭《ぬぐ》って、ハンカチを返した。

「おれはデズ」男がいった。「ティリーのいとこだよ」

「ソフィよ」グウェンはためらいがちにいった。

港湾労働者ね、と身なりから推測した。ネズミ色のセーターに茶色のピーコートを着て、短い黒のつばがついた灰色のキャップをかぶり、黒いゴムのウェリントンブーツを履いている。灰色がかった緑色の目は彼女に曇った日の大海原を連想させた。

「ティリーをよく知ってたの？」デズがたずねた。

「そうでもないの。会ったのは一度」

「一度きり？」彼が驚いた。「なのに来たのかい？」

「いっぺんで好きになったわ。すごく生き生きしてて。それからこのことを聞いて——ほんとうに残念。ただ来たかったの。どうしてかはわからない」

「きみ、このへんの人じゃないね」

「ちがうわ」

「その上流の口のきき方、どこでおぼえた?」

「ケンジントンよ。小さいころから子どもたちのお世話をするナーサリーメイドをしていたの。メイドも同じように正しい言葉を話せなくちゃいけないの」

「ほんとに? じゃあどうやってティリーと出会ったんだ?」

「お屋敷を出て、百貨店に勤めるようになって」グウェンは即興でしゃべった。「そこで一緒に働いているのが——」

一瞬アイリスの偽名が思いだせなくなった。

「メアリよ」記憶を呼びだして、いった。「そこへティリーが来たの。メアリとはもうどこかで知りあってた。ティリーは帽子を買いたがっていた、羽のようにやわらかくて軽い帽子を。わたしたちはおしゃべりして、意気投合して、あとで一杯飲みにいったの。その帽子は買ってもらえなかったけど」

「あの娘は買い物好きだけど、自分の金を使うのは好きじゃなかったな」デズは静かな声で笑った。

「彼女もドレスショップで働いているといってたけど。それはほんとう?」

「ああ、そうさ。トルバートの店だよ、マーサ・ストリートにある。おそらくへこんでるだろうな。トルバートには彼女がすべてだったから」

「ティリーにお熱だったの？」

「さあ、それはないかな。トルバートは少なくとも六十にはなってるし、長いことそういうのはなかったはずだ」

「じゃあ、きっとよい働き手だったのね」

「だといいが。葬式には来る？」

「来られないと思う。今日早退《はやび》けしてここへ来るのも頼みこまなきゃならなかったから。彼女はどこへ葬られるの？」

そのいい方に彼の眉《まゆ》がつりあがった。

「彼女はボウ教会に葬られる。おもてに駐まってるダイムラーのどっちかで運ばれて、おれたちはそのあとを歩いてくんだ。ティリーはうしろに黒い羽とか薄い布きれとかがくっついた、馬が引っぱるあの旧《ふる》い霊柩馬車がよかったんだろうけど。トップハットにでかい杖を持ったグリンブル爺さんに先導されるほうが。けど馬は車より高くつくからな」

「それは豪華だったでしょうね」

「そうだな、でも黒パン《ブラウンブレッド》（死者の意。デッドと韻を踏んでいる）に金を使うのはもったいない、だろ？」

「来られたらいいんだけど」

「もし来られるんなら、葬式のあとにちょっとしたエイル＆アーティをやるよ」

「どこで？」それはいったいどういう意味なのかと頭を忙しく働かせながらたずねた。

やってくれよ」

「〈マールズ〉だ。ウォッピング・ハイ・ストリートにある。来て、あいつのために乾杯して

「行くわ」グウェンは約束した。「ハンカチをありがとう」

「いいって」デズがハンカチをしまいこんだ。

アイリスが立ちあがってエルシーとファニーと握手をするのが見えた。グウェンはそちらへ行って加わった。

「あんたは時間を無駄にしないんだね」ファニーがいった。

「そう、男たちが好きなのはおとなしい女」エルシーがつけ加えた。「あたしも口を閉じてられたら、もっと運が向いてくるのに」

「願うだけで手に入れば簡単だよ」ファニーがため息をついた。「あの男にはずっと昔から目をつけてたのにな」

「わたしはべつになにも――」グウェンがいいかけた。

「わかってるって」エルシーがいった。「あんたみたいな女はなにもしなくていいんだよね。そのほかのあたしたちは残り物から選ぶのがどんどんむずかしくなるけど」

「会えてよかった」ファニーがいった。「そんじゃ、明日〈マールズ〉で、ね?」

「きっとね」アイリスがいった。「行くよ、ソフィ。暗くなるまえに駅まですっ飛んでかなくちゃ」

「じゃあね」グウェンはいった。

ふたりは外へ出た。

「エイル&アーティって？」だれにも聞こえない安全なところまで離れるなり、グウェンはたずねた。

「〝h〟をつけてみて」アイリスがいった。「それから韻《いん》を踏んでいて意味のある言葉を考えるの」

「ヘイル&ハーティ。ああ！　パーティのこと？」

「よくできました」

「文脈しだいなのね。あなたに通訳してもらいたかった」

「デートのお目付け役《シャペロン》になってほしかった、でしょ」アイリスがからかった。

「そういうのとはちがうの」

「なにがちがうの？」

「かんべんして、あそこは遺体安置所よ！　二十フィートと離れていないところに気の毒な女性が横たわってるのに！」

「血気盛んな男が麗しき乙女にいい寄るのは止められない」

「わたしはいい寄られる麗しき乙女じゃないわ」

「じゃあ、麗しき既婚婦人かな」

「卑怯者」

「あなたをいじめるネタはそのくらいしかないんだもの。なにか役に立つことは仕入れた？」

「ティリーが働いていたお店の名前を聞いた。マーサ・ストリートのトルバートの店ですって」

「マーサ・ストリート、マーサ・ストリート」アイリスが考えこんだ。「線路のすぐ北側だと思う。ちょっとお買い物しに寄る価値はあるかも」

「あなたの新しいお友だちはどうだった？　ロジャーについてもっとなにか聞けた？」

「ああ、聞こえてたの？　うん、あれはおもしろかった。気の毒なティリーがうちに来たのは、彼に棄てられたあとだったのよ」

「ロジャーのことをもっと調べられないかしら。苗字がわかれば役に立つかもしれない」

「わたしもそう思った。だからヘイル＆ハーティに行くの。それとも、エイル＆アーティというべきか」

「ふた晩続けて遅くなるのね。あっ、たいへん！」グウェンが声をあげた。「すっかり忘れてた！」

「なにを？」

「レディ・カロライン。仕事のあとで義母と話をすることになってたの。きっと逆上するわ」

「なんの話をするの？」

「わからない。彼女の話がわたしの聞きたい話だった例《ためし》はないけれど。しかもこの遅刻で向こうを有利な立場にしちゃった」

「一緒に行こうか？」

「それはだめ。これは自分でなんとかしないと」

「じゃあ、明日の朝あなたが泣くとき肩を貸してあげる」

「わたしはだいぶかがまなくちゃならないわね」

「ボレーで返したな。その調子」

「それで、大尉、わたしたちのつぎの行動計画は？」

「明日の午後トルバートの店に行ってみましょ。そのあとは〈マールズ〉へ。あなたが新しい崇拝者と一杯飲みたければ」

「〈ライト・ソート〉はどうするの？」

「どのみち明日は千客万来になるとも思えない」アイリスは沈んだ声でいった。

7

グウェンがケンジントン・コートに着いたときにはもう七時半を過ぎていた。ぎりぎりになって思いだし、結婚指輪をはめ直した。もう夕食はすんだかしらと思いながら、できるだけ音をたてずに玄関からすべりこんだ。リトル・ロニーがおとなたちとテーブルに着くようになったので、近ごろ食事の時間は早くなっている。着替える余裕はないので、仕事用のスーツのまま行かなければならない。まちがいなくレディ・カロラインからちくりといわれるだろう。

玄関ホールに入ると、正面の廊下に執事のパーシヴァルが立っていたので、グウェンはうろたえた。

「お帰りなさいませ、奥さま。ご満足の一日でしたことと存じます」

「ありがとう、パーシヴァル」グウェンは帽子のピンを抜きながらいった。「ここでわたしだけのために待っていたのでないといいけど」

執事の顔が一瞬かすかにゆがみ、すぐにもどった。

「レディ・カロラインがお待ちでいらっしゃいます」

「そのようね」

「しばらくまえからお待ちでした。いま図書室にいらっしゃいます。ご案内いたします」

彼は背を向けて歩きだそうとした。

「案内してくれなくても――」グウェンはいいかけた。

「ご案内いたします」振りかえらずにくりかえした。

執事は先に立って主廊下の短い距離を進み、右側の二番目のドアを軽くノックした。なかから吠えるような声がくぐもって聞こえた。パーシヴァルはドアを開いた。

「ミセス・ベインブリッジがおもどりになりました」と告げた。

この堅苦しさは幸先が悪いわね、とグウェンは思った。勇気を奮い起こして、パーシヴァルの横を通り抜け、室内に入った。

屋敷の図書室には、ラテン語、ドイツ語、英語の書名が金箔で押された革綴《かわと》じの古書が揃っている。もっとも古く、もっとも価値のあるコレクションは、凝《こ》った彫刻の脚四本とガラスドアつきのマホガニー材のキャビネットに施錠して収められている。そこそこ貴重な残りの書物は部屋の壁二面に並んでいる。一方の端に読書コーナー、その隣にはティーテーブル。反対端の暖炉には大理石のマントルピースがあり、その上から現在のベインブリッジ卿の肖像が人や物すべてに睨《にら》みをきかせている。当家が所有する会社の視察で、東アフリカへ長期出張中の本人になり代わって。

その屋敷で暮らすようになってからの数年間、グウェンは書棚で朽《く》ちていくそれらの蔵書をだれかが読んでいるのを見たことがない。初めて邸内を案内してもらったときに、そこで読書するのが好きかとロニーにたずねたら、彼はふざけて大げさに身震いしてみせた。「まさか！」彼は叫んだ。「あんなふうに親父殿が上からにらんでいるのに？　ここでいちばん読まれていない大型本にちょっとでも傷をつけたらと考えるのも恐ろしいよ。たちまち父に見つかって、お仕置きのベルトが飛んでくる。いや、ぼくは屋根裏の秘密の隠れ処にこもって『アシェンデン』か『ホーンブロワー』を読んでいれば最高に幸せだね。

レディ・カロラインは暖炉のそばに置かれた一対の肘掛け椅子の片方にすわっていた。グウェンが入っても、目を向けようともしなかった。二脚の椅子のあいだの小さなテーブルには、シェリーのデカンタとグラスが一個載っていた。

暖炉に火はなかった。

グウェンはためらってから、レディ・カロラインの向かいの椅子に近づいて腰かけた。体がクッションに沈みこんだ。肘掛けに押さえつけられて動けなくなりそうな気がした。

「こんばんは、レディ・カロライン」

「遅いのね」

「電話をかけました。お葬式があったんです」

「お葬式？」レディ・カロラインがさっと顔を向けた。「どなたの？」

「わたしたちのお客さまのひとりです。不慮の出来事で」

「それであなたは仕事で遺族を勧誘に行ったの？」

「弔問に行ったんです、もちろん。それ以外のことは場違いだったでしょう」

たとえば、ごく不確かな推論に基づく殺人事件の調査とか。そう思って罪悪感にかられた。

「午前中は婚約披露パーティ、夜はお葬式。短い一日に人の営みが見事に揃ったものね。お茶の時間に洗礼式がなかったのは残念だこと」

「わたしは――」

「でも結婚式はなかったのね、それこそがあなたの無意味でちっぽけな事業とやらの目的だと理解していますけど。総じて実入りのない一日だった、ということかしら」

「いい日もあればよくない日もあります。話があるとおっしゃったのはこのことですか？」

「いいえ。あなたの息子のことです」

「ロニー？　なにか問題でもあるのでしょうか」

「べつに。でもハロルドとわたしは以前からあの子の学校教育について話しあってきたの」

「それで？」

「ハロルドからわたしたちの計画を確認する手紙が来たんです。ロニーは聖フライズワイド校に入れることにしました。彼の父親も、ハロルドも、ベインブリッジ家の男たちは何代にもわたってそこで学んできたので」

「でもそれはあの子を遠くへやるということですよね」グウェンは抗議した。「そんなことはできません。まだほんの六歳なんですよ」

「なにができるかできないかについては、あの子の保護者があなたでなくわたしたちだということを思いだしてちょうだい。あの子の教育はわたしたちの肩にかかっているのです。家庭教師から学べることはたかが知れていますからね。世の中でしかるべき立場を得るにはそれにふさわしい指導を受けなくてはなりません」

「そのことに反対はしません、でも聖フライズワイドは――あまりにも遠すぎます。このロンドンにも立派な学校はたくさん――」

「守るべき伝統があるのよ。あなたはこのわたしと同じく、よそからこの一族に加わり、それによって家族の伝統に縛られることに同意したのです」

「まだ六歳の息子を二百マイルも離れた場所へやることに同意なんかしていません。どんな母親がそんな残酷なことに同意できるでしょうか」

グウェンは口に出した瞬間に後悔した。レディ・カロラインは目に冷たい怒りをたたえて彼女を見た。

「では、わたしは残酷なのね」ぴしゃりといった。「極悪人だわ、だって息子を英国で最高峰の学校で学ばせて、その学校が彼をあのように優れた男にしたんですから。わたしの母親としての能力に対するあなたの評価には納得しかねます。それに自分の子の成長にそこまで関心があるなら、あなたも遊び半分にばかげたビジネスにかかわったりしないでしょうよ。家にいて、子育てに協力し――」

「あなたがそうさせてくれないんです！」グウェンは思わず立ちあがって、叫んだ。

「あなたにはできないからよ。わたしたちの孫を、ひとり息子のたったひとりの子どもを、情緒不安定な人の手にゆだねるとでも――」

「夫が殺されたんですよ。彼の死で心がずたずたになったんです」

「わたしたちはそんなふうに息子の死に過剰反応したかしら。わたしたちも悲しんだわ、ええ。嘆き悲しみましたよ、たしかに。それから進みつづけたの。それはあなたにとって幸運だったのよ。わたしたちがいなかったら、だれが子どもの面倒を見てくれたでしょうね」

「レディ・カロライン、おふたりがしてくださったことには報いるすべもありません。でもわたしはもうああした症状は乗り越えて――」

「そう？」レディ・カロラインはあざ笑った。「このところの振る舞いを見て、まともな未亡人で母親だと思ってくれる人がいるかしらね。裁判所のだれもそう思わないことはまちがいありませんよ」

「あの子はわたしの子です。あなたはすでにわたしから母親の権利を取りあげました。お願いです、レディ・カロライン、ロニーがわたしに遺してくれたのはあの子だけなんです。あの子を遠くへやってしまうなら、ここにわたしのものはなにもなくなってしまいます」

「だとしても、家族の伝統は守らなくては。ロニーがベインブリッジ家の男として一人前になるときには、聖フライズワイドの教育が身についているでしょう」

「あの子の幸福を考えてください。あなたが気にしているのは、ロニーを家族の事業でお飾りのトップに据えることだけじゃありませんか」

「わたしの息子が死んだいまはあの子が跡継ぎなの。こんなに早くそうなるはずではなかった。跡継ぎはロニーのはずでした。わたしのロニーよ。こんな人生になるとは思ってもみなかった。だけどわたしたちは人生から与えられたものでやりくりしなければならないの」

「そういうことじゃなく――」

「この件での話し合いはここまでです」

「いつですか?」グウェンは絶望してたずねた。「あの子はいつここを去るんです?」

「秋学期までに。話はすみました。おやすみなさい」

グウェンは涙にかすむ目で、のろのろとドアに歩いていった。

ふらつきながら階段をのぼり、息子をさがしにいった。ロニーは遊戯室にいて、クレヨンでノートパッドにお絵描きしている最中だった。

「ママ!」戸口に彼女が立っているのに気づくと、歓声をあげた。「お夕食を食べられなかったね。ぼくたち羊肉を食べたんだよ」

グウェンがひざまずくと、彼が胸に飛びこんできた。

「ごめんなさい、わたしの大切な坊や」おでこにキスしながらいった。「ママは今夜遅くまでお仕事があったの」

「今日だれか結婚したの？」

「今日じゃないわ」息子を放していった。「でももうすぐよ、たぶん。なにを描いてるの？」

「お話を作ってるんだ」興奮気味にいった。

「見せて」

ロニーは長い鼻のついた黄色っぽい魚の絵を掲げてみせた。ちがう、どちらかといえば牙だ。

「それは――イッカク？」

「そう！」誇らしげにいった。「これはイッカク《ナーワル》のサー・オズワルド。北極海を泳いで世界を救い、ナチスと戦うんだ」

「とても勇敢で気高い魚みたいね」

「魚じゃないよ」ロニーはもどかしそうにいった。「哺乳類なんだ」

「ほんとうに？」

「クジラの一種でね。名前のナーワルのワルはそういう意味だよ」

「ワルはクジラのこと？ たしかに、それならわかるわ。ちっとも知らなかった。ナーはどういう意味なの？」

「死体」

「なんですって？」グウェンは反射的に身をこわばらせて叫んだ。「驚いた、どうして？」

「色のせい。浮いている死体みたいだと水兵たちが思ったから。奇妙じゃない？」

「とても奇妙ね」いまやその無邪気な絵に抱きはじめた恐怖をこらえながら、グウェンはいった。「それじゃ、サー・オズワルドの冒険を全部聞かせてもらわなくちゃ。彼はどうしてナイト爵を授かったの？」

「それは彼がまだすごく若いときのことだよ。長生きなんだ、イッカクは。彼らは母親と一緒にいるんだよ、仔牛みたいにお乳を飲まないといけないから。ぼくも赤ちゃんのときにお乳を飲んだの、ママ？」

「もちろん。ママはあなたをとても大切に育てたの。そのころわたしたちは田舎にいたのよ」

「今年の夏も行く？」

その質問は予想外だった。〈ライト・ソート〉に夢中になりすぎて夏の計画はなにも立てていなかった。そしてロニーが秋に去ってしまうなら、この夏は一緒に過ごせる最後の時間で、つぎは休暇まで会えなくなるのだ。

「わからないの、坊や。いまはお仕事をしているから行けないかもしれない、少なくともあまり長くは。お祖母さまと相談してみるわ」

「行かないならべつにいいんだ」ロニーはいって、絵に顔を向けた。

「ママがお仕事をするのはいやじゃないの？」

「どうしていやなの？」

「だって初めてのことでしょ、あれ以来――いえ、いままでになかったことだから」

「この家の人はみんな働いているんじゃない？　もちろん、お祖母さまはべつだけど」

「ええ、たしかにそうね」

「それにママだけはお祖母さまのために働いてないけど」

「ええ。ちがうわね」

「ぼくたち、お祖母さまにいったほうがいいね、お仕事をしなさいって」

グウェンはその考えに思わず吹きだしかけてから、息子を抱きしめた。

「あなたはすてきな子ね。サー・オズワルドのことをもっと聞かせて」

「オズワルドにはヘルメットが必要かな」ロニーが批評する目つきで絵を眺めながらいった。

「あったほうがいいわ」グウェンはいった。


アイリスが帰宅すると、居間の寝椅子にアンドルーがのびのびと寝そべっていた。靴下だけになった足をクッションにのせ、ブーツはかたわらの絨毯《じゅうたん》の上に気をつけの姿勢で立っていた。

彼は読んでいた本から顔をあげた。

「今夜来るとは知らなかった」アイリスはテーブルにハンドバッグを落とした。

「これを読み終えたくてね」キャンピオンの本を掲げてみせた。「相変わらず一語も信じてないが、そこそこ楽しめるよ。ふだんより帰りが遅いね」

「調査に出かけてたの」

「それじゃ結局探偵になったわけか。いいことだ。なんで気が変わった？」

「新聞記者の訪問で」彼と並んで寝椅子の端に腰かけ、靴を蹴り脱いだ。「場所を空けてよ、全部話してあげる」

アイリスがポンテフラクトの訪問について事細かに語るあいだ、彼は真剣に耳を傾けた。

「電話をくれたらよかったのに。どうにかして記事をもみ消せたかもしれない」

「それは事態をいっそう悪くしただけよ。ひとたびネズミを咥《くわ》えたテリアはもてあそぶのをやめようとしないの」

「その記事が出たらどうするつもり？」

「できるだけうまく嵐を乗り越える。無料の宣伝になって、長い目で見れば助けになるかも」

「そんなこと信じちゃいないだろ」

「うん、信じてない」意気消沈して認めた。

「それでも、きみがそいつをやっつけるところを見たかったよ。彼のプライドはいまごろ足首の下までずり落ちてるな」

「たしかにびっくりするほどいい気分だった。あとでマイク・キンジーがあらわれたときはそれほどでもなかったけど」

「彼が来た？　どうして？」

「准将から圧力をかけられたことがおもしろくなかったのよ。わたしのバックグラウンドを掘る気満々だったのに」

「なだめてやった?」

「どうかしら」気まずい説明に入りたくなくて、ごまかした。「状況改善できたといいけど」

「連中がすでに殺人犯として逮捕したのとはべつの人物を引き渡したら、彼にもヤードにも好かれないだろうね」

「やだ。そりゃそうよね? でも、もう引きかえせないわ」

「もちろん引きかえせるとも。すべて放っておけばいいのさ」

「そうしたらディッキー・トロワーは自分がやってもいない罪で絞首刑になり、わたしの会社は墜落炎上、ティリー・ラ・サルを殺した真犯人は野放しでどこかの気の毒な女性にまた同じことをする」

「そいつがひとりだけで満足すればべつだ」アンドルーが意見をいった。「その種のことはたいがい個人的な動機だよ」

「たしかに。それでも、人は望むのよ——いえ、ばかげてるわね。能天気な少女ポリアンナの考えそうなこと」

「なにを望むんだい?」

「正義を」アイリスはいった。「でもわたしたちはどちらも知っている、この世にそんなものは存在しないと」

「それは復讐をきれいにいい換えたにすぎないよ」

「わたしは復讐で手を打つわ」アイリスが陰気な声でいった。「それでもなにもないよりはまし。やれやれ、また気分をこわしちゃったわね。ごめんなさい」

アンドルーが顔を近づけて、彼女の首にくちづけした。

「これでましになる?」

「それははじまりよ。兵隊さん、その調子」

「べつの部屋で続けようか」

「動いて時間を無駄にしたくない。ところで、まだ服を着てるのね」

「その問題ならすぐ修正できる」


グウェンは〝エイル&アーティ〟を考えて、〝実用的な服コレクション〟から一着を引っぱりだした。へたに目を惹く格好で、もっと上等な服が買える人物だという印象を与えたくない。選んだ一着は、店では〝マーゴ〟と呼ばれていた。一九四五年にそれを手に入れたとき、貴重な衣料配給切符を十一枚も使った。終戦後に初めて買ったワンピースだ。色はくすんだローズ、布地の制限範囲内でボディスにほどこされた細かい装飾が垢抜けている。涙腺があてにならない彼女には、きれいなハンカチを入れておける大きなポケットもありがたい。スカートには太いプリーツが少々入っていて、歩くときに裾がふわりと翻《ひるがえ》る。

ロニーが目を覚ますまえに、グウェンは足音を忍ばせて部屋に入り、頰にキスをした。トーストはあきらめ、元気づけに紅茶一杯だけ飲んで、早朝に家を出た。ケンジントンを通り抜け、運動のために大きくまわり道してハイド・パークの外側沿いに歩いた。

オフィス周辺でカメラマンが待ち伏せている場合に備えて、借り物の《ウーマンズ・オウン》を盾代わりに持参していた。オフィスの通りに入るまえに角から顔を出して様子をうかがうと、案の定、大きなフラッシュ付きのカメラを持った男がいた。オフィスの向かいの戸口に潜んでいるつもりらしいが、うまく隠れていない。

「うちの建物には裏の入口があるの、知ってた？」背後でアイリスがいった。

グウェンは仰天して着ている服から飛びだしそうになった。

「お願いだからもう二度としないで」動揺から立ち直ると、彼女はいった。

「ごめん」アイリスが口先だけで詫びた。

「わたしがこっちから来るとなぜわかったの？」

「あなたは習慣から抜けられない人。わたしはその反対で、同じルートを二回続けて使わないの。ついてきて」

アイリスはグウェンを連れてそのブロックを半分もどり、身をかがめて狭い路地に入った。ごみ箱や廃材の山の横を過ぎ、板塀までたどり着くと、ゆるんだ一枚の板の隙間からすべりこんだ。脇にどいて板を押さえ、グウェンにも同じようにさせた。

ふたりが立っているのはオフィスの隣の区画で、破壊された建物の裏側だった。裏の壁はまだ部分的に残っていて、表の通りからの目隠しになっている。

「これは不法侵入じゃないの？」グウェンは板を元にもどしているアイリスに訊いた。

「厳密にいえばそうね。足元に気をつけて。裏には危険物があるから」

彼女は自信たっぷりの大股で瓦礫《がれき》のなかを進み、オフィスの建物の裏口に達した。グウェンは足首をひねったりストッキングを引っかけたりしないよう、なるべくアイリスが踏んだところに足を置くようにして、用心深く進んだ。ハンドバッグから複数の鍵を取りだし、一本を選びだすと、〈配達専用〉と表示されたドアに着いた。アイリスは石敷きの細い傾斜路を下って、〈配達専用〉と表示されたドアに着いた。

「暗いからね。まっすぐ歩いて。階段口の明かりが見えてくるから」

「わたしたちがこのドアの鍵を持っているとは知らなかったわ」グウェンは建物に入りながらいった。「このドアが存在することさえ」

「鍵はもらってない」アイリスは内側からドアを閉じて、鍵をかけた。「マクファースンさんの合鍵のコピーをわたしが作ったの」

「いつ？」

「ここに入居したとき。あなたにも一本ある。いまやそっちも記者に追われる身だから、必要になるわね」

「ずいぶん準備がいいこと。建物にこっそり入る必要が生じると最初から予期していたの？」

「そうじゃなく、脱出ルートの必要性を予期してたの」

「どうして？　なにから逃げるの？」

「あなたは大空襲のあいだロンドンにいなかったけど、わたしはいた。避難ルートはつねに確保しておくものよ。ほら階段。明かりを点けるわね」

グウェンが見あげると、どこか遠くで陽光がきらめいていた。

「いまの気分は――オルフェウスがハーデースから取りかえしてきた妻はなんていう名前だった?」

「エウリュディケ」

「振りかえらないほうがいいわね」グウェンは階段をのぼりながらいった。

「振りかえったのはオルフェウスのほうよ。彼女の美しさに抗《あらが》えなかったから。それになにより、男だからもっとも簡単な命令にさえしたがえなかったの」

「もしあなただったら、振り向いていた?」

「冥界の王のところへ連れもどしにいくほどだれかを愛したことなんかない。あなたは?」

「もしも彼を冥界で見つけたら、そこにとどまるわ」

一階に着くと、思い切って玄関ドアから外をのぞき見た。

「まだいる。道の両方向を見てるわよ」

「よし」とアイリス。「仕事に取りかかりましょ」

オフィスのドアをあけると電話が鳴っていた。アイリスは机に駆け寄って、受話器をひったくるように取りあげた。

「〈ライト・ソート結婚相談所〉です、こちらはスパークス、ご用件をどうぞ」アイリスがいった。「ああ、ミス・セジウィック、ごきげんいかがですか。はい?《ミラー》の記事? ええ、見ましたけど」

グウェンは落胆の面持ちでアイリスを見た。アイリスはハンドバッグから切り抜きを出して、グウェンに手渡した。いちばん上にグウェンの写真があった。その前日仕事へ向かう途中に撮られたもので、ぎょっとした表情を浮かべている。〈死の斡旋人！〉と大見出しがついていた。

「いいえ、でたらめもいいところです」スパークスが続けた。「考え直すなんておっしゃらないで。なんですって？　それはできかねます。お手元の契約書に出ていますよ、第九項をごらんになって。ええ、払いもどしはできません。は？　ばかげたことを！　まじめな話、うちのお客さまのなかに殺人犯がふたりも含まれている可能性がどのくらいあるでしょうか。いえ、ミスター・トロワーが殺人犯だといってるんじゃありません、その逆です。あれは誤解だとわたしは確信しています――新聞で読んだことを信じないで、とくに《ミラー》は。ご心配なく、ミス・セジウィック、あなたを殺さないお相手を見つけますから。ではまた」

アイリスは電話を切った。

「気が変わるかもしれないけどね」とつぶやいた。

ふたたび電話が鳴った。

「長い朝になりそう」アイリスはため息をつきながら、受話器を取った。

グウェンは記事にすばやく目を通し、もう一度じっくり読み直した。

「〝スラム見物好きの貴婦人〟ですって」アイリスが電話を切ると、グウェンがいった。「よくもこんなことを」

「そういうつまんないことをだらだら書いて食い扶持《ぶち》を稼いでる男よ」アイリスはいった。

「いまの電話はテレンス・ロビショー。さっきと同じ会話をちがう声域で。毎回わたしの返事を聞かせてやれるレコードと蓄音機があればいいのに」

「すくなくとも写真はピンぼけね。わたしの顔がぶれてて助かった。でも彼らは過去の記録からわたしの社交界でのショットを発掘するかしら」

電話がまた鳴った。

「今度はわたしが出る？」グウェンが訊いた。

「いいの、あなたはまだその記事への怒りが静まってないから」アイリスがいって、受話器をつかんだ。「はい、〈ライト・ソート結婚相談所〉、スパークスが伺います」

「もしもし、スパークス、ジェシー・ケンプよ。あなたが欲しかった情報を入手したわ」

アイリスは一瞬なんだったかと考え、それから思いだした。

「ああ、はい、ジェシー」ノートパッドと鉛筆をつかみ取った。「前科は？」

「ただの軽犯罪。マティルダ・ラ・サル、もしくは通称ティリー、ほかに知られている別名はない。一九四四年九月に偽造の衣料配給切符を使って一度逮捕されてる。罰金を払って釈放、それ以後はまっとうな道を歩んできたみたい、少なくともほかの件で捕まってはいない。それでもまだ結婚に向いていると思う？」

「もう無理、それが理由じゃないけどね」アイリスはいった。「だれかと一緒に捕まったの？」

「じつはそうなの。エルシー・スペンサーという娘。なんで？　彼女もお客さん？」

「まだだけど」

「ほかに質問は？」

「なにもない。すごいお手柄よ、ジェシー。猛烈に感謝してる」

「いいのよ、わたしにいい人を見つけてくれれば。あごひげにスープを垂らす男やもめをわたしとくっつけようとしてママがうるさいの。それよりテムズに身を投げようかと考えてるところ」

「どっちもよして、ジェシー。いまさがしてるから。近いうちに連絡する。またね」

アイリスは電話を切った。

「いまのはなんの話？」グウェンがたずねた。

「スコットランドヤードの記録課にいるわが情報源。ミス・ラ・サルは二年まえに偽造の衣料切符を使って捕まってた。罰金だけですんでる」

「それじゃ彼女に対するあなたの勘は正しかったのね」

「たぶんね。それに共犯者もいた」

「だれ？」

「わたしたちの新しい親友エルシー」

「ほんと？　それは残念。わたしは気に入ったのに」

「一度人をカモにしようとしたからといって芯まで腐ってることにはならないわよ」

「ええ、それはわかってる。このことはどう影響するのかしら」

「だれかがミス・ラ・サルを殺したがった理由がひとつ増えたわね。嫉妬した恋人はひとつの可能性だけど、もし彼女が偽造とつながっていたなら、それもまた可能性になる」

「衣料配給切符の偽造は人殺しに値するような悪巧みとも思えないけど」

「かもしれない。でも手持ちの札は全部追及したほうがいい――」

「わずかだものね」

「もうあきらめかけてるの？」

「そんなわけないでしょ。じゃ、午後は彼女が働いていたお店に行って、そのあとは直接パブに行くのね」

「そういう計画」

「オフィスはどうするの？　早じまいする？」

「それにはわたくしがお役に立てるかもしれませぬ」戸口で男の声がした。

「サリー！」アイリスが声をあげ、駆け寄ってハグした。

「ハロー、ダーリン」彼はできるだけ軽くハグを返したが、それにもかかわらずアイリスからくぐもった悲鳴があがった。「や、これはすまない。肋骨《ろっこつ》が折れなかったといいが」

「今回はだいじょうぶ」アイリスが身を離して、いった。「グウェンをおぼえてるわよね？」

「ミセス・ベインブリッジ、またお会いできて光栄です」彼はオフィスに入ってくると、片手を差しだした。

グウェンはおとなと握手する子どものように感じながら、彼の手のなかに自分の手をおいた。

「こちらもお会いできてうれしいわ、ダニエリさん」礼儀正しくいった。

「コーンウォール夫妻のほうはどうだった？」アイリスがたずねた。

「ああ、簡単そのものだったよ。ぼくの二番目に恐ろしい人格《ペルソナ》を演じてやった。必要に応じてフィナーレにはしわがれ声のモンスターをとっておくつもりだったんだが、どうやら要らないみたいだ」

「すばらしい」

「だれも――怪我はさせなかったんでしょう？」グウェンがおずおずとたずねた。

「実害は与えていません、人間にも所有物にも。夕食どきにまた行って、おふたりが正当に手にすべき報酬を受け取る約束になっています」

「あなたの手数料を引いて」

「それは忘れていませんよ。さて目下の問題だけど、いまどんな状況で、ぼくはどうすれば力になれるのかな？」

「わたしたちは殺人事件を調査してるの」アイリスがいった。

「なんと公共心にあふれた方たちだろう。またどうして？」

「ひょっとして、まだ《ミラー》を見てない？」

「マイ・スウィート・ガール、ぼくがあのクズみたいなタブロイド紙をわざわざ読むとでも思っているのかい？　きみが載っているというんじゃなかろうね」

アイリスは要点をかいつまんで話した。

「なんともはや」サリーは同情に顔をゆがめた。「いろいろあったんだね。それで、今日の午後に秘書が必要だと？」

「早い話が《イン・ア・ナットシェル》」

「ぼくがこの狭い場所《ナットシェル》に拘束されることは可能だよ」

「あなたが？　まさか、ここにすわって四時間も電話の応対をしてくれなんて、あなたに頼めるわけないわ」

「なぜだい？　今日ほかにぼくのどんなスキルが役に立つというんだ。自由に使ってくれていいんだよ。どうすればいい？」

　電話が鳴った。

「よく見て、おぼえて」アイリスがいって、受話器を取った。

　アイリスが気が気ではないクライアントをまたひとりなだめるのを、サリーは熱心に見守った。

「さほどむずかしくなさそうだ。第九項、だね？」

「そう」

「きみ以上に契約が理解できてきたぞ。予約は？」

「それはありそうにないけど、これが予約ノート。今週はなるべく午前中にしてもらって。午後はわたしたち、探偵業で外出することになるから」

「探偵業」グウェンがいった。「それ、気に入ったわ」

「たしかにスリリングだね」とサリー。「それとももし大胆不敵な記者がオフィスのドアにあらわれたら、ぼくの服務規程は？」

「世にも恐ろしいペルソナを出現させて」アイリスがいった。

「いいね。まえから試してみたかったんだよ。いますぐあらわれてほしいものだ。ではお嬢さま方、秘書を務めさせていただきます。タイプライターを使ってもよろしいでしょうか。現在新しい脚本を執筆中なので」

「もちろんどうぞ」アイリスが両手で彼の巨大な手を取った。「でも力を入れないでね。かわいそうに、わたしのバーレットにはつらい一週間だったの」

「ぼくだって状況に応じて最大限の繊細さを発揮できるんだよ」彼はアイリスの手に騎士のようなくちづけをした。「一時にもどってくる」

サリーはグウェンのほうを向いて、同じ動作をくりかえした。グウェンはたじろがずにそれを受けた。そして彼は去った。

「あの人とはいつどこでどうやって知りあったの？」彼がいなくなると、グウェンはたずねた。

「ケンブリッジ」アイリスが答えた。「その後、戦争中もともに働いた」

「ならこれ以上は訊かない。その先は質問しても無駄な領域なんでしょ」

「ありがとう」

「驚きなのは彼がわたしたちのどちらにも足音を聞かれずに階段をのぼってきて、目のまえに立っていたことよ。まるで願いに応えて出てきたみたい」

「彼はランプの精霊なんじゃないかと、まえからたびたび疑ってたの」

「その恐ろしい人格って、ただの演技？」

「とんでもない。彼は勲章をもらってるのよ。敵陣にパラシュート降下して、信じられないほど大勢の敵を吹っ飛ばしたの。彼なら飛び降りるだけで橋を破壊できるんじゃないかって、わたしたちはよくジョークをいったものだけど、本人のまえじゃ絶対にいわなかった。身体の大きさのことでは傷つきやすいから」

「しかも劇作家？」

「劇作家志望。学生時代の作品は将来有望だとわたしも思った」

「ずいぶんあなたにご執心みたい」

アイリスは曖昧《あいまい》に肩をすくめた。

「あなたが回顧録を書いたときは、真っ先にわたしに送ってね」グウェンはいった。「検閲のあとにもし一行でも残ってたら」

「ちょっと、気づいた？」

「なあに？」

「もう五分間も電話が鳴ってない。危機を脱したのかも」

「だれもが《ミラー》を読んでいるわけじゃないわ。レディ・カロラインとつながってる人がだれも読まないことを祈るけど」

「そうね。昨夜のミーティングはどうだった？」

「そのことは話したくない」

「そんなにひどかったの?」

「あなたに個人的な問題があるように、わたしにもあるの」

「文句はない。さて、そろそろ仕事に取りかかる?」

「ぜひ」

「ミス・ラ・サルの家族に小切手を書いたわ。昨日持っていったんだけど、置いてくるチャンスがなかった。一筆書いてくれる? そういうことはわたしよりはるかに上手でしょ」

「わたしの字がきれいだから?」

「あなたのほうが思いやりがあるから」

「たいへんよろしい」グウェンは便箋《びんせん》を一枚取った。

サリーは一時十分まえにもどってきて、アイリスの机のうしろに注意深く体をねじこんだ。

「鍵をかけるときはこれで」アイリスが鍵を放った。「明日も同じ時刻に?」

「明後日も、その翌日も」タイプライターに用紙を巻きこみながらいった。「よい狩りを、ご婦人方。いざ進め、パカラン、パカラン」

「パカラン、パカラン。ありがとう、サリー」

女たちは階段の踊り場で足を止めて、窓から外を見た。

「しつこい男」カメラマンを見つけたグウェンがいった。

「しかも増殖したわよ」アイリスが近くにかたまっている数人の記者を指した。

「裏口を推奨するわ」

「賛成。満場一致で可決されました。投票の記録は省くわね」

ふたりは地下へおりていった。床をモップがけしていたマクファースンが驚いて顔をあげた。

「なにか要るのかね?」そうでないことを願っているのは明らかだった。

「わたしたち、裏口から出ます」アイリスがいった。

「裏口? なんでだ」

「裏の景色が好きなので」グウェンが説明した。

今回アイリスがグウェンを導いたのは板塀のまたべつの箇所で、そこは裏の路地に直接通じていた。彼女は板をそっとどけた。

「ゆるんだ板がたくさんあって便利ね」通り抜けながらグウェンがいった。「でも地元のフェンス業者の職人意識には大いに問題があるわ」

「何枚かはわたしがゆるめたんだけどね」アイリスが白状して、板を元どおりにした。

「見境なく板をゆるめる癖《くせ》が直るまで、あなたはすべての動物園に立入禁止よ」

「もっと早くいってほしかったな。あのライオンたちが外に出たらえらいことだわ。さて、つぎの作り話を相談しましょうか」

「今日はメアリとソフィにならないの? ソフィが気に入ってるのに」

「あとでパブに行くときはソフィでいいわよ。でもまずは……」

トルバートの高級服飾店は鉄道のアーチ高架橋下の空間に収まっていて、幅の広いアーチを厚板の看板がおおっている。その並びでほかに開いている店は一軒もない。極度に楽天的な外観のその店の両隣は倉庫と板で塞がれた印刷屋で、どちらも看板は色褪《いろあ》せて読めない。入口横の大きなショーウィンドウ内には、一方に復員兵の服よりいくらかましな男物スーツが吊るされ、もう一方には今年の〈実用的な服コレクション〉を着た顔のない女性マネキン三体が立っていた。

マーティン・トルバートは店内の奥で、さまざまなサイズと体形のトルソーに囲まれていた。目のまえの大きな作業台の片端にはミシン、反対側にはオーバーロックミシンが据えられている。彼は目をすがめて、グレイのフランネルのズボンのウエストバンドから布をすこしずつ剝《は》がしていた。お客の要求どおりにウエストをひろげるには布の余りがぎりぎりしかない。彼はため息をついて、新しい合わせ目を縫いはじめた。

チリンチリンとベルが鳴った。トルバートは生きた人間と会話できそうな見込みに活気づいた。たとえお客でなくたってかまうものか。使っていた針を色褪せた緑色のピンクッションに刺し、前掛けから糸くずをぴしゃりと払うと、戸口に垂らしたカーテンをくぐってよたよたと店の正面に出ていった。

長身の金髪の女が見下すような表情で女物のラックを検分していた。そのうしろで背の低いブルネットの女がそわそわとハンドバッグをいじっている。

「ほんとうにここがそのお店なんでしょうね、ルーシー?」長身の女が強い口調でたずねた。

「わたしが買いたい品物を置いているような店にはとても思えないけれど」

「彼女に教わった住所はこちらです」背の低いほうの女がきいきい声でいった。「この通りにはほかにドレスショップはないです」

「この通りにはここから先、通りもないじゃない」金髪がせせら笑った。「名前をつけるほどの長さもなさそう。でも考えてみればあなたもそうだけど、あなたにも名前があるんですものね、ルーシー？　だからこんな路地に名前があってもおかしくはないわね」

「は、は、まったくでございます」ルーシーがいった。

トルバートはこほんと咳払いした。女ふたりが振り向いて彼を見た。

「いらっしゃいませ」彼はかしこまっていった。「トルバートの高級服飾店へようこそ。わたしがマーティン・トルバート、この店のオーナーです。本日はいかがいたしましょう」

「じつは、こういうことなんです」ルーシーが話しだした。

「ルーシー、あなたに口出しされなくてもわたしがちゃんと説明できるわよ」金髪がさえぎった。「こういうことなんですの、トルバートさん。わたしは背の高い女性です」

「ひと目で気がつきました」

「観察が鋭いこと」彼女は冷ややかにいった。「じゅうぶん想像がつくでしょうが、わたしたち長身の女はファッション業界から不当に無視されています。そうした現状への不満を表明する手紙を何通も書き送ってきましたが、なしのつぶてです。このメイドはわたしの要求を満たすドレスショップがないかと目を光らせてくれていますの」

「そして急に思いだしたってわけなんです、ここで働いている友だちがいることを」ルーシーが興奮気味に補足した。「彼女ならお嬢《ミ》さま《レディ》の力になってくれるんじゃないかと思いまして」

「人まえでその呼び方はしないで」長身の女が叱りつけた。

「すみません」ルーシーはしゅんとなった。

「まったく、なぜあなたを何年もまえに解雇しなかったか不思議でしょうがないわ」長身の女がいった。

「いいえ、そんな、口がすべったんです。二度といたしませんから。わたしたちの正体をいいふらしたりしませんよね、ミスター？」

「たとえそうしたくても、お名前も伺っていませんので」トルバートはいった。「運よく、お客さまのサイズを何着か揃えておりますし、むろんお直しが必要でしたらいまこの店内でわたしが申し受けます」

「わかりました」長身の女がいった。「ルーシーのお友だちが採寸してくださるのでしょうね。男性にしていただくのはあまり適切とはいえませんから」

「ええと、わたしの助手は——じつを申しますと、もうここでは働いておりません」

「そんな！」ルーシーが声をあげた。「辞めさせたんですか？　どうして？」

「辞めさせた、というわけでは」ややつっかえながらいった。

「では、どういうわけで？」長身の女がたずねた。

「申し上げにくいのですが——彼女は亡くなったのです」

彼は前掛けのポケットから端布を出して、こみあげてきた涙をすばやく拭《ぬぐ》った。

「亡くなった」長身の女は彼をまじまじと見つめた。「それはお気の毒でした。なにがあったんです？」

「殺されたのです。刺されて」

「なんということ！」ルーシーが叫んだ。「かわいそうなティリー！　いつですか？」

「つい先日です。犯人の男は逮捕されました」

「恋人かしら」長身の女がいった。

「あの娘《こ》には──犯人は恋人じゃありません、恋人はいませんし。しばらくデートしていたべつの男はいますが。ロジャーという」

「ああ、その人ならいっぺん会った気がします」とルーシー。「ちっちゃくて、ずんぐりむっくりした男じゃありません？　カールした茶色い髪の？」

「いや、ちがいますね。背の高い男です。ろくでなしっぽいやつだと、わたしは思いました。きみにはふさわしくないよと彼女に口を酸っぱくしていったんですが、わたしのいうことには耳を貸しませんでした」

「ロジャー・オリヴァーじゃなかったかしら」

「いや、姓はピルチャーです」

「イワシ《ピルチャード》？」

「いや、だから、その、ピルチャーですよ。手癖の悪い《フィルチャー》やつと韻《いん》を踏む」

「ふうん、なるほど。それだから彼女にふさわしくなかったと？」

「これはおふたりには関係のないことです。トールサイズのお品をごらんになりますか」

「ええ、見たいわ」長身の女がいった。

「奥に何着かございます。取ってきましょう」

トルバートはカーテンの奥へ消えた。

「ここまでは上出来」アイリスがささやいた。「彼がもどってきたら、更衣室で一着試してみて、わたしは会話を続けるから」

「わかった」グウェンはいった。

「そのゴルゴーン（ギリシャ神話の怪物の三姉妹）のペルソナはいったいどこから引っぱってきたの？」

「家にゴルゴーンがいるの。その息子と結婚したのよ」

アイリスは笑いをかみ殺した。

トルバートがハンガーにかかった三着を抱えてもどってきた。床に引きずらないように腕を頭上高くのばしたままでいなければならなかった。

「こちらはクリードのデザインです」黒いシャツドレスを高く掲げた。「素材はレーヨン――」

「レーヨンは嫌い」グウェンがいった。「それにお葬式に行く予定はないの、あしからず。つぎは？」

トルバートはジャケットとスカートのコンビネーションを掲げた。上着はミディアムブルーのコットン、中央にネイビーの大きなボタンが三つあしらわれていて、布のベルトでウエストを絞ってある。ペンシルスカートもネイビーブルーで、丈は膝下《ひざした》だった。

「どうかしら。わたしがこの色を着たら婦人警官とまちがえられそうな気がするわ」

「はあ、それは困りますね。でしたら、こんなのもあります」

ピンクの花柄のワンピースを掲げた。

「それは悪くないわね」グウェンはドレスを彼から取りあげた。

「鏡はこちらに」トルバートが車輪付きのラックにかかっているブラウスを押しのけた。

グウェンはそれを身体にあてて、右を向いたり左を向いたり、ためつすがめつした。

「更衣室はどちらですの？　着てみないと」

「奥です」店主はカーテンを開いて押さえた。「だいぶ散らかっていますが。あの娘がいなくなって、途方にくれているところでして」

「そのようね」グウェンは彼の横を通り過ぎながらいった。「でもまあ、いまある物を直して使えと、いわれているじゃありませんか。ルーシー、すぐもどるわ」

「はい、お嬢さま」

アイリスは更衣室のドアが閉じる音を待ってから、大きく安堵の吐息をついてみせた。

「たいへんなご面倒をおかけしてすみません、ミスター」とささやいた。「あの方、すごく変わってるんです、それはまちがいないです。それに世の中にはそれほど直せるものなんかありませんよね」

「いえいえ、いいんですよ」トルバートは励ますようにいった。「だれの人生にも困難はつきものですからね。ティリーのことをお聞かせして申し訳なかった」

「信じられないわ。ついこのあいだ会ったばかりなのに。それで思いついたんです、ミレディ、えーと、ミス・アマリアを連れてこようと——」

「ほう、アマリアさんとおっしゃる？」

「ほら、またやっちゃった」アイリスは口惜《くちお》しそうにいった。「ぺらぺらしゃべって、止まらなくなっちゃうんです。あの、じつをいうと、あの方は衣料切符を全部使い切ってしまいまして」

「使い切った？ それじゃこのお出かけにはなんの意味があるんですか」

「お嬢さまはこの夏のパーティに新しいドレスが必要だと、昨日思いついて。それでわたしもふと思いだしたんです、ティリーがなんとかできるかもしれないといってたのを」

「法律ってものがあるんですよ。面倒なことになりかねません」

「だれもここをのぞきにはこないでしょう？ 人目につかない場所ですもの。だからここならだいじょうぶだろうと思ったわけで。わたしにはすごく大事なことなんです、ミスター・トルバート。お嬢さまに気に入ったものが見つかれば、わたしもこの先一か月は肩の荷をおろせます。若い女にひと息つかせてもらえませんか。ティリーならそうしてくれたんじゃないかと」

「ティリーが正道からはずれたことがないとはいいません。商売においても。恋愛はいうにおよばず」

「でもあなたも彼女がなにをしてたかは知ってたんですよね？」

「あの娘を甘やかしてしまいました」彼は告白した。「彼女はこの店に射す一条《ひとすじ》の陽光だった。でも彼女がいなくなったいま、わたしはもうわざわざ危険を冒したいかどうかわからない」

「こちらがお礼をはずむとしても？」

「ここのひと月分の稼ぎより、科せられる罰金のほうが高くつきますよ」


ドレスに着替えると、グウェンは作業場をすばやく見渡した。正確なところ、なにをさがせばいいのかわからなかった。ティリーがなにか残していったことを願い、彼女専用のロッカーがあったかもしれないと期待したが、そううまくはいかなかった。

背後に机があって、分厚い台帳が数冊積みあがっていた。全部に目を通す時間などないが、たとえなんらかの不正があっても見つけ方を知らないことに気づいた。赤インクで書かれていて、いくつもの矢印がそこを指していても見逃しそうだ。彼女は音をたてずにいくつかの抽斗《ひきだし》をあけてみた。

二番目の抽斗のなかから、ティリーの顔が見かえしてきた。もう一度。そしてもう一度。異なる写真が数枚あった。さまざまなドレスを着て、歯が一本欠けているのが見える寸前まで微笑《ほほえ》んでいる。

それらの下に、彼女の写真はまだあった。身につけている衣類はわずかだ。ずっと、ずっと少ない。それでも微笑んでいた。ティリーではない女性たちの写真もあった。

グウェンは抽斗を閉じて、店の正面にもどった。カーテンを通り抜けながら一瞬立ち止まって、ふたりの様子を窺った。

「これは灯火管制のカーテンじゃありません？」とたずねた。

「再利用にうってつけでした」トルバートがいった。「手間いらずでしたよ」

グウェンは鏡のまえに立って自分を見つめ、つぎに背を向けて離れ、顔だけ振り向けた。

「雑誌から抜けだしたみたいです、お嬢さま」アイリスがいった。「あのデボラ・カーみたい」

「わたしは彼女より少なくとも六インチは背丈があるわ」とグウェン。「わたしのように長身の英国の薔薇《ばら》はそう見つからないわよ。でも、これ気に入りました。お直しを含めて、いかほどかしら」

「問題は、こちらの若いご婦人に説明していたところなのですが、衣料切符です」とトルバートがいった。

「そこを都合してくだされば、よろこんであなたに埋め合わせしますわよ」グウェンはそういって鏡に顔を向けたが、自分自身ではなく、鏡のなかのトルバートをじっと見つめた。

「残念ですがそれは。ひと月もすれば新しい配給手帳が配られます。よろしければ、それまでお取り置きはできますが」

「そんなに長く待てません。夏が終わってしまうわ。またほかをさがすとしましょう。ルーシー、すぐもどります」

グウェンはカーテンを通り抜けて消えた。

「ほんとうにすみません」アイリスがいった。「ティリーのことが先にわかっていれば。まだ新しい人は見つかってないんですか？　ミレディのことだから、わたしだっていつまた急に仕事が必要になるかわかりませんし」

「まだです。いまはあれこれきついので。今月末まではなんとかひとりでやっていこうと思ってます。七月には上向きそうだから、もしそのころ職さがしをしていたらどうぞ」

「ここらへんで衣料切符がなくても入れるお店、ご存じじゃないですよね？」

「ないでしょうな」

グウェンがもどってきた。

「よい一日を、おふたりとも」店主は手を差しだした。

グウェンはその手を蔑《さげす》むように見おろし、くるりと向きを変えて足早に店を出ていった。

「あらたいへん、ほんとうにご機嫌斜めだわ」アイリスはいって、トルバートの手を取り、ふたりぶんの握手をした。「たいへんお世話になりました」

彼女は急いで店の外へ出た。

「あなたったら、最後のあれは失礼よ」グウェンに追いつくなり、いった。

「あの男は好きじゃないの」グウェンがいった。

「だとしても、常識的な礼儀ってものが——」

「あいつはそれに値しない。ハレンチな卑劣漢よ」

「なにを根拠に？　魂を見抜くあなたの目？」

「彼の机のなかにティリーを祀《まつ》った小さな神殿を見つけたの。写真よ。何枚かはフランスの絵葉書によさそうだった」

「あらら。こっちもごしごし手を洗いたくなった。ティリーはそうして彼をよろこばせて、闇取引をやってたのかな」

「彼女はそういうことをしてたの？」

「あの男は衣料切符の件を否定しなかった」

「でも自分独りでは気が進まないみたいだったわね。少なくとも、わたしたちが相手では。渋ったのは本心じゃないように思えたけど」

「たぶんその企みに加わっているほかのだれかの紹介が必要なのよ。ティリーとはつきあっていたと思う？」

「思わない。でもロジャー・ピルチャーに好感をもっていないことは隠そうともしなかった」

「フィルチャーと韻を踏む、か。ともかくこれで名前とマッチする姓もわかった。彼を見つけるのに一歩近づいたじゃない」

「ええ」グウェンはいった。「ついでにもうひとつ。ミスター・トルバートの仕立ての腕はかなりよさそうよ」

「なぜそこに興味があるの？」

「彼の作業場。刃の鋭い物だらけだったわ。ナイフの扱いはお手の物でしょうね」

8

ふたりはパブを目指し、南のテムズ川方面へ歩いていった。グウェンは押し黙っていた。

「なに考えてるの」アイリスが訊いた。

「また服を試着するのは楽しかったなって」グウェンがいった。「たまにふつうのことをするのはいいものね、たとえそれが奇々怪々なにかをする途中でも。わたしの暮らしにふつうの日常を呼びもどすのに、殺人事件を調べなくちゃならないとは」

「異常が七年続いてるんだもの。ひとたび戦争が終われば元にもどるんだろうと思ってた、けどそうはなってない」

「そしていまわたしたちは、ほとんど知りもしない女性を追悼するパーティに向かってる。奇妙なのは、わたしはこれまで――これがわたしにとってしばらくぶりのパーティだということなの、ロニーがいなくなったあと二、三の結婚式に出たのをべつとすれば。ちがう、それよりまえからだわ。ロンドンから疎開して以来よ。それにわたしたちは正体を隠して、こんなことがなければ絶対つきあわなかったような人たちから情報を集めにいくのよね」

「勝手に決めないで。わたしはまえにも波止場近くのパブで夜遊びしたことがあるわよ」

「なにか初心者へのアドバイスは？」

「一杯をちびちび飲む、隅に追いつめられないようにする」

「それはメイフェアでも同じね。着いたらわたしはなにをすればいい？　またあなたのリードにしたがう？」

「手分けしたほうがいいかもしれない。ティリーについて話をさせるの。むずかしくはないはず――それが集まる理由なんだから。ウェットな思い出話は避けて、なるべくゴシップ的においしい話題にもっていって」

「合図を決めておいたほうがいいわね。トラブルが発生したときのために」

「いい考え」アイリスが同意した。「そうね。髪を二回、耳の上にかきあげるとか」

グウェンのほうを向くと、わがままなほつれ髪を収めるかのように耳のうしろにかきあげ、それをもう一度くりかえした。

「右か左で、見てほしい方向、または行かせたい方向をあらわす」

「それなら簡単そう」グウェンはその動作を真似した。「急いで退散しなければならないときは？」

「鼻にさわる。〝悪いけど飛びださなくちゃ！〟という意味ね。そのあと外で落ちあいましょ」

「もし離ればなれになったら？　またはなにか深刻な事態になりそうだったら？」

「最寄りの警察署はウォッピング・ハイ・ストリートをたぶん五ブロックほど直進したところにある。そこで待ちあわせるってことで。あ、まだ指輪をしたままよ」

「ありがとう」グウェンは立ち止まって、指輪をはずした。

グウェンは指輪をハンドバッグにしまい、手を突きだしてしげしげと眺めた。

「これでわたしも解禁された獲物なのね」

「調べるあいだちょっとは楽しんだら」アイリスが提案した。「誘惑は男たちの会話を引きだす。会話こそわたしたちが求めてるものよ」

「なにをするにしても、それはイングランドのため」グウェンがおごそかにいった。

アイリスが一瞬顔をしかめた。グウェンは見逃さなかった。

「なあに?」

「べつになにも」

「なにもなくはない。いまわたしがいったことなんでしょ?」

「以前それと同じことをある人からいわれたの」

「その後、うまくいかなかったのね」

「そう、いかなかった」

アイリスは無理に明るく微笑《ほほえ》んだ。

「さあ着いた。男たちにチャンスをあげましょ」

〈マールズ〉は通り沿いのテムズ川に近いほうにあり、四階建ての一階がパブ、上階は貸部屋になっていた。入口両側の出窓の奥に、パイントグラスを手にして集っている港湾労働者や貨物船の乗組員たちが見えた。店内の女たちは男より数が少なく、引く手あまただ。ひとりが窓の外に目を向け、アイリスたちを見つけて手を振った。アイリスとグウェンの新しい友人、エルシーだった。

「来られたんだね！」ふたりが店内にはいると、騒音に負けじと叫んだ。「顔を見せてくれるかなって思ってたとこ」

グウェンは店内を見渡した。バーカウンターは使いこまれたオークの長い一枚板で、こぼれた飲み物一世紀分が染みこんでいる。壁のフックや天井にボルトで取りつけた鎖からストームランタンが吊るされている。人々の隙間にわずかながら見えているテーブル板は、その昔海賊船から積みおろされたのかもしれない古い木樽に載っていた。

エルシーはファニーのほかにもうひとりの女性と一緒で、攻撃的な男たちを払いのけてテーブルの領有権を主張していた。彼女はアイリスとグウェンに手招きした。

「これはベッキー」と紹介した。「ティリーの友だち。ベッキー、背の低いほうがメアリで高いほうがソフィ。きのうグリンブルで知りあったんだ」

「よろしく」ベッキーがいった。

「同じく」アイリスがいった。「お葬式に行ったの？　どうだった？」

「あたしとエルシーは行ってきた」ファニーがいった。「まともな集まりだったよ。最初はだれひとり酔っぱらってなかったから、いつになくみんな礼儀をわきまえてた」

「あたしは母さんの面倒を見なきゃなんなくて」とベッキーがいった。「ずっと食欲がなくてさ。でも父さんが帰ってきたから、こうしてどんちゃん騒ぎには間に合ったってわけ」

エルシーが不意にグウェンを見あげて、いたずらっぽくにやりと笑った。グウェンは内心首を傾げたところ、だれかに肩を叩かれてびくっとした。

振りかえると、男の目のなかに大海原が見えた。

「来たのか」デズがにっこり笑った。「来ないと思ってた」

「あなたが誘ってくれたんでしょ」グウェンは微笑みかえした。

「どの誘いも受け入れられるってわけじゃないからな。これはティリーを讃《たた》えるパーティで、もうすぐきみも乾杯することになるから、一杯ごちそうしてもいいかい」

「ええ、お願い」

気がつくと彼の手が腰のくびれに添えられていて、彼女をほかの女たちから引き離してバーのほうへうながした。

よく知らない男性の手がふれる感触で、背骨に電流が走った気がした。ロニーの死後、グウェンが療養所にいたとき以来、身体的な接触といえば結婚式で踊った男たちからしかおぼえがない。彼らは親戚あるいはロニーの部隊の同僚だったので、敬意をもって距離をおき、隠しきれない憐《あわ》れみのまなざしで彼女を見た。でも昨日知りあったばかりのこの男は気安く堂々と導いてくれて、良心が警戒をささやいているにもかかわらずそれを歓迎している自分にグウェンは気づいた。

「なにを飲む？」デズがたずねた。「ビールをがぶ飲みするタイプじゃなさそうだな」

「あら、わからないわよ」グウェンはいった。「でももしレモネード・ソーダにジンを加えてもらえるなら、それがいいわ」

「おい、キット!」デズはバーテンダーのひとりに声をかけた。「バートンを一パイント、こちらの女性にはレモネード・ソーダで割ったジンを」

「はいよ」バーテンダーがいった。

彼がふたりのまえに飲み物を出した。ちょうどそのとき、五十がらみのがっしりとした体格の男がカウンターをどんどんと叩いて注目を集めた。店内の喧噪が徐々に静まった。

「おれはトム・ラ・サル」男が大声でいった。「おれたちがここに集まっているのは、今日の午後神さまの御許へ送りだしたわが姪、ティリーのためだ。そっちにいるのはフレッド、今夜酒を飲んでいないただひとりの男だ」

トムが示した先に、厳粛な面持ちの若者がカウンターのそばに腰かけていて、上下ひっくりかえしたダービー帽を持っていた。

「そいつが家族のために献金を集めてくれる」トムはいった。「それと、バーからも売上げの一部がその帽子に入る、だから大いに飲んでくれ、お若い諸君。もしティリーがここにいたら、きみらの先頭に立ってだれよりもやかましく歌い、だれよりも激しく踊ったことと思う。彼女のためにグラスを掲げてくれ、パーティをはじめよう」

ティリーを追悼して、グラスやマグが高々とあがった。

「つぎにおれがティリーに乾杯するのは、あのガリガリ野郎が絞首刑になる日だ」トムが怒鳴り、店内にどっと賛同の叫びがとどろいた。「ティリー・ラ・サルに乾杯、天国でダンスを踊れるように!」

「ティリーに！」人々が叫んだ。

デズが彼のマグをグウェンのグラスに軽く当てた。彼はビールを一気に流しこんだ。グウェンはひと口飲んで、レモネードが舌を転がるぴりっとした酸味を愉しんだ。

「おかわりだ、キット！」デズが叫び、もう一パイントが彼の目のまえにあらわれた。

「ここへまえに来たことは？」

「初めてよ」グウェンはいった。「ここはもうシャドウェルじゃないのよね？」

「ああ、ここはウォッピングだ。でもおれたちはずっと〈マールズ〉に通ってる。裏に眺めのいいバルコニーがあるんだけど。見てみたい？」

「いいわね」

またしても、グウェンは人々のあいだを縫って楽々と導かれていった。片方の眉《まゆ》をつりあげてこちらを注視しているアイリスがちらりと見えた。すぐに彼女は見えなくなり、グウェンはバックルームを通過して裏口のドアから出た。

アイリスは消えゆく友人の方向へパイントグラスを掲げた。

「デズは手が早いんだね」とコメントした。

「あれはぞっこんだね」ファニーがいった。

「で、彼はなにをしてる人？」アイリスはたずねた。

「船渠《ドック》の大工仕事をしてる」エルシーがいった。「あたしにいわせりゃ、夫にするにはいい相手よ。あんたの友だちはうまくやったね」

「彼と外に出て無事かな」

「やだあ、彼はちゃんとした紳士よ」とエルシー。

「残念ながらね」ファニーがため息をつく。

「ならいいわ」アイリスはいった。「それじゃここが〈マールズ〉ね。ティリーが話してくれたのはここなんだ」

「そうなの？」とエルシー。「なんていってた？」

「いってもいいのかどうか、彼女が亡くなったいま」

「ティリーについてなにを聞かされたって、あたしたちは驚きゃしないよ」

「これっぽっちもね」とベッキー。

「あたしたち、ストッキングの話をしてたの」アイリスがいった。

「えー、それだけ？」エルシーが笑った。「ショッキングでもなんでもなさそう」

「〝昔むかし、ストッキングがちらり……〟」ベッキーが節をつけて歌った。

「ちょっと、それをはじめないで」とエルシー。「こうやって歌いだしたら最後、夜が終わるころにはカウンターにのぼって金切り声で絶叫するんだから」

「あんたはあたしの才能がこれっぽっちもわかってないよ」とベッキーが鼻を鳴らした。

「あんたに才能があればわかる」エルシーは反撃した。「それで、ティリーとストッキングがどうしたって？」

「ああ、ただ内緒で売ってるだれかにここで紹介してくれるって話」アイリスはいった。「あたしはストッキングをさがしてたの。まともなのが一足も残ってないんだ」

「〝とことんまで楽しもう〟」ベッキーが歌った。「〝それが絶対内緒なら！〟」

「またはじまったよ」ファニーがまたため息。「もうカウンターにのぼったほうがいいんじゃないの、いつだろうってあたしらをやきもきさせないでさ」

「それじゃ、あんたたちは彼女が話してた男を知ってるの？」アイリスは会話を脱線させないように、それ以上歌のきっかけを作らないように頭をしぼった。

「うん、知ってる」エルシーがいった。「名前はアーチー」

「それだ。その名前が思いだせなかったの。このへんにいる？」

「アーチーはふつうこんなに早く来ない。ティリーがアーチーの名前を出したとは意外。ふたりは仲たがいしてるのかと思ってた」

「彼もボーイフレンドなの？」

「ううん、まさか」とエルシー。「ちがう、むしろ——まあ、それはいいたくないな」

「そんなぁ、いいじゃない」アイリスはせっついた。

「だめ、彼女のパーティだから。まだ埋め立てほやほやの死者に敬意を払わないのはよくないよ」

「敬意を払わないつもりはないの。でもなんだかわけがありそうだから」

「あたしの口から話すことじゃないな。ねえ、ストッキングが欲しいんだったら、あんたの電話番号を教えてくれれば連絡する。アーチーと会わせてあげられるよ」

「うちに電話はないんだ。そっちの番号を教えて、角の電話ボックスでこっちからかける」

「あたしの番号も教えといて」ファニーがいった。

アイリスは紙と鉛筆をすべらせ、エルシーがふたりの番号を書いた。


「どう思う?」デズがたずねた。

バルコニーはテムズ川の堤防にかぶさるかたちでパブの裏手から八フィート張りだしていた。眼下には石ころや木っ端が散らかった泥の岸が露出している。河畔で遊ぶ少年たちが流れに棒きれを投げこみ、左手のドックまで追いかけていった。

グウェンはおそるおそる前進した。

「ここまで来てもだいじょうぶだよ」デズは手すりまで歩いていき、自信たっぷりにどしんとぶつかった。「頑丈なんだ。おれにはわかる——おれが造ったんだから」

「それなら」

グウェンは手すりまで歩いて、もたれかかり、川を見おろした。両岸でクレーンが空に突き刺さったまま休止している。爆撃で焼け落ちた埠頭《ふとう》の残骸が、溺《おぼ》れる人々の手のように水面から突きだしている。ホームドックへ帰るタグボートが数隻、ぽっぽっと音をたてながら通過した。太陽ははるか右手に傾いていた。

「あなたが働いているのはどこ?」

「そっちのほうだ」デズが左を指した。「ベンソン・キーに新しい作業場ができた。一か月まえに再開したところさ」

「おめでとう。まえはどこにあったの？」

「その近くに。一九四〇年の重爆撃で破壊されちまった」

「お気の毒に」

「まあ、それでもましだったんだ。敵は夜間に来たから、おれたちのほとんどはシェルターにもぐってた。アンディって友だちは、それほど運がなかったけどな。火災監視員だったんで、崩れ落ちる建物に巻きこまれちまって」

「お気の毒に」グウェンはくりかえして、頭を振った。

「どうかした？」

「ここしばらく、会話という会話がだれかの〝お気の毒に〟で終わるでしょ。心がすり減るの」

「だよな」彼が同意した。「どんな話が聞きたい？」

「ティリーのことを聞かせて」

「ああ、あいつか」彼は笑った。「あれはタフな娘だったよ、まったく。たとえばさ、大空襲のあいだ、攻撃が激しくなるとおれたちはティルベリー・シェルターにこもったんだ。知ってるかい？」

「いいえ」

「そうか、ケイブルとコマーシャル・ストリートにはさまれた、ばかでかい倉庫なんだけどな、ホワイトチャペルとオールドゲートの境目あたりの。地下がだだっ広くて、でかいアーチが桁を支えてるから防弾効果は抜群なんだ。正式なシェルターじゃなかったが、毎晩千人は詰めこむことができた」

「千人ですって！　それ自体が街みたいね」

「そうだったよ。馬を連れてくるやつまでいて、空気は悪くなる一方だ。だから木の台をこしらえて湿気から身を護った。そこを管理する役人みたいなのはいなかったから、自分たちで非公式に管理したんだ」

「うまくいったの？」

「人間てものを考えたときに想像するほどひどくはなかったよ。ルールでは、先に着いて毛布を敷いたらそこが自分の場所になる。毛布をどっさり持たせて子供らを送りこんでおいて、まあまあな場所を取れるようにしてた。入口に近すぎず、便所に近すぎず、馬たちからはできるかぎり遠くに。

それで、ある晩おれたちが仕事のあとに行くと、妹のエシーが泣きながら駆けてきて、どこかの乱暴者どもに場所を横取りされたという。そのときこっちはおとなが三人しかいなくて、男はおれひとりだった。おれは道具箱を持ってたから、いちばんでかいハンマーを手に取った。もしも、ほら、だれかにいうことをきかせなきゃならなくなったときのために」

「まあ」

「けどおれが取りかかりもしないうちに、ティリーが五フィートそこそこしかない身長をものともせずに飛びだしてった。当時は十七にもならなかったと思う。金切り声をあげながらいちばんでかい屈強なやつに近づいて、こういったんだ、いますぐここを空けないとおまえのそいつを切り落とすよ――」

全部いい終えずに口をつぐんだ。

「レディのまえだからな」といって、にっと笑った。「なにもかも話すわけにはいかないが。でもわかるだろ」

「ええ。その脅《おど》しは効果があった？」

「あったさ。その一件のあと、おれたちは彼女にいってやったよ、英国空軍《RAF》はスピットファイアの名前をティリーに改めるべきだってな」

「彼女をもっとよく知りたかったわ」

「まったくたいしたやつだったよ」

「なぜシャドウェルから出ていきたかったのかしら」

「なんでそう思うんだい？」デズは彼女を興味深そうに見た。

「だって、ほら、結婚相談所に行ったんでしょ？　よそで新たなスタートを切りたがっていたように聞こえるわ」

「ああ、あいつもいろいろあったからな」デズが暗い声になった。「ティリーはいくつかの橋を吹っ飛ばしちまったらしい、おれの聞いたところによると」

「どんなふうに？」

「ロジャーのことは知ってるだろ?」

「女の子たちが話してくれた。元カレ?」

「うん、ティリーはべた惚れだった。ロジャーは復員がはじまってからあらわれたんだが、長身の苦みばしった男前でね、ティリーはたちまち生まれ変わって身を固める話をしはじめた。それから向こうが彼女を棄てたんだ」

「なぜ?」

「ティリーがいうには、そいつは彼女がアーチーっていう闇屋と親しいのを知っていて、彼女を利用してたんだそうだ。アーチーに紹介してやったら、ふたりはつるむようになって、気がつけばロジャーはチョークストライプのスーツでめかしこみ、暗くなると使いっ走りをするようになったんだとか」

「ティリーは? 彼女もアーチーの下で働いていたの?」

「そうだけど、抜けたがっているとおれは聞いた。もしどこかよそでいい男を見つけられたら、結婚して全部チャラにできるかもしれないと思ったのかな。そうしたらこのざまだ」

デズは頭を振った。

「こんな会話をしたかったんじゃないんだ。女性に景色を見せようとして連れだしたら、気の滅入る話になっちまった」

「この景色は好きよ」

「川の眺めはここが最高だよ。もしクレーンが好きならってことだが」

「クレーンが好きだってわかったわ、こうして近くで見たら」

やれやれ、グウェンドリン！　彼女は思った。わたしたち、おべんちゃらをいいすぎじゃない？

でも彼はそれを聞いて顔をほころばせた。

「そっちの話はどうなんだい？　きみのような美人をまだだれも物にしていない理由がわからないよ」

「した人はいるわ」

「ああ、そういうことか。だれかを亡くしたんだね」

「そうなの」

「きみを勝ち取るくらい、いい人だったんだろう。彼はなんて名前？」

「ロニーよ。結婚して五年だった。もうすこしで五年」

「それじゃ、ロニーに乾杯だ」デズがパイントグラスを高くあげた。「ロニーに。それにアンディと、ティリーと、おれたちが喪《うしな》ったすべての人に」

「わたしたちが喪った人たちに」グウェンは彼とグラスをふれあわせた。

「それと、新しく出会った人に」デズがつけ加えて、彼女に微笑みかけた。

グウェンはロニーを裏切っているような気がして、とまどいを隠すためにグラスに口をつけた。これはなんでもないのよ、と自分にいいきかせた。なんの害もない。ここからはなにも生まれない。そうなるはずがないわ。彼をほとんど知らないんだもの。

でももっとよく知りたくない？　長らく聞いていなかった心の声が聞こえた。

グウェンは顔をそむけて、川を見おろした。

「ここからタワーブリッジは見えないのね」と見たままを口にした。

「そのカーブの向こう側なんだ。もし興味があるなら、その通りを散歩するのは気持ちがいいよ」

「今夜はやめておく、ありがとう」

「なら、またべつの日は？」

ただ川沿いを散歩するだけよと声がいった。家にいるのと同じくらい安全。

「いいわ」

大空襲の最中に家にいるくらい安全。

「きみの電話番号が要るな」

「いまは使える電話がないの。あなたのを教えて。こちらから電話する」

「その台詞はまえにも聞いたことがあるよ。たいがいがっかりさせられるんだ」

「きっとかけると約束するわ」

結局はあなたをがっかりさせてしまうけど。番号を書いている彼を見ながら、グウェンは思った。

「おや、噂をすれば」とエルシーがいった。「アーチーと闇屋の一団がぞろぞろお出ましよ。

今夜はしこたま飲むことになりそうだね、みんな」

アイリスが振りかえると、パブのドアを押しあけて筋骨たくましい男が入ってきた。身の丈六フィート、アメリカンスタイルのダブルのラウンジスーツ、濃い紫のシャツにおそろしく幅の広いキッパータイ。結び目《ノット》は喉の下でゆったりと大きく、半分下がったあたりにダイヤのスティックピン。人々が道を譲るものと決めつけているような歩き方で、事実そのとおりになった。ティリーの伯父のトムに近づいて、がっちり握手をかわすと、バーテンダーに人差し指をすばやくくるりとまわしてみせた。バーテンダーはただちにトムの飲み物を縁《ふち》まで満たした。

アーチーはポケットから丸めた札束を抜いて、十ポンド紙幣一枚を帽子に放りこんだ。ボスと似てはいるが派手さや贅沢《ぜいたく》さでボスに並ばないよう気を使っている子分たちを引き連れて、エルシーのテーブルの横を過ぎ、バックルームに入っていった。直後にその部屋から、何人かの男たちが飲み物をつかんで、あたふたと上着を引っかけながら飛びだしてきた。アーチーの指定席から追い立てられた客ね、とアイリスは推測した。

「ロジャーはいないね」とファニーがいった。「意外じゃないけど」

「で、紹介してほしいの?」エルシーがたずねた。

「いま彼の手元にストッキングがあるわけじゃないんでしょ?」アイリスはいった。

「ばかいわないで」エルシーが笑った。「でもいまあたしが紹介しとけば、時間と場所を決められるじゃん」

「わかった」

「あたしたちの席を命がけで守っといてよ」エルシーはほかの女たちに指示した。「それに歌はだめよ、あんた！」

「しらけさせてくれるよね」ベッキーがぶつぶついった。

エルシーはアイリスを連れて人込みをかき分け、バックルームに入っていった。アーチーは店内の見晴らしがきく隅のテーブルに陣取って、子分たちを話で楽しませており、孤立無援の女性バーテンダーがどうにかして彼らの注文を取ろうとしていた。エルシーが近づくと、アーチーは顔をあげて、満面に笑みを浮かべた。

「いちばんのお気に入りが来たぞ。お熱いのをくれ、ゴージャス！」

エルシーが身をかがめて唇と唇を重ねると、同席者たちから冷やかしの歓声があがった。

「おれたちになにを持ってきてくれたんだ？」エルシーのうしろのアイリスに目を向けた。

「小箱に入ったかわいい物、のようだが」

「この娘はメアリ」エルシーが紹介した。「ティリーの旧《ふる》い友だちで、お悔やみをいいにきたの」

「どうも」アイリスはいった。

アーチーは彼女を足元まで見おろしてから、また見あげた。アイリスは唇にかすかな笑みをたたえて、ひるむことなく見かえした。

「内気なんだな」アーチーがいった。「ティリーとはどこで会った？」

「あちこち、いろんな場所で」アイリスは答えた。「若い女がにっこり微笑めば、笑わせて、飲ませてくれるところで」

「なるほど、ティリーらしい。しかし、あんたのことは聞いてないぜ」

「あなたにもティリーが知らないお友だちが何人かいるはずよ。でもこっちはあなたの話を聞いてる」

「そうかい？　ろくな話じゃないんだろうが」

「それはもう、すごくひどい話。あんまりひどいから思ったの。メアリ、あんたは生身のその男に会って、ティリーのいうとおりなのか確かめなきゃね、って。彼女が紹介してくれるのを待ってたんだけど、そのまえにこんなことになって」

「そうか、おれはいまここにいる、伝説の男さ」アーチーが流し目を送った。「あんたの評価は？」

「ことしだいによるわ」

「どんな？」

「あなたが困っている女を助けられるかどうか」

「正直いって、おれは泣ける話が大好物なんだ。すっかり話してみな、危機に瀕《ひん》したときはあんたの勇ましい騎士になれるかもしれないぞ」

「あたしの脚なの」

「脚がどうした」

「すごく冷えるのよ、なのに温めるものが残ってないの」甘えた声でいった。「ティリーがあなたならナイロンストッキングを手に入れてくれるって」

「心当たりがなくもない。なあ、エルシー。おれたちのビールがなんで遅れてるのか見にいってくれ、おまえの友だちとちょっくらおしゃべりするよ」

アーチーと手下たちがバックルームを乗っ取ったときに勃発した騒ぎが、グウェンの注意を引いた。

「あの人たち、だれなの?」とたずねた。

「ああ、やつらか」デズがそっけなくいった。「避けたほうがいい連中だ。あれがアーチー、さっききみに話した男だよ」

「彼らとやりあったみたいね」

「あいつらはこのあたりでビジネスをするコストの一部なのさ。おれはなるべく真正直でいたいんだ。かならずしも容易じゃないけどな。ほら、エルシーときみの友だちがあそこに」

グウェンはアイリスと闇屋のやりとりを見つめ、唇と表情を読もうとした。

「彼女、あの種の連中になんの用があるんだ?」

「彼女を知っているから、どんな可能性も考えられるわ」

そのとき店の入口付近の動きが注意を引き、グウェンはショックで窓からあとずさった。

アルフレッド・マナーズ、面接に出直してこなかったあのごみ収集作業員が店内に入ってきた。ただし今回はごみ収集のつなぎ姿ではなく、折りかえしの幅が広いズボンからトリルビー帽まで、全身シャープにきめていた。

「いま入ってきた人、知ってる？」グウェンはたずねた。

「知ってるとも」デズが顔をしかめた。「もしもいまあいつの仲間のギャングどもがここにいなけりゃ、手すりの上から川へ投げこんでやるところだ」

「なぜ？」

「ティリーを転落させた張本人だからさ。あれがロジャー・ピルチャーだ」

9

グウェンの位置からだと、ピルチャーは見えるが、アイリスの視線をとらえるのはむずかしかった。なにに代えても手旗信号の旗が欲しいところだ。

「デズ、あなたに大きなお願いをしてもいいかしら」

「なんだい？」

「向こうにわたしの知っている男性がいるの。顔を合わせたくない人。フロントルームへ出るまでわたしの盾になってもらえない？」

「いいとも」

デズがドアをあけて、室内に踏みだした。グウェンはその背後にすべりこんで、ピルチャーの視界に入らないようにした。アイリスはふたりが入ってきたのに気づき、グウェンがデズの差しだした腕につかまって親しげに身を寄せているのを見て、にやりと笑った。グウェンは左手で髪をかきあげ、すばやくもう一度くりかえした。つぎにさっと鼻をこすった。

そのままデズとともにピルチャーの横を通り過ぎたが、彼はふたりを見もしなかった。バックルームを出るとき、グウェンは思いきって振り向いた。そして狼狽《ろうばい》した。ピルチャーはアーチーと話しているアイリスのほうへまっすぐ向かっていった。

「うまく逃げられた?」デズがたずねた。

「ここまでは上出来」グウェンはいった。「ありがとう」

「よし。無事に帰り着けるように、家まで送ろうか?」

「メアリを待っていなくちゃ」

「でもそいつがこっちへ出てきて、きみを見つけたら……」

「ほかにどうすればいい?」

デズはバックルームのほうを振りかえった。

「きみは店を出て、そこの電話ボックスのそばで待ってて。おれが彼女を待って、きみとそこで会うようにいっとくよ。隠れなきゃならなくなったら、角の向こうに引っこめばいい」

「それならうまくいきそう。でももしメアリがなにか面倒に巻きこまれたら……」

「なんで彼女が面倒なことになるんだ。面倒なことになってるのはきみのほうだろ?」

「たしかに。いいわ、わたしが待っていると彼女に伝えて。ほんとうにありがとう」

グウェンはファニーとベッキーに手を振って別れを告げ、店を出た。心臓が早鐘を打っていた。

デズに寄り添っているグウェンを目にして、アイリスはまず驚きと賛同の入り混じった思いに打たれた。つぎに手の合図を見て、すでに高レベルだった警戒をレッドゾーンまで引きあげた。

アーチーから顔をそむけて危険の在処を確かめるわけにはいかない。彼女はまだ立ったままだから、すわっているよりはちょっとだけ脱出しやすいだろう。でもどの方向へ？　こちらの意図に気づかれるまえにアーチーの子分たちを突破できることを願いつつ、フロントルームへ飛びだす？　新たな危険の何者かがそこに立っているのでは？　彼女が突如脱出したら、その人物はどう反応するだろう。闇屋に追われて出口へ向かうべきか？　それよりも、バルコニーへ猛ダッシュするほうがいいかもしれない。地上におりるなんらかの方法があるという希望のもとに。でももしなかったら？　手すりを乗り越えて、テムズ川へ劇的に身を投じる？

もしそうなったときは、どうか水位が上がっていますように。

早まったことをするまえに、堂々としらを切ろうとアイリスは決意した。

「よお、猫が連れてきた獲物を見ろよ」アーチーが彼女の背後に向かって声をかけた。「遅いじゃないか、この悪党め。どうだ、ログ？　おまえの死んだ元カノの旧《ふる》い友だちに会ってやりな」

それできっかけが得られ、アイリスは敵が何者か見るために振り向いた。すぐ目のまえにスタイリッシュな服装の男がいた。最高の微笑を浮かべて見あげ、そこで凍りついた。それは先日訪れた芳《かぐわ》しい香りのごみ収集作業員、アルフレッド・マナーズだった。

ティリーが出ていった直後に訪れた男。

でもアーチーはたったいま彼をログと呼んだ？

ではアルフレッド・マナーズがロジャー・ピルチャーだったのだ。ロジャー・ピルチャーは元ガールフレンドのティリー・ラ・サルを尾《つ》けて〈ライト・ソート〉へ来た。そしてティリーが新しい男をさがしていることを知った。今夜アイリスがパブへ来た目的も知っているのはまちがいない。

手すりを乗り越えて川にダイブするという選択肢は、いまやかなり現実味を帯びてきた。

「知り合いなんだろ？」アーチーがたずねた。

「おぼえてる？　ログ」アイリスはいった。「メアリよ。ステップニーのあのパブで会ったわよね。あんたはティリーと来てて、あたしはハリーっていう名のアメリカのG・Iと一緒だった。ティリーのことは残念だったわ」

「ここでなにをしてるんだ」彼がたずねた。

「ストッキングと楽しい時間を求めてきたの、でも主にストッキングね。いまはアーチーの下で働いてるの？」

「ああ。そうだ、いまはアーチーの下で働いてる。それがあんたとなんの関係がある？」

「あたしにとっちゃなんのちがいもないわ。また会えてよかった。ときどき電話してよ」

「では知り合いなんだな」アーチーがいった。

「ええ、知ってます」ロジャーがいった。「ティリーの友だちですよ」

「そんならアーチーの友だちだ。もうおれの通常の営業時間は過ぎてるんだ、メアリ、でも明日寄ってくれればあんたの脚をあっためることについてなんとかしてやってもいい」

「午後でいいかしら」アイリスはたずねた。

「五時まえならいつでもかまわない。店じまいするころに来てくれ、一緒に出かけて、ダンスでもして、つけ心地を試せるかもしれないぜ」

「明日の夜はだめなの。でもダンスフロアであたしについてこられると思うなら、それはあらためて決めましょ。どこへ行ったらいいの？」

「ウォッピング・ウォールの川と反対側に倉庫がある。モンザ・ストリートを越えて三軒目だ。わかるか？」

「その通りならわかる。倉庫は見つけるわ」

「もしパブが見えたら――」

「〈プロスペクト・オブ・ウィトビー〉？」

「ああ、そこだ」アーチーが感心したようにいった。「もしそれが見えたら、行き過ぎたってことだ」

「行き過ぎたことはこれまでなかったわけじゃないし」アイリスは片目をつぶってみせた。

「じゃ、明日。みなさんとお会いできてよかった。ログ、ここでばったり再会できてうれしかったわ」

「こっちもだよ」ログは横を通るアイリスにいった。

アイリスはフロントルームで、ほかの女たちをしたがえてもどろうとしていたエルシーを呼び止めた。

「もう帰らなくちゃ。伝説のロジャーに会ったわよ」

「あ、ほんと？」

「うん、じつはまえに会ったことがある人だった。その夜はきっと泥酔してたんだ、でなきゃ忘れるはずないから」

「そうだね」エルシーは関心なさそうにいった。「また電話してよ、この続きは今度。いい？」

「そうする」アイリスは約束した。「ソフィがどこへ行ったか知らない？」

「デズともどってきた」ファニーがいかにも悲しそうにいった。「あたしの見るところ、あれは進展があったね」

「あたしも見た」アイリスはいった。「あんたにも同じ運が向いてくるといいわね」

「この顔ぶれじゃ、それはありそうもないよ。じゃあね」

「またね」

彼女はすばやく店内を見渡した。グウェンは影も形も見えないが、デズがいて、意味ありげにうなずきかけた。アイリスは近づいた。

「ソフィが向こうで顔を合わせたくないやつを見つけたんだ。だからその角の電話ボックスできみを待つようにいっといた」

「ありがとう。それに彼女を護ってくれてありがとう」

「護る価値のある女性だから。じゃ、おやすみ」

「おやすみ」

〈マールズ〉を出たアイリスは、走りださないように自制した。通りを渡ると、電話ボックスからグウェンが顔をのぞかせた。

「わたしは無事よ」アイリスはいった。「ついさっきなにが起きたのかよくわからないけど」

「ごみ収集作業員のアルフレッドが元カレのロジャーだったの」グウェンはいった。「そして元カレのロジャーは闇屋のために働いているのよ」

「エルシーとティリーもその人物の下で働いてた。さ、歩きながら考えましょ」

ふたりはウォッピング・ハイ・ストリートを歩きだした。ブロックを半分ほど行ったとき、アイリスが頭を起こして耳をすました。

「尾けられてる」

「そのとおり」男の声がした。

ふたりがとっさに振りかえると、ロジャー・ピルチャーが立っていた。

「ミセス・ベインブリッジ、ミス・スパークス」順番にうなずきかけながら、彼がいった。

「なんとすてきなサプライズだ」

「そうね、わたしたち全員にとって」グウェンがいった。

「おれのビジネスにさぐりを入れるとは、どういうつもりかぜひ聞かせてもらいたいね」

「あんたのビジネスをさぐってなんかいない」アイリスはいった。「べつのだれかのビジネスをさぐってたら、そっちがひょっこりあらわれたのよ」

「ほんとうかな？ それじゃ、だれのビジネスをさぐってたっていうんだ」

「あんたの知ったことじゃない《ナン・オブ・ユア・ビジネス》」

「あなたはどうして〈ライト・ソート〉に来たの？」グウェンが訊いた。

「行っちゃおかしいか？ 愛をさがしてたんだ。それがあんたたちの売り物だろ？」

「ミス・ラ・サルを尾けてきたんでしょ？」

彼は肩をすくめた。

「興味があったんだよ。いったいなにをやってんのか。彼女はなにやら謎めいた行動をとっていた。それじゃ、あんたらは彼女の私生活を調べてるんだな？」

「それが問題なの？」アイリスがたずねた。

「そう、そいつは問題だといいたいところだが、かならずしもそうではない。しかしあんたらがふたたびここへあらわれたら、実際大問題になる。そしておれにはそういう問題を片づける手段がある」

「なんだか脅《おど》しみたい」とグウェン。

「まぎれもなく脅しね」アイリスはいった。「身の危険を感じる？」

「そうともいえない。だって、二対一だし」

ピルチャーは不吉な笑みを浮かべ、ついでウエストバンドから鹿角の柄《え》のスイッチブレードを引き抜いた。ボタンを押すと刃が飛びだして、街灯の明かりでぬらりと光った。

「これでどうだ」

「ええ、白状する、いまは身の危険を感じるわ」グウェンがあとずさりながらいった。

「わたしはちがう」アイリスがいった。

「でも向こうはナイフを持ってるのよ」

「こっちだって」バッグからナイフを取りだし、ひと振りで刃を開いた。

ピルチャーは一瞬当惑の色を浮かべた。

「予想とちがったんじゃない？」アイリスはいった。「女にナイフを抜いてみせれば、いいなりになると思ってるんでしょ」

「お願い」グウェンがいった。「みんないっぺん深呼吸して、ちょっと落ち着かない？」

「自分を不利にするな」ピルチャーがいった。

「不利？」アイリスが鼻で嗤《わら》った。「だいぶ有利になったと思うけど。さあ、本気でやるつもりなの？」

「警告してるんだぞ」

「好きなだけ警告すれば」アイリスはナイフをしっかり握って左側へまわりこみはじめた。

「ねえ、これってとても刺激的だわ、家に帰って日記に全部書きとめるのが待ちきれない」グウェンがいった。「でもだれかがほんとうに怪我をするまえに、ふたりともそのカトラリーをしまえない？」

「そっちが先よ」アイリスがピルチャーにいった。

「あり得ないね」彼がいいかえした。

「わかりました、子どものようにお行儀よくする気がないなら、わたしが行動に出るほかないわね」グウェンがいった。

ほかのふたりが彼女に顔を向けると、グウェンはハンドバッグを開いて、ごそごそかきまわした。

「そっちはなにを持ってるんだ、玩具《おもちゃ》の銃か？」

「もう、やだ、どこへしまったの？」グウェンがつぶやいた。「要らないときはいつもいちばん上にあるのに、必要となると――ああ、あった！」

グウェンはなにか小さな銀色の物を取りだして、勝ち誇ったように掲げた。

「ホイッスル」と発表した。「すごくよくできたホイッスルで、わたしの肺は優秀だから、ふたりともいますぐナイフをしまわないと一マイル以内の犬が一匹残らず起きるわよ、聞こえる範囲内の警官も。たしかウォッピングの警察署はそう遠くないのよね。でもわたしよりあなたたちのほうがこの界隈《かいわい》に詳しい、だからもしまちがっていたら教えて。どうする？」

ピルチャーは女ふたりを交互に見てから、刃を柄に引っこめて、ナイフをウエストバンドにすべりこませた。

「二度とここへ来るな」警告のしるしに指を一本立てた。

それからきびすを返し、歩いてパブへもどっていった。最後にもういっぺんふたりのほうを見やってから、店内に消えた。

「よくやった」アイリスがいった。

「アイリス、そのナイフをしまって」グウェンが厳しい声でいった。「いますぐ」

アイリスはパートナーの表情を見て、おとなしくナイフをたたみ、バッグのなかにもどした。

「不公平だからいうけど、そっちもまだホイッスルを出しっぱなしよ」

「これはわたしたちが電車に乗るまで出しておく」グウェンはふたたび通りを歩きだした。それから足を止めて、アイリスのほうを振り向いた。

「そして電車はいったい全体どの方向にあるの？」と怒鳴った。

「はい」アイリスはあわてて彼女に追いついた。「こちらです、ミレディ」

「けっこう。では行くわよ」

「どうかしたの？」腹立たしげに大股で歩くグウェンにペースを合わせようとして、アイリスは息を切らした。

「わたしが？」グウェンは声をあげた。「どうかしたのはそっちじゃないの？ あんなふうにとんでもない真似をして、殺されていたかもしれない。もっとはっきりいえば、わたしが殺されたかもしれないのよ」

「わたしはふたりが助かるように――」

「そんなことはなにもしなかった。話してあの場を収める方法はいくらでもあったのに、即座に戦闘モードになったの」

「これは危険な仕事になるかもって警告したでしょ」

「たまたま危険につかまったら、それは避けられない。自分から尖った棒で突っついたせいで起きる危険は避けられる。いったいなにを考えていたの、彼をあんなふうに煽《あお》り立てたりして」

「あなただって煽ってたわよ」アイリスが自己弁護した。

「わたしはただ自力でどうにかしようとしただけ。彼を刺激するようなことはしてない。あなたはなにを成し遂げたかったの、ナイフなんか持ちだして——アイリスったら！　ナイフを持ってたなんて！　いつからそんな物を持ち歩いていたの？」

「一九三七年から。ここからあの看板に命中させるのを見てみたい？」

「どうかしてるわ。わたしはいかれた女と運命を結びつけてしまったのね」

「知ってるのかと思ってた」

「わたしは人にナイフを抜くようなばかなことはしないのに、精神科病院にいたのはわたしだなんて！」グウェンがわめいた。

「そうなの？　聞いたことなかったけど」

「ええ、いってないもの。あなたには関係ないから」

「うん、でも——友だちでしょ、話してくれたって——」

「友だち？　わたしたち知りあってからどのくらい？」

「えっと、あなたの結婚式には出た、でも――」

グウェンににらみつけられて、アイリスは青ざめた。

「わかった、実際の友だちづき合いね」アイリスは早口にいった。「ジョージとエミリーの結婚式のあと、会ってランチをしたときからよ」

「つまり五か月ね」とグウェン。「知りあって五か月、机を並べて働きだしてから三か月。なにもかも話題にしてきたけど、おたがいの近い過去にはふれなかった。あなたが戦争中なにをしていたかについてはヴァチカン図書館よりも検閲が厳しい。だからこちらにも話していない過去はあるの。精神科の療養所にいたのよ。ロニーが死んで、壊れてしまったの。医者たちはどうにかわたしを修復して、素人にはわからない薬で満たして、いくつかの出来事を忘れさせようとした。あなたと働くことには大賛成で、担当医はこういったわ、『いい子だね、悩みなど頭からはぎとっておしまい』」

「あなたの先生はそんなしゃべり方なの？」

「黙ってて。そんなわけで、わたしたちは崩れそうな建物のみすぼらしいオフィスで、幸せとよろこびを広めて、契約をいくつか取ってる。そしていまは殺人事件を調べていて、闇屋と知りあって、スイッチブレードを振りかざす悪党にドックのまんなかで声をかけられ――」

「ここはドックのまんなかじゃないわよ」

「黙っててといったのが聞こえなかった？」

「ごめん。先を続けて」

「それにあなたがきっかけさえあれば危険に飛びこみたがる女だといま初めて知った。蹴ったりわめいたりして抵抗するわたしを巻き添えにして。あなた、情緒不安定なんじゃないかしら、アイリス・スパークス」

「そういわれるのは初めてじゃない。でもあなたは肝腎なことを見逃してる」

「どんなこと？」

「ミス・ラ・サルの元カレがわたしたちの建物まで彼女を尾行して、わざわざ別人になりすましてオフィスに入ったんだと、これで判明したのよ」

「いまその話をする？」

「もうわたしに怒鳴るのは終わった？」

「あなたのやり方のまちがいは理解した？」

「はい、ママ。もう二度と男の人にナイフを向けないと約束します」

「よろしい」

「そうするのにふさわしい相手じゃないかぎり」

「子どものときちゃんとお尻をぶたれたことある？」

「ない。それはおとなになってから。じゃあ、ピルチャーがミス・ラ・サルをオフィスまで尾行してきた話にもどるわね。いささか変わった振る舞いだと思うの、もっとおいしいなにかのために彼女を棄てたといわれてる男にしては」

「あまり元カレらしい行動ではないわね。しかも今度はわたしたちに調べられることを心配してる。ところで、怒ったギャングたちからどうやって逃れてきたかまだ聞いてないけど。出てきたとき、少なくともピッチフォークぐらいお尻に突き刺さってるかと思ったのに」

「あなたって話をおもしろく脚色するのね。アーチーが〝ログ〟に声をかけたので振り向いたら、あのごみ収集作業員が闇屋らしいでたちでそこにいたの。万事休すと思ったけど、メアリになりすましたまま、以前会ったことがあるみたいに話しかけてみた」

「それで？」

「そしたら奇跡が起きて、向こうが話を合わせてきた」

「彼が？　どうして？」

「こっちも面くらっちゃって。その場でわたしを追いはらって、二度とアーチーに近づけなくすることもできたのに。だけどそうしなかった」

「たぶんなにか隠してることがあるのよ」グウェンが考えこんだ。「アーチーにさえも。あなたを差しだしたら、あれこれ質問されることになったからじゃないかしら」

「おもしろい考え。彼とティリーはアーチーの鼻先でなにかゲームを進めてたのかもしれない。別れたのはアーチーを欺《あざむ》くための演出だったのかも。だけどうまくいかなかったか、彼女がピルチャーを裏切ったか、アーチーに真相を見破られないために彼女を消す必要があったんじゃないかな。つまり、わたしたちはもう容疑者を見つけたのよ！」

「考えられる動機はふたつ――嫉妬と、強欲。パブでひと晩にしては収獲ありね」

「それにわたしはもうすこしで殺人犯かもしれない男と剣を交えるところだった、そんな楽しいこと久しくなかったわ」

「お楽しみやゲームはだれかが心臓を刺されたらおしまいよ。これをどうすればいいの——引きつづきミスター・ピルチャーを調べる？」

「パラムに提出するだけの情報は揃った、と思う」

「彼はきっとなにもしないわ。あなたから連絡するべきよ——」

「いや」

「マイク・キンジーに」グウェンは譲らなかった。「彼ならあなたの話を聴くわ」

「もう、もう、もう」アイリスがうめいた。「わかった。明日いちばんに電話する。それじゃ、今夜のメインイベントのことを話そうか」

「それって？」

「デズとデートしたの？」

「ふざけないで」

「ふざけてない。彼はあなたにひと目惚れだったもん、それにあなたもきっぱりはねのけているようには見えなかった」

「気のあるそぶりは事件の情報を聞きだすため。ただそれだけよ」

「もう電話番号はもらった？」

「礼儀としてもらったけど。あなたでも同じことをしたと思う」

「いい人みたいじゃない。ダイヤの原石、だと思わない？」

「アイリス、わたしが港湾労働者とデートできっこないでしょ。いくらマナーがよくて、気立てがよくて、彼の――」

頬を染めて、口を閉じた。

「彼のなに？」アイリスが訊いた。「美しい瞳？　筋肉隆々の身体？　褒め言葉の連続のつぎになんていいかけたの？」

「デズは好きよ」グウェンは認めた。「でもうまくいくわけない。もうすでに名前も仕事も偽って、だましちゃったんだもの。これ以上その気にさせるのは残酷よ」

「だったら楽しむだけ楽しんで、さよならすればいいじゃない」アイリスがそそのかした。

「女もときにはすこしぐらい楽しむ権利があるの」

「だれかを犠牲にするとしても？」

「彼にとっても楽しいわよ、そう思わない？」

「この件では、わたしとあなたはちがうと思うの。いっておくけど、非難しているんじゃないのよ、でもあなたはわたしとちがって――」

グウェンは最後までいいたくなくて、黙った。

「見境なく男と寝る？」アイリスがいった。「それを口にできなくてためらってるの？」

「あなたはそういうんじゃなく、冒険心があるのよ」

「それ、気に入った。わたしの自己破壊行動の肯定的解釈ね」

「それにわたしと知りあってからは、それほど冒険してなかったんでしょ？」

「なにいってるの、わたしは婚約を三度破棄して、メイフェアがシーツにはさんで差しだす全員と寝たのよ。あなたを納得させるには、あとなにをすればいい？」

「過去にそういうことがなかったとはいわないわ。でも戦争があなたを変えたんじゃない？」

「戦争はわたしたちみんなを変えた」

「いま現在あなたの人生に男性はひとりだけだと思っているんだけど」グウェンがいった。

「それに、その人とはたまに逢っているだけだと」

「なんでそう思うの？」

「ここ数日、あなたがふだんの朝よりもだいぶ幸せそうだから。最後にこんな感じだったのは二か月ほどまえ。それから今回までのあいだは、いまよりおとなしかった。ふさぎこんでるといってもいいくらいに」

「わたしの気分は月の満ち欠けとともに変わるのよ」アイリスは軽い調子でいった。「そんなの、なんの証明にもなってない。ほかにどんな証拠があるの？」

「最近は〈夜間飛行〉をつけている。毎日ではないけど。でもこっそり洗面所へお化粧直しに行く日があって、たまたまそういう日はふだんの服装にちょっぴりフリルが加わっていたりする。ゲランの香水がふつうここでは手に入らないことからすると、お相手はヨーロッパ大陸へ旅する方とお見受けするわ。長期滞在するようだから、たぶん外交か軍の関係ね」

「驚いた」アイリスが悔しそうに叫んだ。「わたしの香水からそれ全部推理したの？」

「〈夜間飛行〉が大好きなの」グウェンはため息をついた。「つぎはわたしにも一本買ってくれるように頼んでくれる？ 既婚者なんでしょ？」

アイリスは答えなかった。

「そうなのね」グウェンが悲しげにいった。「そうじゃなかったら、あなたは彼にまつわるヒントをあちこちに落っことしているわよね、たとえまだ教会に承認されていない恋人同士だとしても。あなたはこれに関しても秘密を守らなければならないのね。破裂しないのが不思議だわ」

「あなたの精神科医、いくらかは役に立ってる？ 一緒に行ってみようかな」

「わたしは信用していないの、じつをいうと。彼は義母に雇われているから」

「おもしろい。とにかく、あなたの分析には恐れ入った。正確さは認めも否定もしないけど、その能力にはかなわない。とはいえ、デズとのことから目をそらさせようとしても無駄だからね。彼に関心があるってことを見せてもいいんじゃないかな。落馬してもくじけずに馬にまたがることが大事よ」

「ぞっとする比喩《ひゆ》ね」

「思いがけなく楽しめるかもよ、ダーリン」

「それはまちがいないでしょうね。でももういっぺんいう。遠慮するわ」

「あれが恋しくないの？」アイリスが興味津々《しんしん》でたずねた。

「あれって？ セックスのこと？」

「そう、セックス。あなたが過去に少なくとも一回は経験したこと。あなたに子どもがひとりいるという事実から賢くも推理したんだけど。それはわたしたちの日常の一部でしょ」

「そうだった。不可欠なくらい」

「だからもっとしたくない？」

「したいにきまってるでしょ」グウェンはきっぱりといった。「あれが恋しい。恋しいのはロニーが恋しいからであって、彼を愛することと切っても切れないの。もしいま彼が生きているなら、わたしたちの寝室で毎晩彼を待つわ、透けるほど薄いシルクを身にまとって、みだらなポーズで。フランスの絵葉書顔負けの場面を演出する。魅惑的な東洋のテクニックが載ってる禁書を片っ端から手に入れて、一から十までおぼえるわ。あれが恋しいから。あれとは彼、彼その人のことよ。彼とふたりだけで過ごす一秒一秒がエクスタシーだった。そしてほかのだれかとあんなふうになることは、もう二度とふたたびあり得ない。わたしはロニーが欲しいの。どうしようもなく彼が欲しくて、身体が痛いほど。わかる？　だからね、アイリス、あなたのいうちょっとしたお楽しみには興味がないの。お楽しみなんか欲しくない。それは失望につながるだけよ」

アイリスはなにもいわずに手をのばして、友の手をつかみ、優しく握った。グウェンはアイリスの手をぎゅっと握りかえし、それから駅に着くまでずっと放さなかった。

アイリスがフラットに帰ると、アンドルーがいた。彼はアイリスの顔を見あげて、にっと笑った。

「なにかたくらんでるな?」

「わたしはいろいろたくらんでるわよ」アイリスは胸を張って宣言した。「スパイ活動のスキルを有効活用してるの。イースト・エンドの住人になりきって、ギャングの巣窟に潜入して、もうすこしでナイフの決闘をやらかすところだった。いまは、すてきなドレスに着替えて、あなたにディナージャケットを着せて、街へ出かけたい。〈ベル・ムニエル〉で肉汁の滴《したた》る分厚い闇ステーキを食べてから、〈バガテル〉でダンスするの」

アンドルーが近づいて、彼女を抱き寄せた。

「ここにディナージャケットはないよ」

「わかってる」アイリスは彼を抱き締めた。

「〈ベル・ムニエル〉のステーキは、じつをいうと上手にごまかした馬肉なんだ。秘密はソースさ」

「いやだ」

「それにきみといるところを人に見られるわけにはいかない」

「わかってる、わかってる」アイリスは身を引き離した。

「缶詰をいくつかと、一緒に飲むまあまあなボルドーの赤《クラレット》を持ってきたよ」

「あとでね」アイリスは彼のネクタイをつかみ、寝室へ引っぱっていった。

玄関から入ったとき、グウェンの頭のなかはまだその日の出来事が駆けめぐっていた。パーシヴァルが昨夜と同じ位置に立っていた。

「おかえりなさいませ」執事がいった。

「ただいま、パーシヴァル。見張りに立つのもあなたのお役目になったの？」

「レディ・カロラインがお話ししたいそうです。図書室においでです」

「デジャ・ヴ」グウェンはつぶやいた。

「なんでしょう、奥さま？」

「わたしたち昨日も同じことをしなかった？」

「それはわたしが申し上げることではありません、奥さま。ついてきていただけますか？」

グウェンはため息をつくと、執事に続いて廊下を歩いていった。彼がドアをノックし、つぎに開いたドアを押さえて彼女を通した。

レディ・カロラインは前夜熱弁を揮《ふる》うあいだ腰かけていたのと同じ、暖炉のまえの椅子にいた。

「ミセス・ベインブリッジがもどられました、レディ・カロライン」パーシヴァルはグウェンの背後でドアを閉じた。

グウェンは深々と息を吸い、もう片方の椅子に近づいた。

「わたしにお話があるとか、レディ・カロライン？」

義理の母は返事をしなかった。代わりに、第一面をグウェンに向けて新聞を掲げた。

「ああ」グウェンの声から力が抜けた。「この家で《ミラー》を購読しているとは知りませんでした」

10

〝ベインブリッジ家の巨万の富を継ぐ唯一の相続人の妻となり、財を成した、スラム見物好きの貴婦人〟レディ・カロラインが朗読した。〝いま彼女は、上流階級に仲間入りする野心を抱く上昇志向者たちに交際相手を斡旋している。不幸にも、彼女の最近の顧客であるイースト・エンドの愛らしい女性は、クロイドン在住のけちな女たらし、その名をディッキー・トロワーに引きあわされるという大敗北を喫したのである〟

レディ・カロラインは新聞を暖炉のなかへ放った。

「じつにくだらないわ。こんなことにあなたがどっぷり浸かっていたとはね。人殺し相手の商売だったの？」

「彼がやったとは思っていません」グウェンはいった。

「その男は逮捕されたんでしょう？」レディ・カロラインが冷たく笑った。「スコットランドヤードはその男が哀れな女性を殺したと考えているようだけど」

「彼らがそう考えていることは知っています」

「どうして?」

「質問を受けたからです、当然ながら。警察がどうやって気の毒なトロワーさんにたどり着いたと思うんですか」

「気の毒なトロワーさん?」

「わたしたちは彼が無実だと思っています」

「わたしたち? あなたと、一緒に働いている下劣な小娘のことかしら?」

「そんなふうに呼ばないでください! わたしの友だちをばかにする権利はないですよ」

「権利がないですって? わたしの愛する息子の嫁に思いださせてあげましょうか、あなたがわたしたちの純然たる慈悲によってこの家の屋根の下で暮らしていることを。不愉快きわまるスパークスという女をどう呼ぼうとわたしの自由です。その女の度重なる婚約破棄、男性遍歴を考えれば――」

「彼女のことはこの話からはずしてください。わたしがこの屋根の下にいるのがおいやですか? それならわたしの子どもを返してくだされば、よろこんで出ていきます」

「それはできませんよ。それにあなたの振る舞いによってベインブリッジ家の名が汚されたのですから、将来あなたが有利な立場になる望みはなさそうね」

「もしディッキー・トロワーが無実だとわかったら。わたしたちが正しかったらどうします?」

「そして世界の残り全部がまちがっていると? 控えめにいっても疑わしいわね。だれがそんな男の肩をもつかしら」

「わたしたちです。もうすでにそうしています」

「世間を敵にまわす愚かな女ふたり」レディ・カロラインが鼻で嗤《わら》った。「現状を変えるために、いったいあなた方になにができるというの？」

「調査です。真実を見つけるんです」

「ばかばかしい」

「もう取りかかっていますから」

「なんですって？　取りかかっているって、どういうこと？」

「わたしたちはこの――状況を調べているんです」

〝事件〟といいかけたが、言葉が浮いて聞こえそうだと気づいた。

「調べている？」レディ・カロラインは声をあげて笑った。「まず自分はビジネスウーマンになれると思った。つぎは探偵になるつもり？　まったくどうかしてるわ！」

「それでも――」

「どうかしてる」レディ・カロラインは考えこみながら、くりかえした。「心配になってきましたよ……」

「なにがですか？」グウェンは背筋に冷気を感じた。

「あなたのこの行動はより深刻な精神疾患の症状なんじゃないかしら。ミルフォード先生と最後に話したのはいつ？」

「二週間まえです」

「この一切合財がはじまるまえね」思案しつつ、いった。「ならば先生が徴候を見逃しても不思議じゃないわ。わたしからすこし話をしてみようかしら」

「放っておいてください。わたしの治療には口を出せないはずです」

「あなたね、これは子どもの幸福にかかわることなのよ」レディ・カロラインは顔色ひとつ変えずにいった。「もし母親の心の健康に気を配らなければ、わたしは保護者としての義務を放棄することになるんです。もっと幅広い対策をとるべきかもしれないわね」

「お義母《かあ》さまにそんなことは――」

「あなたの過去のその部分が《ミラー》の耳に入ったら困るでしょう。これまではわたしたちがどうにかマスコミから隠してあげられたけど――」

「よくもそんな」

「ミルフォード先生に会う予約をとるわ。先生のお話を伺ってみます。協力することがあなたの身のためよ。話はこれでおしまい。パーシーをつかまえて、わたしが今夜出かけると伝えてちょうだい」

グウェンは立ちあがって相手にわめきたてそうになったが、ぐっとこらえ、逃げるように立ち去った。

「今夜はまたいちだんと情熱的だったね」アンドルーがいった。

「そうだった？」アイリスはいった。

ふたりは彼女のベッドで枕を背に並んですわり、灰色の魚臭い物を缶から直《じか》に食べていた。ベッドサイドのテーブルには飲みかけの赤ワインのグラスがふたつ。

「きみは興奮状態で帰ってきた。猛攻撃にいい意味で圧倒されたよ。ちなみに、すばらしく楽しめた」

「ありがとう、ご親切に」アイリスは缶の中身をさらに掘りだし、むさぼるように口に押しこんだ。「これが生きて泳いでいたときはなんだったか見当がつく？」

「クジラの一種じゃないかな。クラレットがあって助かった。さもなきゃ朝までしつこくこの味がよみがえるところだったよ」

「朝までいられるの？」

「明日の飛行機でもどることになった。早朝のフライトだから街に泊まるのがいちばん楽だとポピーにはいっておいた」

「ずいぶん急な知らせね。いつわかったの？」

「昨夜」

「それじゃ、これは別れの情事なのね」

「そう」

「そして最後の夜を妻じゃなくわたしと過ごしてる。光栄だわ」

「ここのほうがずっと居心地がいい」

「彼女にもちゃんと別れの儀式をしてきたの？」アイリスはたずね、彼の側にある自分のワイングラスに手をのばした。

「なんだって？」

「夫の務めをきちんと果たしたのかしら」ひと口飲んだ。「あなたが秘密の戦争を闘っていて留守のあいだ、夫を思いだすよすがになるものをあげてきたのかしら」

「それはきみの知ったことじゃない」

「愛人の知ったことでは、という意味ね。そうだった。わたしは妻じゃなく、愛人なのよね。ときどきそれを忘れちゃうの。とくにわたしたちが愛しあっている最中は」

「いつからこんな話になったんだ。ぼくらの取り決めを考え直しているのか？」

「数秒まえから。もう二桁に突入してる」

「なんでこんな話をするんだ」

「今夜グウェンが非常に好ましいオスにのめりこむまたとない機会を拒絶したの」

「それで？」

「その理由は、愛、喪失感、喪《うしな》った悲しみ――彼女の熱い想いだった」

「熱い想いか」

「そう、情熱。アンドルー、わたしはあなたのなに？　わたしに情熱を感じる？」

「愛しているといってきただろ。何度も」

「ここでね。あなたがこのフラットを借りてくれるまえにも、ほかのひとつかふたつの部屋で。

それを外でいえる?」

「どこで?」

「さあ。ピカデリーサーカス。サーペンタイン池。コヴェントガーデン。屋根の上から叫ぶのもいいわね」

「いったように――」

「わたしといるところを人に見られるわけにいかない、でしょ。わかってる。わたしが訊きたいのは、用心して人目を忍ぶことと情熱は共存できるか」

「これがはじまったとき、きみはすべてに同意したじゃないか」

「そうね。当時はすべてを秘密にしておくこともスリルの一部だった。同意したし、わたしのほうはじゅうぶんに契約の責任を果たしてきたと思う」

「じゅうぶんすぎるほどに。やれやれ、なんだか欲得ずくの話に聞こえてきたぞ。きみの望みはなんなんだ」

「ポピーと別れてわたしと結婚することを考えてくれる?」

「プロポーズしてるのかい、スパークス?」

「質問したの」

「ぼくが考えるかって? 考えるさ」

「考える」アイリスはくりかえした。「憎らしい言葉。それがあらゆる逃げ道を与えるのよね」

「きみやぼくにはつねにすばやく脱出するルートが必要じゃないか、スパークス?」

「いいわ。ちゃんとした質問をさせて。もしわたしが結婚してほしいといったら、そうする？　ポピーと離婚してくれる？」

彼は答えなかった。

「びっくりだわ、ほぼ毎日この国のために命の危険を冒してる男がここまで臆病になれるとは」アイリスは皮肉をこめていった。

「フェアじゃないぞ。ぼくの結婚は複雑なんだ」

「そしてわたしはシンプルなの。シンプルな要求を抱くシンプルな女、だけど複雑さを求めてもいいんじゃないかという気がしてる。グウェンを見て、彼女が手にして失ったものを見て、それで彼女が壊れかけたことを知って、どう思ったかわかる？　わたしは彼女が妬《ねた》ましかった。彼女が短い何年かにひとりの男と得た幸せは、これまでの生涯にわたしが感じた幸せ全部より大きいの。しかもわたしはこの先幸せをつかめるかすらわからない」

「いままでにだれかと幸せになるチャンスはなかったのか？」

今度はアイリスが黙する番だった。アンドルーはいきなり笑いだした。

「マイク。マイク・キンジーか」

「たぶんね。だとしても、そのときは気づかなかった」

「彼はきみの人生に帰ってきた、べつの女性と婚約して。その結果きみは後悔でいっぱいになったんだ、幸せになっていたかもしれないと。現実にはそうはならなかっただろうけど。そうした悔しさのすべてをいまぼくにぶつけているというわけさ」

「あなたに関する後悔はほかとはまったく無関係よ、いっておくけど」

「なるほど」アンドルーは起きあがった。

「なにをする気?」

「服を着るのさ。出ていくんだ」

「今夜は泊まるのかと思ってた」

「ぼくもだ」床から下着をつかみとって穿《は》いた。

「どこへ泊まるの?」

「飛行場で硬い椅子を見つけて、離陸まで仮眠をとるよ」

彼女はクラレットをちびちび飲みながら、服を着るアンドルーを見つめた。身支度がすむと、彼は自分のグラスを取って、中身を飲み干した。

「まちがっていた」澱《おり》を見つめながらいった。「嫌な味は消えないな」

「いつ帰ってくる?」

「さあね。どうでもいい。いいか、もし今夜ぼくらが口にしたことを考え直したいなら、それでかまわない。でもぼくが留守のあいだにほかの男たちと逢いたければ、遠慮は無用だ」

「あなたがわたしにいえた台詞のなかでそれが最悪よ」

「このフラットの家賃は年末まで支払い済みだ」鞄《かばん》を取りあげた。「きみがよければ、ぼくの鍵はしばらく持ったままでいるよ」

ドアが開いて彼の出たあとに閉じるのが聞こえるまで待ってから、アイリスは鍵がかかっているのを確かめにいった。それからクラレットの残りをグラスに注いで、ひと息にあおった。

翌朝はベッドに大の字で目覚めた。頭がずきずき痛んだ。ふだんの紅茶の代わりにコーヒーをいれたが、効果はなかった。

マイク・キンジーには電話でなく直接会おうと決めた。電話だと切られてしまうかもしれない。もちろん彼は会うことも拒めるが、もし直接向きあえれば、とくに周りに目があって礼儀正しくせざるを得なくなれば、よりチャンスがありそうだ。

アイリスはバスでウェストミンスターへ行き、橋の手前で下車した。テムズ川沿いのヴィクトリア・エンバンクメントを歩いて、ロンドン警視庁本庁舎の玄関口に到着した。筒形の煉瓦の塔がついた旧館二棟は威厳を醸《かも》しだしているが、マイクがいるのは新しいカーティス・グリーン・ビルだ。

アーチをくぐって敷地内に入り、特別機動隊《フライングスクォッド》がウーズレーのパトカーで出動する場合に備えて端のほうを歩いたが、内部は思ったより静かだった。受付の巡査に教わってマイクのオフィスへ向かうと、そこは犯罪捜査課《CID》のパラムの執務室に隣接した待合室だった。彼女の元婚約者は机に向かって、なにかの報告書をタイプするのに手こずっていた。

「いまだにそれより速くタイプを打てないの？」

マイクが顔をあげて、彼女を見ると険しい表情になった。

「なんの用だ、スパークス」

「あなたの人生を楽にしてあげにきたの」

「それなら回れ右して出ていってくれ」

「話があるの」彼の机のそばの椅子に腰かけた。「そちらの縄張りで会えば、不適切な振る舞いをされることもないかと思って」

「あれに関しては申し訳なかった。こちらのゆるされざる行為だったよ」

「それでも、わたしはゆるす」机越しに手をのばして、短く彼の手を握った。「わたしがゆるしてもらわなきゃならない過ちを考えれば、一度のキスぐらい——ちなみに、すごくすてきなキスだったけど——口にするほどのこともないわ」

マイクは手を引っこめると、椅子の背に深くもたれて彼女を見た。

「そのことで来たんじゃないだろ？」用心深くたずねた。

「なぜそんなことをいうの、巡査部長？」

「わざわざ来て、ぼくに感じよくしてる。つまりなにか要求があるってことだ」

「ええ、マイク、そうなの。よき時代を回顧したいのは山々だけど、ここへ来たのは現在の用件よ。マティルダ・ラ・サル殺しの新たな容疑者をあなたに知らせたくて」

「いや、いや、いや。あれは終了した事件だ。もう犯人は逮捕した」

「そしてヤードは決してまちがわない？」

「証拠のナイフがある。動機も犯行の機会もある。揺るぎないケースだ」

「でも状況証拠よ」

「それは問題じゃない。彼を逮捕するに足る証拠があって、そうしたまでだ」

「もっと強い動機があって、被害者とのつき合いも長くて、なによりも犯罪歴ありの人物がいるといったらどうする？」

「もし彼女がつるんでいた闇屋のギャング集団のだれかのことを考えてるなら――」

「そのなかのだれかってだけじゃないの。ある特定の人物よ。そいつはわたしたちのオフィスまでティリーを尾行してきたの。彼女がもっと青い芝生をさがそうと決意するまえにつきあっていた男。うちが結婚相談所だとわかって、うちのファイルを利用して元カノとトロワーを近づかせないようにした可能性がある。その同じファイルでトロワーの住所を知り、だれでも気づくような見え見えの場所に殺人の凶器を隠すことができた人物よ」

「その闇屋が来たっていうのか――」

「うちのオフィスに。ティリーが帰った直後にね。わたしたちが彼女に質問しているあいだ廊下で盗み聴きしていたかもしれない」

彼はノートパッドを手に取った。

「聞くよ」

彼女はマナーズもしくはピルチャーについてつかんだことを説明した。ナイフの果たし合いになりかけたことは省いた。話し終えると、マイクがパッドを見つめ、それから彼女のほうへすべらせた。

「署名してくれ」

彼女は目を通してから最後に署名して、日付を書き入れ、彼に返した。

「きみが正しいとはいっていない。ここになにかがあるとはまだ思っていない。でも調べてみよう」

「ありがとう、マイク。感謝する。正直いってもっと抵抗されると思ってた」

「ぼくが抵抗するたびに、きみは甘言を弄《ろう》して操ろうとしたものだった。今回だけはあのダンスを踊らずにすませようと思ってね」

「そんなことしてないわ！」

「毎回だったさ。もうあの甘い言葉に耐えられるとは思えない」

「まさかそこまで恐れられていたとは」彼女は立ちあがった。「とにかく、いまわかっているのはこれだけ。もしなにか見つけたら電話してくれる？」

「そうするよ」マイクが約束し、机をまわって戸口に行くと、彼女のためにドアをあけた。

「それに、スパークス？」

「なに？」彼女は向き直った。

「また会えてよかった。事情はどうあれ」

「こっちも同じよ、キンジー巡査部長。さて、わたしもそろそろ自分のお相手さがしにもどらなくちゃ」

本心からではない晴れ晴れとした笑みを見せて、彼女は立ち去った。

アイリスはバスの窓側の席で、各々の暮らしを営むロンドンの人々をぼんやり眺めた。

アンドルーは去り、たぶんもう二度ともどらない。マイクはもうじき結婚する。

彼女は二十九歳。これがいまの現実。

サリーはコーンウォール夫妻への訪問を首尾よくすませただろうか。新規のクライアントなしですこしでも長く生き延びるつもりなら、〈ライト・ソート〉にはあの夫婦の支払いでもたらされるクッションが是が非でも必要だ。少なくともこれで殺人の調査は終わり、潜在的なカップルを引きあわせる仕事に集中できる。そうしたクライアントたちが切り刻まれるのを恐れて紹介を拒絶しなければの話だけれど。

いいことをひとつ。アイリスは願った。なにかひとついいことが今日起きてくれたら。アーチーとの約束を守って、ブラック・マーケットのストッキングを一足買おうか。彼の誘いに乗ってダンスに行ってもいいかもしれない。ギャングスターとのダンスこそいまの自分に必要なのかも。

いやはや。闇屋とのダンスが自分の求めているものだと思うような女に、いつからなってしまったのだろう。

とはいうものの。

楽しくないとはかぎらない。

グウェンが机の上で索引カードの箱を開いたとき、ようやくアイリスがあらわれた。

「来たわね」グウェンはいった。「ロバートスンさんのことを考えていたの。彼に合いそうな候補者が何人か頭にあるんだけど」

「新規の申込みは？」アイリスは訊いた。

「キャンセル希望者はさらに何人か。たとえそちらが生涯続く幸福へのチャンスをあきらめたくても、こちらはあきらめませんといっておいたわ」

「サリーからなにかいってきた？」

「まだ。マイクとはどうだった？」

「わたしたちが見つけたことは報告した」アイリスは帽子のピンを抜いて、コートツリーに引っかけた。「興味はもったみたい。ミスター・ピルチャーを調べてみるって」

「それだけ？」

「なにが起きると思ったの？」

「さあ。でもわたしたちがあれこれやったあとにしては期待はずれな感じ。わたしの想像では、あなたたちふたりはその場で警察車両に飛び乗って、サイレンを鳴らしながら回転灯をぴかぴかさせて走りだすはずだったのに」

「ピルチャーがやったという実証はないのよ」アイリスは指摘した。

「ええ、それでも――わからないけど、もっとなにかを期待していたの」

「それはこれからよ」アイリスが自信をにじませた。「マイクは誠実だから」

「今度は誠実になったの？」

「刑事としてはね」

「正確にいうと、なにを基準にして？」

「わたしが知ってる彼の能力だけに基づいた評価。過去にあったことのせいでわたしが募《つの》らせてきたかもしれない偏見は交えずに」

「今朝は彼に対して驚くほど寛大なのね。かなりの心境の変化だわ。また彼に恋したなんていわないでね」

「それはない。その船はとうの昔に港を出た」

「いまはあなたにもべつの男性がいるし」

「その飛行機は今朝飛び立った」

「えっ？」

グウェンはパートナーの顔をまじまじと見た。

「まあ」同情をこめていった。「そういうことだったのね」

「そういうこと。よかったのよ、結局は。ちなみに、あなたに刺激されたせいよ」

「わたし？　わたしがどんなふうにその責任を負うの？」

「あなたが気づかせてくれたの、わたしももっとマシなものが欲しいってことに」

「どうしてわたしが？」

「デズを袖にしたから」

「驚いた。まさかわたしがお手本を示していたなんて。それじゃ、名無しの恋人と向きあって、ベッドをともにする代わりに耳をつまんで放りだしたのね？　やったじゃない！」

「じつをいえば、ともにしたあとで」アイリスが白状した。

「ああ。それならまた話はべつね」

「だって、彼はもう来てたんだもの」

「どろどろの詳細はほんとうに聞きたくないから」

「クラレットを一本持ってきてくれた。おつまみつきで」

「なんて思いやりがあるんでしょ。あなたたちふたりとも」

「うん、まあ、どっちにしろもう終わったの」

「だいじょうぶ？」グウェンがたずねた。「冗談は抜きにして」

「だと思う。そうでなくても立ち直る。潮時だったのよ」

「これからどうするの？」

「情事の死体がまだ冷たくなるかならないかなのに、もうつぎを見つけろとせっつくつもり？」

「そうじゃなくて、わたしたちはこれからどうする？　このままふたりで調査を続ける？」

「警察にもチャンスをあげなくちゃ。わたしたちが彼らの仕事をやってあげてるように思われたくないし」

「それは残念」グウェンはため息をついた。「昨夜《ゆうべ》、大見得を切っちゃったの、わたしたちの手で犯人をつかまえるって」

「またレディ・カロライン?」

「ええ」

「まあ、もしこれがうまくいけば、わたしたちは手柄を独り占めできるわよ。それで彼女も黙るでしょ」

「そんなに単純ならいいんだけど。もしそうなら――」

電話が鳴った。グウェンは受話器を取った。

「〈ライト・ソート結婚相談所〉、ミセス・ベインブリッジがうけたまわります」

ついで表情がくもった。

「いいえ、そんなこと――いつですか? 今日? でも――いいえ、そんなつもりは――はい、わかりました。二時で。伺います。失礼します」

受話器をもどして、電話機をぼんやり見つめた。

「今日の午後予定が入っちゃった」グウェンはいった。「わたしがいなくてもオフィスをまわせる?」

「まかせて。なにかよくないことでも?」

「たくさんありすぎて。気の滅入る話はもうじゅうぶんよ。ロバートスンさんの話をしましょ。ひとり候補者を思いついたの」

昼まえに電話が鳴った。グウェンは受話器を取った。

「〈ライト・ソート結婚相談所〉、ミセス・ベインブリッジがうけたまわります。ええ、いますよ。お待ちください」

アイリスに受話器をまわし、口だけ動かして〝マイク〟と伝えた。

「もしもし、スパークスよ」アイリスがいった。

「キンジー巡査部長だ」マイクがいった。「きみに伝えたい情報がある」

「なにかしら、巡査部長」この堅苦しさはなんだろうとアイリスは首をひねった。

「きみの提示してきた容疑者を調べたところ、殺人者ではないという結論に落ち着いた」

「そう」アイリスは肩を落とした。「ヤードがどうしてその結論に達したか、わたしにしゃべる許可を得てる?」

「残念だがだめだ。それともうひとつ。きみとパートナーにはこの件をこれ以上追わないようにと明確な指示が出ている。今後この件を調べようとすれば進行中の捜査に対する妨害と見なされ、厳しく処罰されるだろう。わかったね、ミス・スパークス?」

「よくわかりました、巡査部長。わざわざありがとう。さよなら」

アイリスは電話を切った。

「腹立つ。彼らはピルチャーを容疑者からはずしたわ」

「そんな」グウェンがいった。「どうして?」

「理由はいおうとしなかった。いやに素っ気なくて、やけに堅苦しいの」

「たぶん電話しているときだれかが一緒だったのよ。彼がピルチャーを調べたのは行きすぎた行動だったのかも」

「かもね」

「それでどうする？」

「これ以上なにもするなって、正式に警告された」

「仮定の話として、もしわたしたちがその指示を無視するなら、つぎはなにをする？」

「処罰するって脅《おど》しをかけられたのよ」

「昨日の夜、男にスイッチブレードで脅されたとき、あなたは引き下がらなかった」

「そのことであなたからそれ相応のお叱りを受けた。それにナイフを握った男ひとりを相手にするほうが警察全体より楽だもの」

「この時点でトロワーさんのためになにもしないのは、彼の疑いを晴らそうとして罰せられるよりもはるかに悪いわ」

「ごもっとも。じゃあ、もしわたしたちが腹をくるとすれば、つぎのステップは虎穴に入ることかな」

「あなたが倉庫へ行くということね」

「そう」

「ならばわたしは――ああ、もう。わたしは約束があるんだったわ」

「破れない約束？」

「そのためには――」

そこで口をつぐんだ。

「なに?」アイリスがたずねた。

「約束の相手は精神科医よ」

「ここを開いてからだれとも午後の約束をしたことなんかないのに。なぜ今日なの? なぜ彼が電話してきたの?」

「電話してきたのは先生じゃないわ。さっきのはレディ・カロライン。というか、彼女の秘書。レディ・カロラインはいやな用事を秘書にまかせたがるの」

「どういうこと?」

「レディ・カロラインは《ミラー》の記事を見て、不愉快に感じた。わたしがトロワーさんの無実を証明したがっているのは精神疾患が進んだ徴候だと思っている。彼女がそう判断しているってことだけど。それで緊急に予約を取ったというわけ」

「いつから義理の母親が治療を押しつけるようになったの?」

「ロニーの監護権をもってるんだもの」グウェンは膝《ひざ》に目を落とした。

「なんですって? どうしてよ?」

「そうなったのはわたしが——いなかったとき。いいえ、はっきりいうわ。自分を傷つけないようにベッドに縛りつけられて、おとなしくさせるために神のみぞ知る注射を打たれて、拘束されていたときよ。義理の両親は裁判所でベインブリッジ家のただひとりの相続人の監護権を手に入れて、いまも放さない。ときどき新しい試練の火の輪をこしらえてはわたしにくぐらせるの」

「おっそろしい！」アイリスが叫んだ。「なんでいままで話してくれなかったの？」

「あなたは戦争でなにをしていた？」グウェンは鋭く訊きかえし、相手を縮みあがらせる剣幕でにらんだ。「わたしの人生のある部分について話しあうことはしない。あなたとも、だれとも」

「助言してくれる人はいるの？　法的な代理人は？」

「わたしはいまも裁判所の監督下にあるの。裁判所が任命した後見人がいるけど、彼は義理の両親のいいなりじゃないかとわたしは疑ってる」

「わたしたちでサー・ジェフリーに電話するべきよ」

「わたしたちはなにもすべきじゃない。これはあなたに関わりのない問題《アフェア》よ」

「わたしは目下、恋愛《アフェア》と恋愛《アフェア》の切れ目にいるの。あなたの問題《アフェア》を共有してもいいのよ」

「あなたが別人になりすましても、ちがうしゃべり方をしても、この件ではわたしの助けにはならないわ。わたしが自分の力で切り拓かなくちゃ。だからこの調査を続けたいのよ。わたしには個人的な利益にもなるの、わたしたちが正しいと証明すれば優位な立場を取りもどせるかもしれないから」

「あなたのお医者さんはどこ？」

「ハーレイ・ストリート（一流開業医が多い）」

「きまってるわよね。わたしのフラットから遠くない。終わったら事後分析しに寄ってくれていいわよ」

「オフィスにもどってくるつもりだった。まだいくらか仕事をする時間があるでしょ。もしくは窓から外を眺めて、壁に向かって叫ぶとか。家ではできないし」

「考えてもみなかった。いま遠吠えして心を癒《いや》せるように、わたしは散歩に出ようか？」

「ありがとう、でもそのお申し出は将来のためにとっておくわ」

「それじゃ」アイリスは腕時計に目をやった。「わたしは闇屋たちと会う約束があるので」

「気をつけて。もしあのピルチャーって男がいるなら、もどってきたあなたにどう反応するかわからないわよ」

「あいつの反応を見るのはおもしろそうね」

「もう容疑者じゃなくても？」

「もう警察の容疑者ではない。でもまだわたしの容疑者よ。昨夜の振る舞いを見て、彼をどう思った？」

「ナイフの刃を向けられたくないということで頭がいっぱいだったから、あまり考えていなかった」

「いま考えてみて。あの男の芝居がかった行為をあなたの拡大鏡を通して見るの。一夜明けた印象を聞かせてよ」

「芝居がかった」グウェンが考えこんだ。

「なに？」

「あれは芝居だった。わたしたちが見たどちらの彼も、なんらかの演技をしていたわ」

「まあ、ごみ収集作業員じゃなかったことは判明したけど」

「そう、あのときでさえ、気になってしかたがなかったの——彼がいい匂いだとわたしがいったこと、おぼえてる？　あのときは重要だと思わなかった。お客さまの多くはここで初めて面談するとき実際の自分よりよく見せるでしょ」

「それが人というものよ」

「当然よね。そして昨夜おもしろかったのは、彼があっさり引きさがったこと」

「あっさり？」アイリスは腹立たしそうにいった。「こっちはナイフとホイッスルに訴えなきゃならなかったのに！」

「そうではあっても、あれは見せかけよ。真の自分より悪い人間に見せたがっていたわ」

「虚栄心の塊《かたまり》？　ほかの闇屋たちの手前、でかい口を叩いたってわけ？」

「男は群れでいるときはつねにヒヒのごとく振る舞う。でもミスター・ピルチャーは男性的な力を誇示することでほかのなにかを隠しているの」

「もしかして心は詩人だとか」戸口に立っていたサリーがいった。

「盗み聴き！」アイリスが叫んだ。「いつから聴いてたの？」

「ほんの一、二分まえから」サリーが入ってきた。「分析を邪魔したくなかったもので。ぼくがこのさびしいオフィスでミューズのご機嫌取りをしていたあいだに、あなた方は魅力的な午後を過ごしたようだね」

「無事生還したわ」アイリスがいった。「脚本はどんな具合？」

「もっと葛藤が必要なんだ。余っていたら分けてくれないか？」

「いくらでもどうぞ」グウェンが浮かない顔でつぶやいた。

「ともあれ、いいニュースを運んできたよ」サリーはポケットに手を突っこんだ。「もっといいことに、現金を運んできた」

紙幣と硬貨をわしづかみにして引っぱりだすと、得意満面でアイリスの机に置いた。

「四十ポンド、マイナスぼくの手数料。コーンウォール夫妻は平謝りに謝って、彼らのために働いてくれたことへの感謝を伝えてほしいといっていた」

「それは事実とちがうわね」グウェンがいった。

「うん、事実とはちがう」サリーが認めた。「でも全額耳を揃えて支払った、だからあなた方のためにもこの取引に砂糖をまぶそうかと思ってね」

「グウェンがここにいて眉《まゆ》をひそめないときに、生々しい詳細も全部そっくり聞かせて」

「わたしだって生々しい詳細を聞きたいときもあるわ」とグウェン。

「とはいえ、その話はちゃんと飲み物と一緒にゆっくり聴ける機会までおあずけ」アイリスは現金をすくいあげた。「これをすぐ銀行に預けて、そのあとストッキングを買いにいってくる」

「一緒に行こうか？」サリーがたずねた。

「ボディガードを伴って登場したら、とんでもなく別人格になっちゃう」ノートパッドに走り書きしながらアイリスがいった。「これが住所。わたしが五時までにここに電話しなかったら、騎兵隊をよこして」

「ここ？」

「そう、ここ。もう一日留守番を頼める？　お願い、サリーさま。つきあってもらえたら、わたしのバーレットがよろこぶわ」

「わたしは夕方になるまえにもどるから、丸一日でなくていいのよ」グウェンがつけ加えた。

「じつをいえば、執筆中の原稿を持ってきているんだ」サリーが使いこんだ革の鞄をぽんと叩いた。「時間を有効に使うよ。ここは静かだし」

「あいにくとね」アイリスがいった。

ドクター・ミルフォードの待合室は診療室と同じく厚い絨毯《じゅうたん》が敷かれている。防音のためではないかとグウェンは思っていた。それに加えて、ドアが二重になっているおかげで、怒鳴り声やすすり泣き、悪態は外から聞こえない。患者は待っているほかの人々とほとんど目を合わすことなく、入っては出ていく。待っている人々は、習慣的な礼儀から〝よい一日を〟とつぶやく以外、決して言葉はかわさない。

この時間帯は男性が多い、とグウェンは気がついた。若い男たちは、しゃちほこばってすわり、虚空をにらんでいて、革張りのカウチの端のマガジンスタンドから雑誌を手に取ることもしない。グウェンは古くてぼろぼろの《イラストレイテッド・ロンドン・ニュース》を取った。それは一九四二年刊の百周年記念号で、救急車の運転手の制服を着たエリザベス王女の美しい白黒写真がフルページで載っていた。王女はキャップを小粋に傾けてかぶり、カールした髪がふわりと風になびいている。見開きのカラー写真は〝家にいる〟ロイヤル・ファミリーだった。まるで彼らが家にいることは庶民のふつうの暮らしと変わらないかのようだ。王妃とふたりの王女たちはお揃いのライトブルーのスーツを着ているが、王はもちろん軍服姿だった。もグウェンの目が何度も吸い寄せられるのは推定相続人エリザベスの白黒写真だった。無力感にとらわれながら、ずっと長いことそれを見つめた。

戦争中のほとんどの期間、ロニーの生前でさえ、グウェンはロンドンにいなかった。ベインブリッジ家が軍需工場ふたつを所有するボルトンの南の、広大なカントリーハウスに疎開していたのだった。ボルトンはおおむね空襲を免《まぬが》れた。気まぐれな一発が駅前食堂に着弾して二名が命を落としたほかは、平穏そのものだった。平穏なあまり朝目覚めると小鳥のさえずりと遠くで鳴く牛の声しか聞こえず、まだ夢のなかにいるようだった。愛する人が北アフリカやイタリアで命を賭《と》して戦っているとわかっていたにもかかわらず。

ベインブリッジ家のその館では、ロンドンから疎開児童を受け入れていた。のちにはマンチェスターやリヴァプールからも。ボールルームを一時的な学校に仕立てて、グウェンは読み書きや計算を教え、彼女の息子はまだ学校にあがる年齢でない子どもたちと歓声をあげながら駆けまわり、鶏を追いかけたり、ぽかんと口をあけて馬に見とれたりしていた。

あの子はどのくらい父親をおぼえているだろう、とグウェンは思った。父親にはほんのわずかしか会えなかった。でも数週間遅れで届く手紙の山があった。くだけた会話調の、情報を含まない描写からは、検閲官を刺激せずにグウェンと息子を楽しませようという意図が読み取れた。ベドウィンがラクダに乗っているのを見たよ！　《ボーイズ・オウン》に載ってるとおりだった。ただラクダはとても意地悪で、飼い慣らそうとする人間が嫌いなんだ。ぼくは痛い目にあってそのことを学んだ。

ロニーはいまでもその手紙をくりかえし読んでほしがり、グウェンのベッド横の写真にじっと見入りながら聴いている。

彼には父親の声が聞こえるのだろうか。それとも時が経つうちに手紙の声はグウェンの声になってしまっただろうか。

なにか再生できる録音が残っていればいいのに、と彼女は思った。ロニーの友だちの映画愛好家が撮った彼らの結婚式の短いフィルム映像ならあるが、無声《サイレント》だし、くりかえし映写しすぎてすり切れてしまった。

予約した時刻になると、ミルフォード医師の秘書のリタがグウェンを診療室に呼んだ。机に向かってカルテを読んでいた医師が、顔をあげて、彼女に椅子を勧めた。

「いかがですか、ミセス・ベインブリッジ」

「上々です、ありがとうございます」

「脈と血圧を測らせてください、それからいつもの手順どおりにやりましょう」机の横をまわってきた。

医師は脈拍と血圧を測って、書きとめてから、グウェンと向かいあって腰かけた。

「食欲はありますか」

「はい」

「ほかもすべて規則正しく起きてますか」

「はい」

「まえにあったような躁《そう》状態は？　異常な疲労感はないですか」

「わたしは朝から晩まで働いていて、六歳の息子の母親です。ええ、疲労感はあります、でも異常と表現するようなものではありません」

「母親はわたしたちのだれよりも元気ですからね」

「そうではなくて、だれよりも元気が必要なだけです」

医師はそれを聞いて頬をゆるめ、それから先を続けた。

「なにか変わった夢は見ますか」

来た来た、とグウェンは思った。

「ロニーの夢をまた一度見ました」

「それ一度だけ？　前回お会いしてから、そのほかにはなにも？」

「はい」

「聞かせてください」

夢を描写するうちに、グウェンの声に恐怖がにじんできた。

「それを見たのは？」

「このあいだの日曜の夜です。月曜の朝、といったほうが正確ですね。奇妙でしたわ」

「なぜ?」

「それが警告のように感じられたんです。虫の知らせ。もちろん、そんなのはまったくのナンセンスだとわかっています、でも――」

グウェンは言葉を呑みこんだ。

「でも?」医師がうながした。

「わたしたちのお客さまのひとりがその前夜に殺されていたとわかって」

「そのように伺いました。夢とその殺人につながりがあると感じたのですか」

「奇妙な偶然でした」

「そうともかぎりませんよ」ミルフォード医師がいった。「おたずねしますが――その気の毒な娘さんに初めて会ったのはいつでしょう」

「ええと。先週の月曜日です。わたしたちは彼女と面接して、見込みのありそうなお相手をさがし、ふさわしいと思うひとりを見つけて、おたがいに連絡を取りあえるようにしました」

「それが通常の仕事のやり方なんですね」

「はい」

「その女性に、あなたがなんらかの不安を抱くような印象はありましたか」

「そうですね――じつは、わたしたちはどちらも彼女にどこかうしろ暗いところがあると思ったんです。その後身辺調査をしたのですが、殺されるまではなにも出てきませんでした」

「そして、義理の母上によると、あなたはこの件を調査することにしたとか」

「はい」グウェンはしぶしぶ答えた。「だから義母は予定を早めてお電話をさしあげたんです」

「いや、あなたのことではよくお電話をくださるんですよ」ミルフォード医師はくすりと笑った。「そのたびに予約をお受けしていたら、あなたはひっきりなしにここへ来なきゃならないでしょう。あるいは、ベツレヘム《ベドラム》病院を再開してもらって、あなたに拘束衣を着せて特殊病棟に入院させなくては。もしレディ・カロラインの要求を通すならばね。彼女からの電話が続くと、わたし用にもう一室必要になりそうです」

「ちっとも知りませんでした」グウェンの頬が火照《ほて》ってきた。

「それを聞いてどう感じます?」ミルフォード医師は観察するまなざしで彼女を見つめた。

「怒りを感じます」グウェンはいった。「はらわたが煮えくりかえりそうに」

「それについてどうしたいですか」

「できれば――」

そして先を呑みこんだ。

「続けて」医師がうながした。

「問題は、先生が全体のどこに立っておいでかわからないことです」

「わたしがご主人の家族に雇われて、支払いを受けつづけているから」

「はい」

「わたしを信用できないんですね」

「すみません」

「いえ、いえ、よくわかります。あなたの立場ならわたしも同じでしょう。よくわかるどころか、自衛本能の観点からいえば、賢い判断ですよ」

「ではわたしたち、ここでなにをしているのでしょう」

「すばらしい質問です。そろそろわたしの人生の物語をお聞かせするときかもしれません」

「それはとても長くなるのでしょうね。わたしよりもだいぶ長く生きておられますから」

「痛いところを突いてきますな」彼はわざと悔しそうになってみせた。「まあ、大事なところをかいつまんでお話ししますので、そのあとでこのままわたしの診療を続けたいかどうか決めていただければと」

「わかりました。どうぞ」

「わたしは外科医の研修を受けました。じつは非常に腕がよかったんですよ。第一次大戦が勃発すると、すぐさま志願しました。それから四年間、方々の野戦病院で過ごしましたが、前線に近かったのでときたま毒ガスが風にのって運ばれてくるだけでなく、逸《そ》れた砲弾が飛んでくることもありました」

「さぞ恐ろしかったでしょうね」グウェンは身を震わせた。

「ええ、たしかに。わたしたちの患者には、当時シェルショックと呼ばれ、いまは戦争神経症というようになった症状に苦しむ男たちが増えはじめました。その当時の一般的な考え方は、彼らを治療して一刻も早く前線にもどらせることでした。軍の高官たちに精神医学を学んだ者などいませんから、そうした哀れな男たちをたんに戦闘任務から逃れようとする無知な田舎者と見なしていました。そしてほかの者たちへの見せしめに何人かを銃殺隊のまえに立たせたのです」

「ひどすぎる」

「わたしは全力で抗議しましたが、その立場を取る者は少なかった」ミルフォード医師は続けた。「戦後その問題を振りかえったときも、社会通念はさして変わりませんでした。一九二二年に戦争省が出したシェルショックに関する報告も、基本的に軍幹部の見解をなぞっただけでした。わたしは、はっきりいって頭に血がのぼりましたが、外科医では無力も同然でした。だから、学校にもどって、精神科医になったんです。この二十年間、メスにはさわっていません」

「そんなことが」

「市民生活になじもうとする元兵士たちのために、この仕事の大半を捧げてきました」医師は続けた。「いわゆる〝千ヤードの凝視〟（戦争でトラウマを負った兵士のうつろな目つき）をどれだけ見てきたことか。それから新しい戦争が始まると、ふたたび同じことのくりかえしでした。でも戦争で苦しむのは兵士ばかりではないと、気づいた人たちもなかにはいるのです。ある日突然心に深刻な傷を負うのは、だれであってもおかしくないんですよ」

「たとえば夫を喪うことで」グウェンはそっと口にした。

「たとえば夫を喪うことで」彼は同意した。「その愛が強ければ強いほど、喪失は破壊をもたらします」

「ええ」

「あなたはご主人をとても愛していましたね、ミセス・ベインブリッジ」

「愛していました。いまでも」

「できることなら彼を救っていたでしょう」

「はい。できませんでしたが」

「だからそのトロワーという人を救おうとしているのではありませんか」

その問いは穏やかに発せられたが、グウェンはひっぱたかれたかのようにびくっと頭をあげた。

「それが理由だと先生は思われるのですか」

「そうなのですか」ミルフォード医師は訊きかえした。

「彼の無実は説明にならないんでしょうか」

「もし無実ならなりますとも。しかし、彼は無実のように見えませんね」

「先生が新聞で読まれたことに基づけば」

「そうです」彼は認めた。「しかしあなたは新聞が知らない情報をご存じだと？」

「わたしは直接本人を知っています。それにいくつかの状況が――」

「たとえば？」

グウェンは相手を見た。

「これは極秘ですので。義母にはほのめかすことも困ります」

「秘密を守るのはわたしの職業的義務ですよ。さあ、これがやみくもな使命感ではないとわたしを納得させてください」

「わかりました」

グウェンは過去数日に起きたことのあらましを話した。話が終わるころには、医師は腰かけたまま身を乗りだしていた。彼女は期待するように医師を見た。

「いかがでしょう」とたずねた。

「まったくの憶測と推論ですね」医師は言明してから片手をあげて、彼女の怒りが噴きだすのを未然に食い止めた。「でもうなずけなくはありません」

「あの虫の知らせは？」

「そもそも夢に予告の性質があるのなら、その気の毒な女性にあらかじめ警告するのに間に合ったはずだと思いませんか」

「わたしもそのことを考えるべきでした。先生がそのようにおっしゃると明々白々です。では、あの夢はなにを意味していたんでしょう」

「予知夢はたいがい不安のあらわれです。あなたの潜在意識のどこかで、脳がミス・ラ・サルとそのよこしまなごみ収集作業員の訪問を分析して、なにかがおかしいとの結論に達したのでしょう。つぎに悪夢というかたちであなたにメッセージを送ったんです」

「潜在意識が悪夢を見せるのではなくて、メッセージを書きだしてくれればいいのに」彼女はしょんぼりといった。「それを気送管とか翼のあるキューピッドで送ってくれたら」

「そのほうがだいぶ都合よくはありますね」医師は同意した。「明るい面を見るならば、あなたはそうした悪夢を以前ほど頻繁に見なくなっていますよ」

「そうですか？　気がついていませんでした」

「わたしは気づいています、ミセス・ベインブリッジ。悪夢の記録をきちんとつけていますが、明らかに回数が減っていますね。それを進歩と考えましょう」

「それでは、ミス・ラ・サルの死をわたしが調べたがっていることを異常だとは思われないのですか」

「ええ。ちっとも。いっておきますが、わたしはトロワーという方の有罪無罪には興味がないんです、どんな結論にしろ正しく法の裁きが下るのを見たいというごくあたりまえの欲求以上には。わたしの関心はあなたの行動が分別に基づいているか否かにあります」

「それで、先生の診断は？」

「これがなんらかの病気の徴候だとは思いませんよ、ミセス・ベインブリッジ。その見立てを義理のお母さまに保証しておきましょう」

「では、わたしは正気なんですね」

「いえいえ、正気なものですか」医師が笑みを浮かべながらいった。

グウェンは心から笑った。それは気持ちがよかった。

11

アイリスはウォッピング駅で地下鉄を降りて、ウォッピング・ハイ・ストリートに出た。〈マールズ〉と反対側の歩道を足早に進み、ガーネット・ストリートを鋭角に曲がってウォッピング・ウォールに入った。

玉石敷きのその道には両側に倉庫がずらりと並び、頭上高く架けられた空中通路が埠頭《ふとう》と通りの反対側の建物群とを結んでいる。

ドイツ軍がドックを集中的に狙ったわりには、その一帯は総じて大空襲の被害を免《まぬが》れていた。焼夷弾《しょういだん》で大破した一棟をのぞけば、どの倉庫も灰色に高くそびえ、昼日中にもかかわらずとくだん忙しそうでもない。活況を呈するには、入港して荷下ろしする船が少なすぎるのだ。

モンザ・ストリートを通過して左側三番目の倉庫は、四階建てで、煉瓦の元の色がわからないほど煤《すす》と汚れが堆積《たいせき》していた。大型トラック用の積み下ろし場は人を寄せつけない雰囲気で、建物の右側にある〈事務所〉と表示された木のドアは鍵がかかっていた。アイリスは呼び鈴を鳴らして、待った。ほどなくドアがわずかに開き、がさつな感じの、無精ひげを生やした男がうさんくさそうに彼女を見た。

「なんの用だ」

「アーチーに寄れといわれたの」アイリスはいった。

「ほんとか？　なにも聞いてねえぞ」

「メアリだといってよ。昨日の夜のメアリだって」

「昨日の夜のメアリだ？」男はくりかえして、いやらしい目つきをした。「それでアーチーの記憶がよみがえるとでも？」

「彼はおぼえてるわよ。あたしは記憶に残るの」

「そこで待ってな。そのとおりかどうか訊いてくらあ」

男はドアを閉めた。鍵のかかる音がした。

数分後、ふたたびドアが開いて、さっきの男が手招きした。

「さっさとしな」といって、通りの両方向に目をはしらせた。

アイリスがこそこそと建物内に入ると、男はすぐさまドアを閉じて鍵をかけた。

「バッグ」手を突きだした。

アイリスはあきらめて手渡した。男は中身を検《あらた》めて、ナイフを取りだした。

「こりゃなんだ」

彼女は肩をすくめた。

「あんたなら奥さんを無防備で歩きまわらせる？」

「かみさんはこんなところへ来るほどばかじゃねえよ」男はナイフをもどさずにバッグを返した。「奥は安全だ。こいつは帰るときに返してやる」

「それで遊ぶんじゃないわよ。よく切れるから」

「ああ、そのくらいわかってら、わざわざどうも。こっちだ」

男は彼女を案内して、まぎれもない倉庫の通路を歩きだした。見渡すかぎりずっと先まで、スチールの保管棚のパレットに木箱が積まれている。アイリスのエスコート役は保管棚にはさまれた通路を進み、交差点のひとつで彼女を制止した。目のまえをフォークリフトが通過し、通りしなに彼らに気づいた運転手がかったるそうに敬礼してみせた。その通路の突きあたりにスチールのドアがあった。男がまず三回、続けてさらに四回ノックすると、ドアが開いた。

「おお、来たか」アーチーが破顔した。「入ってくれ。あんたに約束を守る気があるかどうかわからなくてな」

「紳士をがっかりさせたくないの」ドアを支えてくれたアーチーに、アイリスはいった。

「その特殊な分類におれがあてはまるかどうか知らんが、いわゆる紳士にはそこそこお目にかかってきた。そしておれの経験からいえば、連中はその基準に達していなかったぜ」

「聞かなくても知ってる。あたしのお尻をつねった貴族の男たち全員から一ペニーずつもらってたら、引退して上流の暮らしをしてるところよ」

「そりゃ、たしかにそそるターゲットだと認めないわけにはいかないな」

「ちょっと、ちょっと」アイリスは人差し指を振り立てた。「おさわりはなしよ」

「あんたはおれの縄張りにいるんだぜ、お嬢さん。ここに入ってきたら最後、だれにだってさわりたいだけさわるさ」

「それじゃ、お仲間はさぞぴりぴりしてることでしょうね」周囲を見やりながらいった。

建物のその一角はアーチーと彼の取り巻き専用のプライヴェートなクラブハウスに改装されていて、室内のそこここに男たちが散らばっていた。何人かは隅でカードに興じ、もっと大人数がスヌーカーのテーブルを囲んで、一ショットごとに賭けたり蛮声をあげたりしている。奥の突き当たりにバーカウンターがあり、女性のバーテンダーがアイリスを一瞥《いちべつ》してチェックすると、また酒を注ぐ仕事にもどった。女は彼女とわたしだけか、とアイリスは気づいた。

背後のドアのほかは、そのカウンターの端に近い隅のドアが唯一の出口だった。アイリスはすばやく頭のなかの地図を開いた。そのドアの向こうは倉庫の裏手だから、路地かなにかがあるはずだ。出たら目のまえがシャドウェル・ベイスンだったりするだろうか？　たぶんそれはない。ここに水上への脱出手段はないから。裏が水路に面していることはないにしても、いざ室内に入ってみると、アイリスはその位置取りが気に入らなかった。

「おまえたち、メアリをおぼえてるか？」アーチーが大声でいった。「メアリだ。惜しくも死んじまったティリー・ラ・サルのお友だちだ」

アイリスが手を振ると、これといってなにもしていなかった男たちがうなずきかえし、何人かはまさしくオオカミが獲物を見る目つきで品定めした。

「メアリだれだって？」どこからかひとりが声をあげた。

「や、そういえば、おれも知らないぞ」アーチーはアイリスに顔を向けた。「メアリなんていうんだ？」

「マクタギューよ。メアリ・エリザベス・マクタギューがあたしのフルネーム」

「証明するものを持ってたりしないだろうな」

「証明？　なんのために？」

「おれは生まれたてのお人好しじゃないからさ」

「わかった」バッグに手を入れた。「これで警察に通用するなら、あなたにもじゅうぶんのはず」

アイリスは戦時の任務のおかげで正規に作成してもらえたメアリ・エリザベス・マクタギュー名義の国民登録身分証を手渡した。それもまたお役御免になったとき返却するはずだった記念品で、いずれなにかの役に立つかと手放さずにおいたのだ。准将に返せといわれたことは一度もない。

故意に見逃したのだろうか。准将ならやりかねない、とアイリスは思う。

アーチーはざっと見て、身分証を返した。

「ミス・メアリ・エリザベス・マクタギュー、本日はどういったご用件で？」

「ストッキングをいただきに来たの」

「何足欲しいんだ」

「脚一本につき一本。でも何足かは値段しだいね」

「そうさな、おれたちはこれまで一足四ポンドで売ってきたが――」

「おったまげた！」アイリスは芝居抜きで叫んだ。

「しかしだ」なだめるように片手をかざした。「友だち割引ってのがあるんだ。あんたを入れてやってもいいかな」

「どのくらいの割引？」用心深くたずねた。

「そっちがどのくらい仲よくなりたいかによる」

アーチーはバーカウンターの裏へまわり、下からボール紙の細長い箱を取りだして、開いた。

「商品を検めるといい」

アイリスは近づいた。アーチーはナイロンストッキングを一足取って、彼女の両手の上にひろげた。

「上物だぞ」

「うわ、きれい」それを高く上げて、光にかざして見た。

「試してみろよ」

「そうね。ここに女用のトイレはある？　それとも裏へ行けばいいのかしら？」

「いったたろ、値引きは友だちにしかしない。ここにいるのはみんな友だちだ、ちがうかい？」

「そのようね」アイリスは疑わしげに周囲を見渡した。

室内のほかの男たちは各々のゲームや酒をしばし中断して、興味津々でやりとりを見守っていた。彼女は突然、自分が見世物になっていることに気づいた。

「だから、あんたも友だちなら、おれたちに穿《は》いてみせてくれよ」

「なに、ここで？」アイリスは大声をあげた。「みんなの見てるまえで？」

「そういうことだ。あんたが浴びた喝采に応じて値段を下げてやろう」

「ダンスホールの踊り子じゃないのよ」アイリスは憤慨《ふんがい》した口調でいった。「ここであたしがショーをやるとでも思ってるなら――」

「ところが思ってるんだ」アーチーが笑みを浮かべた。

ただし今度の笑みは歯が見えた。

なるほど。やるべきことをやっちゃえば、アイリス、それで一件落着かもよ。事件を調べるためならたいした屈辱でもない、でしょ？

「ストッキングを留める物を持ってないの」

アーチーは箱に手を入れて、ガーターひと組を取りだした。

「これでいいだろ」それを彼女に放った。

「ええ、間に合いそう」

四方八方から男たちが口笛を吹きはじめるなか、アイリスは目を伏せていた。手をおろして、靴のバックルをはずし、それから靴を脱いで床に置いた。ストッキングの片方を取って、縁《ふち》からくるくると丸めていった。

「もうじゅうぶんだ」奥のほうで声がした。

「なんだと？」アーチーがいった。

「もうじゅうぶんだ、といったんです、アーチー」

カードのテーブルからバーに向かって、ロジャー・ピルチャーが歩いてきた。

アイリスは入ってきたときに彼を見過ごしていた。きっとドアのほうに背を向けていたのだ。

まずい、とアイリスは思った。

「どういうことなんだ、ログ」アーチーが訊いた。

「この女は放っといてください。こいつは立入禁止なんです」

「と、おまえはいう」

「ええ、おれがいってるんです」

いったいなにがはじまったの？　アイリスは思った。

「おれがおまえを殴り倒すまえに、わけをいえ」

「この女はあんたに正体を明かしていないんで」

だめだ。四十ヤードダッシュの準備をしなくちゃ。

アイリスはさりげなく靴に足をすべりこませた。

「なにを明かしていないって？」アーチーがいった。

「それは個人的なことなので、ここで話すのはやめときます」

「もしこの件についていうべきことがあるんなら、おれたち全員のまえでいえ。歯が全部揃っているうちに吐きだしちまいな」

「おれとティリーがいつ別れたかおぼえてますか」

「忘れるほど昔じゃないだろ。それがどうした」

「あんたにいってなかったのは、おれがちょっとばかりよそ見をして、彼女にバレたってことで。それが理由で別れたんです」

「そういうことならティリーがおまえを八つ裂きにしなかったのは驚きだな。それで、それがこれとどういう——ほう、閃いたぞ」

「ええ」ロジャーはいった。「こいつがその浮気相手の、メアリです」

いきなり命がつながった。衝撃に打たれながらもアイリスは思った。これをつかまなくちゃ！

彼女は怒りに顔をゆがめてロジャーに詰め寄った。

「だれにもいわないはずだったじゃない！」と怒鳴った。

「そっちこそおれの仕事場にうろうろ押しかけるはずじゃなかっただろうが！」彼が怒鳴りかえした。「〈マールズ〉に来ただけでもとんでもないのに、つぎはここかよ？　ここには絶対来るなといったはずだ！　約束しただろ」

「ええ、まあね、あんたがほんとうのことをいってるか見たかったの」アイリスは吐き捨てるようにいった。「ほんとうに自分でいってるほど大物なのか、朝から晩までアーチーや仲間たちと働いてるのか。真実を知りたかったのよ！」

「周りを見てみな。なにが見える？　おれは嘘つきか？」

アイリスがアーチーに向き直ると、困惑した怒りの表情はおもしろがっているそれに変化していた。

「ちょっとあなた。あなたはビッグ・ボスなんでしょ」とげとげしい口調でいった。「教えてよ。この人はずっとあなたのために働いてるの、それともどこかにべつの女を隠してるの?」

「まいったな、おれが毎晩キッチンで親父とおふくろからいわれてることとみたいだ」スヌーカーのテーブルから男たちのだれかがいった。

「ミス・マクタギュー」アーチーがいった。「このたわいもない痴話げんかの仲裁役を務めようなんて気はさらさらないが、こいつのふだんの居場所をおれに保証してほしいんなら、まちがいなくおれの仕事をしてるし、そうなってからかれこれ一年になる」

「夜は?」

「夜はとくに重要な仕事がいくつかある。ストッキングは木に生るわけじゃないんだ、わかるだろ」

「満足したか?」とロジャー。

「まあ、彼がそういうんなら、そうかもね」アイリスはいった。

「おまえたちふたりの昨晩の様子からはこんなこととは夢にも思わなかったよ」アーチーがいった。「うまいことだましやがって」

「あのあとあたしたちが通りでけんかしたのは聞こえなかった? 死人も目を覚ますぐらいに」

「ナイフを振りまわしたな」ロジャーが彼女ににやりと笑いかけた。

「そうね」

「まあ、お熱いところを見られてよかったよ」とアーチー。「それじゃストッキングは――」

「やはり一足欲しいわ」

「そいつはおれが買ってやるよ」ロジャーがいった。

「いいえ。そこでお金を使ってごまかそうとしてもだめよ、ロジャー・ピルチャー。あたしが自分で払う。おいくら、アーチー？　それともまだあなたとお仲間のためにショーをやらないといけない？」

「いやあ、ショーならたっぷり見せてもらった」アーチーが声をあげて笑った。「二ポンド六ペンスにしよう。そこのルイーズに払ってくれればいい」

「わかった」アイリスはカウンターにぴしゃりと現金を置いて、ストッキングを受け取った。「あなたと取引ができて楽しかった。もしなにかちょっとした仕事で信頼できる女が要るなら、あたしは興味があるかも」

「あんたの場所があるかもな」

「ねえ」アイリスはピルチャーにいった。「駅まで送ってよ」

「いいですか、アーチー？」ログが訊いた。

「紳士ならそのくらいしなくちゃな」アーチーが威厳たっぷりにいった。「ここにいるのは全員紳士だろ？」

「ええ。すぐもどります」

「ゆっくりしてこい。今夜はどうしてもおまえの手が必要ってわけじゃない」

「あたしが必要としてないことは確か」アイリスはいった。ストッキングを慎重に丸めると、アーチーにウィンクして、ハンドバッグにしまった。

「じゃあね、みなさん」といって、ゆっくり出口に向かい、ピルチャーを見た。

「で？」期待するようにいった。

「〝なんだい、おまえ？〟とでもいえってのか？」

「あんたが紳士らしくこの罰当たりなドアをあけてくれるのを待ってんの。みんなにお手本を見せてやんなさいよ、ログ」

「くそ」ピルチャーはつぶやいて、腹立たしげに大股でアイリスを追い越し、ドアを開いた。

ふたりが無言で倉庫の正面側まで歩いていくと、見張り役が雑誌を読んでいた。

「待って」アイリスはいった。「ちょっと、あたしの物を預けてるでしょ」

「なんだ？」見張りがいった。「ああ、あれか」

抽斗《ひきだし》をあけて、ナイフを取りだした。

「気をつけな。こいつはよく切れると小鳥ちゃんがいってたぜ」

「ほんとよ。預かっててくれてありがと。行こうか？」

「じゃあな、トニー」ピルチャーがいった。

「それじゃこれがおまえの女ってわけか、ログ？」トニーがドアを解錠した。

「残念ながら。でもだれだって面倒を抱えてる、そうだろ？」

「まったくだ」通り過ぎるふたりにトニーが声をかけた。「じゃあな」

「さてと」アイリスはログの腕を取りながら陽気にいった。「すこしおしゃべりしなくちゃね、あんた」

「黙っとけ」

「でも――」

「黙れといったんだ、本気だぞ」彼が差し迫った口調でささやいた。

ふたりはウォッピング・ハイ・ストリートにもどるまでそのまま歩きつづけた。そこでピルチャーがうしろをうかがった。

「よし、だれも尾《つ》けてこない。さあ、なにをしでかそうとしてたんだ。殺されにきたのか」

「あなた、何者?」アイリスはたずねた。

「おれはロジャー・ピルチャーだ、そしてあんたがこんなことを続けると、故人のロジャー・ピルチャーになる。昨夜警告したはず――」

「だれの下で働いてるの?」

「なんだって?」

「CIDには見えない。どこかの特殊捜査班?」

「あんた、頭がいかれてるぞ」ピルチャーは首を振り振りいった。

「でもわたしを助けにきた。あの場でわたしを差しだすことができたのに。そちらにとってはそれが最善策だったんじゃない?」

「そうしなかったことが悔やまれてきたよ。いいか、あんたがどんな勘違いをしているか知らないが――」

「今朝あなたから手を引けと警告されたの」

「おれから？　なんのために？　だれに？」

「CIDに。進行中の捜査、だといわれた。あのね、あなたを困らせるつもりはないの――」

「すばらしい」彼は大きく息を吐きだした。「それじゃ意図せずして見事にやり遂げてるわけか。そっちはだれの仕事をしてるんだ」

「〈ライト・ソート結婚相談所〉よ。でもあなたは知ってるでしょ。あそこに来たんだから」

「で、その裏でなにをやってる？」

「裏で？　わたしたちが表向きの顔のほかになにかしてるだなんて、どこから思いついたの？」

「さあね。あんたらが殺人事件を調べているという事実かもしれないな。聞いてない場合のためにいっておくと、その事件はもう解決している。あんたが訓練を受けてることはいうまでもない――特殊部隊みたいにナイフを扱った。それにあちこち妙な場所にべつのだれかになりすましてあらわれる、よくできた偽造の身分証まで携えて。たまたま緊急事態用に持ち歩いてたってわけかい？」

「いつ役に立つかわからないもの。あなたの名前はほんとうにロジャー・ピルチャー？」

「身分証だって見せられる。そっちのよりは本物だ。それで、あんたのボスはだれなんだ」

「戦争中はいくらかおもしろい経験をした。でもいまはひとりよ。正確にいえば、ミセス・ベインブリッジとの共同経営。〈ライト・ソート〉は表向きじゃなくて、正真正銘の本業なの」

「だったらなんのためにホームズとワトスンになった？　それともガートとデイジーのつもりか？」

「〝これが終わったらパーティしない？〟」アイリスは挿入歌の一節を口ずさんだ。「ガートとデイジーの映画は大好き。闇屋をつかまえる話だっけ？　もしそういうことなら、わたしたちのやり方はまちがってないわね。でもそれがあなたの目的じゃないかと思ってるんだけど？」

彼は答えなかった。

「刑事じゃないとすると」アイリスは推測した。「商務庁？　ヤンデルの調査官？　ちがうか――あそこは潜入捜査はしない。だけど財務省なら……」

ピルチャーが顔をしかめた。アイリスは見逃さなかった。

「決まりね。あなたは財務省の人間で、密輸のナイロンストッキングを追っている最中――でももうストッキングのことは知ってるんだから、そのはずはない。もっと大きい魚を釣りあげたいんだわ。その魚とはだれで何者？」

「よせ。おれは覆面捜査官じゃない」

「さっきはどうして割りこんできたの、ロジャー・〝闇屋でない〟・ピルチャー？」アイリスは引きさがらなかった。「あのままだったとしても、せいぜいわたしが知らない人たちに脚を披露した程度でしょ、ふだん初デートでは見せたくないところまで。世界の終わりってこともなかったわ」

「あれですんでいたはずがない。ひとたびいうとおりにしたら、もっとエスカレートしていたさ。行き着くところまで。そうさせてはおけなかった。罪のない女性に対して」

「それじゃ、死よりも悪い運命からわたしを救うために、わが身と任務を危険にさらしたっていうの？　なんて高潔で勇ましいんでしょ」

「からかってるのか」

「いいえ。本気よ。わたしを放っておいて、無鉄砲な行動の報いを受けさせることもできたのに。感謝してるわ」

「だったらもう手出しはしないでくれるな？」

「ティリー・ラ・サルが殺された夜、どこにいた？」

「まだ続けるのか？」「信じられないといった顔でしげしげとアイリスを見た。「おれの疑いは晴れているといわれただろう？」

「いわれたわ。でもいわれること全部を鵜呑《うの》みにはしない。その晩はどこにいた？」

「上司たちに報告していた。それに、だめだ、あんたは彼らに確認できない、彼らがだれなのか知ることはゆるされないからだ。おれの言葉を信じるほかないんだよ、そのほかはなにひとつ、そっちの知ったことじゃない。いまだってもう知りすぎたくらいだ」

「うちのオフィスまでミス・ラ・サルを尾けてきたのはなぜ？」

「どこへ行くのか知りたかったのさ。そのあとはあんた方ふたりがなにをやっているのかこの目で確かめる必要があった」

「なぜ行き先が気になったの？」

「ティリーはまえから何事かたくらんでいる。たくらんでいた、か。なにか副業的なことをやっているとにらんでいたので、あれもその一環かと思ったんだ」

「副業？　本業はなんなの？」

「彼女はアーチーの仕事をしていた。おれの入口はそこだった。彼女といい仲になって、徐々に入りこみ、アーチーの役に立つ男になった。そうしたらティリーがおれを棄てたんだ」

「ティリーの女友だちはあなたが彼女を棄てたっていってたけど」

「友だちにはそう話したんだろう。でもべつのなにかが進行中だった。殺されたと聞いたとき、そのことと関係があるのかもしれないと思ったよ」

「彼女はアーチーのどんな仕事をしてたの？」

「きれいな女には口が軽くなる男どもから情報を引きだしていた。そうした情報から多くの大型トラックが積荷を盗まれ、倉庫が略奪にあったんだ」

「その情報のどれかが彼女を殺しただれかに結びついた可能性は？」

「あるかもしれない」

「アーチー本人はどう？」

「もしティリーにコケにされていたと思えば、彼なら眉《まゆ》ひとつ動かさずにやっただろう」

「アーチーかもしれないわね。ティリーが殺されたと聞いたとき、彼はなにかいった？」

「驚いたほかは、とくになにも。怒っていたな。気が気じゃなかったよ、アーチーにおれがやったと思われたんじゃないかと。過去につきあっていた男ならやりかねないとね。あんたらが彼女に紹介した男が捕まったと聞いて、ほっとしたなんてもんじゃなかった。プレッシャーから解放されたよ」

「よかったわね」アイリスはため息をついた。「あなたじゃなく、ディッキー・トロワーでもないのなら――その夜アーチーがどこにいたか知らない？」

「いったとおり、おれは彼と一緒にいなかった。だからどこにいたかはいえないし、本人にたずねるつもりもない」

「大きい魚はなんだったの？　まだ話してくれてないわね」

「ああ、まあ、問題が起きて。でかい魚は逃げた」

「どういうこと？」

「ナイロンストッキングが取るに足りない雑魚だってのはあんたのいうとおりだ。大金が動くのは衣料配給切符なんだ」

「盗んだ衣料切符を売るの？　彼らがずっとやりつづけるほど儲かる？」

「想像がつかないだろうな。衣料切符は一枚四シリングから六シリングになるし、切符帳なら一冊四ポンドだ」

「たしかに安くはないわね、でもがっぽり稼げるほど盗むには――」

「盗んじゃいないよ。自分たちで作ることに目をつけたんだ」

「偽造？　どのくらいの規模で？」

「大規模さ。数万冊の切符帳を印刷する計画だった」

「だった？　なにがあったの？」

「いまさぐりだそうとしているのはそこなんだ。一年分の新しい配給手帳は今月末に発行される。アーチーはどこからか新しい衣料切符の原版一式を手に入れた。オリジナルなのか、どうにかして型を取ったのかは謎だ、でもそれで本物そっくりなコピーを作れるはずだった」

「それがなぜストップしたの？」

「だれかがアーチーからその原版をくすねたんだ。内部犯行、たぶんひと月まえ。残念だが、闇屋に仁義などない。ボスは顔で笑って陽気に振る舞っているかもしれないが、内心は犯人をミートフックに吊るして、じわじわ焙《あぶ》る気満々だ」

「それがティリーの仕業だったかもしれないの？　例の副業？」

「おそらく。ティリーがその件を知るほど深く入りこんでいるとは思っていなかったが、いまでは確信がもてない」

「しゃべっちゃいけないことを男にしゃべらせる才があるといったわね」

「たしかに。それはあんたと彼女の共通点だな。しかし、ティリーがほんとうに原版のことを知っていたのかどうか」

「あなたは知っていた。知ったときに全員まとめて逮捕しなかったのはなぜ？」

「おれが知ったのは、原版がアーチーから盗まれたあとだったからさ。それがなけりゃ逮捕するための証拠はなく、おれは一年近く費やしたあげくにナイロンストッキングを売ってるケチな闇屋をしょっぴくことしかできない。それはこっちが期待していた成功とはちがう。やつはいくらもしないうちに娑婆《しゃば》にもどるだろうし」

「わたしを仲間に入れたらどう?」

「は?」

「このままわたしを入れておくの。ティリーのことをもっとさぐりだして、あなたの役に立つなにかを発見できるかもよ」

「冗談いうな。おれを見破ったことだけでも迷惑なのに、今度はおれの正体がバレる危険を倍増させたいのか?」

「そんなへまはしないわ」

「あんたはそういうが」

「それにね、わたしたちの熱烈な関係が公《おおやけ》になったのに、これっきりふたりが一緒にいなかったらものすごく不自然でしょ」

ピルチャーが腹立ちまぎれに割れた煉瓦の小山を蹴飛ばすと、煉瓦は玉石の路面に崩れ落ちた。

「人に親切にするとこういう目にあうってことだ。あんたも厄介なことにしかならないぞ」

「それは承諾の返事?」

「今夜上司に話してみる。もし上からの許可が出たら、そうしよう」

「ありがとう、ミスター・ピルチャー」

「ログと呼んだほうがいい」彼はいった。「メアリ」

「そうする。なにか照れくさいような呼び方さえするかも。ほんとうらしさを添えるお土産もあげましょうか」

「なんだよ」

アイリスは彼の首に両腕をからめて、口紅が残るようにキスした。

「心構えができてなかった」彼女が身を引くとピルチャーは不服そうにいった。「もっとうまくできるのに」

「彼らに見られるまでその口紅は拭《ぬぐ》っちゃだめよ」アイリスは助言した。「あなたがこの捜査にそれだけ長く取り組んできたことには大いに感服してるの。面倒に巻きこまれないようにね」

「ギャングといるほうがきみとより安全だと思うね」駅に入っていく彼女にピルチャーがいった。

「たぶんそのとおりよ」アイリスはいった。「じゃあね、ハニー」

彼女は電車の窓から外を眺め、考えをまとめようとしていた。そして自分のとった行動を評価した。

合格とはいえない、と思った。無謀だったし、なりゆきに頼りすぎた。みずからバックアップもなしに乗りこんでいって——

「しまった」と声に出して、腕時計に目をやった。

それから大きく安堵の息をついた。まだ四時十五分。サリーに電話して、無事だと知らせるのをすっかり忘れていた。乗り換え駅で公衆電話ボックスをさがして、彼があの倉庫に警察を送りこまないようにしなくては。

ふだんの彼女なら犯すはずのないミスだった。今日はなぜこれほど躍起になって力を示そうとしているのか。

アンドルーとの関係を終わらせたせい？　過剰反応して、スパイを暴けるところを見せようとしたのだろうか。そのついでに刑事を出し抜く？　マイクの顔にも泥を塗れるように、事件を解明したがってるの？

悲しいわね、アイリス。

なにを証明するためにがんばっているのだろう。殺人の最有力容疑者として目をつけていた男は無関係と判明し、あやうく潜入捜査を沈没させるところだった。それこそ〝元婚約者〟巡査部長から警告されていたことだったのに。でもミス・ラ・サル殺しの真犯人にはうまく近づけたのかもしれない。彼女がほんとうにアーチーを裏切っていたのだとすれば。

電車がホワイトチャペル駅に着いた。アイリスは下車して、いちばん近い電話ボックスから〈ライト・ソート〉にかけた。意外にも、出たのはグウェンだった。

「サリーが出ると思ってた」アイリスはいった。

「まだここにいるわよ。いまバイセクシュアルの三角関係で苦しんでいて、少なくとも六通りの組み合わせを書かないといけないんですって。図を描きながら、いろいろな言葉遣いで毒づいているところ」

「創作の神が降臨してるようね。精神科医とはどうだった？」

「わたしたちが正義を追求するのはかならずしも異常ではないと、先生は感じてる。いくらか希望がもてたわ」

「その意見には賛成できないかも。今日わたしはウサギの穴に飛びこんだ。ナイロンストッキングのなかに着地したわ」

「謎めいてるのね。もっと詳しく話せない？」

「あなたとゴルゴーンの対決を邪魔したくない。このままフラットへ帰る。でもピルチャーは結局のところ、わたしたちの犯人じゃなさそうよ」

「えっ？　たしかなの？」

「悔しいけど、そう」

「なぜ気が変わったの？」

「話せば長くなる。それに電車が来ちゃった。明日の朝すっかり話すわね。サリーによろしく伝えて」

アイリスは電話を切った。

気が変わるのは女の特権だから。

昨日ナイフで刺すつもりだった男と今日はキスした。

わたしっていつもこうだわ。アイリスは思った。

12

グウェンは受話器をもどした。サリーはもう一方の机で、声色をいちいち変えながら何事かつぶやいている。声域の変化からその三角関係は男がふたりで女がひとりだと推測できた。あるいは、女がふたりで、そのうちひとりは煙草の吸いすぎだ。

「アイリスだったわ。彼女は無事よ」

「それ以外は考えていなかった」サリーがいった。

「ロジャー・ピルチャーを容疑者から除外したんですって。これでロンドンの残り全員に的が絞られたわ」

「ぼくはその夜ディナーパーティに出ていました」

「いいわ、あなたは容疑者リストからはずします」

「それなら枕をすこし高くして眠れる。明日もぼくの留守番が必要になるでしょうか、おふたりが正義の追求に出かけるあいだ」

「わたしたちはそんなにおかしく思える？」

「いまはだれもが、なにもかもがおかしく思えます。だからこそ真面目な作品は舞台でしか見出せない」

彼は原稿を一部取りだして、思案にくれながら見つめていたかと思うと、一枚一枚ペンでバツ印をつけはじめた。

「ずいぶんたくさん削除するのね」グウェンがそれを見ていった。「残すべきなにかがあるはずよ」

「ありますとも」サリーはバツをつけたページの一枚を取りあげた。「裏面に」

そのページを裏返すと、真っ新《さら》な面を自分に向けてタイプライターに挿入した。

「いまいましい紙不足め。必要なものを手に入れるのはどんどん難しくなっているので、より偉大な作品を生むために若かりしころの作品を犠牲にしているんです。中世の暗黒時代にもどれなくて残念至極。羊皮紙を使っていれば、こすり落としてまた書き直せるのに」

「記憶でそれができたらいいのにね」

「それはいいな！　拝借してもよろしいでしょうか？」

「ご自由に」

彼は使用済みページの余白にそのアイデアを書きとめた。

「ボツにした脚本はどういうものだったの？」グウェンはたずねた。

「大学時代の労作のひとつです。遠い昔の。いま見ると気恥ずかしくなる。ようやく使い途《みち》ができてよかった」

「アイリスをケンブリッジで知っていたのよね？」

「かなりよく」

「あなたと彼女はこれまでに――」

慎重に考えて言葉を選んだ。

「――カップルだったことがあるの？」

「まいったな」サリーは悲しそうに笑った。「ケンブリッジのまともな男でアイリス・スパークスに恋をしなかった者はひとりもいません。ぼくが羊皮紙並みに再利用にまわそうとしているこの哀れなメロドラマは、彼女を主役において、ロマンスの相手役をぼくにするという明確な下心で書いたんです」

「どうなった？」

「最悪でした。心から書いたものの、動機が不純ですから。熱烈な求愛をゆるされるぎりぎりまで描きました。当時はたいがいの女の子たちがぼくを避けていましてね、このとおりブサイクで図体のでかいモンスターですから。スパークスはちがった。恐れ知らずで優しかった、そういう組み合わせが可能だとすれば。一度こんなことがありました、訓練で――」

彼はぴたりと口を閉ざした。

「いや、これはぼくが語るべきことではないな。少なくともノンフィクションのかたちでは」

「ふたりは一緒に訓練を受けたの？」

「ぼくがこのことにふれたのは忘れてください。どうか頼みます。それにスパークスにも黙っていてほしい」

「あなたたちは敵陣に入りこんでいたのよね。妨害工作《サボタージュ》かなにかで」

「あるいはべつのなにか。一瞬にして全部忘れてしまいました」

「勲章をもらった英雄だとか」

「彼女はぼくを持ちあげたがる。それほどエキサイティングではなかったんです。洞穴や地下室で寝てばかり、なるべく安全で暖かくて乾いていられるように」

「彼女はそういう訓練を受けたの？」

「あなたに話していない？」

「話せないといってるわ」

「ならばぼくからも話せない。それに、ほとんどのことはぼくも知らないんです。外国にいて、慣れない気候で風邪をひいていたので」

「なにもかも秘密」グウェンが苦々しげにいった。「不安にさせるヒントをぽろぽろ口にするくらいなら、ただ嘘っぱちを聞かせてくれるほうがいいのに」

「でも彼女はあなたに嘘をつきたくないんです、わかるでしょう？　あなたは不可思議なかたちで彼女のためになっているらしい。機会あらば作り話をしたがるタイプなのに、あなたには嘘をつかない。そんなふうでいる相手はあなたが初めてかもしれません」

「いつかは戦争のことを正直に話してくれるかしら」

「あなたは人生のことをなにもかも打ち明けましたか」

「全然」

「ほらね。いつかふたりですることができましたね、〝愛〟がくたびれていてその階段をのぼってこられない、あの鬱々《うつうつ》とする雨の日に」

「明日も来てくださる？」

「むろんです。戦場に赴く計画？」

「どんな計画かもうわからない。でもあなたがここにいてくれると助かるの」

「ぼくはもうあなたを落ち着かなくさせていない？」

「アイリスに聞いたのね？　ごめんなさい。ええ、サリー、もうそんなことはないわ。あなたはブサイクな大男かもしれないけど、とても愛らしい、ブサイクな大男よ」

「ありがとう、お優しいレディ」彼はグウェンの手を取って、そっと接吻《せっぷん》した。「またもどってまいります」

「サリー」グウェンはためらいがちにいった。

「はい？」

「あなたのもっとも恐ろしいペルソナがどんなだか見せていただける？　お手本にしたいの」

アイリスはウォッピングを出てから電車を一回乗り換え、バスを使い、自宅のあるメリルボーンの通りに降り立った。頭のなかはまだその日の出来事でいっぱいだったが、スモークガラスの黒いベントレーに尾行されていると即座に気づかないほどではなかった。

彼女は歩みを止めた。車が近づき、軍服の将校がひとり降りて、後部ドアを開いた。

「お乗りください」

「知らない人の車に乗ってはいけませんと、いつも母からいわれてましたの」相手の弱点をさがして頭からつま先までじろりと見おろした。ひとつもなさそうだった。

「でもわれわれは知らない者同士ではないだろう、スパークス」准将がいって、彼女から見えるように身を乗りだした。

「長くかかるでしょうか。疲れる一日だったんです」

「リージェンツ・パークを一周もすれば足りるだろう。それにウイスキーがあるぞ」

「なぜ最初にいってくださらないんですか」彼女はするりと隣に乗りこんだ。

将校がドアを閉めて、助手席に乗った。後部座席とのあいだは厚いガラスで仕切られていた。

「プライヴェートな話になる」彼女の視線に気づいて、准将がいった。

彼は仕立てのよいグレイのピンストライプのスーツという、民間人の服装だった。頭は白髪交じり、口ひげは彼女が最後に会ったときとちがい、真っ白になっている。堅苦しくぴんと伸びた背中がなければ銀行家といっても通用しそうだ。瞬時に見通し、容赦なく裁き、感傷を交えず刑を下す目がなければ。わたしはどんな判決を下されるのやら、と彼女は思った。それとも刑はすでに申し渡されたのだろうか。

准将が運転席の裏に備え付けられたパネルの掛け金をはずすと、ウイスキーのボトルとタンブラー二個があらわれた。ウイスキーを注ぐあいだに車が発進した。

「すまないが、ストレートで飲んでもらわなくては」彼がグラスを手渡した。

「そのほうが好きです」彼女は受け取った。「いまここにいない友に」

「亡き友人たちに」彼もいうと、たがいのグラスをふれあわせた。「元気そうだな、スパークス。あの階段はためになっているようだ。イースト・エンドの荒野を散策してまわることはいうにおよばず」

「ご存じなんですね」

「きみの元愛人が話してくれたことだけだ」

「まあ、お耳が早いこと！　わたしたちがそばにいないとき、男たちはそういうことをしているんですね。噂話？　彼は飛行場からあなたに電話をかけて、失恋話で滝の涙を流したのでしょうか。あなたの肩はまだ彼の涙でぐっしょり濡れています？」

「むしろ頭から湯気を立てていたよ。彼にすぐ現場復帰してほしいというわけではないが、そのうちに傷も癒《い》えて立ち直るだろう。率直にいえば、わたしはどちらにとってもこのほうがよかったと思っている。健全な関係ではなかったからね、わたしの意見が聞きたければ」

「聞きたくなかったらどうします？」

「無視すればいい」

「無視されたと思ってください。ところで、おたずねしてもよろしいですか、このように不意討ちで天から降りてこられた理由を」

「ふん。むしろどん底から昇ってきたのだが。まだ陽のある時刻に乗り心地のいい車で美女とドライブするのはいいものだね」

「スモークウィンドウでなければもっといいんでしょうけど、このほうが女をきれいに見せることはたしかです。ウイスキーにも同じ効果が。社交辞令はともかく、なぜここにいらっしゃるんですか」

「サットン少佐のいっていることが真実か確かめにきた」

「わたしの知るかぎりでは、アンドルーが嘘をつくのは国家のため、それと妻に対してだけです。詳しく聞かせてください」

「彼がいうには、きみはチームに復帰するようにというわたしの誘いを断ったとか」

「それでしたら、残念ですが、ほんとうです」

「理由をたずねてもかまわないかね?」

「戦争は終わりました。ちがいます? そのようなことを当時新聞で読んだと、かなり確信があるのですが」

「あの戦争は終わった。つぎの戦争が進行中だ。われわれには地上部隊《ブーツ・オン・ザ・グラウンド》が必要なのだよ、スパークス」

「わたしのブーツは修理しなくちゃ」

「きみのロシア語とドイツ語は錆《さ》びついていないだろう?」

「ダー・ウント・ヤー、マイン・ゲネラル＝コミッサー」

「それを求めているんだ。きみはこの結婚の仲介という趣味に人生を浪費している。世界をよりよい場所にできるのに」

「でもそうしていますよ。一度に一組ずつ」

「そしてその商売が消滅したら——いまの勢いだと一か月ともたずにそうなりそうだが——どこへ向かうつもりだ」

「どこであれ、あなたはきっとわたしを見つけるでしょうね」

「きみの国がきみを必要とするなら、スパークス——」

「もしこの国がわたしの救いの手に頼っているようなら、苦境にあるのはまちがいないかと」スパークスはグラスを返しながらいった。「うちの通りが近づいてきました。ここで降ろしてください、ご近所を騒がせたくないので。またお会いできてよかった。戦争のご幸運を祈ります。わたしたちが勝利を収めますように」

「失礼するよ、スパークス」准将がいった。「状況しだいではまた連絡するかもしれない。殺人の捜査がうまくいくように。ヤードのアマチュアたちに成果を見せてやりたまえ」

「ありがとうございます」彼女がいうのと同時に車は停まり、ボディガードが彼女の側のドアを開いた。

スパークスはうなじに准将の視線を感じながら歩み去り、角を曲がるまでちらりとも振り向かなかった。

グウェンは玄関ドアから忍びこみ、パーシヴァルが気づくより先に横を通り過ぎた。

「気にしないで、わかってるから」肩越しに声をかけた。「図書室でしょ」

ドアを突き破る勢いで部屋に入った。レディ・カロラインがぎょっとして顔をあげた。

「いいお知らせです、お義母さま。先生はわたしが治ったとおっしゃっています。今夜は夕食に同席しますわ。着替えましょうか、それとも今夜は家族だけでしょうか」

「あなた、おかしいわよ」レディ・カロラインが腹立たしげにいった。

「これはおかしな状況じゃありませんこと?」グウェンはいった。「わたしにみじめな暮らしをさせておくのはけっこうですが、お忘れなく、あなたがなにをなさろうとロニーはわたしの息子です。それにこれもお忘れなく。あんまりみじめすぎてわたしがここにいられなくなったら、息子はあなたの不幸な余生が続くかぎりあなたを軽蔑しますよ。こちらには和解する用意がありますが、そちらに応じるお気持ちがないなら、わたしたちは争うことになります。甘く見ないでくださいね、あなたの息子がわたしを妻に選んだのには理由があるんです。この数年ずっと耐えてきました、ええ、でもそれはもう終わりです。それにいまはお腹がぺこぺこ。しゃべる治療のおかげで食欲が出てきました。わたしは息子と家庭教師と一緒に食事をしますから、お義母さまもどうぞご一緒に。父親に生き写しの美しくすばらしい六歳の少年が心地よく過ごせるように、よくお考えくださいね。あの子はいまイッカクに夢中なんです。イッカクの絵本を書いて、イラストも描いています。お祖母さまに全部聞かせたがることでしょう」

「イッカクって、いったいなんのこと?」レディ・カロラインは怒りのあまり言葉につまった。

「その話題のきっかけとしてはとてもよい質問ですわ。もうすこし落ち着かれたほうがいいですけど。食事は七時にします? けっこうです。ああ、それにお義母さま? ディナーのまえにあまり飲まないようにしてくださいね。味覚が鈍《にぶ》りますよ」

グウェンは歩いて部屋を出ると、外からドアを閉め、反対側の壁にもたれかかって、がたがた震えた。

「ありがとう、サリー」小声でいった。「すばらしい気分だったわ」


翌朝アイリスが出勤すると、グウェンはもう机で手紙を開封していた。

「おはよう」帽子を掛けながら挨拶した。「今朝は早いじゃない」

「エネルギーが満ちあふれている感じなの」グウェンは両腕を伸ばし、いっぺん深呼吸した。「朝食まえに何年ぶりかで美容体操をしたわ。それからきびきび早足で歩いてきた。歩道で人が弾んで、わたしに道を空けたくらい。いまはきっと馬みたいな臭いがしてる」

「そこまでひどくないわよ」アイリスは部屋の空気を嗅ぎながら、席に着いた。

「ミス・ペルティエからミスター・カースンとの初デートがうまくいったという報告」グウェンは手紙を差しだした。「追伸に〝がんばって！〟と添えてくれたわ」

「あらゆる点で励みになるわね」アイリスは手紙にざっと目を通した。

「今日はお昼すぎに来てとサリーに頼んでおいた」グウェンが続けた。「わたしたちのつぎのステップはわからないけど。なぜロジャー・ピルチャーを容疑者からはずしたか、話してくれるんだったわよね」

「ひとつ問題があって。あなたに話していいのかどうか」

「なんですって？　なぜだめなの？」

「じつは――極秘事項が含まれてるの。しゃべってもいいという確信がもてないのよ」

グウェンはしばらく机を指でトントン叩いていたかと思うと、椅子をくるりとまわしてアイリスと向きあった。膝《ひざ》と膝がぶつかるまで椅子を転がしていって、身を乗りだし、顔と顔を数インチまで近づけた。

「だめよ。それは受け容れられない」

「悪いけど。それを知ったらだれかを危険に陥れることになりかねないの」

「でもあなたは知ってるんでしょ」

「ええ、でもわたしは――」

「秘密を守るのがうまい、ええ、そのことは何度も何度も聞かされてきた。それにはほとほとうんざりなのよ！」

「グウェン？」

「あなたが戦争でなにをしたかは秘密」グウェンが突如立ちあがると、椅子が猛スピードで後退してファイルキャビネットにぶつかった。「すごいじゃない、スパークス将軍。ブラヴォー、わたしたちは勝った、味方に万歳。あなたがだれの手も借りずに見事なし遂げたなんだかわからないことに対して、国家は心から感謝してるわ」

「グウェン、わたしはただ――」

「わたしたちはパートナーよ、アイリス。このビジネスのパートナーで、この調査でのパートナー。これからはそれ相応にわたしを扱ってもらいたいの。あなたはケンブリッジの立派な学位を持っている。わたしは大学にも行ってないし、精神科病院で表彰されるほどイカレてた。でもわたしたちはこれに一緒にかかわってるのよ。だからあなたがつかんだ情報はすべてわたしにも知らせてくれなくちゃ。そうすればこちらも全力で取り組める、それに、気づいていないかもしれないからいっておくと、わたしだって頭はちっとも悪くないの——」

「わかってる、もちろん、だけど——」

「だけどあなたが証拠を隠すなら、わたしにはやるべきことができない。秘密を守るくらい、わたしにだって完璧にできるわ、ご心配ありがとう。昨日あなたが見たものを見て、聞いたことを聞いたとき、わたしは一緒じゃなかったけど、ほんとうなら一緒に行っていたはずよ、わたしの子どもを取りあげようとする口うるさい鬼婆がいなければ」

「あなたが最優先に考えるべきなのは子どものことじゃない？」

グウェンは真っ赤になった。

「ずるいわ！　もちろんあの子が最優先よ、だからこの仕事をうまくいかせたいの、あの子の人生に責任をもつのはわたしだとみんなを納得させるために。いまあなたはその邪魔をしていて、わたしはそれをゆるすつもりはない。わかった？」

「学位じゃないわ」アイリスはいった。

「なに？」

「ケンブリッジ。あそこは女に学位をくれないの、わたしたちがどれだけ勉強しようと。オクスフォードはくれる、ケンブリッジはくれない。あそこで過ごした数年で得たものは文学士の肩書き（Title）だけ。成長しない男どもは〝文学士のおっぱい（Tit）〟と呼んでる」

「ひどい。最低ね。知らなかったわ」

「だから、あそこへ行ったことは誇りだし、貴重な経験はしたけれど、わたしのほうが上だなんて思ってない。それにあなたのいうとおり、わたしたちは一緒にかかわってる、これ以後は知っていることをなにもかも話す。悪かった。説明を聞き終えたらわたしが用心した理由をわかってくれるでしょうけど、でも謝る――あなたを信頼しなかったことを。わたしは人を信じやすい人間じゃないから、これはむずかしいことなの。ゆるしてくれる？」

「どこまでゆるすかは打ち明けてくれる話の質によるわね」グウェンは冷静にいうと、椅子を取ってきて腰かけた。「さあ、秘密を明かしてみて。あなたの評価は、わかりやすさ、隠しごとのなさ、話のおもしろさで決める」

「いいわ。話がすんだら、あなたの先生が処方したそのライオンのエキスを教えてもらうわよ。わたしも欲しいから」

アイリスはアーチーの倉庫に行った話をした。ナイロンストッキング試着の儀式を描写すると、グウェンの視線が彼女の脚に落ちた。

「そう、これが戦利品」アイリスは椅子をくるりとまわして脚を見せた。「これは雑費としてつけとこうかな、もしあなたがよければね、パートナー」

「もちろんかまわない。とてもいいわね。ほんとうにそれが四ポンドで売れるの？　ちっとも知らなかった」

「これは女が闘うための武器の一部よ。わたしなら四ポンドは出さないけど、そうする女がいるのは理解できる」

アイリスは話を続けた。ピルチャーの正体が明かされた段になると、グウェンは勝ち誇って机をどんどん叩いた。

「あのオスの振る舞いは全部お芝居だっていったでしょ。わたしたちは本物の危険にあったんじゃなかったのね?」

「そうみたい。わたしたちのとった勇敢な反応がいささか拍子抜けね」

「いいえ、わたしたちは勇敢だったわ。誤解に基づくヒロイズムも、やはりヒロイズムよ、そうじゃない?」

「おたがいに背中を叩いて褒め称えあおうか」アイリスが同意した。「つぎに猛攻撃をかけるときのいい練習になったし」

「わたしはもう昨晩やったけど。でも、お願い、続きを聞かせて」

「だいたいそんなところよ。わたしはピルチャーに協力を申し出た。アーチーの組織に入りこんで、できるだけなにかさぐりだすといったの。彼は上司に話してみるといった。そこで別れたわ」

「別れた」グウェンはアイリスをじっと見ながらいった。

「そう、そこで解散したの」アイリスはしらばっくれた顔でいった。

「なにか省いたでしょ」

「べつになにも」

「なにか重要なことよ」

「重要なことなんて思いあたらないけど」

「だめよ。あなたはまだゆるされていないんだから。真実を残らず話して、ミス・スパークス」

「キスした」アイリスが白状した。

「そうにきまってるわよね」グウェンがため息をついた。

「作り話をほんとうらしく見せるためにちょっぴり口紅をこすりつけただけ。なんの意味もないって」

「一週間足らずで三人の男性とキスしたのね。元婚約者も数に入れておくわ、その場でなにがあったかは聞かされていないけど」

「聞きたければ――」

「詳しく聞きたいわけではないの、ありがとう」

「いいけど。少なくともマイクの場合は、キスしたんじゃなくて、されたのよ。思いがけなく。じつをいえば、あのとき彼は悪党みたいな目をしてた」

「そうだとしても。このペースだとわたしたちにはひとりも男性が残らない。公平とはいいがたいわね」

「そっちだっていままでにデズとできたはずでしょ。自分でしないと選択したんだから、わたしにぶつくさいわないで」

「わたしは愛しくてたまらない若い美男子から毎朝毎晩キスされてるわよ。ほっぺたに、それにまだ六歳だけど、そんなご褒美をもらってる自分はたいがいの女性より幸運だと思ってるわ」

「それはまちがいない」

「なるほど。それじゃもしピルチャー捜査官だかなんだかに呼びだされたら、あなたはそのごたごたのなかに飛んで帰るのね。それまでは、わたしたちでほかの線も調べられるんじゃなくて？」

「たとえば？」

「ティリーの私生活をまだじゅうぶん掘りさげて調べていないでしょ。ピルチャーのことはわかったけど、彼女とは見せかけの関係だったと判明した。ティリーは彼の正体をまえから知っていたのかしら」

「彼女は偽造の衣料切符を使って逮捕されたのよ。彼もその線はたどったんじゃないかな。わたしたちはなにをすればいいと思う？」

「まだ喪に服しているご家族をいきなり訪ねるのは気が咎《とが》めるわ」

「警察はいつもそうだけど」

「わたしたちは警察じゃないもの。それはまちがっている気がする。故人にお別れにいったとき、ご家族には質問しなかったわよね」

「エルシーとファニーには会った。あのふたりはしゃべりたそうだった。実際しゃべったし」

「彼女たちに電話する約束をしたでしょ。会って飲みながら、ほかになにを知っているか聞きださない？　電話番号はわかる？」

「持ってる」アイリスはバーでエルシーが書いてくれた紙をさがしてハンドバッグをかきまわした。「あった。わたしがかける――」

そこで電話が鳴った。アイリスは受話器を取った。

「〈ライト・ソート結婚相談所〉、アイリス・スパークスがうけたまわります」

「ロジャー・ピルチャーだ」

「あら、ミスター・ピルチャー」彼女がいうと、グウェンは片方の眉《まゆ》をあげてみせた。「うれしいわ、どんなご用件？」

「上層部から青信号が出た。それにあんたがまた来るとアーチーはよろこぶだろう」

「彼が？　どうして？」

「使い走りを頼みたい、と」

「どんなことだか知ってる？」

「詳しくは教えてくれなかった。仕事に行くような服装、だが歩きやすい靴で来いとさ」

「そのお使いは合法的なことかしら」

「そいつは大いに疑わしいな。やるのか？」

「そういったでしょ、二言はない。いつ、どこで?」

「あの倉庫に、正午だ」

「行くわ」

電話は切れた。

「アーチーの仕事をもらった」アイリスはいった。

「そう。一緒に行くわ」

「わたしたちにじゃないわよ。わたしに」

「それならわたしはついていく。こっそりと。あなたを——なんていうの? 尾行? そう、あなたを尾行《シャドー》する」

「問題は、あなたの影《シャドー》はけっこう長いってこと。わたしを尾行してシャドウェルにあらわれたら、何マイルも先から姿が見えちゃう。これは面接試験みたいなものだと思うの。あからさまな尾行でだいなしにしたくない。司法側の人間だと思われるから」

「それじゃわたしはなにをすればいい?」

「まえと同じ取り決めで。もしわたしが、そうね、三時半までに電話を入れなかったら、サリーから警察に通報させて」

「警察は救出に向かえばいいの? それともテムズ川の底をさらいはじめるようにいっておく?」

「まずは前者のほうでお願い。エルシーたちの電話番号はこれよ。あなたが電話をかけて、約束して。夕方以降なら、サリーに場所や時間を教えておいて。わたしは外から電話して、もし可能なら合流する」

「ううう、わたしも独りでなにかをするのね」グウェンは誇らしさに胸をふくらませた。「これで正真正銘の探偵よ、ママ！」

「ホイッスルをすぐ出せるようにしとくのよ」

「エルシーやファニーと飲んだらトラブルに巻きこまれると、本気で思ってるの？」

「それはだれにもわからない、でしょ？」


倉庫のドアをノックすると、ピルチャーみずからがドアをあけた。

「ごきげんいかが」アイリスは彼の唇に軽くキスした。「ここまで迎えに出てくれるなんて親切ね」

「つぎからもこうだと思うなよ」アイリスが入ると、ピルチャーはドアに鍵をかけた。

「こんにちは、トニー」アイリスは見張り役に挨拶した。「調子は上々？」

「文句はねえよ」《スポーティング・ライフ》から目もあげずにトニーがいった。

「来な」ピルチャーが先に立って倉庫の奥へ案内した。

「罠じゃないのよね？」アイリスはささやいた。

「ずいぶん彼に気に入られたようだ。あんたを試したがってる」

「恋人の顔をつぶさないようにがんばるわ」

「それでこそおれの女だ」

ピルチャーがクラブハウスのドアを叩いた。ふたりは入室を許可された。

アーチーは仲間の男ふたりとスヌーカーのテーブルにいて、上着を脱ぎ、袖をまくりあげていた。アイリスが驚いたことに、部屋にはエルシーがいて、バーのスツールにちょこんと腰かけ、飲み物をすすりながらゲームを見ていた。

「やあ、べっぴんさんのお出ましか」アーチーがいって、部下のひとりにキューを手渡した。

「時間どおり、だな」

「殿方を待たせるときもあれば、そうでないときもあるの」

「うまいことをいう。ログは説明したかい？」

「お使いの仕事があるってことだけ」

「そうか。エルシー！」

エルシーがカウンターの下に手をのばして、D・H・エヴァンス百貨店のショッピングバッグを取りだした。

「これがその仕事だ。あんたとエルシーはそのバッグをニュー・クロス・ストリートへ運ぶ。住所はエルシーが知っている。三階のフラットへ行って、ドアをあけた男にそれを渡すんだ」

「その男には名前があるの？」アイリスはたずねた。

「ない」

「ならそれが本人だとどうしたらわかる？」

「ほかの男はそのくそなドアをあけねえからだ！」アーチーが声を荒らげた。「ほかになにかばかな質問はあるか？」

「ひとつ」

「なんだ」

「そのバッグになにが入ってるか知らないし、知りたくもない。でもバッグをあけたとたんその男が吹っ飛ぶようなものじゃないってことを、あなたの口から聞きたいの」

アーチーは彼女を見て、それから笑いだした。

「いや、こいつは傑作だ」首を振りながらいった。「なあ、もしおれがだれかを消したいなら、この手でやる楽しみを自分から奪うもんか。それに爆弾は使わん。爆弾は信用できねえ。喉をかっ切るほうが確実だ。これで満足かい？」

「大いに。すんだら、あたしはここへもどるの？」

「それはない。エルシーが明朝おれに報告する。気をつけて行ってきな」

「じゃあまた」

バーカウンターに近づき、手を出してバッグを要求した。

「そっちがよければ、いますぐ出られるわよ」アイリスはいった。

「いいよ」エルシーがいった。「じゃあね、みんな」

アイリスはログに投げキスをした。彼はにらみつけた。

「ああ、そうだった。紳士のみなさんのまえではだめなんだっけ」

「こっち」エルシーがカウンターの端のドアを指した。

そこから出ると、アイリスの推測したとおり、裏は路地だった。エルシーが先に立って北へ向かい、ベイシンに突き当たると、そこから東へ折れた。

「ウォッピングで電車に乗るんじゃないの？」アイリスはたずねた。

「お巡りに近すぎて安心できない」エルシーがいった。「ブランチ・ロードで八二番のバスをつかまえて、トンネルでサリー・ドックスに出るの。そっから電車に乗っていけるよ」

「遠回りね」

「そこよ。おしゃべりする時間ができるじゃん」

「なにを話すの？」

「あんたがあたしの親友の彼氏を寝取ったことについて」

「むかついてるんじゃないかと思ってた」

「むかついてなんかいない。驚いてんの。まさかあのログが浮気を隠しておけるとは思わなかった」

「ティリーを傷つける気はなかった。そうなっちゃったのよ。あたしにもログにも思いがけなかったけど、そうなって、こうなったわけ」

「ティリーがそのことをあたしにいわなかったのも驚き」

「彼女がなにをいったか、いわなかったかは知らないけど。過去にあったことのせいであんたとのあいだにわだかまりを残したくない。事実は変えられないし、謝ろうにも彼女はもうここにいない、だからあたしにできることはもうなんにもないの」

「わだかまりがあるなんていってないよ。あたしたちはやっぱり友だちになれると思う」

「だといいな」

「それじゃ、提案なんだけど。もしあんたにもうちょっと余分に稼ごうって気があるなら」

「どうすんの?」

「バッグの中身を知りたい?」

「それはもう」

「お金」エルシーが声をひそめた。「大金よ。彼はこうやってお金を動かすの。あたしたちのような女を使いたがるんだよ、闇屋に見えないから。あたしたちを待ってる男は銀行員かなんかよ」

「銀行のない銀行員?」

「察しがいいね」

「それで、提案て?」

「ここにはかなりの大金が入ってるから、あたしたちが二、三ポンドくすねても彼らにはわからない」

「数えないの?」

「急いで動かさなきゃなんないし、数えるのは銀行員の手に渡ったあとだから。あたしは以前あちこちからちょっとずつくすねたことがある。これだけ入ってれば二、三ポンドぐらい気づかれないよ。どう？」

「やめとく」アイリスはきっぱり答えた。「アーチーはあたしを信頼して向こうに届けさせるんだから、ちゃんと無事に届ける」

「チャンスを見逃すつもり？　あんたとあたし、週に二ポンドおまけがつくのに」

「やめとく、これは本気だから。さ、走ろうか。バスが来る」

アイリスは目的地に着くまで膝の上のバッグをしっかりつかんでいた。なかに箱が入っていることまではわかった。たぶん、靴箱だ。でも中身がごとごと動く感じはしなかった。

ニュー・クロス・ストリートに着くと、エルシーが顔を近づけてささやいた。「最後のチャンスだよ」

「それでもやめとく。どの家？」

エルシーはため息をついて、その住所へ案内した。ふたりは階段をのぼって三階に着いた。アイリスがドアをノックした。

ドアが勢いよく開き、チェシャ猫のにやにや笑いを浮かべたアーチーが立っていた。

「よくやった。そいつをよこしな」

「あなたがその男だったのね」アイリスはバッグを手渡した。

「おれがそいつさ。ともかく、今回のところはな。入って、茶でも飲んでけ」

アイリスたちはフラットに入った。カードテーブルの上にティーセットが用意されていた。

「質問はあるか」アーチーがいった。

「それじゃ、これはテストだったのね」アイリスはいった。「バッグにお金は入ってないんでしょ」

アーチーは箱を取りだして、開き、テーブルに紙幣数枚をぶちまけた。

「それで？」エルシーに顔を向けた。

「彼女は誘いを全部断った」

「よし」アーチーがアイリスに向き直った。「というテストだったのさ」

「なら合格ね」

「一部はな」

「なにがだめだったの？」

「エルシーを差しださなかった。こいつがおれからちょろまかしていたといったのに、あんたはそのことをおれに黙っていた」

「彼女がいなくなる瞬間を待ってたのよ。目のまえで殺されたくなかったから。服に飛び散った血液を落とすのはたいへんなの」

「ふうん、そうなんだ」エルシーがいった。

「まあ、それに関しては大目に見るとしよう。でもおれの仕事をするなら、おれに忠実でいろ。つるんでる友だちや愛する男にじゃない。アーチーにだ。わかったか」

「わかりました、ボス」アイリスはいった。

「よし。ミルクかレモンは？」彼が紅茶を注ぎながらたずねた。

13

グウェンが電話をかけるとファニーが出た。

「ソフィよ」とグウェンはいった。「どうしてる?」

「相変わらずだよ。どうかした?」

「メアリとわたしで考えてたんだけど、今日あとでよかったら集まらない?」

「いいね。エルシーはいま仕事だけど、あの娘《こ》も夜遊びならいつでも歓迎だよ。あんたとあたしと、メアリとで、先に会ってお茶でも飲む?」

「メアリも仕事中なの、でもわたしは暇よ。どこで?」

「スピタルフィールズ・マーケットのそばに〈ネルズ〉っていういい店があるよ。三時半でいい?」

「三時半、ね。住所を教えて」

「コマーシャル・ストリート沿い、〈テン・ベルズ〉のすこし先」

「わかった。ではそこで」

電話を切ると、グウェンはサリーからアイリスに伝えてもらう情報を書きとめた。

メモをタイプライターの上に載せているとき、電話が鳴り、受話器を取った。

「アイリスはいます？」

「すみません、ただいま外出しております。メッセージを伺いましょうか」

「ええ。ジェシーに電話するようにいってください」

「ジェシー？　記録課にいるアイリスのお友だち？」

電話の反対側で長い間があった。

「それを知ってるのね」ややあってジェシーがいった。

「わたしたちはパートナーですから」

「とにかく、他言しないはずだったんだけど。電話をくれるように伝えてください。番号は彼女が知っています。それに、あなたがわたしのことを知っているのは愉快じゃないと伝えて」

「あの、ごめんなさい、もしも――」グウェンはいいかけたが、電話は切れた。

一時にサリーがやって来た。

「昨夜ゴルゴーンとはいかがでしたか」彼がたずねた。

「相手の目を見て、にらみつけてやったわ」グウェンはいった。

「でもあなたは石像にされていない」サリーが見たままをいった。「上出来でしたね」

「あなたを専属の演技コーチ兼戦術アドバイザーとして雇うべきかしら」

「なんなりと、ご要望どおりに、ミレディ。バーレットの上にわたしの出動命令が見えますね。お出かけですか？　危険と剛胆な行動を伴うのでしょうか？」

「お茶を飲むの」グウェンはベレーを手に取っていった。「クランペット一枚、ひょっとしたら二枚に手を出すかも。でもわたしの向こう見ずな行為はせいぜいそこまでよ」

「兵隊は胃袋で動くのです（腹が減っては戦はできぬ）」

「きっとひどくぎこちないわね」

「慣れますよ。あなたとともにいざ戦わん、ミレディ。クランペットを鳴らせ！」

「ミューズの祝福がありますように、サリー」グウェンはバス路線図を取りだした。「ああ、これを訊かなくちゃ——スピタルフィールズ・マーケットっていったいどこにあるの？」


八番のバスでリバプール・ストリート駅までは行けた。そこからは歩いた。曲がる角を何度かまちがえたあと、グウェンは行商人に正しい行き方を教わった。赤煉瓦の建物に囲まれた屋根つきの市場が大きな四角いブロックの大半を占めていて、そこを過ぎるとコマーシャル・ストリートだった。市場と向かいあった南の角に〈テン・ベルズ〉というパブがあり、その隣のウナギとパイの店では店先に並んだバケツのなかで食材となる運命を待つ銀色の生き物がもつれあい、ゆっくりとうごめいていた。その先が〈ネルズ・ティールーム〉で、ウィンドウ内のケーキスタンドには食欲をそそるケーキやタルト、ビスケットにクランペットがぎっしりと陳列されていた。


ファニーはもう店のまえにいて、通りの左右を心配そうに見やっていた。グウェンが目に入ると、陽気に手を振ってみせた。

「早く着いちゃった！」通りを渡るグウェンに向かって叫んだ。「そっちはきっかり時間どおり。苦労しないで見つけられた？」

「すこし迷った、でも方向感覚はよくなってきたわ。バスの車掌の仕事に就こうかしら」

「ふうん、いいじゃん。天気がいいときなら。悪いとびしょびしょになるけどね」

ふたりは店内に入った。ほぼ満席で、女性客がほとんど、その多くはお菓子をくれとわめく小さな子どもたちと一緒だった。

「静かですてきな店」ファニーがにやりと笑った。「紅茶？」

「ええ」

「あのチェリータルト、美味しそう」

「そうね、でもわたしはお茶を提案されたときからクランペットの気分なの、だからクランペットにする」

それぞれ注文を終えると、ファニーが厨房のドア近くのテーブルにトレイを運んだ。「ここでいい？」

「いいわよ」グウェンは角に近いほうの席に着いた。

ファニーが紅茶を注ぎ、チェリータルトをひと口かじった。

「うーん、これ美味しい」恍惚《こうこつ》のため息をもらした。「味見して。そっちのクランペットもひと口もらうから」

グウェンは身を乗りだして、差しだされた菓子をひと口食べた。

「美味しいわ。チェリーなんて何年ぶりかしら」

「きっとコネがあるんだよ。どこかのさくらんぼ農家に、わかんないけど、ケントとか？」

「ケント？　チェリーはそこから来るの？」

「あたしもちゃんと知ってるわけじゃないんだ。でも本で読んだことある。あんたは知ってる？」

「考えたこともなかったわ。魔法みたいに市場にあらわれると、それを食べていた」

「うん、その魔法は消えちゃったよね？　戦争中恋しかったもののなかで、あたしはチェリーがいちばんだった。いまだにめったに見つからないね」

ファニーは紅茶をすすり、カップの縁《ふち》越しにグウェンを見た。

「なにか話したかったことがあるんじゃない？」とグウェンは訊いた。

「なんでそう思うの？」

「あなたのご近所から離れたティールームに誘ったでしょ。それに窓から遠い奥まったテーブルを選んだ」

「抜け目がないね。そう、あんたに訊きたいことがあったんだ」

「いいわよ。なあに？」

「デズ」

「ああ。そうじゃないかと思った」

「人がどんなもんか知ってるよね。もう噂になってんの」

「どんな噂？」

「わたしたちのあいだにはなにも起きてないもの」


「べつに話すようなことはないのよ。わたしたちのあいだにはなにも起きてないもの」

「けどデートに誘われなかった?」

「電話をくれとはいわれた」グウェンは認めた。

「で、かけるんでしょ?」ファニーは顔を近づけんばかりだった。

「まだ心が決まっていなくて」

「なんで?」ファニーが叫んだ。「どうしてよ? 彼がうなずいてくれたら、あたしならすぐに飛びつくけどな」

「事情が込み入ってるの」

「ねえ、もしあたしに遠慮してるんなら、それはやめて。あたしは彼とは望みなしで、もうこれ以上あいつの足元にひざまずく気はないから。彼はあんたのものだよ」

「彼はわたしのものじゃないし、わたしは彼のものじゃない。でもそのことであなたが気を悪くしないでくれたらうれしいわ」

「ま、ほかの魚が見つかればいいんだ。さがしつづける。少なくともティリーが行ったあっせん所を試すほど切羽詰まってないし」

「彼女は切羽詰まっていたんだと思う?」グウェンはいささかうしろめたい思いでたずねた。

「あの娘はイースト・エンドから出ていきたかったんだよ」

「ロジャーのせいで?」

「ああ、あれ」ファニーは一笑に付した。「彼とおさらばできてティリーは清々してたよ。メアリとこっそりつきあってたのは、あたしも知らなかったけど。そっちは？」

「メアリがだれかとつきあってるのは知っていたけど、詳しいことはなにも聞かされていなかったの。相手は既婚者なのかもしれないって思ってた」

「ふうん、彼女は秘密を打ち明けたがらない人なんだね」

「わたしは訊かない。いい悪いもいわない。友だちだから」

「うん、それはわかるよ。あたしたちは日曜に教会に行って、ほかの六日間は闇屋を追っかけまわしてる。若いうちに楽しんだほうがいいよ」

「それがだめとはいわない。でもティリーはそういうのから抜けたかったんじゃないかしら。ロジャーのまえにはだれかいたの？」

「決まった相手はいなかった。ティリーはワインやごはんをおごられるのが好きでね。アーチーの仲間がお気に入りだったのは、あの連中にはごちそうしてくれるお金があるからだよ」

「じゃあ、彼らが怖くはなかったのね」

「彼らはね」

「ログも？」

「なかでもログは。彼女よくいってた、『これがあたしの指、それに巻きついてるのがログ。あいつはあたしを手なずけて利用してると思ってる、けどこっちも同じくらい彼を利用してるのよ』って」

「お似合いに聞こえるけど」

「相性抜群のカップルだった、別れるまでは。別れたときはびっくり仰天したけど、いまなら全部納得できる」

「わたしにも納得できれば。それは一か月まえ?」

「そんなとこかな。その後あれよあれよという間に、彼女は死んじゃった。その路地、ここから歩いて十分とかからないとこなんだよ」

「この近くで起きたの?」

「知らなかった?」

「イースト・エンドはよく知らないの。地名を聞いてもわからなくて。ティリーはカフェに行ったのよね、名前は忘れたけど」

「〈ガーランド〉だよ。ミドルセックス・ストリートにある」

「それじゃ、シャドウェルでもウォッピングでもないのね。知り合いに見られたくなかったんだわ」

「あたしみたいにね。ひと目見たい?」

「なにを? そのカフェ?」

「そう。あたしは見たい。彼女が人生最後にいいもんを食べたのかどうか知りたい」

「それは——それってかなり病的、じゃない?」

「ならあたしは病的なんだ」ファニーが認めた。「あんたはどう?」

「わたしは――ええ、かまうもんですか。おかげで興味津々《しんしん》よ。案内して」

ミドルセックス・ストリートはスピタルフィールズ・マーケットの南西を走る一方通行の通りだった。歩道に連なる店舗は平屋、もしくは二階建てで上がフラットやオフィスになっている。〈ガーランド・カフェ〉は鮮やかなグリーンと白のストライプの日除けが目印だった。女ふたりは窓から店内をのぞきこんだ。

内装は美しかった。床はグリーンと白のダイヤ柄のタイル。テーブルには刺繍《ししゅう》で縁取りされた白のクロスがかかっている。ウェイトレスたちが忙しそうに立ち働き、午後遅いお茶を出していた。壁を埋め尽くすほど花の絵が掛けられていて、それぞれの額の上部から造花が垂れさがっている。

「かわいい」ファニーがいった。「少なくとも最後の晩餐はきれいな店だったんだね」

鼻をぐすぐすさせはじめ、ハンドバッグからハンカチをつかみ取った。

「彼女、これを待ち焦がれて、すごくわくわくして幸せそうだった」本格的に泣きだした。

「いままでとちがうまともな男を望んだだけなのに。こんなところから連れ去ってくれるだれかを。一生楽に暮らすんだっていってたのに、このざまだよ」

「一生楽にって、どうやって?」グウェンはたずねた。

ファニーはハンカチを振ってくるくるまわした。

「全部がらりと変えるようななにかがもうじき入るんだって。そしたらいい男と結婚して、どこかに落ち着くんだって話してた。計画があったんだよ」

「なにかが入る？　お金？」

「わかんない。教えてはくれなかった」

グウェンはまたカフェの店内を見た。

「殺されたのはここじゃないわ。ひとりで食事したあと店のまえで待っていたと新聞に書いてあった。それからいなくなったの——だれと一緒だったか目撃した人はいない。そしてどこかの路地で発見されたのよね？」

「あっち」ファニーが指差した。

ミドルセックス・ストリートから細くて暗い一車線の通りが枝分かれしていた。ふたりは意を決して用心しいしい歩きだした。

「そっち側で見つかったと書いてあったよ」ブロックなかほどのパブを過ぎたあたりに空き地が見えた。「ティリーはその店には入ってない。そいつは一杯やろうと誘ったはずで、ティリーがそういう誘いを断ることはめったにないんだけど、そのパブではだれも彼女を見かけてないんだよね」

「人通りは多くない」グウェンは周囲を見渡した。「そこでふたりきりになるのはむずかしくなかったでしょうね」

「たぶん、ちょっと気持ちいいことをするんだろうと思ったんだよ」ファニーは鼻をぐすぐす鳴らした。「せめて目をつむってるあいだに刺されたんだといいけど。ああ、やっぱ来るんじゃなかった。涙でぐしょぐしょになっちゃった。きっとすごい顔だよね」

「ほら、お化粧を直させて」グウェンはいった。「わたしは涙のエキスパートなの」

その後ふたりは〈マールズ〉へ歩いていった。アイリスとエルシーは先に着いていた。アイリスがおどけて手を振った。

「こっち来て、祝ってよ！」エルシーが大声でいった。「メアリが新しい仕事をもらったんだよ！」

「なんですって？」グウェンが叫んだ。

「やあね、騒がないで」アイリスが声をたてて笑った。「そう、合格したの──面接に」

「面接！」エルシーが鼻で嗤《わら》った。

「どういう仕事？」ファニーがバーカウンターへ向かうと、グウェンはたずねた。アイリスはこれ以上ないほど真面目くさった顔でグウェンの目をまっすぐに見た。

「あんたにはいえない」といって、エルシーとふたりで笑いころげた。

「あとでびんたしてやるからおぼえてて」グウェンはいった。

ファニーがパイントグラスふたつを持ってきて、一方をグウェンに手渡した。

「つぎはわたしがおごるわね」グウェンはいった。「なにに乾杯するの？」

「ナイロンストッキングと、それが女にもたらしてくれるすべてに！」アイリスが声高らかにいった。

「ストッキングに！」ほかの三人も声を揃えた。

さらに飲んで、乾杯したが、さして有益な情報は出てこなかった。アイリスとグウェンはアーチーの仲間があらわれるまえに脱出しようと、口実をつくってお開きにした。

店を出ると、グウェンはいささかふらついていた。酩酊《めいてい》寸前に見えていたアイリスのほうは、たちまちしらふにもどった。

「どうしたらそうなるの？」グウェンは目を丸くした。

「それほど飲んでなかったから。酔っぱらったように見せるのは有効なテクニックよ。でもエルシーからはたいして聞きだせなかった。ファニーのほうは収獲あった？」

「ティリーはログ以前に真剣につきあった人はいなかったみたい。つまりあの仮説が成り立つ。彼女はたしかに、近い将来なにかがあるとほのめかしていたそうよ」

「そうなの？　なんだろう」

「ファニーは知らなかった。エルシーなら知っているかしら」

「かもしれない。秘密を守るのはエルシーのほうが上手い。わたしがクラブハウスに着いたら、エルシーはもうアーチーや仲間たちとそこにいたの」

「彼女をどう見る？」

「意外や意外」

「あのグループのなかで頭が切れるのはエルシーね、いまはティリーもいないことだし。自分で話してるよりもアーチーと深くかかわっている気がするわ。ティリーが亡くなってひどく落ちこんでいるようには思えない」

「ティリーはアーチーの仕事をどのくらいやったのかな。もっと入りこんだら、なにが出てくるか調べてみる」

「新しい仕事がなんなのかまだ聞いてないわよ。そのなかでエルシーはどんな役割なの？」

「ああ、最初のテストはお金を運ぶことだったの。エルシーは同行して、誘惑をしかけてきた。罠なのが見え見えだったけどね」

「お金ってどのくらいの？」

「数えなかった、数百ポンドかな」

「信じられない！　あなたが正直な研修中の闇屋で残念。それだけあれば休暇をとって旅行ができたのに」

「報酬としてもう一足ストッキングをもらったわよ。アーチーに気に入られたみたい。わたしとログが熱愛中で残念」

「あなたの紡《つむ》ぎだすもつれた糸ね。いいわ、さしあたり過去の恋人たちはおいといて、不正行為の話にもどるけど。ティリーが関係していたってことはあるかしら、その盗みに――なんだっけ、もういっぺんいって」

「衣料配給切符の偽造に使う原版」

「そうそう。わたしは偽造に詳しいとはいえないんだけど。その項目はあなたが話題にできない灰色の広大なエリアに属するスキルなの？」

「ちがうけど」アイリスは思案した。「でもひとり心当たりがある。明日の朝、彼に会いにいってみてもいい。オフィスで待ちあわせて、一緒に行こうか」

「そうしましょう。そうだ、お友だちのミス・ケンプから電話があったの。あなたに話があるって。悪いけど、彼女がだれなのかわたしが知っていると、向こうにわかってしまって。怒ったみたいだった」

「あらあら。うまく取り繕《つくろ》わなくちゃ。彼女に合うお相手を見つけるのに、あなたの力を借りようと思ってたところよ」

「うちのお客さまなの?」

「正規の契約というよりは、非公式なサービスとの交換条件」

「なるほど。ずいぶん役に立ってくれてるものね。あ、やっと電車が来たわ」


怪しげな車がアイリスを尾《つ》けてくることはなかった。政府からも暗黒街からも。隣の通り沿いのレストランで、壁に背を向けて入口を見張れるテーブルに着き、自分にポークチョップを振る舞った。誘いをかけてきた男をあっさり追いはらい、アンドルーはいまごろどこにいるのだろうと思いをめぐらせた。

彼が待っている可能性がないと知りながらフラットに帰るのは、それまでとはちがった。人《ひと》気《け》のない、見棄てられた静けさが小さな部屋を満たし、いつしかそのなかで溺《おぼ》れ死にそうになっていた。

自分の人生をどうするか、これからは真剣に考えなくてはならない。グウェンに痛いところを突かれて、アイリスは心を乱されていた。うろたえたのは、彼女の指摘が一言一句正しかったからだ。競争相手でもなんでもない女友だちをもつことに、アイリスは慣れていなかった。グウェンにはなにもかも話したかった。

　でもすべて打ち明けたら、グウェンは去ってしまうかもしれない。

　アイリスはため息をついた。そこでジェシーからの電話を思いだし、受話器を取って、番号をダイヤルした。

「アイリスよ。いま話してもだいじょうぶ？」

「今週も金曜の夜を自宅で過ごしてる、あなたのおかげで」ジェシーがいった。

「いまさがしてるから。じつは奥の手を使うつもり」

「どんな？」

「わがパートナー、グウェン。天賦《てんぷ》の才があるの」

「そう、その話をしなくちゃ。彼女はわたしの名前を知らないはずだったわよね」

「悪かった。わたしたち、いまこちらの意に反してある状況に陥《おちい》っていて、総力を挙げて闘ってるの」

「それはべつの話。あなたのせいでこっちはとんだトラブルに巻きこまれるところだったのよ、わかってる？　死んだ女性のファイルなんか調べさせられて」

「それはフェアとはいえないわよ、ジェシー。あの時点では死んでなかったでしょ」

「だからましだっていうの？　ファイルを持ちだすときサインしなくて助かった。さもなきゃ厄介事に首まではまりこむところだったわ」

「ほんとうに、ごめん。将来殺人の被害者になりそうな人物の照会は今後頼まないようにする」

「そういうのは予測しづらいんでしょうけどね。でも、あなたが調べたかった女性はかならずしも正道を歩んではいなかったようよ」

「一度逮捕されたことのほかにもなにかあるの？」

「ウォッピング・ウォールのギャングとつるんでいるという記述が何か所か。アーチー・スペリングの一味。聞いたことある？」

「もう知りあった。いまじゃみんなお友だちよ」

「あなた、このところ忙しかったものね。その連中には注意してよ。いいわね？」

「そうする」アイリスは約束した。「あ、もうひとつ、わたしの好奇心を満足させて。例の一件でミス・ラ・サルを逮捕したのはだれか思いだせる？」

「やだ、調べなきゃならないじゃない。変わった名前だった――魚を連想したのよね」

「ピルチャー？」

「ピルチャー！　ピルチャードみたいな！　そう、それよ」

「そうじゃないかと思ったの。わかった、わたしたちのスペシャルな関係のことはだれにもいわない。いい結果が生まれるわよ」

「でしょうね。あなたの男はどうしてる？」

「いま現在男はいない」

「友だちにさがしてもらえばいいじゃない」

「責任が重すぎる」アイリスは笑った。「わたしは容易に満足しないの。じゃ、おやすみ」

「あなたがこれから会うのは、わたしの過去のミステリアスな期間に知りあった人物よ」翌朝メイフェアから東へ歩きながら、アイリスがいった。

「会話でふれちゃいけないことは？」グウェンがたずねた。

「彼の専門分野に関するかぎり禁句はなにもない。彼とわたしがおたがいを知るようになったいきさつや、一緒にどんなことをしたかには立ち入らないで」

「元カレじゃないのよね」グウェンは相手をちらりと見やった。

「今回はちがう。わたしをどう思ってるか知らないけど、だれもかれもが元カレってわけじゃないの」

ふたりは劇場街を抜けて、アーラム・ストリートを右折した。

「ここよ」アイリスがいった。

看板に〈J・B・スモーリー&サンズ　高級印刷&リトグラフ〉と書いてあった。店は驚くほど派手な茶色に塗られている。ウィンドウに飾られた写真は、題材も被写体の年齢もさまざまだった。ふたりはしばし足を止めて見入った。

「わたしの稼ぎじゃ手が届かない」アイリスがいった。「まだ店内のお宝に届いてもいないのに。入る?」

グウェンはフォロ・ロマーノのエッチングに目を奪われていた。

「泣かないで。仕事があるのよ」アイリスが声をかけた。

「そうね。入りましょう」

店内はギャラリーになっており、展示できるプリント数を最大限にするためのパーティションが迷路を形成していた。前世紀のアスコット競馬場でなら場違いにならなかったであろうカッタウェイ・スーツを着た長身の男が、中年婦人ふたりを相手に豊かな声量で講釈している最中だった。女性たちのハンドバッグは、まちがいなくそこで使うつもりの現金の重さで垂れさがっていた。

「あれがJ・B・スモーリー」アイリスが小声でいった。「いまは忙しそうね。待ってるあいだざっと見てまわってもかまわないでしょ。涙の引き金を引くものにはなるべくつかまらないでね」

「あそこの動物写真のコーナーは涙なしに見られそう」グウェンはいった。「彼の手が空いたら呼びにきて」

彼女がぶらぶら歩み寄ったそのコーナーは、カール・フォン・リンネ博士の時代にさかのぼる、博物学者たちが見たままの、あるいはそうあってほしいと願う生き物たちの表現に捧げられていた。なかの一枚がとくに目を惹き、グウェンに幸せな微笑をもたらした。彼女はよく見ようと近づいた。

それはイッカクだった。大洋の荒波に囲まれ、黒い岩の上という現実的でなさそうな場所で、尾を上げたポーズを取っている。丸々とした体には不規則なかたちの斑点が散っていて、特徴的な牙には全体にらせん状の筋が入っている。

「それはアルフレート・ブレームの『ブレーム動物事典』第一版の挿絵です」背後からあの声量豊かな声がした。「ご存じですか」

「いいえ」グウェンは振り向いて正面から彼を見た。「でもイッカクは見ればわかります」

「なぜかとおたずねしてもよろしいでしょうか」

「家にイッカク愛好家がおりますので。大英博物館で見て、とりこになってしまったんです。いまはイッカクの冒険物語を書いています。ブレームの動物事典ってなんですの?」

「動物の百科事典ですよ。初版は全六巻、一八六〇年代にドイツで出版されました」スモーリー氏がいった。「挿画の監修はロバート・クレッチマーでしたが、このイッカクは彼自身が描いたのではないと思います。たんなる私見ですがね。それを立証するすべはありません。ですが、これはオリジナルの版から印刷されたものです。奇妙な生き物ですが、どことなく愛嬌《あいきょう》がある」

「それなりの愛らしさがありますよね」グウェンは同意した。値段に目をやって、ため息をついた。「残念ですけど、男の子の遊ぶ部屋に飾るイラストにしては少々高価すぎますわ」

「ずっとお安くお勧めできる複製がありますよ。たまたまわたしもイッカクの大ファンでして。息子さんの趣味のお手伝いができれば幸いです。奥へいらっしゃいませんか」

「ええ、ありがとうございます。友だちも加わってかまいませんこと？」

「ミス・スパークスは店内のどこへでもつねに歓迎です。わたしはジェイムズ・スモーリー、どうぞよろしく」

「グウェンドリン・ベインブリッジです」

「おやおや、ジミー」やりとりを一部始終観察していたアイリスがいった。「完璧な演技だったわ。感心しちゃった」

スモーリーはアイリスに顔を向けて、唇に一本指をあて、うっすらと笑みを浮かべた。

「こちらへどうぞ」彼はふたりを店内奥のドアへ導いた。

その先は広い収納場所になっていて、中身を示すラベルを貼ったボール紙の筒がいくつもの棚に収まっていた。片側に机がひとつと椅子が数脚あった。

「会えてうれしいよ、スパークス」スモーリーがにやりと笑いかけた。

口調がさっきまでほど上流階級風ではなくなったわ、とグウェンは気づいた。

「こっちも会えてうれしい」アイリスがいった。「グウェン、こちらが〝代書屋〟ジミー。ロンドンで指折りの腕利き偽造屋よ」

「引退を強いられるまではね」彼が早口でつけ加えた。「何年か王室の独房の招待客になったんです、ふたたびわたしの奉仕が要求されるまで」

「ジミーは戦争中ヨーロッパに潜入した大勢の勇敢な男女のために書類を偽造したの」アイリスがいった。「彼に並ぶ者はいないわ」

「数多《あまた》のひとりですよ」彼が謙遜《けんそん》していった。「わたしの技術を祖国のために役立てられて幸せでした」

「おまけに出所できたしね」アイリスがいった。

「完全赦免だよ。新たな人生に踏みだしてよいという許可だ、正直でいるかぎりは」

「ここはどれもかなり――合法的に見えますね」グウェンはいった。

「生き物はドイツの通行許可証よりもはるかに偽造しやすいんです」スモーリーがいった。「わたしが偽造屋になったのは、芸術を生むより模写するほうが得意だったからですが、こうしたすばらしい作品に囲まれて暮らしたいという思いは消えませんでした。そしてなんということか、この店を経営したら収入も増えたのです！」

「最初からそのことに気づいていたら、あなたの人生はちがっていたと思うでしょ」アイリスがいった。

「たしかに。でもいつも同じ結論にたどり着くんだ。もし自分がだれよりも巧くできることをやっていなければ、あれほど戦争で貢献できなかったろう。兵士としては使いものにならなかっただろうね。さて、用件に入ろうか、スパークス。電話ではわたしの知恵を借りたいといっていたが。なにをたくらんでいるんだ？」

「わたしのたくらみじゃなく、ほかのだれかさんのよ。大がかりな偽造が進行中らしいの」

「造っている品物は？」

「衣料配給切符」

「ほう、そいつはいい狙いだ」スモーリーは椅子の背にもたれて、両手を頭のうしろで組みあわせた。「自作の版で？」

「本物よ。盗まれて、その後また盗まれたの」

「ざっと説明してくれ」

アイリスがいきさつを要約するあいだ、ジミーは体を前後に揺らしながら聴き入った。

「気に入った」話がすむと、彼がいった。「配給切符の偽造に芸術性はないが、その事業のスケールは評価できる。それで、わたしからなにを知りたい？」

「彼らになにが必要か、それがどこで手に入るか、わたしたちが同じ物を見つけて、そこから彼らの足跡をたどるにはどうすればいいか」

「それだけかい？」スモーリーが声をあげて笑った。「そうだな、印刷所が必要だ、なるべく人目につかないへんぴな場所に。本物同様のインキも必要だし、同じ色と材質の紙も要る。それに実行する人手も。運搬やらなにやらで」

「紙は不足していますよね」グウェンがいった。「配給ですし。どうしたらじゅうぶんなだけ手に入るんでしょう」

「いや、なんにでも闇のルートがあるんです。コツは正しい紙を手に入れること——わたしがこれまでに見た偽造切符の多くは、紙が厚すぎたり、手ざわりがなめらかすぎたりしましたよ」

「見たことがあるんですか？」

「ときおり政府に意見を求められますのでね。わたしが自由でいる条件の一部です」

「たとえばわたしが正規のルートを通さずに大量の紙を仕入れたいとします。どこでなら見つかるでしょうか」

「そうですね、合法とはいいきれない物を紙で作っている人間のところでしょうか」

「たとえば？」

「私設馬券屋——馬券には大量の紙を使いますし、そこなら紙を小さいサイズに裁断できます。配給切符を作るにはうってつけですね」

「それはひとつの考えね」アイリスがいった。

「それに——つぎの提案で卒倒するほどおふたりともヤワじゃないとお見受けするが？」

「精一杯努力するわ」

「ポルノだ。つねに身近にあり、つねに手に入る。人が買いつづけるからだれかが印刷しつづける。この店にも特別なコレクター向けに数点おいてあるよ。お見せするのは気恥ずかしいが、木版刷りの細部がそれは見事でね」

「ありがとう、でも遠慮しとく」アイリスがいった。「それじゃ、わたしたちがつぎに目指すのは私設馬券屋とポルノ写真屋ね。すばらしい。ありがとう、ジミー。いつもながら最高よ」

「そちらもね」スモーリーは立ちあがった。「ちょっと待った」

彼は棚をごそごそかきまわし、やがて丸めた一枚のプリントを持ってくると、机にひろげた。

「イッカクだわ！」グウェンが叫んだ。「わたしたちを奥へ来させるためのたんなる口実かと思っていました」

「オリジナルではないですが、出来のいい複製です。たいへんお求めやすいお値段でお譲りしますよ」

「とてもすてき。ええ、ありがとう。いただきます」

アイリスはしげしげと目を凝《こ》らした。

「これはあなたの複製よね、ジミー?」

「そうだよ」

「でも偽造ビジネスからはもう足を洗ったんでしょ」

「このように認可されている複製は偽造とはいわない。わたしはいまもアーティストだ。それにイッカクは大好きなんだよ」

「そうでない人がいる? グウェン、わたしは表で待ってる」

グウェンはまもなく合流した。イッカクの絵は丸めて、安全にボール紙の筒に収めてあった。

「ためになったわね」オフィスへ歩いて帰りながらアイリスがいった。「さ、あとは競馬界とポルノ業界に飛びこむだけね、足をすべらせたり、服を脱がされたりしないように。そんなに多くはないはず――」

「アイリス」グウェンが思案の面持ちでいった。「その場所に心当たりがあると思うの」

14

「そんな格好してくるなんて信じられない」アイリスがいった。

「ごめんなさい、泥棒に入るなんて初めてだから」グウェンがいった。「なにを着ればいいかわからなかったの」

「お上品な女ペンキ職人みたい」

「いい服は着たくなかったんだもの。屋根裏を這ったり、窓をよじのぼって入りこんだりするのかと想像したから。このつぎはどうすればいいのか先にいってね」

それは翌朝の七時、ふたりはコマーシャル・ロードとサットン・ストリートの角で待ちあわせていた。日曜の早朝とあって人通りはほとんどない。隣のブロックのローマ・カトリック教会はまだ扉を開いてもいなかった。

グウェンはグレイの男物の胸当てつきズボンを穿《は》き、ウエストを紐できつく締めあげていた。上は着古したモスリンのブラウスで、ペンキが飛び散っている。それでもストローハットの下の髪は一分の隙もなく整えられていた。

アイリスのほうはふだんのオフィス用スーツに、いつもより大きめのハンドバッグを持っていた。

「いまでもあの緑色のペンキの筋が目に浮かぶ」

「ふたりでオフィスを塗り直したときと同じ格好じゃない」アイリスが思いだした。「いまでもあの緑色のペンキの筋が目に浮かぶ」

「なにを着ればよかったの？」

「平凡な人に見える平凡な服、それに走れる靴」

「ああ」グウェンの顔がくもった。「どこかの時点で一目散に逃げることになると思ってるのね？」

「その可能性はつねにある。さて、あの男はどこ？」

アイリスは通りの両方向へ目をはしらせた。

「彼は不賛成なのかも」グウェンがいった。「おじけづいたのかもね」

「一発鋭いキックをお見舞いしてやろうか——あ、来た」

待っているふたりのほうへ、ふだんのピンストライプのスーツ姿でのんびりとロジャー・ピルチャーが歩いてきた。

「おはよう、ご婦人方」トリルビー帽のつばに指を一本あてて、挨拶した。

「遅いわね」アイリスがいった。

「それほどでも」

「今度ステップニーのまんなかで待たせたら、あなたとは手を切るわよ」

「あら、ここはステップニー？」グウェンがより興味をもって周囲を見まわした。

「彼女はここでなにをしてるんだ」ピルチャーが訊いた。「ヴァン・ゴッホのモデルをする約束でもあるのか?」

「ヴァン・ゴッホを知ってるのね」とグウェン。「役柄とまるで合っていないわ」

「おたがいさまだ。そろそろどういうことか話してもらおうか」

「グウェンがこのすばらしいアイデアを思いついたの」アイリスがいった。

「どちらかというと仮説よ」グウェンがいった。

「でもかなりいい仮説よ」

「推測ね、それは認める。ほんとうに受け容れられるには証拠が必要」

「かくしてわたしたちがここにいる」

「コマーシャル・ロードに」とピルチャー。「ステップニーの。あんたら、まだなにもいってないじゃないか」

「実際のところ、なにもないの」アイリスがいった。「でもわたしたちは行方知れずの原版がどこにあるかわかると思うのよ」

「そうなのか?」彼が声をあげた。「どこに? どうして?」

「歩きましょ、それから説明する」

アイリスはサットン・ストリートに曲がり、歩調を速めた。ピルチャーはあたふたと追いかけなければならなかった。グウェンは余裕綽々《しゃくしゃく》でふたりについていった。

「でね、わたしたちは考えてたの、もしもアーチーから原版をくすねたというグループにミス・ラ・サルが属していたんだとしたら」アイリスは切りだした。

「あり得ない」ピルチャーがいった。「彼女はおれの情報源だった。おれに知られずにそんなことができたはずはないよ」

「ほら、あなたは彼女をちゃんと評価していない。正規の教育はそこそこしか受けていなくても、ティリーは頭が切れた。暴力的な世界でいかに生き残るか、どうやってひと儲《もう》けするか心得ていたのよ。自分がタレコミ屋だとアーチーにバレないようにしながら、彼の下働きをすることができた」

「そのことと原版になんの関係がある？」

「それが盗まれたのはティリーがあなたと別れたとされているころだった」グウェンがいった。「彼女はファニーにいっていたの、一生楽に暮らせるなにかが近々入るって。それにこうも――」

グウェンはピルチャーに目を向けられて躊躇《ちゅうちょ》した。

「なんといったって？」彼がいった。

「あなたについては中傷的な発言をしていたわ」

「具体的には？」

「あなたは彼女を手なずけたと思っているけど、じつはその逆だって」早口にいった。「ごめんなさい」

「彼女がそういったのか？」ピルチャーは頭を振った。「女ってのは図太いな。待て。ここはマーサ・ストリートじゃないか」

「ジャ・ジャーン！」アイリスがにんまりした。「生前ティリー・ラ・サルが働いていたトルバートのドレスショップよ」

「ああ、知ってるよ。なにをするつもりだ」

「これが大いなる仮説なの」

「それには、さっきもいったように、事実に基づく根拠が必要」グウェンが補足した。「でもわたしはかなり確信をもってるわ」

「頼むからその仮説とやらをとっとと聞かせてくれないか」

「あなたがいって」グウェンがいった。

「だめよ、そっちの説でしょ」とアイリス。

「わかった。わたしたちは偽造の仕組みややり方を調べていて、そのためになにが必要かを知ったの。印刷機、紙をちょうどいいサイズに裁断する装置、一冊に綴《と》じる機械、インキ、なにより重要なのは紙」

「そんなことはこっちもとっくに知ってるよ」

「紙。それが鍵だとわたしは思ったの」グウェンは続けた。「たいがいの品物と同じように、紙は不足していて配給制になってる。わたしたちの大切な友人の劇作家もいっていたけど、彼はこのままいけばかならずや名を成して――」

「話がそれてる」アイリスがさえぎった。

「そうね、ごめんなさい。集中、グウェン、集中して。それで、闇で紙を入手できる業界のひとつはポルノかもしれないと」

「あんたがポルノを知ってるって？」ピルチャーが笑った。「上流のご婦人かと思ってたよ」

「上流階級で育ったどんな娘だって父親がどこに卑猥《ひわい》な写真をしまっているか知ってるわ。親たちがドレスアップして晩餐に出かけているあいだにさがしだして、穴があくほど見たものよ」

「知らなかった。しかしこの長ったらしい話のなかのだれがポルノを売ってるんだ」

「ミスター・トルバートよ」グウェンが興奮気味にいった。「彼の机のなかからミス・ラ・サルのきわどい写真を見つけたの」

「それはいつだ」

「このまえの水曜。そして見て、彼のお店のすぐ隣がなにか！」

ピルチャーが見ると、彼の両脇に立っている女ふたりは期待をこめてその顔を見つめた。

「印刷屋」彼がのろのろといった。「板張りされた印刷屋だ」

「そのとおり！」グウェンがいった。「ドレスショップの隣に閉店した印刷屋。女性向けの服飾店にしてはひどい場所だわ、しかも電車の駅は何年もまえから閉鎖されているし。そして反対側は倉庫。写真や紙、そのほか得体の知れないあらゆる物をしまっておける」

「そしてここからあなたには背を向けていてもらう」とアイリス。

「おれがなんだって？」

「そっちは政府の人間。わたしたちはちがう。こっちにはあなたにできないことができるの。

さあ、ダーリン、あっちを向いて、わたしたちは空き巣に入るから」

「なにをするって？　正気をなくしたのか？　不法侵入なんてゆるされない――」

「お願い、もう黙って」とグウェン。「こっそりやろうとしているのに」

ピルチャーが口をあんぐりあけて角に立ち尽くしているあいだに、ふたりの女は通りをぶらぶら歩いていった。立ち止まり、トルバートの店のショーウィンドウをのぞいた。

「閉まってるわね」グウェンがいった。

「だから日曜を選んだんでしょ」

アイリスはバッグに手を入れて、小さな黒革のケースを取りだした。印刷屋のドアに歩み寄り、南京錠を持ちあげて検《あらた》めた。

「ちょろいわね。一分ちょうだい」

ケースのファスナーを開き、薄い金属ブレードを一対取りだした。

「なにをやってんだ？」ピルチャーが背後からたずねた。

「あなたは向こうにいるはずだったでしょ」グウェンがきつい口調でいった。

「だけど彼女は錠をこじあけようとしてるんだぞ！　そもそもなんでやり方を知ってるんだ？」

「それは話せない。ああ、気持ちいい台詞」

うしろで金属が裂けるような音がした。グウェンが振り向くと、アイリスが南京錠を取りはずして、ドアを開くところだった。

「見事なお手並み」

「このタイプは簡単なの。さ、入ろうか?」

女たちはするりと忍びこんだ。ピルチャーはしばらくその場に立ちすくんでいた。するとアイリスが顔を突きだした。

「入るの、入らないの? 入らないなら、わたしたちのためにあの角へもどって見張りをしてて。そこに立って怪しげな振る舞いをされちゃ迷惑」

「かんべんしろよ」ピルチャーはため息をつきながら彼女に続いて屋内に入った。

その店は間口よりも奥行きがあり、トルバートの店のように壁で区切られてはいなかった。暗かったので、アイリスとグウェンは即座にバッグから懐中電灯を取りだし、点灯させた。アイリスが光線を四方へ振ると、柱に取りつけられている大きな電気の刃型開閉器《ナイフスイッチ》が浮かびあがった。

「試してみよう」アイリスはスイッチを下げた。

金属のケージに収まった巨大な丸い天井灯が室内をまばゆく照らした。

「よくなったわ」グウェンは懐中電灯をしまった。

いたるところに大型の自立式機械がそびえていた。輝く、威嚇《いかく》するようなホイールやクランク、ベルトやギアの集合体。自動活字鋳植機が一面の壁を背にして立っている。もう一方の壁には裁断機と製本機。

アイリスはベルトに軽く指をすべらせた。

「埃がつかない。なにもかも手入れが行き届いてるし、最近オイルを注《さ》してる。それにだれかが電気代を払ってる。使われていない店には思えないわね」

「アイリス、こっち」グウェンがいった。「紙よ！　大量に」

奥に、四角くカットされた紙が何束も積みあげられていた。

「ログ、今年の衣料切符はどんな色になるの」アイリスがたずねた。

「オリーブとグリーン」彼がむっつりと答えた。

「ここにある」アイリスが紙の山のそばにしゃがんで、親指でぱらぱらとめくった。「カエルとカメのイラストを描く予定じゃなければ」

「それでも原版がないことにはなんの証明にもならないわ」グウェンが思いださせた。「見つけなくちゃ。恐ろしく広いわね」

「原版を隠せる場所はそんなに多くないはずよ。印刷機に近いどこかだと賭けてもいい」

「あなたはそっちを見て、わたしはこっち」

「おれはこのままなにもしないで突っ立ってようか」ピルチャーがいった。

グウェンは作業台に近づいて、抽斗《ひきだし》をあけては中身をかきまわしはじめた。アイリスは古い机の隣にある板金のキャビネット一対に注意を向けた。上には棚が載っていて、そのなかに分類棚が並んでいる。キャビネットには鍵がかかっていた。彼女は小ばかにした目つきでそれを見ると、ふたたび解錠道具の革ケースを引っぱりだした。

「試すまでもない」とつぶやいた。「とはいえ――」

そのときバンという音とともに正面のドアが開いた。彼女たちが振り向くと、朝の光を背にトルバート氏のシルエットが立っていた。両腕で二連散弾銃を抱えて。

「いったい全体ここでなにをしてるんだ」彼が屋内に足を踏み入れた。

「どうもすみません」アイリスはすぐさま両手をあげた。「お邪魔するつもりはなかったんです」

「教会にいらっしゃるのかと思っていました」グウェンがつけ足した。

「失敗ね」

「ええ、犯罪と礼拝は一般的に結びつかないと気づくべきだった。よく考えればむしろ明らかだわ」

トルバートはふたりをかわるがわる見た。

「あの気取った小鳥とキーキーうるさいちびのメイドか。本物の客じゃないとひと目でわかってもよかったものを」

「偽造屋にしては、あっけなくだまされたわね」アイリスがいった。「ログ、いますぐ逮捕したほうがいいんじゃない？」

ピルチャーは散弾銃の男を見てから、不意ににやにや笑いだした。

「なぜだろう。彼は銃をおれに向けていないよな」

「なんですって？」

「なんだかんだいっても、商売人には自分の店を守る権利があるんじゃないか？」ピルチャーは続けた。

「アイリス、この人なぜこんなふうにしゃべってるの」グウェンが訊いた。「パーディ銃をわたしたちに向けているその紳士の気をそらすための巧妙な戦略？」

「ロジャー、なにをする気？」アイリスがたずねた。

「なにをする気？」ピルチャーがオウム返しにいった。「なにをする気かというと、あんたにそのバッグを肩からおろしてこっちに放れということさ。そっとだぞ」

「いいわ。この状況下では、ほかに選択肢はなさそうね」

アイリスはバッグを肩からすべらせておろし、ロジャーに放った。彼はキャッチして、バッグを開き、ナイフを取りだした。

「こいつをまたぞろ振りまわされたくないからな」といって、自分のポケットに収めた。

「ごめん、遅れちゃった！」大声でいいながら、エルシーがドアから駆けこんできた。「お楽しみは全部終わっちゃった？」

「これでギャングが勢揃い」とアイリス。

「ずいぶん長くかかったな」ドアを閉めているエルシーに、トルバートがいった。

「だってあたしんちがいちばん遠いじゃない？」エルシーは口をとがらせた。「電話をもらってすぐ飛んできたのに」

「この通りの向かいに住んでたとしても、出かける服装を考えていて一時間無駄にするんだろうが」ピルチャーがいった。

「たしかにすてきよ」とアイリス。「彼女、すてきじゃない、グウェン？」

グウェンは依然として銃を凝視したまま、無言でこっくりうなずいた。

「さて、おれはそっちの友だちのほうへ歩いていくぞ」ピルチャーがいった。「ミセス・ベインブリッジ、おれはミスター・トルバートとあんたのあいだを一瞬横切ることになる。彼はお友だちのミス・スパークスに狙いをつけるから、おれが通る瞬間に妙な動きをしようなんて考えるなよ、さもないとその女を部屋の隅まで吹っ飛ばす。わかったか？」

グウェンはふたつの銃口がさっとアイリスに向けられるのを見ながら、ふたたびうなずいた。

ピルチャーはトルバートとエルシーが立っているほうへ歩いていった。

「ちなみにちょこっと教えてくれない」アイリスがいった。「原版はどっちの近くにあるの？わたし、それともグウェン？」

「あんただ」とピルチャー。「さて、ミセス・ベインブリッジ、バッグとあの恐ろしいホイッスルもこっちへよこしてもらえるかな」

「ホイッスル？」グウェンがハンドバッグをピルチャーに放ると、エルシーがせせら笑った。

「いったいなんのため？」

「あとで教えてやるよ」ピルチャーはバッグをエルシーに渡した。「このふたりをどうするか考えなくちゃな」

「あなたたち、自首すればいいのよ」アイリスが提案した。「わたしたちがそれなりの刑期を提案してあげる」

「口を閉じていないか」トルバートがいった。「ログ、どうするつもりだ」

「いま考えてるんだよ」とピルチャー。

「口を閉じておかせる方法を考えてるなら、わたしに案があるけど」アイリスがいった。

「散弾銃を持った男が命じても静かにしていられないなら、そうする気はさらさらないということだな」とトルバート。

「いえてる。でももっとわかりやすい方法があるの、ログがいま考えてるように罪もない女ふたりを殺すという選択肢よりずっといいわよ。あなたはそんなことをするような男じゃないと思ってるわ、ミスター・トルバート」

「わたしの経験からいうと、罪のない女なんてものは存在しない」

「提案には耳を貸そう」ピルチャーがいった。「あんたの案とはなんだ」

「わたしたちの沈黙を買うの。わたしたちがこの一件にかかわったのは、たんにスキャンダルのあとうちの結婚相談所を破滅から救いたかったからにすぎない。あなたたちはこの巧妙な計画で大金をせしめようとしていて、推測するところ、ひとたび現金を手にしたら激怒したアーチーとその一味から逃れるために全員国外へ高飛びするつもりでしょ。わたしたちが破産しないようにそこそこの金額を分けてくれるなら、あなたたちが行方をくらます時間稼ぎにじゅうぶんなだけ口を閉じててあげるわ。ティリーの取り分から払えるはずよ」

「彼女が加わっていたとなぜ知ってる」

「わたしたち、ずいぶんいろいろと突きとめたの。唯一わかっていないのは、あなたたちのだれが彼女を殺したか」

「ティリーを殺したんだってか」エルシーが声をあげた。「なんであたしたちがそんなことをする？」

「ちがった？」とアイリス。「彼女は早くから抜けようとしていた。だからわたしたちのところへ来たんでしょ。シャドウェルを離れる安全な道をさがしていたんじゃない？」

「おれたちは殺してない」ピルチャーがいった。「ティリーは最初からずっと仲間だった。ほとんどの計画を練ったのは彼女だ。彼女にはうまくやり通してもらいたかったんだ。殺されたと聞いてとっさに思ったのは、アーチーにバレたってことさ」

「当然あたしたちは震えあがったよ」とエルシー。「でも芝居を続けなきゃならなかった、つぎは自分の番じゃないかとびくつきながら」

「そうしたらあんたたちのトロワーが逮捕されたんだ」とピルチャー。

「とにかく、あなたたちが人殺しじゃないとわかってほっとしたわ」アイリスはいった。「これでいくばくかの希望がもてる、グウェンとわたしを初の犠牲者にはしないだろうって」

「あんたの提案の問題点は、信頼だ」とピルチャー。「たとえ買収したところで、解放したら最後、ここからヤードへ直行するのはやっぱり止められない。こっちには手立てがないんだ」

「わたしたちの約束ではあなたにとって不足？」

「スイートハート、あんたにはおれのミドルネームの秘密だって打ち明けないよ、ましてこの件で信用できるわけがない。だから、話を振り出しにもどそう。おれたちはあんた方をどうするか」

「どうやら交渉に最適な状況ではなさそうね。でもそっちがくらうのは最悪の場合でも共謀容疑と偽造容疑でしょ。この世の終わりってわけじゃないと思うの。だけど殺人容疑が加わったら、絞首刑に値する罪よ」

「一日だってくらうつもりはないね。それを避けるためにしなくちゃならないことはなんだってする」

「わたしを人質にしなさいよ。グウェンを解放して、これがすむまでわたしを隠しておけば、彼女は口を閉じていなくちゃならない。あなたたちが南米とか、成功した泥棒たちが引退するどこかへ発ったあとで、彼女にわたしの居場所を教えればいいでしょ」

「タヒチ」とエルシー。「あたしはまえからずっとタヒチに行きたかったんだ。おっと！　ホイッスルが見つかった。冗談じゃなかったんだね」

「すまないが」ピルチャーがいった。「たんまり金が入るのは二週間先なんでね。それまで人質を隠して養っておくわけにいかないんだ。手がかかりすぎるし、あんたが逃げだす危険も高すぎる」

「この人には子どもがいるんだってば！」アイリスが語気を荒くした。「美しい、六歳の息子が。父親はいないの。そんな残酷な真似はさせないわよ」

「やだ、ちょっと」エルシーがいった。「彼女を見てよ、ログ」

グウェンの頬を涙が伝い落ちていた。はばからずにしゃくりあげはじめ、両手で口を押さえて止めようとした。それから突然白目になったかと思うと、床にくずおれた。

「グウェン！」アイリスが叫んで近づきかけた。

「その場を動くな！」トルバートが命じた。

「でも助けが要るのに！」アイリスが怒鳴り、両腕を激しくばたつかせた。

「本気だぞ、黙らなければ撃つ！」彼は銃をあげてアイリスに狙いをつけた。

「ホイッスル！」エルシーが悲鳴をあげた。

グウェンの口から小さな銀色の物体が突き出ていた。一瞬のちに、耳をつんざくような鋭い音が屋内を満たした。反響が静まるまで全員が凍りついた。

ピルチャーが周囲に目をやり、それからグウェンに視線をもどすと、彼女はまだ床に倒れたまま、力一杯笛を吹いたせいであえいでいた。

「女が持てるホイッスルは一個までなんて決まっていないのよ」得意そうにホイッスルを高くあげた。

「やるじゃないか、スイートハート」ピルチャーがいった。「でも日曜の朝にこのあたりをうろうろしている警官などいやしないよ」

「ふだんならね」グウェンは身を起こしてすわった。「でも今日はふだんの日曜じゃないの」

だれかが背後のドアを礼儀正しくノックし、三人の共謀者たちは飛びあがった。

「いるんだろ！」男の声がした。「CIDのパラム警視だ。おまえたちは包囲されている。それに、そっちより人数も武器の数も多い。平和的解決にもちこめれば全員にとってためになる。いいかね？」

「ログ、どうする？」エルシーが訊いた。

ピルチャーは屋内を見まわした。

「こっちには人質がいる。歩いてここを出る、車を要求して――」

「身許は知られているんだ」トルバートがいった。「いつまでも逃げつづけられるわけじゃない。それにこんなことで撃たれるのはご免蒙《こうむ》る」

「あたしだって」エルシーもいった。「それに彼女の小さい息子のことを知っちゃったし。おしまいだよ、ログ。だれも怪我しないで罰を受けよう」

ピルチャーはふたりの女を見た。グウェンは立ちあがっていた。アイリスは両腕をたらして、期待の眼《まなこ》で彼を見かえした。彼は上着に手を入れて、ナイフを取りだした。アイリスはナイフから視線をはずさずに、警戒を強めた。

「こいつはあんたのだった」ピルチャーがナイフを放った。

「ありがとう」アイリスはキャッチして、いった。「これには愛着があるの」

「あんたの人生でそれが唯一になりそうだな」

ピルチャーはドアのほうを向いた。

「いまから外に出る！」と叫んだ。「撃つなよ！　先に銃を放る」

「よろしい」パラムがいった。「みんな、撃つのは待て。わたしが命じるまで」

トルバートは散弾銃を折り開いて、実包《シェル》を抜き取った。それからおそるおそるドアを開き、路上に銃を放った。

「受け取ったか?」と呼びかけた。

「受け取った」とパラム。「出てきていいぞ。両手は上だ、もしよければ」

「もしよければだと」トルバートが鼻を鳴らした。

彼は両手をあげて、外に踏みだした。

「つぎはおまえだ」ピルチャーがエルシーにいった。

「あたしの代わりに坊やをハグしてあげて」エルシーはグウェンにいった。

「そうするわ」とグウェン。「しっかりね」

エルシーは戸口を通り抜けた。

ピルチャーが振り向いてアイリスを見た。

「どうやっておれを見破ったんだ」とたずねた。

「ティリーを捕まえたのはあなただった、まだ商務庁のふつうの調査官だったころに。そこから彼女を手先に使いだしたのね」

「それで?」

「エルシーも一緒に捕まった」グウェンがいった。「だからエルシーはあなたが潜入捜査をしていることを最初から知っていた。もし彼女が見た目ほどアーチーに忠実なら、とっくにあなたを突きだしていたはずよ」

「ただしアーチーからより高得点を稼ぐ手段としてあなたを見ていたならべつ」アイリスが続けた。「そのレンズを通してあなたたちを見てみたら、全体像があらわれたの。エルシーかティリーがアーチーから原版に関する情報を聞きだしたにちがいない。そしてあなたたち三人はまんまとそれを盗みだした。トルバートはここの所有者で、ティリーとつながりがあった」

「いい想像だ」とピルチャー。「あんたにまともなキスの借りがあったな」

「あなたの勘定につけとく。返そうとしないでね」

「出所してからはどうだい」

「遠慮するわ。まだティリーの死が解決していないもの」

「おれはかかわっていないよ。その件については幸運を祈る」

彼は最後に一度、ふたりに敬礼してみせた。それから両腕をあげて、通りへ出ていった。わっと複数の声があがり、カチリという手錠の音がした。

「ミス・スパークス、ミセス・ベインブリッジ」一瞬おいて、パラムが呼びかけた。「無事ですか」

「無事よ、警視」スパークスが答えた。「こっちへ来てください」

彼が屋内に入り、キンジーが続いた。ふたりはなかを見渡した。

「なるほど、印刷屋だ」パラムがいった。「しかし例の原版が見つからなければ、たいした事件にはなりませんよ」

「しばしのご辛抱を、警視」スパークスがいって、床から解錠道具を拾いあげ、左のキャビネットに取りかかった。

「彼女にこんなスキルがあるのを知っていたかね」パラムがキンジーにたずねた。

「いいえ」キンジーが答えた。「でも彼女のやることにはひとつも驚きません。あるいは、すべてに驚かされるというか」

「これがすんだらあれを没収したいと思うんだが。合法ではないからな」

「やってごらんなさい、わたしがどんな行動に出るかは保証できないわよ」スパークスがいった。

ハンドルを引きおろすと、キャビネットのドアがさっと開いた。彼女は手を入れて、金属プレートの束を引っぱりだした。

「なんて重いの。おふたりさん、手を貸していただけない？」

パラムが近づいてそれらを受け取り、いちばん上の一枚に目を凝《こ》らした。

「商務庁の紋章がある。本物にまちがいない。見事でした、おふたりとも。あなた方は自力で偽造グループを見つけだした。ヤードまで同行して、話をお聞かせ願いたい。キンジー巡査部長の車に乗ってください」

「ミスター・トロワーのことは――」ミセス・ベインブリッジがいいかけた。

「すべてヤードにもどって話しましょう」パラムがいった。

「あなたがそれを持ち逃げして、ひと財産築かないという保証はあるの？」スパークスがたずねた。

「そいつはいい！」パラムが笑った。「すこしは信用してください、ミス・スパークス。わたしは部下たちを引き連れてここへ来るくらいにあなたを信用したじゃありませんか」

「そうだった。でもお忘れなく――わたしたちはあなたがだれだか知っていますよ」

「からかわれているんですよ、警視」とキンジー。「この人はこういうことをやるんです」

「そういうやり方には慣れたくないものだな。ではあとで」

パラムは去った。

「どうしましょう、いきなり震えがきたわ」ミセス・ベインブリッジがいった。

「遅延型反応ですよ」キンジーがいった。「銃を向けられるのは気持ちのいいもんじゃないですから」

「なんであなたがそうなってるのかわからない」とスパークス。「銃はほとんどわたしに向けられてたじゃない」

「でもそれが計画だったのよね。あなたが彼の気をそらしてくれたおかげで、わたしはもうひとつのホイッスルを咥《くわ》えるチャンスができた」

「どうしてあの銃がパーディだとわかったの？」

「スキート射撃はそこそこの腕前なのよ。パーディ銃ぐらい見ればわかるわ。銃口と向きあうのが楽しかったとはいえないけど」

「これはどでかい賭けだった」キンジーがいった。「きみたちは原版がここにあると確信できたはずがない。殺されていたかもしれないし、侵入窃盗犯として逮捕されたかもしれないんだ、なんの収獲もなしに」

「あら、ここにあると絶対的に確信してたわよ」スパークスがいった。

「どうして?」

「だって昨日の夜忍びこんで見つけておいたから。そろそろヤードへ行きましょうか、マイク? 長い一日になりそう」

彼女は出ていく途中で床からバッグを拾いあげ、ナイフをしまった。

「それをオフィスには持ちこめないぞ」キンジーが彼女の背中に声をかけた。

「あきらめてね、巡査部長」彼を追い越しながらミセス・ベインブリッジがいった。「わたしたちは勝利を収めたの。だいなしにしないで」


ふたりはキンジーのウーズレーの後部座席に乗りこんだ。キンジーは運転手の隣にすわった。

「容疑者みたいな気分」ミセス・ベインブリッジがいった。「けっこうわくわくしない? サイレンを鳴らしてとお願いするわけにはいかないかしら」

「すみません」キンジーがいった。「人々はまだサイレンを聞くとパニックを起こすので。バスが上り坂でギア・チェンジするだけでシェルターに逃げこみますよ。サイレンは本物の緊急用に取っておきます」

ほどなく車は警視庁本庁舎のエントランスに曲がりこみ、停止した。運転手が女性ふたりのためにドアをあけて、敬礼した。

「お気遣いなく」スパークスが車を降りながらつぶやいた。「たぶん階級はそっちが上よ」

キンジーはふたりをオフィスの外のベンチに導いた。

「ここで待ってて」と指示した。「調書を取らせてもらうまでどのくらいかかるかわからない。待っているあいだなにか食べたければ、まだお茶のカートが来るには早すぎるけど、だれかにパンでも買いにいかせるよ」

「なんてすばらしい、ありがとう」スパークスがいった。「お腹がぺこぺこなの」

「わたしはお茶一杯でけっこうです、ありがとう」ミセス・ベインブリッジがいった。

「わかった。すぐもどる」

彼は食べ物をさがしにいった。

「こんなことがあったあとでよく食べられるわね」とグウェン。

「生き残ったんだもの」とアイリス。「がんばりつづけなくちゃ。そのためにはパンを食べる。ところで、あの筋書きで文句ない？」

「ないわ。うまくいくことを願いましょう」

ふたりは個々に呼ばれて供述をし、その後ベンチにもどった。口ひげが白い、勲章で彩られた警官の制服かサヴィル・ロウで仕立てた高級スーツ姿の男たちが、眉《まゆ》をくもらせて何度かオフィスに出入りした。

「商務庁のお偉方ね」アイリスは推測した。「この事件は相当な騒ぎを引き起こしたにちがいないわ。いくつか首が飛ぶわよ」

正午ごろ、ベンチのそばにお茶のカートが止まった。

「警察からのお礼です」といいながら、女性が皿に載ったサンドウィッチをふたりに手渡した。

グウェンはためらわず自分の分にかぶりついた。

「食欲がもどったようね」それを見てアイリスがいった。

「さっきから感情が高速の振り子時計みたいに揺れっぱなしなの」グウェンがいった。「いまはうきうきしていて、お腹が空いてる。あなたになるってきっとこんな感じね」

「それは困る。わたしはひとりでじゅうぶんよ」

「それでも多すぎるという説もある」キンジーがあらわれた。「警視がおふたりに会いたいそうだ。ついてきて」

彼はふたりをパラムのオフィスに案内した。悪名高きさまざまな重罪犯——手錠をかけられている——と並び立つパラムの写真や、国王を含むあらゆる階級からの表彰状がその部屋を飾っていた。

警視は立ちあがって女性たちを迎えた。

「かけてください」自分の机のまえにある椅子を指し示した。

彼女たちはいわれたとおりにし、キンジーは部屋の隅に腕組みして立った。

「まず、ヤードはこの一件におけるおふたりの貢献を称賛します。型破りで——率直にいえば違法ではありますが」パラムが切りだした。「公式な報告書でも記者会見でもおふたりのご協力に言及するつもりです」

「協力ですって?」ミセス・ベインブリッジは憤慨《ふんがい》した。「全部わたしたちがやったことじゃありませんか！」

「わたしたちの協力をどのように説明するおつもりですか」スパークスがたずねた。

「極力簡潔に」とパラムがいった。「本件全体——商務庁の一調査官が遂行を誓った職務に叛《そむ》いたこと、成功すれば政府の配給制度に対する国民の信頼を傷つけていたであろう企て——が、関係者全員にとって大いに不面目《ふめんぼく》となるので」

「もみ消すわけね」

「そうともいえない。発表はします、詳細は大幅に省いて。三人の共謀者は法を最大限に適用して起訴されることになるでしょう」

「ディッキー・トロワーはどうなるのでしょうか」ミセス・ベインブリッジがたずねた。

「どうなるとは？」

「わたしたちはティリー・ラ・サルを殺す動機のあった人たちがほかにいることを証明したんですよ。それでじゅうぶんではないんでしょうか」

「キンジー巡査部長、きみの捜査の結果を話してあげたまえ」

「はい」キンジーが進み出た。「ミス・ラ・サルが殺害された夜、ロジャー・ピルチャーはたしかに商務庁の上司たちとともにいて、報告を求められていました。ミーティングはウェストミンスターで数時間おこなわれています。トルバートはいつもつるんでいる仲間たちとカードをやっていて、その全員がその時刻に彼がどこにいたか証言できます。ミス・スペンサーは家族と一緒でした」

「家族は彼女をかばって嘘をついているかもよ」スパークスがいった。

「そうかもしれない」キンジーが同意した。「しかしそれを立証する手立てはこちらにもない」

「トロワーに関するかぎり、まだ彼の部屋で発見された凶器がある」パラムが補足した。「すでに存在する物をくつがえす新たな証拠はない。おふたりの努力は価値あるものでした。報われてほしかったとさえ思います。しかしながら、これまでにわかったすべてにもかかわらず、ヤードの出した結論は変わりません。トロワーは依然として容疑者です」

「そんな！」ミセス・ベインブリッジが抗議した。「ひどいわ！」

「もういいのよ、グウェン」スパークスは友人の肩に手をおいた。「終わったの」

「正義がおこなわれるまでわたしたちはやめないわ！」ミセス・ベインブリッジは椅子から立ちあがって叫んだ。

「どうか、ミセス・ベインブリッジ」パラムが疲れた声でいった。「感情に流されないでください。これで話は終わりです。キンジー、おふたりをお送りして、タクシーを呼んでさしあげるように。警察が払うから、領収書をもらってくれ」

「はい」キンジーがいった。「どうぞこちらへ」

彼はふたりをまた自分のオフィスに連れていった。

「化粧室はどこか教えてくださる？」ミセス・ベインブリッジが涙を拭《ぬぐ》いながらたずねた。

「お化粧を直したいの」

「廊下をまっすぐ行って、左側です」キンジーが答えた。

彼女は肩を怒らせて大股で廊下を歩いていき、見えなくなった。

「すまない。あの三人には法がゆるす範囲で精一杯圧力をかけたんだが、ミス・ラ・サルに関するかぎりだれも口を割らなかったんだ」

「あなたはベストを尽くしてくれたと思ってるわ、マイク」スパークスがいった。「ともかくありがとう」

「もうひとつあるんだ」彼が口ごもった。

「なに？」

「巡査部長に昇格したときにぼくが扱える機密情報のレベルが上がったので、すこし調べてみようと考えた」

「なにを？」

「戦時中から未解決で残っていたいくつかの事件を」

スパークスの背筋がぞくりとした。

「それで？」

「ひとつ目を引く事件があった。ブリクストンの路地で男の死体が発見されたんだ。刺殺で、体内から大量のアルコールが検出され、目撃者はいなかった」

スパークスは無言だった。

「通り一遍の捜査がおこなわれたが、戦争中のことで警察の人材も限られていた。被害者はスペイン大使館となんらかのつながりがあると判明し、ナチス支持者、おそらくはスパイだと思われた。そのファイルにはただちに捜査を打ち切るよう指示するメモがついていたんだ」

「だれからの?」

「それを知るためのファイルを見る権限はぼくにはない。でも被害者の顔写真には見おぼえがあった。あの夜きみと一緒にいたあのスペイン野郎だった」

「だけど殺されたのはその夜じゃなかったんでしょ?」

「ああ、ちがうよ。いいか、スパークス。なにがあったのかは知らない。知りたいかどうかもよくわからない。でももしあれが対諜報活動の任務で、なんであれ起きたことが国王とこの国のためだったんなら――」

「なんの意味もないことよ、マイク」

「ぼくのいいたいのは、きみを誤解してきたんじゃないかということだ。それに反応してぼくがしたことはすべてまちがっていたし、悪かったと思っている」

「あなたは自分の目で見たことを素直に良識で判断し、それに基づいて行動したまでよ、マイク。それに結婚を控えてる身でしょ」

「白紙にしてもいいんだ。わかってもらうよ」

「やめて。わたしにその価値はない」

「あるかもしれないと思ってるんだ」

「あなたがそう思ってくれるとわかったことが、わたしには宝物よ、マイク。でもこれまでが長すぎた。わたしたちはもう以前とはちがう人間よ」

ことをおぼえてる？

ロンドン大空襲のあいだ、あなたの家にいて空襲にあったあのときのことをおぼえてる？　アンダースン式シェルターでふたりきり、毛布をかぶって身を寄せあってひと晩過ごした。この瞬間にも死ぬんじゃないかと思いながら愛しあったわね。すぐ近くにいくつも爆弾が落ちて、破片が雨のように降り注ぐなかで」

「忘れられるはずがない」

「わたしは二十三歳だった。あれ以上に激しくて、エキサイティングな夜を経験したことはなかったし、これからも二度とないでしょうね」

「べつのかたちであれに匹敵する経験はできるかもしれないよ」

「いいえ。それはない。そうあるべきじゃない。二度とくりかえされてはいけないの。世界はもうあんなことになっちゃいけない。でも知っていてね、マイケル・キンジー。あなたがわたしの記憶にだれよりも深く刻まれてるってことを。ベリル・スタンスフィールドと結婚しなさい。彼女によくしてあげて。わたしのことはもう考えないで」

「きみは不可能なことを求めてるよ」

「いつだってそうよ」スパークスは微笑《ほほえ》んだ。「いつかは、不可能をつかまえてみせる」

化粧を直したミセス・ベインブリッジがもどってきた。

「もう出られる？」

「ええ」スパークスがいった。

「タクシーを呼ぶよ」キンジーがいった。

彼はふたりを出口まで送り、ドアを押さえて見送った。彼女たちはタクシーで去った。

「だいじょうぶ?」グウェンが心配そうにアイリスを見た。

「ええ」アイリスは嘘をついた。「帰りましょ。長い一日だった」

15

グウェンがオフィスに足を踏み入れたちょうどそのとき、ダーツの矢が風を切って右側へ飛んでいった。彼女は足を止めた。アイリスが自分の机のうしろに立って、もう一本のダーツを手にしていた。

「いいかげんにこのドアの内側にダーツボードを掛けてくれないかしら」グウェンはいった。「これでは敷金をどぶに捨てるようなものよ。しばらく攻撃をやめてもらえる?」

アイリスがうなずき、グウェンはドアの内側をのぞいた。

「あら、ボードはあるのね。よかった、でもなぜかしら。まえからここにあったのに、わたしがいま初めて気がついたの?」

「そこどいて」

グウェンがそそくさと自分の机のほうへ移動すると、アイリスは力一杯ダーツを投げた。それはブルズアイ（ダーツボードの中心の二重円）のすぐ外に刺さった。

「いいじゃない」グウェンはいった。「これは昨日のせい？」

アイリスは答えず、矢を回収しにドアへ向かった。

「なるほど。それが役に立つのなら、一ゲームか二ゲームは我慢してあげる。壁の状態に責任はもたないわよ」

「昨日のせいじゃないから。黙っててもらえる？　どうしても20のトリプルを取りたいの」

アイリスはまたダーツを投げた。

くずかごに手荒く丸めた《タイムズ》があった。グウェンは拾いあげて、机の上でしわをのばした。

「どんな記事があなたを怒らせたのかしら」

「よして」

「そんなふうに不愉快で危ない状態なのに、ここでおとなしくすわってるつもりはないわよ」

グウェンは新聞をじっくり見た。「ええと。英国とエジプトの交渉、ちがう、これじゃないわね。アメリカがニューメキシコでまた原子爆弾の実験。あなた原爆にとくべつな感情をもっていた？　それをいうなら、ニューメキシコに？」

矢は20のトリプルリングのすぐ上に刺さった。

「ちがうようね」グウェンは続けた。「食糧難のドイツの炭鉱労働者にアメリカが小麦を輸送。残念、こっちにも送ってくれたらいいのに。ナチス指揮官の裁判――」

アイリスがハンドバッグからナイフを取りだして、刃を開き、ダーツボードのどまんなかに命中させた。ナイフは突き刺さったまま小刻みに震えた。

「これで敷金は消滅。ナチス指揮官の裁判始まる、英国の空軍婦人補助部隊《WAAF》と婦人義勇救急隊《FANY》の隊員八名を処刑――女性じゃないの。女性を殺したのね。血も涙もない人たち」

「彼女たちは覚悟の上で行ったのよ」アイリスは部屋の反対側のナイフを見つめたまままいった。

「わたしたちはみんなそうだった」

「あなたもそのひとりだったの？」

「そのはずだった」アイリスは椅子に腰を落とした。「一緒に訓練を受けた。特殊作戦《SO》の。わたしはそのことを声に出すだけで起訴されてもおかしくない」

「あなたは脱出して、生き残ったのね」

「行かなかったのよ！」アイリスが叫び、こぶしで机を叩いた。「パラシュート降下訓練でまぬけにも足首を折ったから。夜間の訓練で、パラシュートがちゃんと開かなかったの。暗闇のなかを落下しながら、なんとか開こうとして、頭が吹っ飛ぶほどの悲鳴をあげて、ようやく開いたけど空気が漏れて、着地の衝撃が強すぎた」

「それはあなたの責任じゃないでしょ」

「傷が治っても二度と飛行機に乗れなくなったのはわたしの責任。毎回かならずパニック状態に陥《おちい》って、海外任務には適さないと判断された。ロンドンから実行部隊に異動になって、防諜活動に貸しだされたけど、友だちと戦場へは行かなかったの。ひとり残らずすばらしい女性たちだった。勇敢で、賢い、恐るべき女たちだった。わたしもそのなかにいるはずだったのに。自分が臆病者になった気がした。みんなすごく理解があって、それだからよけいにつらかった。その後、彼女たちになにが起きたかを知ったの。裏切りにあって、処刑されたのよ。むごたらしく」

グウェンはなにもいわなかったが、手をのばしてアイリスの手を取った。アイリスは手を引っこめた。

「毎週ダンスをしたものよ。わたしたちはドイツ製に見える服を持っていたけど、それはラベルから縫製まで偽物だった。新品だと露骨に怪しいから、わざと着古した感じにしなきゃならなかった。だからダンスをするの、蓄音機でドイツのレコードをかけて。ドイツ語でおしゃべりしたり口説いたり、愉快に過ごしたわ。パートナーを取っ替え引っかえ、ハンサムな男の子ばかりだったけど、彼らの多くもやはり任務で命を落とした。足首はまだずきずき痛かったのに、わたしはそういう服を着てダンスに行って、自分の役割を演じた。わたしと同じサイズの女の子がふたりいたの。ふたりはわたしが着て踊った服で死んだんだろうかって、よく考える」

「今日はもう看板をおろしましょう。昼まえからお酒を出すパブを見つけて、お友だちに乾杯しましょうよ」

「このところ彼女たちを思うときにわたしがするのは、飲むことだけ。ありがとう、グウェン、でも世の中にはまだお酒が不足してるから」

「いいわ、投げたいだけダーツを投げなさい。ただ、わたしたちの最善の努力もむなしく、ディッキー・トロワーはいまも独房にいるの。新しいプランを立てなくちゃ」

「わたしたちの最善の努力が彼を救えなかったんなら、次善の努力がなにかを達成できると思える？」

「あきらめるわけにはいかないわ」

「いくわよ。わたしたちは命がけで取り組んだ、それがなんになった？　三人を牢屋にぶちこんで、英国に偽造配給切符が出回るのを食い止めた。万歳、わたしたちのお手柄」

アイリスは両手に一本ずつダーツを持ち、ボード目がけて同時に投げた。一本がアウターブルとほかの部分を隔てる薄い金属のリングに当たって、落ちた。

「もう」うなって、歩いていき、床から矢を拾いあげた。

「アイリス、なにか考えて。戦略家はあなたでしょ」

「なんにも浮かばない」アイリスは疲れた声でいった。「ほかに質問する相手も知らないし。ティリーの友だちというわたしたちの仮面は木っ端みじんに砕けたから、もうあそこへはもどれないし。これ以上アイデアは出ないわよ、グウェン。もうおしまい」

「とにかく、わたしはなにもしないでここにはいないから」グウェンがハンドバッグを取りあげた。

「なにをする気？」

「まだわからない。でもさしあたり、ディッキー・トロワーの面会に行く。このまえの火曜日以来会っていないもの。わたしたちはまだ真犯人を追いつづけていると伝えたいの」

「なんのために？ 行ってもいたずらに希望をもたせるだけじゃない」

「わたしが彼にあげられるのは希望だけなのかも。でも少なくともそれならできる。一緒に来てくれない？」

「いやよ。いまは人に慰《なぐさ》めを与えられる状態じゃないの」

「わかった。またあとで。留守番をお願い、電話に出るときはなるべく礼儀正しくしてね」

グウェンは出ていった。

「善人って」アイリスはつぶやいた。「ほんと腹立つ」


今回はブリクストン行きトラムの一階席にすわり、風景は知らぬ間に通り過ぎていった。ロナルド・コールマンは頭のなかにつかの間あらわれたが、彼女は追いはらった。つぎにデズがあらわれると、引き留めてしばし妄想と後悔に浸ることを自分にゆるした。

前夜レディ・カロラインに週末の冒険譚を報告したが、感心してはもらえなかった。その過程で彼女が殺されなくて義母はがっかりしたのではないかと思いながら、グウェンは部屋をあとにしたのだった。その後リトル・ロニーを見つけて、額に入れておいたイッカクの複製画をプレゼントした。ロニーは大よろこびしたものの、自室の壁に掛けるのは断った。そうするよりも遊戯室の壁の幅木に立てかけるほうが、床にすわってクレヨンで模写しやすいからだった。

グウェンは車掌に教えられるまでもなくジェッブ・アヴェニューの停留所で下車し、ずっと以前からそうしてきたかのようにほかの女たちに交じって監獄の入口を目指した。

署名して、列に並んで辛抱強く待っていると、彼女の番が来た。だれとも言葉はかわさなかった。前回いた三人も今日は見あたらず、グウェンの沈黙と気落ちした表情はごく正常な、その場にふさわしいものとして尊重された。

とけこめる場所がよりによってここはね、と彼女は思った。

名前が呼ばれると、看守のあとから面会室へ入った。

囚人側のドアが開き、ディッキー・トロワーが姿を見せた。グウェンが目に入るなり瞳が明るくなった。

「ミセス・ベインブリッジ、これはありがたい。いいニュースを持ってきたといってください」

グウェンが最後に見たときからの六日間に、トロワーは痩せて、下あごに沿って消えかけの打ち身があった。グウェンが同情で身を震わせたのを見てとり、一瞬顔をしかめた。

「看守のひとりです。彼が満足する機敏さで命令にしたがえなかったもので。それなのにぼくは陸軍が荒っぽいと思っていたんですからね」

「ほんとうにお気の毒です、トロワーさん。あなたがここにいることがゆるせません。いいニュースを持ってこられたらよかったのですが。わたしたちにできるかぎりのことはしました。有望と思われる手がかりもあったんです、でも残念ながら……」

「話してください。なにもかも全部」

グウェンは彼のためにどんな努力をしたか説明し、パラム警視に拒絶されたところまで話すと泣きだしてしまった。

「ごめんなさい、トロワーさん、ほんとうに」

「どうか、泣かないでください、ミセス・ベインブリッジ。ぼくも泣いてしまいますから。いまはあなたのまえだからしっかりしようとしているのに。信じられません、おふたりがそんなにしてくださったなんて。ぼくのために命を危険にさらしてまで。ぼくをほとんど知らないのに」

「なにもせずに見てはいられなかったの。まだあきらめてはいませんから。なにか見つけてみせます。わたしたちが見逃しているなにかがあるはずです」

「ではそのときまで、ぼくもできるだけ折り合いをつけていますよ。来てくださって感謝しています。あなたとダウドさんがいなければ、まったくだれとも会わないところでした」

「まあ、大家さんがいらしたんですか？　親切な方ね」

「ビスケットを持ってきてくれまして、ハーバートのことをしゃべりました。彼がぼくを恋しがっているんだそうです」

「きっとそうだとわたしも思うわ」

「さびしいにきまってます、無人の部屋の金魚鉢のなかで」トロワーはため息をついた。「だれにも話しかけてもらえない彼のことを考えたくないんです。ダウドさんはよくやってくださっていますが、あの家を維持していかなくちゃなりませんし、餌をやる以上のことはできないでしょう。それだけでもたいへんな手間ですから」

「あなたとハーバートはきっと再会できますよ」

トロワーは思案する表情になり、それからグウェンに笑顔を見せた。

「ミセス・ベインブリッジ、たしか息子さんがいらっしゃいますよね」

「ええ。ロニーです。六歳なの」

「ハーバートを坊やにさしあげてもよいでしょうか。あなたのしてくださったことへの感謝をこめて。ハーバートにも気遣ってくれる人ができますし」

「まあ、トロワーさん、そんなもったいないことはとても」

「いえ、ぜひとも。ハーバートはよい家庭に恵まれることになります。息子さんはきっと彼を好きになりますよ、ぼくがそうだったように。ハーバートがだれかに幸せをもたらすとわかれば、ぼくもどれだけ心が安らぐことか」

「どうしてお断りできます?」グウェンはにっこり笑った。「すてきだわ。ではハーバートを連れて帰ります」

「いますぐ一筆書きましょう。待合室のほうへまわしておきます。ありがとう、ミセス・ベインブリッジ。あなたとミス・スパークスにはなにからなにまでお世話になりました」

「さようなら、トロワーさん。また会いにきますね」

サリーは戸口から顔をのぞかせ、アイリスが武器を手にしているのが見えると瞬時に引っこんだ。

「落ち着いて」アイリスがいった。「あなたを狙ってたんじゃないの」

「〝警報解除信号〟が鳴るのを待ってる」彼が廊下から大声でいった。「もう安全かい？」

「ばかな真似はやめて、入って」

サリーの手が戸口に見えて、白いハンカチを振った。それから本人がそろそろとオフィスに足を踏み入れた。

「ダーツボードか」見たままをいった。「洒落《しゃれ》てるね。あとはスヌーカーテーブルとバーカウンターを備えれば、ここはいかにも金を稼ぎそうな設《しつら》えになる。ボードのどまんなかのこの大きな裂け目はどうしてできた？」

アイリスがナイフを掲げた。

「それでボーナスポイントがつくとか？」

「今日はなんの用で来たの、サリー？」

「きみからなにも連絡がなかったので、秘書として求められているか否かを確認しに」アイリスと向かいあってグウェンの椅子に腰をおろした。「それに、《タイムズ》を見たよ。どうしてる？」

「どうしてるように見える？」

「全人類を殺害したいという衝動を昇華させているってとこかな」

「人類の半分だけよ。そう、昇華させてるの。どうにかこうにか。わたしのまえにあらわれるなんて勇敢な人ね」

「わが勇気の源《みなもと》であるカナディアン・ウイスキーの小さなフラスクを持ってる。ひと口やるかい？」

「カナダ人はまともなウイスキーを造らない」

「でも少なくとも彼らは造ってる。われわれは来年まで国産ウイスキーを飲めそうにないよ」

「やめとくわ」

「お好きなように。ミレディは今朝どちらへ？」

「善行を施してる。囚《とら》われ人《びと》の面会に行った。パンと魚の奇跡がどうしたこうしたっていってたけど、細かいことはわからない」

「食料不足の解決法が見つかったか。イエスは英国人だったのかな。ではトロワー氏の面会に行ったんだね？」

「そう」

「気の毒な人だ。つぎはどうなるんだろう」

「裁判。有罪判決。絞首刑」

「もしきみたちがなにもしなければ――」

「もうなにもしない」

サリーは彼女をまじまじと見た。アイリスは目を合わそうとせず、ダーツボードをひたと見つめつづけた。

「なあ、スパークス。自分の穴から這いだして計画を思いつかないと、いまきみがもっている親友ふたりを失うことになるぞ」

「たったふたりだし、ひとりはすでに撃墜した」寒々とした声でいった。「あなたもタオルを投げこむ？」

「きみが自分でタオルを投げこんでるんだ。まあ、そんなことが可能かどうかわからないから、いいかえさせてくれ。ぼくがイタリアから帰国して最初にきみと会ったときのことをおぼえているかい？」

「おぼろげに。わたしはお祝いにどっぷり浸かってた」

「きみは死ぬまで飲もうとしていた。両親のためにはたんに自殺するよりアルコールで死んだと見せかけるほうがまだましだといって」

「そんなことといった？　おぼえてない」

「ぼくはおぼえている。きみがこれまでに発した言葉のひとつひとつを」

「優しいのね。あなたのベッドで、とことんみじめな気分で目を覚ましたのはおぼえてるわよ。あなたはソファに寝て、肘掛けからはみ出た足をぶらぶらさせてた。ほかにはなにも起きなかったと思うけど」

「その記憶は正しい。それから、話をしたね」

「そうだった」

「一日じゅう」

「ええ。あなたは鬱《うつ》という名の黒い犬を追いはらってくれた。しばらくは」

「そいつがもどってきたと?」

「部屋の隅っこでクンクン鳴いてるの。だからダーツで追っぱらってるところ」

サリーはすわったまま椅子を転がしてきて、彼女の両肩をつかみ、自分のほうを向かせた。

「あのときの会話はもうしないよ。ぼくはプロのカウンセラーでもなんでもない。きみの友人にしてもらっているにすぎないし、このところ最高の友人でもなかった、自分の想像の世界にはまりこんでいて現実世界を顧《かえり》みなくなっていたからね。きみたちが勇敢なる偉業に従事しているあいだ忠実なる僕《しもべ》〝モンスター〟・フライデーとしてここで過ごした時間は、ぼくの壁を少しずつ崩してくれた。そのことには感謝している」

「放して」

「だめだ。つぎになにをしたらいいのかぼくにはわからない、でもミセス・ベインブリッジはなんの導きもなしに未知の領域に飛びこんでいってる。きみは必要とされているんだよ、スパークス。求められているんだ。ぼくがきみの相談役になって、妥当な質問も生意気な質問もしよう。きみを追い立てて、進ませるために。でもそのすばらしいおつむを使いはじめろ。さもないときみを見棄てて、そんなにややこしくなく、ぼくの才能に感心してくれて、勲章が勇者のしるしだと思ってくれる女性のところへ行ってしまうからな」

「放して、放さないとダーツを突き刺すわよ」

サリーは両手を彼女の肩からすべらせて、手首をつかんだ。

「さあ、やってみろ」

アイリスが自分の両手に目を落とした。ダーツの矢がこぼれ落ちた。

「そっちのほうが腕力があるのに、ずるいわ」

「きみとフェアに戦ったら、こっちが負ける。放したら、トロワーの問題について考えはじめるかい？」

「ええ」

「よし」サリーが彼女を放した。「では、考えろ。口に出して。はじまった地点にもどるんだ。思いこみを解き放て」

「仮説その一。ディッキー・トロワーがティリー・ラ・サルを殺した。彼女と連絡をとり、会って、近くの路地で心臓をひと突きにした。それから手紙を偽造した――いえ、それは自身のアリバイとして最初にやっておかなくちゃ――」

「厳密には、アリバイではないが」

「どう呼ぶかは勝手だけど。彼女とは会わなかったというための、もっともらしい証拠ね。そしてすべて計画どおりにやったあと、血のついたナイフを持ち帰って、マットレスの下に押しこんだ、警察があっさり発見していい気分になれるように」

「ずいぶんと思いやりのある男だな」サリーがコメントした。「それで、その仮説の問題点は？」

「トロワーはそういうタイプじゃない。人を殺すタイプではないし、たとえそうだとしても血のついたナイフを持ち帰るという凡ミスを犯すタイプではない」

「後者の理由は？」

「彼は会計士よ。とても几帳面で頭が整理されてる」

「『複式簿記の死』」サリーは芝居がかった口調でいった。「三幕構成のラジオ劇だな。よし、べつの仮説を立ててごらん」

「仮説その二。ほかのだれかがティリーを殺して、ディッキー・トロワーをはめた。わたしたちは――」

彼女は眉《まゆ》をひそめて考えこんだ。

「続けて」サリーがうながした。

「わたしたちはティリーを殺す動機のある人物に絞ってきたけど、ディッキー・トロワーをはめたかった人物をさがすべきなのかも」

「おもしろい発想だ。それはいまある証拠にどうあてはまる？」

「そうね、ナイフの説明はつく。でもその仮説の殺人者は〈ライト・ソート〉のことを知っていなきゃならない、このオフィスに来て、うちの便箋《びんせん》とわたしのバーレットを使って、グウェンの署名を真似するくらいに」

「相当詳しいということだね」

「だからロジャー・ピルチャーを疑ったの。ティリーをここまで尾行してきて、わたしたちのことを知ったから」

「でも彼ではなかった」

「そう、ついてなかったわ。てことはだれかが手紙を偽造して、トロワー宛に郵便で――」

アイリスはそこで中断し、立ちあがって、室内を目まぐるしく歩きまわりはじめた。

「なにかある、なにかある」とつぶやいた。

サリーは微笑《ほほえ》まないように努めながら、見守った。

「消印！」アイリスが叫んだ。

「消印がどうした？」

「トロワー宛の手紙の消印はクロイドン郵便局だった」

「トロワーはクロイドンに住んでいるのか」

「そう、そして手紙を送ったやつはそのことを知っていたのよ。トロワーがデートをあきらめるのに間に合うよう確実に手紙を受け取らせたかったの」

「ここのファイルからトロワーの住所を知ったのかもしれないぞ」

「そうかもしれない。または、そいつもクロイドンに住んでいるとか。まとめると、犯人はトロワーを知っていて、彼がここに来ることを知っていて、彼の部屋に入ることができて、クロイドンを知っている――サリー！」

「ここにいるよ、スパークス」

「彼は個人の家に間借りして暮らしてるの。大家の女性と！」

「その女性はおせっかいにも彼宛の手紙を盗み読みしていたかもしれない」

「それでわたしたちのことを知ってるのよ。ここの住所や、わたしたちの連絡方法や、仕事そのものも！」

「あるいは、手紙を読むどころか、彼にとって秘密を打ち明けられる女友だちでさえあるかもしれない。調べるべき人物のようだ。きみがミレディをさがしにいくあいだぼくは電話番に必要かな？」

「そうしてくれる？」アイリスはいって、自分の机のうしろへ急ぎ、下にもぐりこんだ。

「そこになにがあるんだ？」

「当座の現金」アイリスは金庫を開いた。「タクシーでブリクストンへ行ってくる。トロワーと話して、グウェンをつかまえなくちゃ」

机のうしろから出てくると、サリーの上に身を投げだして、椅子がきしんで抗議の声をあげるのもかまわず、きつく抱き締めた。

「ありがとう、サリー。愛してるから。わかってるわよね」

彼の上からぴょんとおりて、飛ぶようにオフィスを出ていった。サリーはそのうしろ姿を見送った。

「わかってるさ」彼はひとりため息をついた。

アイリスは階段を駆けおりて、玄関の外へ飛びだした。うろついているカメラマンはもういない——彼女とグウェンは先週のニュースだ。交通量の多いオクスフォード・ストリートまで走り、一分と待たずにタクシーをつかまえた。

「どちらへ？」運転手がたずねた。

「ブリクストン監獄。急いで」

運転手は振り向いて、眉をつりあげながら彼女をしげしげと見た。

「『急いで』っていったの聞こえたでしょ？」アイリスはかみつくようにいった。

「聞こえましたよ」男は返事して、メーターを始動させた。「ただ監獄に急ぐ人ってのはめったにいないもんで」

「速さしだいでチップを払うわ」

「俄然やる気が出てきたな」彼はアクセルを踏みこんだ。


グウェンはクーム・ロードでトラムを降りて、ダウド夫人の家まで歩きながら、どうやって金魚を持ち運ぼうかと思案した。なるべくならタクシーにお金を使いたくないが、金魚鉢を抱えてトラムやバスを乗り継ぐことを思うと気が遠くなる。

玄関ドアのまえに立ったときもまだ考えこんでいた。ベルを鳴らすと、ダウド夫人がドアを開き、目を丸くしてグウェンを見あげた。

「ミセス・ベインブリッジ、でしたっけ？　ごめんなさい。お出でになるとは思ってもみなくて」

「すみません、ダウドさん。もう一度伺ったのは、わたしたちの共通の友人、ハーバートのためなんです」
「ハーバート？　あの魚がどうかしました？」
「つい先ほどトロワーさんにお会いしたら、親切にもわたしの息子にハーバートをくださると
おっしゃるので――ともかく、当面のあいだ。もしあまりご迷惑にならなければ、彼を引き取
りたいんですが。トロワーさんがここに全部説明してくださっています」
ダウド夫人はメッセージを受け取ると、エプロンのポケットから老眼鏡を取りだして、読ん
だ。
「またずいぶんなお願いだこと。ハーバートを見棄てるつもりなら、希望も棄てているにちが
いないわね。お気の毒に」
「いまのところ見通しがよいとはいえません」グウェンは認めた。「わたしたちはどうにかし
て助けようとしているのですが」
「あなたたちが？　どうやって？」
「彼の事件を調べているんです」
「事件？　あなた、いまは探偵なの？」
「いえ、いえ」グウェンは笑った。「ただごく私的なレベルで質問をしたり、調べたりしてま
わっているだけです」
「なにかわかったの？」
「残念ながら、トロワーさんの助けになることはなにも。そんなわけでせめてハーバートを新

しい家庭に連れていってあげようと、こちらへ伺いました」

「でしたら、どうぞ」ダウド夫人はドアを開いて押さえた。「おかしな話だけど、あのちっちゃい物乞いがいなくなったらさびしくなるわ。じつは聴き上手だってことがわかりましてね」

「それはいいですわ。息子はけっこうおしゃべりなんです。とてもうまくいきそう」

ふたりは階段をのぼってトロワーの部屋に入った。グウェンは金魚鉢を見て、がたがた揺れる乗り物と、ぴちゃぴちゃ跳ねる水と、自分の服のことを思った。ひどいありさまになるのは目に見えている。

「こちらに金魚鉢を入れて運べる箱のような物があったりしませんわよね?」グウェンはたずねた。

「あるかもしれません」ダウド夫人がいった。「こうしましょうか。階下《した》の客間にいらっしゃい。お茶をいれますから、あたしがそこらをさがすあいだすわっててくださいな。ちょうどよさそうなのが地下室にあると思うんだけど、あなたがそのすてきな服で抱えるまえにちょっときれいにしたいから」

「助かりますわ、ありがとうございます」

タクシーは監獄のゲートまえに停止した。アイリスは運転手が気を悪くしない額のチップを払い、建物内へ急いだ。

「すみません」面会者の列の守衛に声をかけた。「友だちのミセス・ベインブリッジとここで会うはずだったんだけど。もうなかに入ったかどうかわかります？」

「ベインブリッジね、はいはい」彼はリストを調べながらいった。「ミスター・トロワーの面会だね」

「ありがとう。ふたりのいるところへ加わってもいいかしら」

「そりゃだめだね。囚人ひとりにつき面会人は一日ひとりまでだよ」

「それならここで待ってもいい？」

「いや、彼女は帰ったんじゃないかな」

「帰った？」

「帰った」

「ああ、もう。ここからどこへ行くかなんていいませんでした？」

「あたしにありがとう、さようならといったよ。非常に礼儀正しかった」

「マナーのよさで彼女の右に出る者はいないの」アイリスは同意した。「それで、行き先はいいました？」

「魚のことである女性に会わなければと」

「魚？」

「そう。変わったことをいうから、おぼえていたんだ」

「ハーバートね」アイリスはつぶやいた。「ありがとう、守衛さん」

アイリスはふたたび通りへ駆けもどっていった。

ダウド夫人がキッチンで忙しくしているあいだ、グウェンは居間の壁の写真を見ることにした。写真に交じって、前回の訪問では見逃していた数点の絵があった。近づいてよく見ると、驚いたことにどれも隅にごく小さく丁寧な黒い手書き文字で〝A・ダウド〟とサインが入っていた。

「あなたが描いたんですか」ティートレイを運んできたダウド夫人にグウェンはたずねた。

「そうよ。ミルク、かしらね？」

「はい、ありがとうございます。とてもお上手ですね」

「どうもご親切に」夫人は誇らしげににっこり微笑んだ。「絵を描いていると世の中から引きこもっていられるの。うちの人がよくこういって――おやおやまたはじまった、彼を話にもちだしたりして。主人のことはもうなるべく話さないようにしているのに」

「よくわかります」グウェンは手渡されたカップを受け取った。「いまも描いていらっしゃるといいんですが。とても才能がおありですわ」

「ありがとう、ミセス・ベインブリッジ。お茶を飲んでてくださいな、箱をさがしてきますよ」

グウェンはソファにすわり、お茶をすすりながら、見るともなく写真を眺めた。元夫を憎んでもおかしくない人間にしては、彼と一緒の写真を多数飾ったままにしている。幸福な時代の名残なんだわ、とグウェンは思った。かつてはどんなに幸せだったかが見て取れた。結婚式の写真では、彼が燕尾服にトップハット、彼女は美しいロングドレスで、ヘアスタイルは一九二〇年代に流行ったボブ。どこかのビーチ・リゾートでダンスしている写真もある——見たところ、ブライトンのようだ。それにカフェでテーブルについているふたり、床は独特の柄《がら》のタイルで——

グウェンはその写真を手に取って、目を凝《こ》らした。床はダイヤ柄のタイルだった。微笑んでいる若いカップルの背後の壁には花を描いた絵がいくつも掛かっている。

「あたしはごく若かった」ダウド夫人が戸口に立って、グウェンをじっと見ていた。「十七よ、信じられる？　あの人はとってもハンサムで。すごく紳士だった。少なくともあたしはそう思った。すっかり心を奪われてしまったの」

「ここは〈ガーランド・カフェ〉じゃありません？」

「ええ。わたしたちの初デート」

「トロワーさんはここでミス・ラ・サルと会うはずだったんです」

「知ってるわ」

「彼にこのカフェを薦めたのはあなたなんですね？」

「そうよ」向かいあった背もたれの高い椅子のひとつに腰かけながら、ダウド夫人がいった。「あなたはそこへ行ったのかしらって気になっていたのよ。その写真から気づくかしらって。不思議よね、ちょっとよく見ればすぐ目のまえに見つかるんだから」

「あなたが彼にデートの約束をさせて、それからキャンセルの手紙を送って、彼の代わりにそのお店で彼女と会えるようにした」

「そう」

「どうして？　あの気の毒な女性があなたになにをしたっていうんですか？」

「ああ、彼女？　なにも。べつになんにも。でもディッキーには教えてやらなくちゃ、そうでしょ？　何年も何年も、あたしが彼の世話をして、話を聴き、慰め、部屋を整頓して、戦争に行ってるあいだも待ってあげ、負傷して帰ってからは看護婦役も——彼が怪我をしたのは知ってた？」

「いいえ」

「あたしは年寄りじゃない。主婦としても完璧。夫がよろこぶきちんとした家庭の作り方が書かれた雑誌記事を片っ端から頭に叩きこんで、それをディッキーのために実践してきた。ずっとすぐ目のまえにいて、料理の腕をふるい、悩みや希望や夢に耳を傾けてあげた。でもあたしにだって希望や夢や心があるのよ、そうでしょ？」

「もちろんです」グウェンは散らばった家具の隙間からドアへ通じる道に目をやった。

　くたびれた。ばかげているがグウェンはそう思った。なぜこんなに疲れているのかしら。彼女はあくびをした。

「あたしの話は退屈？」ダウド夫人が口をゆがめた。

「いいえ、ちっとも。ごめんなさい」グウェンはいった。

「気に入った。この期に及んでまだ礼儀正しいのね。どこまで話したっけ？　ああ、そうそう、ディッキー。そうやって最初からずっと彼のまえにいて、いつかはあたしを見てくれるだろうと思ってた。家政婦としてじゃなく、彼を大切に思い、彼のためになんでもする女として。それから彼が結婚相談所に行くことを知ったの。結婚相談所よ！　それほどさびしくて破れかぶれだったというわけ、あたしがここにいたのに！　ここにいるのに！」

最後の言葉は叫ばれ、グウェンは一瞬びくっとして目が覚めた。両手で持ったティーカップがカタカタと音をたてたので、テーブルにおろした。

「さぞショックだったでしょうね」

脱力感がいっそう深く染み入った。

「わたしのお茶になにを入れたんですか」不意に恐怖がこみあげてきて、たずねた。

「眠らせてあげるためのちょっとしたものよ」

「ディッキーにも薬を飲ませたのね。あなたがティリーを殺した夜に」

「デートをキャンセルする手紙を受け取って、ひどく動揺していたからね」

「あなたが偽造した手紙」

「そうよ。おたくの管理人はスペアキーをちゃんと安全なところに保管していないのね。あたしは手紙をタイプして、あなたのサインをした。あなたがディッキーに出した手紙を一通持っていて、真似したの。あなたもいってくれたように、あたしはちょっとしたアーティストだから。そのことも彼は見過ごしたけど」

「なぜ？　なぜそんなことを？」

「あたしを棄てようとしていたからよ。こんなに尽くしたのに、これほど長く待ちつづけたのに。だから、罰を与えなきゃならなかった」

「でもわたしは?」グウェンは起きていようと必死に努めながら、声を絞りだした。体をまっすぐ起こしているのがつらくなっていた。

「彼はあなたにハーバートをあげた。どうやらあなたを愛してるみたい。そんなことはゆるせない」

「わたしには子どもがいるの」グウェンは哀願する声になった。「小さい男の子が」

「死にゃしないわよ。子どもは驚くほど立ち直りが早いから。さあ、おやすみなさい。死ぬのは眠っているあいだのほうがいいわよ。あなたは大きいから、切り刻むのに時間がかかりそう。ここは汚したくないし」

玄関のベルが鳴った。

「居留守をつかうわ。邪魔されたくないからね」

またベルが鳴った。ついで執拗《しつよう》なノックの音。

「わかったってば」ダウド夫人が苛立ちをあらわにした。「だれかさんを追っぱらってくる。動くんじゃないわよ。すぐもどるから」

彼女は廊下へ出ていった。グウェンは声をあげようとしたが、その力を奮い起こせなかった。ソファに倒れこみ、頭がハンドバッグにぶつかった。

ダウド夫人がドアをあけると、ノートパッドと鉛筆を持った小柄で活発そうなブルネットの女性がいた。

「こんにちは」その女がさえずるようにいった。「エロイーズ・ティーズリーと申します。配給に関する世論調査のアンケートをおこなっておりまして、〝ふつうの英国人主婦〟の回答を集めているんです。もしかして〝ふつうの英国人主婦〟でいらっしゃいます？　もしそうなら、いくつか質問にお答え願えませんでしょうか」

「悪いけど、いまは手が離せないの」

「待って」女は片手をあげた。「いまの聞こえました？」

「なにが？」

「聞いて」女は頭を片側へ傾けた。

ダウド夫人は耳をすました。家のなかからかすかに笛の音がした。

「警官のホイッスルみたいな音がしませんでした？」女はいった。「気になるわ。わたしの友人に、じつはとても親しい友だちなんですけど、警察のホイッスルを持っている人がいて。名前はグウェンドリン・ベインブリッジというんです」

ダウド夫人がたじろいだ。女の顔に笑みがひろがった。

「いまのはあからさまだった。うまくやるつもりなら、都合の悪いことを初めていわれたとき顔に出さない方法を学ばないと。わたしたちが殺人学校で真っ先に教わったことよ。それじゃ、ぶん殴るからね」

「な?」ダウド夫人はあとずさりかけたが、ノートパッドはもう地面へと落下し、アイリスが踏みだして彼女のあごに一発、鮮やかなアッパーカットをお見舞いした。

夫人の頭ががくんとのけぞり、その勢いで首から下も後方へ傾き、玄関ホールの絨毯《じゅうたん》にずしんとくぐもった音をたてて着地した。

アイリスは屋内に踏みこんで、犠牲者を見おろした。ひざまずき、手首を取って脈を見つけると、満足してうなずいた。それから金属のナックルをするりとはずし、そっとキスして、ハンドバッグにしまった。

「アイリス？」居間のほうから弱々しい声がした。

「すぐ行くわ、ダーリン」アイリスはいった。「囚人を確保しなくちゃ」

ダウド夫人のエプロンを脱がせて、女の両手を背中側で手早く縛った。それから居間に駆けこんだ。グウェンはソファに横たわっていた。持ちあげて弱々しく振ったその手にはまだホイッスルがぶらさがっていた。

「なにを盛られたの？」アイリスはすかさずたずねた。

「なにかの薬。すごく眠い」

「しっかりして、グウェン。救急車を呼ぶ」

「アイリス。ティリーを殺したのは彼女よ」

「そうかもしれないと思ったの。ちょっと待ってて」

グウェンはテーブルの写真に目をやった。ダウド夫妻が見つめかえした。どの写真にも幸せが満ちている。

彼らの姿がぼやけはじめた。

アイリスが片手にグラス、もう一方に大きな金属の洗面器を持ってきた。洗面器をグウェンの膝《ひざ》の上に置き、彼女を抱き起こしてすわらせた。

「救急車はいまこっちへ向かってる」アイリスはグラスをグウェンの唇にあてた。「さあ、これを飲んで」

グウェンはひと口飲み、続けて数回口に含んだ。

「なにこれ?」とあえいだ。

「催吐《さいと》剤《ざい》。病院で胃洗浄してもらうまではこれで間に合うから」

「ええっ、やだ!」

「じきに気持ちが悪くなるわよ、だからイングランドのことを思って、洗面器を狙って。そうそう。いい子ね」

数時間後、アイリスはメイデイ・ロード病院の緊急治療室でグウェンの車輪付き担架の端に腰かけていた。

「胃を洗浄されたのは初めて」グウェンがいった。「日記に書くことがまたひとつできたわ。やっほー」

「たしかに笑えない」アイリスが同意した。

「やったことあるの？」

「あるわよ」

「その話、聞かせてくれる？」

「いいけど、また気持ち悪くなってもらいたくないし」

「もう胃は空っぽよ。アイリス――命の恩人だわ」

「今朝あなたにひどい態度をとっちゃったから、このくらいは当然」

「どうしてあそこに？」

「このすべてをやれた人物を考えたらミセス・ダウドに行き着いたの。サリーが揺さぶってくれたおかげで。わたしはあなたを止めにいった。そしてミセス・ダウドになにか触らせて指紋を手に入れて、あの親切なミスター・ゴドフリーに送って、ディッキーへの手紙についていた指紋と照合させようと思った。だけどあなたが一歩先んじて、彼女に罪を認めさせてたの。おりこうさんね」

「おりこうすぎて、死ぬところだったわ」

「死ぬところだったのは、死んだのとはちがう。死ななかったのはまた闘うためよ」

「闘うのはもうこりごり」

「なにいってるの、闘わなくちゃ。これであなたが正しかったと証明できたんだから、息子を取りもどすのよ。ほら、パラムと元カレ刑事のお出まし！」

パラム警視とキンジー巡査部長がめいめい帽子を手に、緊急治療室に入ってきた。

「どうでした?」スパークスがたずねた。

「ミセス・ダウドはあなた方の供述どおりだと認めました」パラムがいった。「彼女の指紋はたしかに手紙に残っていたものと一致したので、彼女をマティルダ・ラ・サル殺害容疑で逮捕し、ディッキー・トロワーは嫌疑なしとします。釈放手続きの書類は明朝までかかるでしょう」

「よかった」ミセス・ベインブリッジがささやいた。

「まだあるんです」

「まだ?」

「彼女が提供した情報にしたがって、チームに裏庭の花壇を掘らせたところ」キンジーがいった。「切断された男の遺体が見つかった。彼女の夫、フィニアス・ダウドにまちがいないと思う」

「なんとまあ」スパークスがいった。

「それに」キンジーは咳払いした。

「なに?」

「それに——猫のばらばら死体もあった」

「愛するものに去られるのがほんとうにいやだったのね」ミセス・ベインブリッジがいった。

「ご婦人方、スコットランドヤードはおふたりに深く感謝しています」パラムがいった。「もしなにか——」

「あります」スパークスがさえぎった。「まず、明日の朝ディッキー・トロワーがブリクストンから出てくるとき、わたしたちに彼の隣を歩かせてください」

「それは妥当かと」パラムがいった。「ほかには？」

「警察には広報がありますよね」

「むろんです」

「わたしたちは彼の汚名をすすいだことでじゅうぶんに評価されたいんです、〈ライト・ソート結婚相談所〉の名前入りで。彼が自由の身になるときにはわたしたちも同席して記者会見を開きたいので、ロンドン市内の全紙に情報を流していただけませんか」

「そうできない理由は思いあたりませんな」

「すべての新聞ではなくて」ミセス・ベインブリッジがいった。「《ミラー》には知らせないでください」

パラムがにやりと笑った。

「彼らを除外することはわたしにとっても無上のよろこびですよ。明朝ブリクストンでお会いしましょう。お手柄でした。ところで、ミス・スパークス？」

「はい、警視？」

「ミセス・ダウドのあごに残った青あざの形状――わたしには見慣れないものでして。いったいなにで殴ったんです？」

「長年押しこめられてきた感情です、警視」スパークスはいった。「本心を申しますと、すかっとしました」

16

「ご親切に、洗ってあるシャツを持ってきてくださるとは」トロワーはネクタイを締めながらいった。

「母がよくいってたんです、『監獄を出るときはかならず清潔なシャツを着るように』って」アイリスはいった。

「そんなこといってないでしょ」とグウェン。

「当時はまだ子どもだったから」アイリスは認めた。「まちがっておぼえているかもね」

「どうしてダウドさんの家からシャツを取ってこられたんです?」トロワーがたずねた。「犯罪現場ではないですか。警察官のお友だちのだれかが入れてくれたとか?」

「というわけでもないけど」とアイリス。

グウェンは笑みをかみ殺した。

「ダウドさんがあんなことをしたなんていまも信じられません」彼は上着の埃をはらいながらいった。「人殺しの彼女を思い描くのはむずかしい。ぼくにはずっと、それは親切にしてくれましたから」

「彼女はその見返りを求めていたんです」グウェンはいった。「そしてその見返りが得られなかったとき――あの人は心が健全ではなかったんです、トロワーさん」

「それに気づいてさえいたら」

「もし気づいていたら、どうしてました？」アイリスがたずねた。「彼女の愛情に応えた？」

「いやいや、まさか。早々に引っ越していましたよ。とんでもなく気まずいことになったでしょうが」

「玄関ドアまでたどり着けなかったかも」

彼は上着を着ると、ふたりのほうを向いた。

「どう見えますか？」

「とてもハンサム」とアイリス。

「ちょっとお世話を焼かせてくださいね」グウェンは指先をなめて、飛びだした髪をなでつけてやった。「ほら。よくなった。記者たちと向きあう準備はいいですか？」

「記者会見なんて初めてのことで」トロワーがいった。

「前線で戦ったことは？」アイリスがたずねた。

「あります」

「これはそれよりきついですよ。微笑《ほほえ》みを絶やさないで。心配ご無用、わたしたちがついてますから」

監獄のエントランスの外側には即席の演壇が設けられていた。所長みずからが外まで三人をエスコートした。フラッシュが猛烈に瞬《また》き、後方のニュース映画カメラマンたちがカメラをまわしてレンズを調節し、マイクの束に近づくディッキー・トロワーに焦点を合わせた。

「ありがとう」トロワーは咳払いした。「お集まりくださってありがとうございます。自由の身になれてたいへん安堵しています。この数日間は悪夢でした。このような目にあうなどと考えてもみませんでしたし、理不尽なことでした。あのまま続いていた、それどころかもっとずっとひどいことになったかもしれません、もしも〈ライト・ソート結婚相談所〉のミス・アイリス・スパークスとミセス・グウェンドリン・ベインブリッジがわたしのために驚くべき努力をしてくださらなければ。入会金を払ったときには、このおふたりがわたしのキューピッドばかりか守護天使にもなってくれるとは思いもしませんでした。知りあってまもないわたしにこうして恐れ知らずの支援をしてくださったのは、おふたりの心の寛《ひろ》さのあらわれです」

「よくいった!」見物人から声があがり、スパークスとミセス・ベインブリッジは誇らしそうに輝くばかりの笑みを浮かべた。

「ミス・ラ・サルのご家族にはお悔やみを申し上げます」トロワーは続けた。「彼女とお会いする幸運には恵まれませんでしたが、愛らしい女性だったと伺っています。どうか安らかにお眠りください。そしてわたしの大家——ミセス・ダウドの逮捕によって、ご家族にふさわしい正義がもたらされることを願っています。ありがとうございました」

「ミスター・トロワー、塀のなかにいるのはどんな感じでしたか」《テレグラフ》紙の男が大声でたずねた。

「いやでしたよ。でも、いま思えば、わたしが暮らしていた家よりも安全でしたね」

記者たちがげらげら笑った。

「食事はどうでした?」

「食べ物は陸軍よりましでしたが、一緒に食べる仲間は陸軍のほうがよかったです」

「ミスター・トロワー、希望を失ったことはありましたか」と《ウーマンズ・オウン》の女性記者が声をあげた。

「ありません」トロワーはきっぱりと答えた。「〈ライト・ソート〉が味方についてくれると知ってからは、ただの一度も」

彼が手をのばして、ふたりの女性たちの手をつかみ、それから三人揃って勝利のしるしに高高と腕をあげた。フラッシュが熱狂的に瞬いた。

彼はさらに二、三の質問を受け、それから会見は終了した。何人かの記者が追跡記事を書くために三人と会う約束をかわした。その後、三人はブリクストン監獄をあとにした。

「つぎはどうするの、トロワーさん?」ブリクストン・ヒルまで来ると、グウェンがたずねた。

「まず、風呂に入ってさっぱりします。ハーバートに餌をやって、職場に電話をして仕事に復帰すると知らせて、新しく住む場所をさがします。人生をやり直してみますよ。これまでと同じにはならないでしょうね」

「でも、少なくともこれからも人生は続きますね」

「少なくとも生きています」彼は深々と息を吸いこんで、空を見あげた。「ああ、ちがって感じられる。監獄の庭と同じ空気、同じ空なのに、のしかかってきそうな塀もないし、看守もいない。ミス・スパークス、ミセス・ベインブリッジ――とてもお返しできないくらいの借りができました」

「こちらもあなたにひとつ借りがありますよ、トロワーさん」アイリスがいった。

「どんなふうに?」

「まだあなたに奥さんを見つけていない。新しい住所と電話が決まったら教えてくださいね」

「そうします」トロワーは約束した。「いい人を見つけてください」

彼は手を振ってタクシーを停め、クロイドン目指して去った。

「彼、才能あるわ」アイリスがいった。「議会に立候補するべきよ。死刑執行猶予党の公認候補になれる」

「わたしは彼に投票する」とグウェン。

彼女は振りかえって監獄を見やり、それが人生で最後になることを願った。一台のタクシーが正面に停止した。

「見て」グウェンはアイリスの腕をぐいと引っぱった。

男がひとり降り、解体されつつある記者会見の演壇を見てから、やるせなさそうにとぼとぼと車にもどった。

「あれは《ミラー》のガレス・ポンテフラクトじゃない?」

「そうだった」アイリスはうれしそうににっこり微笑んだ。「これで完璧な一日になったわね」

グウェンはノックもしないでずかずかと図書室へ入っていった。レディ・カロラインが不審そうに彼女を見あげた。

「わたしがまた新聞に載ることをお知らせしておきたくて」

「《ミラー》じゃないわよね」レディ・カロラインがため息をついた。

「今回は《ミラー》には載らないでしょう。でもそのほかの全紙に。ニュース映画にも」

「なんですって？　なにをやらかしたの？」

「あの殺人事件を解決したんです。ディッキー・トロワーではない犯人がいたことを証明しました。今日トロワーさんをブリクストン監獄から、詰めかけた記者たちのまえに送りだしたんです。わたしたちの会社は名誉を回復しました。もっと重要なのは、無実の男性が潔白を証明され、解放されたこと、そうさせたのがわたしたちだということです。なによりも重要なのは——わたしが正しかったということです」

レディ・カロラインが呆気にとられて見つめていた。グウェンはとてつもない満足感を味わい、すばやく回れ右して、部屋を出た。

翌朝アイリスとグウェンがオフィスに着くと、建物のまえには以前より多くの記者が集まっていた。マクファースンが入口に立って、油断なく監視していた。アイリスたちは複数の質問に愛想よく答え、写真用にポーズをとったあと、安全なオフィスへ逃げこんだ。

「用心棒の給料はもらってないよ！」マクファースンがうしろから大声でいった。

「ここのセキュリティについてあなたと話したかったの」アイリスは手すり越しに彼を見おろした。「気になる点がいくつかあって。よかったら、あとで寄ってくださる？」

〈ライト・ソート〉のオフィスに入ると、すでに電話が鳴っていた。アイリスは着席する途中で受話器を架台からひったくった。

「〈ライト・ソート結婚相談所〉、アイリス・スパークスです」

「ああ、ミス・スパークス！」女性の声が叫んだ。「いま《テレグラフ》を読んだところよ！なんてすばらしいの！」

「ええ、そうでしょう？」アイリスは同意した。「どちらさまでしょうか」

「セジウィックよ。先日の朝はちょっと大げさに反応しちゃって申し訳なかったわ。ゆるしていただける？」

「はい」アイリスはグウェンに目玉をまわしてみせた。「じゅうぶん理解できますもの」

「それでね」ミス・セジウィックが続けた。「ミスター・トロワーはまだおたくの会員？」

「そうです」

「まだお独り？」

「この一週間は監禁されていましたから、そうだと思いますが」

「よかった。わたしたちをすぐに引きあわせて」

「本気ですか？　ほんの何日かまえには殺人犯だと疑っていらっしゃいましたよ」

「わかってるわ！　それってときめくじゃない？　彼が承諾したらすぐ知らせて！　ではまた」

彼女はアイリスの返事を待たずに電話を切った。

「だれだったの？」グウェンはたずねた。

「〝おちびの《ビッツィ》〟セジウィック。ミスター・トロワーに紹介してほしいって。今週はもうこれ以上驚かされないと思ってたのに」

電話がふたたび鳴った。

「〈ライト・ソート〉——ああ、どうも、ミス・ブレイク。はい？　ディッキー・トロワー？　すみませんがもうあなたのまえにおひとりいて、でもどうにか——ええ、お名前はリストに加えます。まちがいなく。では失礼」

アイリスは電話を切ると、ノートパッドをつかんで書きはじめた。電話がまた鳴った。今度は入会申込みをしたいという男性だった。

その午前中はかなり忙しくなった。ふたりは電話機を机から机へやりとりしながら、交替で電話に出た。昼食どきにはへとへとに消耗し、幸せで舞いあがっていた。ディッキー・トロワーに関心を抱く女性のリストは七人にふくらんでいた。

「秘書が必要よ」考えこみながらグウェンがいった。「それにもっと広い部屋が」

「たしかにそうね」アイリスが同意した。

「ぼくには頼まないでくれたまえ」サリーが戸口に立っていた。

「どうしたらそんなふうに音もなく動けるの?」グウェンが訊いた。

「練習、練習、ひたすら練習。猫のごとき忍び足などの」

「ほんとうにこの仕事はやりたくない?」アイリスがたずねた。「もう経験も研修もすんでるじゃない」

「ここが傾きかけていたときはよかったけどね」オフィスに入ってきた。「こんなに成長著《いちじる》しい会社になったいま、秘書の職にはきちんとした実務が求められそうで、ぼくはそれには向いていない。いまのまま呼出しに応じて集金に行ったり、ときどき相談に乗ったりするよ」

「ありがとう、サリー」アイリスがいった。「あなたは救いの神だった。わたしに関してはほとんど文字どおりに」

「これを持ってきたんだ」彼は新聞の束を机におろした。「これで全部だと思う。なかには額に入れるべきものもある。それと、おふたりがまばゆい栄誉に浴している最中にぼくの取るに足らない成就をお知らせしてもよろしければ――芝居を書き終えたぞ!」

「ブラヴォー!」グウェンが拍手した。「わたしたちはいつ観られるの?」

「うん、つぎは本読みをやらなくては。ぼくが自分の耳で聴けるように、うちの居間に集まった人たちで脚本を朗読してもらうんだ。あなた方にも参加をお願いしたいんだが」

「よろこんで」アイリスがいった。「でもほんとうに朗読だけよ。今回はラブシーンの実演はしないからね」

「それは残念だ。ミセス・ベインブリッジは?」

「さあ、どうかしら」グウェンはためらった。「演技はだめなのよ」

「そんなことないって、自分でも知ってるでしょ、ソフィ」アイリスがいった。

「観客のまえで演じるわけじゃないんです」とサリー。「こちらが選んだ友人が何人かいるだけですから。どうかやるといってください」

「わかったわ」グウェンはいった。「おふたりの高い水準をわたしに期待しないでね」

「あなたはきっとすばらしいですよ」サリーが請けあった。「では、また。探偵さんたち」

彼は廊下から音もたてずに姿を消した。

「戦場ではさぞ恐ろしげに見えたでしょうね」グウェンがいった。

「ええ」

「あなたにソフィと呼ばれて思いだした。一本電話をかけなくちゃ」

手をのばしたちょうどそのとき、また電話が鳴った。グウェンは応対し、受話器をアイリスにまわした。

「男性よ。名乗らないの」

「おもしろいわね。もしもし。スパークスですが」

「よお、メアリ・エリザベス・マクタギュー」アーチーの声がした。

アイリスは衝撃と恐怖からぎゅっと受話器を握った。

「こんにちは。電話をくれるとは思わなかった」

「この二日間新聞を読んでいて、自分が思いがけず妙な立場になっていると気づいたんでね」

「どんな立場?」

「おれはまだ自由だ。逮捕のたの字もされてない。おれが非常によく知っていた人物ふたりはそうじゃないんで、そのことに戸惑っている。それにいちばん新入りの雇い人、メアリ・エリザベス・マクタギューが、そもそも最初っから本物じゃなかったのにいまだにタレこんでいないってことにも戸惑っている」

「あなたがティリーを殺したんじゃないなら、監獄へ送ることに興味はないの。わたしが働くことになったとき、あなたは忠誠を求めた。わたしはそれにしたがったまで。それに警察と商務庁は、彼らの秘蔵っ子が悪党になったことがどれだけ不面目かを考慮して、ピルチャーの起訴は内密にしたいようよ。彼があなたに不利な証言をしても、すべて無条件に疑わしいと見なされる。彼らはピルチャーを逮捕して、盗まれた原版がもどったことでよしとしてるわ」

「ティリーを殺したのがおれじゃないと、あんたはなぜ確信できたんだ。自分が好きなおれでさえ、おれを疑うが」

「細かいちょっとしたことよ。彼女は心臓を刺されていた。あなたのスタイルには思えなかったの。喉を切り裂くほうが確実だといってたでしょ」

「ああ、そいつはいいな」アーチーは声をあげて笑った。「それじゃ、おれたちはこれでいいんだな、あんたとおれは?」

「わたしたちはこれでいいの。でもこの機会に、あなたの組織に辞表を提出させてください、ボス。一日闇屋になるのは楽しかったけど、わたしにも自分の仕事があるので」

「あんたに頼みたい仕事があるかもしれないぞ」

「いったでしょ――」

「おれの甥っ子なんだが。バーニーはギャング社会で成功する見込みがない。お育ちがよくて、教育を受けていて、教師になりたがってる。おれたちはあいつにふさわしいまともな女なんか知らないし、あいつは自分で見つけた相手と会ってても舌がもつれてろくにしゃべれもしない。そこで、あれをおたくへ行かせようと思ったわけさ」

「ぜひそうして」

「ついでにあんたがしてくれたことへの感謝をこめて、あいつに箱をふたつ持たせる、ひとつはあんた、ひとつはソフィにだ」

「そんなにしてもらわなくても――」

「ストッキングだよ、ミス・スパークス。ふたりにそれぞれ十足ずつ」

「ま、事情が事情だし、お断りするのも不作法だわね。グウェンのサイズがどうしてわかったの?」

「そういうことには目が利くんだよ」

「おとなになったら靴下屋さんになるといいわ」

「まえから楽しそうだと思ってたんだ、おれがストッキング屋をやるってのは。ところで――あんたとログはなんでもなかったらしいから、いつかおれと出かけるのはどうだ? いかしたダンスフロアとまともなバンドのある場所を知ってるぜ」

「合法？」

「ともいいきれないが。興味あるか？」

「いいわよ、アーチー」

「金曜の夜は？」

「これはデートね。じゃあその日に」

アイリスは電話を切った。グウェンがじっと見つめていた。

「いまアーチーとのデートを承諾したの？」とたずねた。

「おもしろいかもしれないと思って」

グウェンはあきれたように頭を振って、ノートパッドになにか書きつけた。

「どんなときでもその部屋にいる人のなかでいちばんいかれてるのは、たいがいわたしなの」といって、書いた紙を破り取り、アイリスに手渡した。「あなたとふたりのときは例外みたい。これはわたしの精神科医の名前と電話番号。世のため人のために、電話して」

「どうして？　わたしはいい気分よ」

「あなたはみずから危険を求めている。この何日間かわたしも一緒に危険と隣り合わせにいたけど、それはもうおしまい、すんだことよ。なのにあなたはこうしてギャングスターとデートの約束をしてる、あなたが密告すると思った瞬間に牙を向けてきかねない相手と」

「彼はそんなことしないと思う。もっと悪いやつとデートしたこともあるし」

「お願いよ。わたしのために」

「わかった、あなたがお願いといったから、そうする。ふたり続けて予約を取りましょ。セラピーを受けて、そのあと一杯飲むという約束ね」

「それは楽しそうね。そうしましょう」

「電話をかけたいといわなかった？」

「ああ、そうだわ」グウェンはいった。「電話をこっちへまわしてくれる？」

ウォッピング・ハイ・ストリートの〈タウン・オブ・ラムズゲート〉というパブに入ったのは夕刻だった。騒々しい会話がやみ、常連客の男たちが品定めの視線を向けてくるなか、グウェンは期待をこめて店内を見まわした。すると隅にすわっている彼が見えた。ふたりの目が合ったが、彼は歓迎のそぶりを見せなかった。

グウェンは近づいていった。

「こんにちは、デズ」そっと声をかけた。

「電話をくれたね。くれるとは思わなかった」

「あなたと散歩したいといったわ」

「ソフィがいったんだ。きみはソフィじゃない」

「ええ。わたしはグウェン・ベインブリッジよ」

「知ってるよ。記事を読んだ。それにレディのメイドでもない。きみがレディだったんだな」

「わたしはレディにならなかった。夫は称号を相続するまえに死んだから」

「それじゃ死んだダンナの話は事実だったんだ」

「わたしの話したことのほとんどは事実よ」

「そのほうが嘘がバレにくいもんな？」

「デズ、散歩に連れていってもらえない？」

「本気か？」

「本気よ。歩きながら話すほうがいいし」

「レディの靴は歩きまわるのに向いてないんじゃないか――」

グウェンは彼に足が見える位置まであとずさった。

「今回はウェリントンを履いてきたわ。わたしの脚を引き立ててはくれないけど、タワーブリッジを見せてくれるとあなたがいったから」

「出よう」デズがいって、彼女の腕をつかんだ。

ふたりは裏の出口から外へ出た。パブの横に川へ下る階段があった。

「この階段は古くて」彼はグウェンを導きながらおりていった。「何世紀もまえからある。ここで女たちが水夫と別れのキスをして、彼らが帰ってくるまで貞節でいると誓ったそうだよ」

「そして彼女たちは貞節だったの？　水夫たちは帰ってきたの？」

「知るわけないだろ」デズは肩をすくめた。「いい話だ。おかげで男がこの階段に女を連れてくると、キスできるときもある」

ふたりはテムズの川岸に着いた。彼は川っぷちぎりぎりまでグウェンを連れていった。

「橋全体は見えないけど、ほら」

橋の半分が見えた。タワーの片方、シティから遠いほうの塔が沈む夕陽を一部さえぎっていた。

「もうすこし遠くまで歩かない？」

「おれたち、なにをやってるんだ。話すことなんかあるか？　きみはおれを笑いものにしたんだぞ」

「そんなつもりではなかったの。わたしたちにそんな気はなかった。だれかを傷つけようとしたわけじゃないのよ」

「ああ、だけど傷つけないようにしていたともいえないんじゃないか」

「無実の人が監獄に入れられていて、わたしたちは彼を救いたかったの」

「それは結局、おれたちのだれとも関係なかったんだろ」

「ええ。でもそれはあとでわかったことだから」

「おれはどうなんだ。きみらの容疑者のひとりですらなかった。きみに本音をぶちまけたのに、そっちは情報を搾《しぼ》り取っていただけだった。きみが好きだったよ。というか、ソフィが好きだった。けどもうわからない」

「あなたはちゃんとした親切な男性よ、デズ。わたしたちにはなにもあり得なかったと感じさせてしまったなら、ほんとうにごめんなさい」

「きみのような人々に、おれはふさわしくないからね」

「デズ、わたしのほうこそあなたにふさわしくないかもしれない。わたしには息子がいるの」

デズが深く息を吸いこんだ。

「そうなんだ」

「ええ」

「その子の称号は？」

「将来は〝卿《ロード》〟と呼ばれる。わたしにはどうでもいいことだけど、夫の両親にとっては重要なの。彼らは息子の法的な監護権を握っていて、わたしはこれから息子を取りもどすために法廷で争うことになる。わたしには財産もない、武器もない、数でも負けている。すでに薄弱な立場を危険にさらすわけにはいかない。つまり、どんなにそうしたくても、わたしは――いまはだれとも関わりをもつことはできないの」

デズは川の向こうを眺めた。

「息子はいくつ？」

「六歳よ。あの子はわたしの人生の光、手放すつもりはないわ」

「まえから男の子が欲しかった。仕事を教えてやる相手が。親父がおれに教えてくれたように」

「あなたはきっとすばらしい父親になるわ、デズ。ほんとうよ、心からそう思う」

「ひとりじゃ子どもはもてない」

「ファニーがあなたに夢中なこと、知ってるでしょ」

「もちろん、ファニーがおれに惚れてるのは知ってるさ」デズは怒りをあらわにした。「ファニーが欲しけりゃ、ファニーと一緒になってる。時間を無駄にしてどこかの気取った――」

「息子のロニーがいなければ、つぎのデートに誘ってくれたらイエスと答えたわ」

「もうすこしで本気みたいに聞こえるよ」彼はようやくグウェンを見た。

「わたしをもっとよく知っていれば、疑いもしなかったでしょうね」

「そいつは長くかかるのか？　その法廷での争いは」

「わからない。だからわたしに望みを託してもらいたくはないの。ほかのだれかを見つけて」

「それなら、話は終わりだ」デズが重苦しい声でいった。「駅まで送らせてくれ」

ふたりは川に背を向けて、階段の下へもどっていった。

「キスしてもいいか？」

「よけい悪くなるだけじゃないかしら」

「たぶんそうだろうな」

「それじゃ悪くしましょうか」

彼はロニーとはちがった。押しつけられる体の感じも、抱き方もちがった。デズの匂いは汗と、オークやパインやグウェンが認識できないなにかの残り香だった。そして口は――ゆっくりと、さぐり、問いかけてくる。彼女はいつしか侵略者となって、しきりに求め、つかまえ、引き寄せ、それがいつまでも続くことを欲した。やがて川がふたりを包みこみ、ふたりをその悲惨な街から運び去った。

どれだけ長く続いたのか、彼女にはわからなかった。ただそれは続き、そして終わった。ふたりが望もうと望むまいと、終わらなければならなかった。グウェンはデズの肩に頭をあずけ、震えながら彼にしがみついていた。

「言葉が出てこない。いまなにをいっても、しらじらしいか、ばかばかしいか、まるで見当はずれになってしまいそう」

「なにもいわなくていい。駅まで送るよ」

グウェンは彼の先に立って階段をのぼった。濡れた石に足をとられたとき、彼が腰をつかんで支えてくれたが、それがすべてだった。


彼女は注意深く口紅を直してから、ケンジントン・コートへもどった。

ディナーは終わっていた。食欲はまったくなかった。二階へロニーをさがしにいくと、遊戯室でお絵描きをしていた。グウェンは隣の床にすわった。

「わたしの坊やはやることがまるっきり逆さま、だってお絵描き室で遊んで、お遊戯室で絵を描くのよ」息子にキスしながらいった。「英雄のイッカク、サー・オズワルドの手に汗握る冒険はどんな具合?」

「ナチのUボートと戦ってるよ」ロニーがいった。「牙でぶすぶす穴をあけてるんだ。すごくたいへんなんだよ、魚雷をかわしながらやらなくちゃならないでしょ」

「おしまいにはきっと彼が勝つと思うわ」

「ママ？　パパが子どもだったときもこのお部屋はこんなふうだった？」

「どうかしら。年取った使用人のだれかに訊いてみないと」

「それか、お祖母さまにね。でもお祖母さまはご機嫌が悪いんだ。それはお祖父さまがこんなに長くアフリカに行っているせいなの？」

「そうかもしれないわ。だれよりもお祖母さまを元気づけてあげられるのは、きっとあなたよ。明日忘れずにそうしてくれる？」

「はい、ママ」

「あなたはすばらしい子ね。ベッドの時間まで絵を描いてもいいけど、アグネスが寝る仕度を手伝いにきたら面倒をかけてはだめよ」

「おやすみのキスをしにきてくれる？」

「もちろんよ、ダーリン」

　グウェンは息子を作業にもどらせた。

　遊戯室が二十数年まえは夫のものだったのだと思うと、不思議な気がした。その年ごろの写真は見たことがあるけれど、どの写真でも凝《こ》った仕立てのヴェルヴェットの上下を着て堅苦しいポーズをとっていた。夫のロニーにはいたずらっ子の面もあったから、あの部屋ではさぞかし駆けまわったり取っ組み合いをしたりしたはずだが、その話を聞いたことはない。話してくれたのは屋根裏の秘密の場所のことだけだ。

複雑きわまりない、たいそう厳粛な秘密の誓いを立てさせてからロニーは彼女をそこへ案内したのだった。

ここはずっとぼくのものだったんだと彼はいった。世界で唯一、完全にぼくひとりだけの場所だ。だからきみに教えるのがどれほど重大なことかわかるよね。

わかるわと彼女はいった。

彼はグウェンを連れて幅の狭い急な階段をのぼり、その部屋に通じる落とし戸に着いた。それからつま先立って埃っぽい床板を横切ると、手招きして同じようにさせた。周囲には船旅用のトランクや帽子の箱が屋根の梁《はり》まで積まれ、家族の歴史の大半をともにしてきたのでぼろぼろでも処分できない書き物机が隅に押しやられていた。山なりの天井の頂点からつりさがっている一列の裸電球が、がらくた全体を照らしていた。

ロニーは前世紀初頭に造られたにちがいない大きな衣装だんすに近づき、壁との隙間にそろそろと体をすべりこませた。

子どもで身軽だったころはもっとずっと楽だったのにと彼はいった。

二十二歳のいまはよぼよぼのおじいさんだものねとグウェンはいって、横向きで彼のあとに続いた。

その先に六フィート×四フィートほどのささやかな空間が開けていて、正面の屋根窓《ドーマー》からほどよく光が射していた。ひとつだけある本棚には冒険小説が詰まっている。複葉機を描いた未完成の水彩画がイーゼルに載っていて、スツール二脚とごく小さなテーブルもあった。

そのテーブルの上に、小箱がひとつ載っていた。

ああ、どうしましょう。箱が目に入るとグウェンはいった。それはわたしが思っているもの？

まあ、きみがぼくのもっとも奥深い神聖な場所を見てしまった以上、こうするよりしかたがないねと彼はいって、小箱を手に取り、彼女のまえにひざまずいた。結婚してください、グウェン。

彼が最後に家を去って以来、グウェンはあの部屋へあがったことがない。いまもあのままなのだろうか。

衝動に引っぱられて、彼女は階段をのぼっていった。あの落とし戸にたどり着くと、それはきしみもせずに開いた。屋根裏部屋によじのぼり、手さぐりで細い鎖を見つけだし、明かりをつけた。

トランクの配置は思いだせなかった。数が減ったように思えたが、ベインブリッジ卿が出張中だからか、彼女の記憶がごっちゃになっているせいなのかは定かでなかった。

でも大きな衣装だんすの位置は前回と変わっていない。歩いて——ではなく、遠い昔の誓いを尊重してつま先立ちで横切り、衣装だんすに到達すると、裏の隙間にすべりこんだ。まえに来たときほど楽ではないと思ったが、あれから出産したのだから、いろいろと変化はしている。

全部がそこにあった。本棚。いまはなにも載っていないイーゼル。テーブル。

テーブルの上には封筒があった。

震える手でそれを取りあげ、明るいほうへ向ける。

彼女の名前が書かれていた。

封筒を手で破いてしまいたくなかった。そっと衣装だんすの向こう側へ引きかえし、電気を消してから、用心深く足音を忍ばせて階段をおりた。

おりきると、残りは走って自分の部屋に帰り、机からレターオープナーをさがしだした。外科医のごとく慎重な手つきで封筒の端を切り裂いた。なかに手紙があり、ほかにもう一通、さらに小さな封筒が入っていて、〝ぼくの息子、ロニーへ〟と書いてあった。

彼女は手紙を開いて、読みはじめた。

最愛のグウェン

社会通念には反するけれど、結婚している多くの友人たちとはちがってぼくらがぞっとする愛称で呼びあっていないことを、ずっと誇らしく思ってきた。ぼくの葬式できみに「ムープシー！　わたしの愛しいムープシー！」とか、そのくらいおぞましい名前を叫ばれるのはごめんだからね。グウェンとロニー、ロニーとグウェン――この組み合わせがぼくにはしっくりくる。

きみがこれを読んでいるのなら、ぼくは戦死したか、あるいは家に帰ったのにこれを破棄することをすっかり失念していたかだ。もし後者なら、かんかんに怒ってぼくにこれを突きつけ、相応と見なすどんな罰でも考案してくれ。ぼくは謹んできみのゆるしを請うし、きみは優しくゆるしてくれるだろう。遺言書はある。きみとリトル・ロニーの手に渡るはずだ。ここには遺言に書かないことを書く。願いとでも呼んでくれたらいい。

ぼくの願いはきみがとことんまでぼくの死を悼み、涙を流す石になったニオベにも勝るほど泣くこと、そして美しくあでやかな黒のドレスを着ることだ。ぼくらの友人の女性たちがうらやましさのあまり、きみと喪服で張りあいたくてひそかに夫の死を切望するくらいの。

そのあとは再婚しろ。生きているぼくを求めて時間を無駄にするな。若くて元気いっぱいの女の子が、ぼくの亡霊をなだめるために世捨て人になってはいけない。ぼくはだれにも取り憑いたりしないと約束する、たまに慈愛に満ちたまなざしで見おろして（上から見ると仮定するのは厚かましいかな）、きみとロニーが幸せでいることを確かめる以外は。

ぼくらの息子については、これがいちばん大切な願いだ。**聖フライズワイドに行かせないこと！** 両親はきみを脅《おど》すだろう。家族の伝統を引き合いに出すだろう。あさましくもぼくがそれを望んだだろうとさえいうかもしれない。ぼくは望まないよ。あそこは惨《みじ》めで、冷たくて、サディスティックな場所だった。ぼくらの息子にはなにはさておきよろこびに満ちた日々を送ってほしい。ロンドンにいさせてあげてくれ。博物館や美術館や動物園や公園に行って、真の友人をつくれるように。鎖でつながれた貴族仲間の一員にはならないように。

あの子にぼくのことを話してくれるね、グウェン。いい話だけではなく。父親を偶像化してもらいたくない。結局ただの人にすぎなかったけれど、いい人間になろうと最善を尽くしていたと知らせてほしい。あの子にも手紙を残した。理解できる年齢になったら渡してくれ。十二歳がちょうどいいかな。誕生日はだめだよ——その日をだいなしにしたくない。一、二週間あとまで待つように。

ぼくはこのばかげた戦争の結末を知らずにこれを書いているんだね。楽観主義はまだ棄てていない。ロニーへの最後の願いは二者択一になる。もしイングランドが勝利を収めたら、あの子にはほかの人々を戦場で死なせない方法を見つけるようなおとなになってくれと伝えてほしい。

でももしもイングランドが敗れたら、レジスタンスに加わるようにいってくれ。そしてもし加わるべき組織がなければ彼自身のレジスタンスをはじめよと。

この手紙はぼくたちの場所、かつてはぼくの場所だったところに残しておいた。あの階段を安全にこっそりのぼれるようになったら、ぼくたちの息子にも教えてあげていい。

天国で再会するときまで、ぼくはずっときみのものだ。

ロニー

グウェンは涙を流しながら声をあげて笑い、五回読みかえした。それから部屋を出て、廊下を歩き、義母の部屋に行った。ドアをそっとノックした。

「だれ？」レディ・カロラインがたずねた。

「グウェンです。見ていただきたいものがあって」

「朝まで待てないの？」

「お義母さまも見たいと思われるものです。どうかお願いします」

やわらかい足音が聞こえ、ついでドアが開き、レディ・カロラインが老眼鏡越しに見あげた。髪をおろして化粧を落とした彼女はグウェンがそれまでに見てきたよりも人間らしく見えた。ロニーが譲り受けた顔だちが初めて見てとれた。いまはリトル・ロニーにそれが見える。

「それで？」レディ・カロラインがうながした。

「手紙を見つけたんです。ロニーからの」

「リトル・ロニーが書いた――」

「わたしたちのロニーです。わたしの夫。あなたの息子の」

グウェンは相手に文字が見えるように手紙を高くあげた。

「どこにあったの？」

「彼とわたしだけが知っていて、わたしが長いこと見にいかなかった場所に」

「読んでいいの？」

「そのために来ました」

「入って」

レディ・カロラインは手紙を机に持っていき、ランプをつけた。ゆっくり一読し、それからもう一度読んだ。読み終えると、丁寧に折りたたみ、グウェンに返した。

「聖フライズワイドが嫌いだなんて一度もいわなかったのに。あそこにいた八年間、ただの一度も」

「子どもにとって親が与えてくれたものを嫌いだというのはむずかしいことです」グウェンはいった。「いえばあなたを失望させたと感じていたでしょう」

「ちっとも知らなかった。それにもう、悪かったとあの子にいうには手遅れね」

「あなたの孫をここにおくことでやり直せます」

「ハロルドが気に入らないわ」

「こちらはわたしたちふたりです。この手紙もありますし」

「もうわたしたちを同盟と考えているの？」

「この件では、そうです。わたしは息子の法的な親権を取りもどしたいんです。わたしと敵対するおつもりですか？　わたしは価値ある人間で、能力もあり、じゅうぶんに正気であると証明したと思いますが」

「わたしたちが同意しなければ法廷へ引っぱりだすの？」

「すぐにでも」

レディ・カロラインが口許をゆるめた。

「ハロルドが帰ったらよく話しあいましょう。約束はしませんよ。でもそれまで、地元の学校を調べてみるわ」

「わたしに相談なく入学させないでくださいね」グウェンは釘《くぎ》を刺した。

「おやすみ、グウェンドリン」

「おやすみなさい、レディ・カロライン」


グウェンがオフィスに入るとアイリスは顔をあげた。

「遅いわね。遅刻したことなんかないのに。なにも問題ない？」

「遠回りしてきたの」グウェンはいった。「戦略を練っているところ」

「わたし抜きで？」

「アドバイスは聞かせてもらうかも」

「それはけっこう。デズとのデートはどうだった？」

「デートじゃないわ。謝罪してきたのよ」

「今週中にまた謝罪はあるの？」

「ない。いま関わりはもてないと話したわ」

「どうして？　まずまずの相手に思えるけど」

「いまはさがしていないから。息子がまたわたしのものになるまでは」

「そのあとでデズに電話する？」

「アイリス、わたしたちの人生にはちがいが多すぎるのよ」

「彼が大工だから？　イエスは大工だったって思いださせてあげようか？」

「イエスはデートしなかったでしょ」

「そうね、例がまずかったといま気がついた。でももうすこしデズを追いかけてみれば？」

「ねえ、あなたがわたしたちふたりを知らないとして、彼ともわたしとも面接して、二枚の索引カードをあの箱に収めたとする。そうしたらわたしたちを結びつけていた？」

「いいえ。でもあの方法がパーフェクトってわけじゃない」

「それはだれにもいっちゃだめ。この仕事はあれでうまくいくと人が信じてくれることにかかっているんだから」

二週間後

彼女たちは午前中いっぱい仕事に精を出した。入会者と面接し、よさそうな相手を選びだして、手紙を発送した。昼休みになると、アイリスがくるりと椅子をまわしてグウェンのほうを向いた。

「持ってきた？」

グウェンはハンドバッグに手を入れて、小さな配給手帳を取りだした。アイリスは自分の机から同じ物を出した。

「よし、行くわよ」アイリスは自分のを読みあげた。「〝この配給手帳の衣料切符と食料切符はすぐに切り離してください。一ページ目の枠内に所持者の氏名、住所、国民登録番号をインクで記入すること〟」

「切り離すわよ」グウェンがいって、引っぱった。

「〝インク〟が太字になってる」アイリスがいった。「だいぶ真剣ね」

「氏名、住所、登録番号」グウェンが声に出しながら記入した。

「〝この衣料切符帳の配給切符はすべて、直ちに効力を生じるものではありません。有効と宣言されるまで配給切符の使用は違法です〟」アイリスが続けた。「あとのほうの一文は丸ごと太字よ。真剣そのもの」

「配給切符を早く使いはじめないことを厳粛に誓います」グウェンは片手を胸にあてて宣言した。

「〝この衣料切符帳は英国政府の所有物であり、発行を受けた本人または代理人以外の使用は認められません。なくさないように注意してください〟」

「また太字?」

「嘘じゃないぜ、シスター」

「闇屋といっぺんデートしたら、もうギャング気取り」グウェンがため息をついた。「とにかく、わずらわしい手続きは無事にすんだわね。出かけられる？」

「ええ」アイリスが立ちあがった。「いざショッピングへ」

謝辞

無数のこまごました調べ物で、むろん大きな事柄に関しても、ひとつひとつ挙げきれないほど大量の本や記事、写真やニュース映画を参考にしました。けれども、つぎのみなさまと資料にはとりわけ多大なる恩恵を受けました。

マーク・ルドハウス著、*Black Market Britain: 1939–1955*
イナ・ズウェイニガー＝バージーロフスカ著、*Austerity in Britain: Rationing, Controls, and Consumption, 1939–1955*
アラン・パーマー著、*The East End: Four Centuries of London Life*
デイヴィッド・ヒューズ著、"The Spivs" マイケル・シソンズ&フィリップ・フレンチ編、*Age of Austerity* より
キャロル・ケネディ著、*Mayfair: A Social History*
パトリシア・ベイカー著、*Fashions of a Decade: The 1940s*
ルース・アダム著、*A Woman's Place, 1910–1975*
マーティン・プー著、*Women and the Women's Movement in Britain, 1914–1959*
トム・ハリスン著、*Living Through The Blitz*
マーティン・スタリオン　警察史学会事務局長

そして、すばらしく役に立つ一九四六年版折りたたみ式ロンドン・バス&トラム・マップ。その地図に導かれて、グウェンは数々の不運や災難を切り抜けました。アイリスは、いうまでもなく、地図なしでもトラブルにぶつかりました。

誤りがあればすべて著者の責任です。実際そのような落ち度を突きつけられれば、彼女はたちまちみっともなく泣きじゃくることでしょう。ですからどうぞお手柔らかに。

訳者あとがき

一九四六年六月。ロンドンはメイフェアの奇跡的に戦禍を免《まぬが》れた建物の一室で、ふたりの女性が結婚相談所を営んでいる。それぞれ戦争で心に深傷《ふかで》を負った彼女たちだが、人と人を結びつけて幸せをもたらす仕事に誇りとやりがいを感じている。開業から三か月経ち、事業はようやく軌道に乗ってきた。ところがそんなとき、入会したての若い女性が殺される。逮捕されたのは、ぴったりの結婚相手として紹介した男性だった……。

まずは、本書に寄せられた多くの賛辞のなかから、ふたつだけご紹介させてください。

時代と魅力的な個性に没入するよろこび。よいシリーズを最高のシリーズへと変容させる深みも感じられる。

——ローリー・R・キング(〈シャーロック・ホームズの愛弟子〉『パリの骨』)

これほどチャーミングで中身も濃い小説にはめったに出会えない。……ここに描かれているダイナミックな女性コンビに、私はたちまち恋してしまった。読み終えて思ったことはひとつだ──アイリスとグウェンのつぎの冒険はいつ読める?
──リンジー・フェイ（『ゴッサムの神々』『ジェーン・スティールの告白』）

流石人気作家のご両人、よくわかっていらっしゃる。この『ロンドン謎解き結婚相談所』にはまさしく、戦後のロンドンへタイムスリップし、魅力あふれるコンビ──アイリス&グウェン──と冒険をともにする楽しさが詰まっています。どちらもウィットとユーモアを愛するアラサー女性ですが、容姿、性格、境遇は対照的。頭の回転が速く、行動的で喧嘩っ早い小柄なブルネットのアイリスは、戦時中特殊作戦の訓練を受けて情報部の仕事をしていました。長身のブロンド、上流階級の出身で貴族と結婚したグウェンは、最愛の夫を戦争で喪《うしな》い、義理の両親の屋敷に六歳の息子と居候する身。そんなふたりが無実と信じる男性を救うため、そして経営危機に瀕《ひん》した結婚相談所を守るために、殺人事件を調べはじめるのですが、単純そうに見えた事件は思いもよらぬ方向へ……。

アイリスは訓練で培《つちか》った豊富なスキルと人脈、心優しい善人のグウェンは人の内面を見抜く目を頼りに、もつれた糸を解きほぐし、真相に迫っていきます。ときには危険に遭遇しながらも、軽妙洒脱なトークと痛快なアクションで切り抜ける、どこか飄々《ひょうひょう》としてクールなふたり。じつは各々語りたくない苦悩を抱えていて、正義や他人のためばかりでなく自ら幸せをつかむために闘っています。しだいに心を開き、本音をぶつけあい、育《はぐく》んでいく友情も、本書の読みどころのひとつです。

それにしても、結婚相談所経営者が主人公という小説って珍しいですよね。じつは誕生のきっかけとなった本があるそうな。ある日著者は編集者とのランチで、ミステリの題材にと一冊の本を薦められたのだそうです。それは一九三九年のロンドンで結婚相談所を開いた女性たちに関する実話でしたが、帰宅するころにはもう脳内でしゃべりだしているアイリスとグウェンの声が聞こえたのだとか。モデルとなった女性たちを当時のニュース映像で観ると、たしかにイメージは重なるものの、著者がヒロインふたりに新たな命を吹きこんだことがわかります。設定を終戦翌年に移したのも、空襲に脅《おびや》かされるロンドンではなく、復興を希《ねが》い、悲しみや混乱から立ち直ろうとする前向きな空気のなかにアイリスとグウェンをおきたかったからだそうです。

さて、このへんで著者の紹介といきたいところなのですが、アリスン・モントクレアにはHPも顔写真もブログもありません。原書のプロフィールによれば、アガサ・クリスティとジェームズ・ボンドにのめりこんで育った結果、犯罪物やスパイ物にはまり、いまは歴史の隅っこから謎めいた断片を掘りだして小説にしているとのこと。経歴や過去の作品への言及もなし。でも別名義で歴史ミステリやファンタジー、SF、ホラー、脚本などを手がけてきたようです。まあ、乏《とぼ》しい情報をかき集めて推理してみたものの、アメリカ人かどうかすら断言できません。本人が伏せているのですから、あまり詮索するのも野暮でしょうか。

はっきりしているのは、リンジー・フェイも待っているというアイリスとグウェンの物語がこれからも続くこと。第二作 *A Royal Affair* では、なんと王室から依頼を受けたふたりがエリザベス王女の恋のお相手フィリップ王子の身辺調査をすることに。一作目同様ぴりりとスパイスの効いた会話が楽しく、ライトな読み心地、ミステリとしてはより凝《こ》った仕立てになっています。頼もしい知性派の大男サリーも、意外なあの人も大活躍。この秋には翻訳をお届けできそうですので、どうぞお楽しみに。

(二〇二一年二月)

訳者紹介　英米文学翻訳家。ガーディナー「心理検死官ジョー・ベケット」、ウォーカー「緋色の十字章」「葡萄色の死」「黒いダイヤモンド」、キング「パリの骨」、ミルフォード「雪の夜は小さなホテルで謎解きを」など訳書多数。

検印
廃止

ロンドン謎解き
結婚相談所

2021年2月12日　初版
2024年6月7日　7版

著　者　アリスン・
モントクレア

訳　者　山《やま》田《だ》久《く》美《み》子《こ》

発行所　（株）東京創元社
代表者　渋谷健太郎

162-0814/東京都新宿区新小川町1-5
電　話　03・3268・8231-営業部
03・3268・8204-編集部
URL　http://www.tsogen.co.jp
萩原印刷・本間製本

乱丁・落丁本は、ご面倒ですが小社までご送付ください。送料小社負担にてお取替えいたします。

ISBN978-4-488-13409-9　C0197